D1280262

La leyenda oscura

Christine Feehan

La leyenda oscura

Titania Editores
ARGENTINA - CHILE - COLOMBIA - ESPAÑA
ESTADOS UNIDOS - MÉXICO - URUGUAY - VENEZUELA

Título original: *Dark Legend*
Editor original: Dorchester Publishing Co., Inc., Nueva York
Traducción: Armando Puertas Solano

© Copyright 2002 *by* Christine Feehan
All Rights Reserved
Los derechos de publicación de la presente obra fueron negociados
a través de Rights Unlimited, Inc., Nueva York y Ute Körner Literary
Agent, S.L., Barcelona
© 2007 de la traducción *by* Armando Puertas Solano
© 2007 *by* Ediciones Urano, S.A.
Aribau, 142, pral. - 08036 Barcelona
www.titania.org
atencion@titania.org

ISBN: 978-84-96711-29-7
Depósito legal: B - 53.785 - 2007

Fotocomposición: Ediciones Urano, S.A.
Impreso por Romanyà Valls, S.A. - Verdaguer, 1 - 08786 Capellades
(Barcelona)

Impreso en España - *Printed in Spain*

A mi hermana, Ruth,
Ahora y siempre, la sanadora de nuestra familia.
Iluminas nuestras vidas.

Capítulo 1

Se despertó en lo profundo de la tierra, desorientado. La primera sensación que experimentó fue hambre. No era un hambre cualquiera, sino una necesidad que le retorcía las entrañas y le hacía hervir la piel de arriba abajo. Estaba desfalleciendo de hambre. Todas y cada una de las células de su organismo pedían algo de que nutrirse. Él yacía en silencio mientras el hambre le lanzaba mordiscos como una rata. Le atacaba no sólo el cuerpo sino también la mente, y por eso temió por todos los demás, humanos y carpatianos por igual. Temió por sí mismo, por su alma. Esta vez, la oscuridad se extendía a ritmo vertiginoso, y su alma estaba en peligro.

¿Qué había osado turbar su sueño? Y, aun más importante, ¿habría también turbado el sueño de Lucian? Gabriel había recluido a Lucian en las profundidades de la tierra, siglos atrás, hacía más tiempo de lo que quisiera recordar. Si Lucian se había despertado al mismo tiempo que él, si había sido alertado por el mismo movimiento del suelo por encima de sus cabezas, lo más probable es que se incorporara antes de que él reuniera las fuerzas suficientes para poder detenerlo.

Era sumamente difícil pensar con el hambre horrible que lo atenazaba. ¿Cuánto tiempo había permanecido enterrado? Por encima de su cabeza, intuyó que el sol comenzaba a ponerse. Después de aquellos siglos interminables, su reloj interno todavía percibía el ocaso y el comienzo de su hora: *criaturas de la noche*. De pronto, la tierra tembló, y Gabriel sintió que el corazón le daba un vuelco. Había esperado demasiado, había pasado demasiado tiempo intentando orientarse, intentando despejarse la nebulosa de la cabeza. Lucian había comenzado a incorporarse. Su necesidad de encontrar una presa sería tan acuciante como la suya, y su apetito sería insaciable. No habría manera de detenerlo, al menos mientras él permaneciera tan debilitado.

Puesto que no tenía otra alternativa, Gabriel irrumpió a través de las capas donde había permanecido sepultado tanto tiempo, donde había yacido voluntariamente después de tomar la decisión de enterrarse en lo profundo con Lucian presa de su abrazo. La batalla en el interior de aquel cementerio de París había sido larga y horrorosa. Tanto Lucian como él habían padecido heridas graves, heridas que deberían haber acabado con ellos. Lucian se había enterrado justo al exterior del camposanto del viejo cementerio, mientras que él había buscado refugio en su interior. Tras largos siglos de oscuridad absoluta, Gabriel comenzaba a hastiarse de aquel vacío oscuro de su existencia.

No podía permitirse el lujo de optar por entregarse al alba, como hacían la mayoría de los suyos. Ahí estaba Lucian, su hermano gemelo. Lucian era fuerte y brillante, siempre el líder. No había nadie tan diestro, nadie lo bastante poderoso para darle caza y destruirlo. Sólo estaba él, Gabriel. Había vivido épocas largas siguiendo a Lucian ahí donde él decidiera, y con él había dado caza a los vampiros y a las criaturas inertes, siempre confiando en sus tácticas de combate. No había existido otro como Lucian, nadie tan astuto en la caza del vampiro, el azote de su raza. Lucian poseía un don. Y, aun así, había sucumbido al susurro oscuro del poder, a la insidiosa llamada de la sed de sangre. Lucian había renunciado a su alma, había elegido el camino de los condenados hasta convertirse en el monstruo que él mismo había perseguido durante siglos. En un vampiro.

Gabriel había seguido la huella de su querido hermano durante dos siglos, pero nunca se había recuperado del todo del impacto que la transformación de Lucian había producido en él. Al final, después de incontables duelos de los que ninguno de los dos salía victorioso, había tomado la decisión de recluir a su hermano en las profundidades de la tierra hasta el final de los tiempos. Gabriel había perseguido a Lucian a lo largo y ancho de Europa, y el enfrentamiento final había tenido lugar en París, una ciudad donde los vampiros y las orgías estaban a la orden del día. Después de aquella horrible contienda en el cementerio, donde ambos sufrieron profundas heridas que les hicieron perder abundante sangre, él esperó hasta que Lucian quedara tendido en la tierra y entonces lo ató a sí mismo. La lucha no había acabado, pero era la única solución que Gabriel podía idear. Estaba cansado y solo y aquejado por todo tipo de incomodidades. Quería descansar, pero no podía mostrarse al alba hasta que se consumara la destrucción definitiva de Lucian. Era un destino horrible el que había elegido, muerto, pero no del todo, enterrado para toda la eternidad. Pero había sido incapaz de idear otra solución. Nada tendría que haberlos perturbado y, sin embargo, eso era lo que había ocurrido. Algo había removido la tierra por encima de sus cuerpos.

Gabriel ignoraba cuánto tiempo había transcurrido durante su descanso en la tierra, pero su cuerpo padecía por su sed de sangre. Sabía que la piel se le había vuelto gris y se le había pegado al esqueleto, como a los ancianos. En cuanto emergió y alcanzó las alturas, se arropó con una larga capa con capucha para ocultar su aspecto mientras recorría la ciudad. Aquel ademán bastó para agotar toda la energía que le quedaba en su cuerpo marchito. Necesitaba sangre desesperadamente. Estaba tan debilitado que casi se desplomó en medio de su vuelo.

Cuando acabó de emerger a la superficie, se quedó mirando, atónito, los gigantescos artilugios que habían puesto fin a aquel sueño de siglos. Aquellos ingenios, tan desconocidos para él, habían despertado a un demonio tan mortífero que el mundo nunca alcanzaría a comprender su poder. Aquellas máquinas habían liberado al demonio en medio del mundo moderno. Gabriel respiró hondo e inhaló la esencia de la noche. Llegaron a su olfato tal diversidad de olores que su organismo desfalleciente era incapaz de asimilarlos todos.

El hambre lo corroía sin piedad, implacable y, con un sentimiento de pesar, se percató de que estaba tan cerca de mutar que apenas mantenía el control de sí mismo. Cuando se viera obligado a alimentarse, renacería el demonio en su interior. Sin embargo, no tenía muchas alternativas por las que inclinarse. Tenía que procurarse algún sustento para seguir con su búsqueda. Si no daba caza a Lucian, si no protegía a los humanos y a los carpatianos por igual, ¿quién lo haría?

Se ajustó la capa en torno al cuerpo mientras avanzaba a duras penas por el cementerio. Ahora pudo ver dónde las máquinas habían excavado. Al parecer, estaban desenterrando y trasladando las tumbas. Encontró el lugar, justo en el exterior del camposanto, donde la tierra había hervido en lo profundo con la liberación de Lucian. Gabriel cayó de rodillas y hundió las dos manos en el fango. Lucian. Su hermano gemelo. Inclinó la cabeza con gesto de dolor. Cuántos conocimientos habían compartido. Y cuántas batallas. Y sangre. Habían vivido casi dos mil años juntos, habían luchado por su pueblo, habían buscado a las criaturas inertes y las habían destruido. Ahora estaba solo. Lucian era el guerrero legendario, la figura más imponente de su pueblo y, sin embargo, había caído como tantos otros habían caído antes que él. Gabriel habría apostado la vida a que su hermano gemelo jamás sucumbiría a las tentaciones oscuras del poder.

Se incorporó lentamente y comenzó a caminar hacia la calle. El paso de los años había cambiado el mundo. Todo era diferente y él no lo entendía. Se sentía tan desorientado que hasta la mirada se le había vuelto borrosa. Avanzó a duras penas, intentando mantenerse alejado de la gente que abarrotaba las calles. Estaban por todas partes, y evitaban tocarlo. Él leyó en sus mentes por un instante. Lo veían como a un «pobre anciano sin techo», quizá como a un borracho o un loco. Nadie miraba en su dirección, nadie quería verlo. Un viejo arrugado de piel grisácea. Se envolvió en la ampulosa capa y entre los pliegues ocultó su cuerpo maltrecho.

El hambre se apoderó de sus sentidos hasta que sus colmillos se afilaron de golpe y gotearon pensando en el festín por venir. Estaba desesperado por alimentarse. Avanzó por las calles dando traspiés, casi a ciegas. La ciudad había cambiado mucho, ya no era el París de antaño sino una gigantesca red en expansión de edificios y calles pavimentadas. En el interior de aquellas estructuras enormes brillaban las luces, como en las farolas por encima de su cabeza. No era la ciudad que recordaba, ni tampoco se sentía cómodo en ella.

Debería haberse apoderado de la presa más cercana para saciar su voracidad en ella y recuperar de inmediato su fuerza, pero el temor a ser incapaz de detenerse lo dominaba. No debía dejar que la bestia lo controlara. Había pronunciado un juramento ante los suyos, ante la raza humana, pero sobre todo ante su hermano querido. Lucian había sido su héroe, un ser que él situaba por encima de todos los demás, y con razón. Juntos habían pronunciado el juramento y él lo respetaría como Lucian lo habría respetado por él. No dejaría que ningún otro cazador destruyera a su hermano. Ésa era una tarea que sólo le incumbía a él.

El olor de la sangre era irresistible. Palpitaba en él con la misma intensidad del hambre. No podía estar tranquilo oyendo como discurría por las venas, en su flujo y reflujo, haciendo brotar la vida. En ese estado de debilidad, sería incapaz de controlar a su presa, de mantenerla calmada. Aquello no haría sino sumar fuerzas al poder del demonio que nacía en él.

—Señor, ¿puedo ayudarle de alguna manera? ¿Está enfermo?

Era la voz más bella que jamás había oído. Hablaba en un francés impecable, un acento perfecto, pero él dudó que fuera francesa. Para su asombro, aquellas palabras lo aliviaron, como si la mujer fuera capaz de calmarlo con su sola voz.

Gabriel se estremeció. Lo último que deseaba era cebarse con una mujer inocente. Sin mirarla, negó con un gesto de la cabeza y siguió caminando. Estaba tan débil que tropezó con ella. Era una mujer alta, delgada y sorprendentemente fuerte. De inmediato, lo sujetó pasándole un brazo por la cintura, ignorando el olor rancio y fétido de sus ropas. En cuanto lo tocó, él experimentó una sensación de paz que lo caló hasta lo profundo de su alma torturada. El hambre que no cesaba se desvaneció por un momento y, mientras ella lo tocara, él tuvo la ilusión de que podía controlarse.

Mantenía la cara deliberadamente oculta a la mirada de la mujer, a sabiendas de que en sus ojos brillaría el fulgor rojizo del demonio que se crecía en él. Esa proximidad debería haber desatado sus violentos instintos pero, al contrario, lo serenaba. Aquella mujer era la última persona que él convertiría en víctima. Gabriel intuía su bondad, su decisión de ayudarlo, su absoluta entrega. Esa compasión y esa bondad eran las únicas razones por las que no la había atacado ni le había hundido los colmillos en las venas, a pesar de que cada célula hambrienta y cada fibra de su ser le pedían que atacara por su propia salvación.

Ella intentaba llevarlo hasta una brillante máquina al borde de la acera.

—¿Está herido o sólo tiene hambre? —le preguntó—. Hay un hogar para los sin techo un poco más adelante en esta calle. Le pueden procurar un lugar donde quedarse por la noche y una comida caliente. Déjeme que lo lleve. Éste es mi coche. Por favor, suba y déjeme llevarlo.

Su voz parecía envolverlo como un susurro, como una seducción de los sentidos. Él realmente temía por la vida de ella, y por su propia alma. Pero estaba demasiado débil para resistirse. Le permitió que lo acomodara en el coche, pero se mantuvo lo más apartado posible de ella. Ahora que ya no había contacto físico, podía oír la sangre rugiendo en sus venas, llamándolo, susurrando como la más seductora de las mujeres. El hambre hacía estragos en él, hasta que empezó a temblar de la necesidad que sentía de hundirle los dientes en su vulnerable cuello. Ahora oía el corazón, los latidos regulares que no paraban, hasta que pensó que enloquecería. Casi podía saborear la sangre, sabiendo que fluiría en su boca y que él tragaría hasta quedar saciado.

—Me llamo Francesca Del Ponce —dijo ella, con voz suave—. Por favor, dígame si está herido o si necesita atención médica. No se preocupe por los gastos. Tengo amigos en el hospital y ellos lo ayudarán. —No añadió a esa sugerencia algo que él atisbó a leer en su pensamiento, y era que a menudo llevaba a indigentes al hogar y era ella misma quien pagaba las facturas.

Gabriel guardó silencio. Era lo único que podía hacer para ocultar sus propios pensamientos, un reflejo de protección que Lucian le había enseñado cuando todavía eran críos. La atracción de la sangre era avasalladora. Sólo la bondad que emanaba de aquella mujer le impedía abalanzarse sobre ella y darse un festín, como le pedían a gritos sus células marchitas.

Francesca observaba al anciano con expresión inquieta. No lo había mirado a la cara detenidamente, pero vio que tenía el semblante gris de hambre y que temblaba de cansancio. Tenía el aspecto de estar muriéndose de hambre. Cuando Francesca lo tocó, intuyó que era presa de un conflicto acuciante, y él sintió que el hambre lo desgarraba. Tuvo que controlarse para no volar por las calles hasta el refugio de indigentes. Francesca quería a todo precio conseguirle ayuda. Se mordió el labio inferior con sus dientes blancos y menudos. La embargaba la ansiedad, una emoción que no recordaba haber experimentado en mucho tiempo. Sentía la *necesidad* de ayudar a aquel hombre y reconfortarlo. Era una necesidad tan fuerte que era casi compulsiva.

—No se preocupe. Me ocuparé de usted. Ahora siéntese y relájese —le dijo, y luego condujo con su habitual celeridad por las calles de París. La mayoría de los policías conocían su coche y se limitaban a sonreírle cuando infringía todas las normas. Francesca era una sanadora excepcional. Era su regalo al mundo, y gracias a él había hecho amigos en todas partes. Los que no prestaban importancia a los favores o a las curaciones prestaban importancia al hecho de que Francesca era una mujer muy adinerada con numerosos contactos políticos.

Llegó al hogar y detuvo el coche casi en la entrada. No quería que el anciano tuviera que caminar demasiado. Su aspecto daba a entender que se desplomaría en cualquier momento. La capucha de su curiosa capa le ocultaba el pelo a vista de Francesca, pero ella tuvo la impresión de que era largo y grueso y con un corte más bien pasado de moda. Rodeó el coche corriendo y se inclinó hacia adentro para ayudarlo a bajar.

Gabriel no quería que volviera a tocarlo, pero no pudo impedírselo. Había algo muy tranquilizante en su contacto, algo casi curativo que le ayudaba a mantener a raya el hambre implacable que sentía. La máquina en que se habían desplazado y la velocidad a la que habían corrido lo habían mareado. Tendría que orientarse en aquel mundo nuevo al que había despertado. Saber qué año era. Conocer esas nuevas tecnologías. Sobre todo tenía que encontrar la fuerza para alimentarse sin permitir que su demonio interior tomara las riendas. Lo sentía en lo más profundo de sí, aquel fulgor rojizo, los instintos animales que pugnaban por desprenderse de la delgada pátina del ser civilizado.

—¿Francesca? ¿Nos has traído uno más? Esta noche estamos a rebosar —dijo Marvin Challot, lanzando una mirada nerviosa al anciano que ella ayudó a llegar hasta la puerta. Algo en aquel hombre le erizó el pelo de la nuca. Tenía un aspecto viejo y descuidado, tenía unas uñas demasiado largas y demasiado afiladas, pero era evidente que estaba tan débil que Marvin se sintió culpable y tuvo vergüenza de su reacción de rechazo ante aquel ser extraño. Pero difícilmente podía rechazar a Francesca, que contribuía con más dinero, trabajo y dedicación que nadie. De no ser por ella, el hogar no existiría.

A regañadientes, Marvin se acercó para coger al hombre de la mano. Gabriel inhaló con fuerza. En cuanto Francesca le soltó el brazo, casi perdió todo control. De su boca brotaron repentinamente los colmillos y el ruido del torrente de sangre en sus oídos se volvió tan fuerte que no pudo oír otra cosa. Todo desapareció en una nebulosa de tintes rojos. Hambre. Inanición. Tenía que alimentarse. El demonio en su interior alzó la cabeza con un rugido, luchó con él para recuperar el control.

Marvin intuyó que estaba en peligro mortal. El brazo que había tomado pareció retorcerse, como si los huesos del hombre asomaran y estallaran y un vello denso le recubriera la piel. Marvin sintió el olor salvaje y penetrante de un lobo, y soltó, aterrorizado, el brazo del anciano. Aquella cabeza se giró lentamente en su dirección y él tuvo un atisbo de la muerte. Donde debía haber ojos, vio dos cuencas vacías e implacables. Marvin pestañeó y los ojos volvían a estar en su lugar, enrojecidos y llameantes, como los de una bestia que acecha a su presa. No sabía cuál de las dos impresiones era peor, pero no quería para nada a ese viejo, fuera quien fuera. Aquella mirada se hundió en él como si fuera un colmillo afilado.

Marvin soltó un grito y dio un salto atrás.

—No, Francesca, no puedo permitirlo. No quedan plazas esta noche. No lo quiero aquí —dijo, con la voz temblándole de espanto.

Francesca estaba a punto de protestar, pero algo en la mirada de Marvin la detuvo. Con un gesto de la cabeza, acató la decisión.

—Está bien, Marvin. Yo me ocuparé de él —dijo, y con mucho cuidado le deslizó un brazo por la cintura al anciano—. Venga conmigo. —Era una voz suave que lo calmaba. Francesca ocultó su irritación ante la reacción de Marvin, pero no había nada que hacer.

El primer reflejo de Gabriel fue alejarse. No quería matarla, y sabía que estaba peligrosamente a punto de mutar. Y, sin embargo, era como si ella lo retuviera. La calma que le procuraba le permitía mantener encadenada a aquella bestia salvaje, al menos por el momento. Gabriel se apoyó con todo su peso sobre el delgado cuerpo de Francesca. Tenía una piel cálida, mientras que la suya estaba fría como un témpano. Aspiró profundamente su esencia, cuidando de mantener su rostro apartado. No quería que lo viera tal como era, un demonio que luchaba contra su propia alma, intentando desesperadamente conservar su naturaleza humana.

—Francesca —protestó Marvin—, llamaré a alguien para que lo lleven al hospital. Quizás a la policía. No te quedes sola con él. Creo que podría tratarse de un desequilibrado.

Cuando Gabriel subió al coche, se giró para volver a mirar al hombre que observaba desde la acera con el miedo pintado en la cara. Le miró fijamente al cuello y cerró la mano con fuerza. Hubo un momento terrible y fugaz en que casi le perforó al tipo la tráquea sólo por haberle prevenido a ella con respecto a el, pero con una imprecación antigua que pronunció en sordina, renunció al impulso. Hundió un hombro y se escondió aún más en los pliegues de la gruesa capa. Deseaba permanecer cerca de aquella hermosa mujer y dejar que su luz y su compasión bañaran su alma torturada. También deseaba alejarse de ella a toda carrera y poner la mayor distancia posible de por medio si quería salvaguardarla del monstruo que se adueñaba de él.

Francesca no parecía nada nerviosa ante su presencia. Si algo intentaba hacer, era darle seguridad. A pesar de las advertencias de Marvin, le sonrió cuando volvió a hablarle.

—No estaría de más hacer un reconocimiento médico. De verdad, sólo tardaría un momento.

Gabriel negó con un lento movimiento de cabeza. La mujer olía bien. Fresca. Limpia. Él estaba demasiado débil hasta para asearse. Se avergonzó de que ella lo viera en ese estado. Era tan bella, y daba la impresión de que brillaba de adentro hacia fuera.

Francesca aparcó el coche en una explanada donde cientos de máquinas como la suya estaban detenidas y vacías.

—Vuelvo enseguida. No trate de salir, sería una pérdida de energía. Esto no llevará más de un minuto —le aseguró, y le tocó el hombro, un pequeño gesto con el que pretendía darle seguridad. Él sintió de inmediato ese curioso alivio de su pesada carga.

En cuanto ella desapareció, él se sintió corroído por el mismo hambre que lo desgarraba por dentro, pidiéndole que se alimentara. Apenas podía respirar. El corazón le latía lentamente, un latido, luego un latido en falso seguido de otro latido. Su cuerpo clamaba por un poco de sangre, algo que lo alimentara. Estaba a punto de chillar de hambre. Lo necesitaba, no había más. Era tan sencillo. Lo necesitaba. Se moría por ello. Lo necesitaba. Todo confluía hacia ese único deseo.

De pronto lo olió. Fresco. Lo oyó. Pero también la olió a ella y su cercanía le ayudó a superar el rugido que lo sacudió por dentro. Tenía el vientre tenso, hecho un nudo. Un hombre caminaba a su lado. Éste era diferente del primero. Era un hombre joven y miraba a Francesca como si ésta fuera el sol, la luna y las estrellas. Cada tres o cuatro pasos, el joven rozaba el cuerpo de ella. Él sintió que algo perverso y profundo en su interior alzaba la cabeza y gruñía con una animosidad inesperada. Su presa. Nadie tenía derecho a acercársele tanto. Le pertenecía. La había señalado para él. Fue un pensamiento que le vino sin darse cuenta, y de inmediato sintió vergüenza. Aun así, no le agradaba ver a aquel individuo tan cerca de ella, y tuvo que aferrarse a todo su sentido de la disciplina para no abalanzarse sobre él y devorarlo ahí mismo.

—Brice, tengo que irme a casa. Este señor necesita ayuda. Ahora no puedo hablar, no tengo tiempo. Sólo he pasado a buscar un material.

Brice Renaldo la detuvo sujetándola por el brazo.

—Quiero que mires a una de mis pacientes, Francesca. Es una niña. No tardarás demasiado.

—Ahora no. Vendré más tarde por la noche —dijo Francesca, con voz suave pero firme.

Brice la sujetó con más fuerza para no dejarla ir, pero nada más hecho el gesto, sintió un leve cosquilleo en la piel. Se miró y vio varias arañas pequeñas con unas pinzas espantosas que le subían por el brazo. Lanzó una imprecación y soltó a Francesca a la vez que agitaba con fuerza el brazo. Las arañas habían desaparecido como si nunca hubieran estado ahí, y ella ya caminaba rápidamente hacia su lado del coche, mirando a Brice como si estuviera loco. Él había comenzado a explicárselo, pero al ver que no había ni rastro de las arañas, decidió que no valía la pena intentarlo.

Brice se apresuró en llegar al coche y volvió a cogerla. Se inclinó para echar una mirada a Gabriel por la ventanilla y la boca se le torció en un gesto de repulsión.

—Dios mío, Francesca, ¿de dónde sacas estos vagabundos?

—¡Brice! —Francesca retiró el brazo con un ademán suave y muy femenino de disgusto—. A veces eres tan cruel —dijo, bajando la voz. Pero Gabriel, con su agudo sentido del oído, oyó el intercambio de palabras con toda claridad—. El que se trate de un anciano o de alguien que no tiene dinero no lo convierte en un vagabundo o en un asesino. Es por eso que no acabamos de entendernos, Brice. No sientes compasión por la gente.

—¿Qué quieres decir, con que no siento compasión? —protestó Brice—. Ahí tengo a una niña que jamás le ha hecho daño a nadie y que está sufriendo, y estoy haciendo todo lo que puedo por ella.

Francesca lo esquivó para pasar y se deslizó en el asiento frente al volante.

—Vendré más tarde. Te he prometido que esta noche te haré el favor de venir a verla —dijo, y encendió el contacto.

—No pensarás llevarte a ese viejo a casa, supongo —preguntó Brice, a pesar de su recriminación—. Será mejor que lo lleves al hogar. Está sucio y lo más probable es que tenga pulgas. No tienes ni idea de quién es, Francesca. Ni te atrevas a llevártelo a casa.

Francesca le devolvió una mirada ceñuda de desdén antes de arrancar sin ni siquiera mirar por el retrovisor.

—No le preste atención a Brice. Es un médico muy competente, pero suele creer que tiene derecho a decirme lo que tengo que hacer —advirtió. Le lanzó una mirada a su silencioso acompañante. El hombre estaba acurrucado hecho un ovillo al otro extremo del asiento. Ella todavía no lo había mirado con detenimiento, ni siquiera a la cara. Ahora se ocultaba en la sombra, y miraba en dirección contraria a ella. Ni siquiera estaba segura de que el hombre se percataba de que intentaba ayudarle. Tenía la impresión de que estaba ante un gran hombre, alguien que había vivido rodeado de grandes riquezas, acostumbrado a ejercer su autoridad, y que ahora probablemente se sentía humillado por sus actuales circunstancias. El rudo comportamiento de Brice no había ayudado en nada.

—En sólo cuestión de minutos lo llevaré a un lugar caliente y seguro. Podrá comer de todo.

Su voz era maravillosa. Gabriel se sintió tocado en alguna fibra profunda, apaciguado y con la bestia dominada, algo que él no habría conseguido por sí solo. Quizá si ella se mantenía cerca de él cuando tuviera que alimentarse, sería capaz de controlar al demonio cuando éste surgiera. Gabriel hundió la cara entre las manos. Que Dios se apiadara de su alma, porque él no quería matarla. El cuerpo le temblaba con el esfuerzo que le significaba luchar contra su necesidad de sangre caliente que fluyera por su organismo reseco y hambriento. Todo aquello entrañaba un gran peligro, un indescriptible peligro.

El coche siguió un breve trayecto, se alejó de las grandes avenidas de la ciudad y se internó por un camino estrecho flanqueado por árboles y arbustos. La casa era de grandes dimensiones y se extendía en uno y otro sentido sin un estilo definido. Era una casa antigua, con amplias verandas y largas columnas rectas. Gabriel vaciló al abrir la puerta de la máquina. ¿Qué debía hacer, entrar con ella o quedarse ahí? Estaba debilitado, y ya no podía esperar mucho tiempo más. Tenía que alimentarse, no le quedaba otra alternativa.

Francesca lo cogió por el brazo y le ayudó a subir por la larga escalinata hasta la casa.

—Lo siento, ya sé que las escaleras son largas. Si quiere, puede apoyarse en mí. —Ignoraba por qué le parecía imperativo ayudar a aquel desconocido, pero todo en ella se lo pedía.

Apesadumbrado, Gabriel permitió que la mujer lo ayudara a subir la larga escalera hasta la casa. Temía que matarla fuera inevitable.

Él engrosaría las filas de las criaturas inertes y ya no habría nadie que pudiera destruir a Lucian. Nadie podría destruir a ninguno de los dos. El mundo estaría habitado por dos monstruos cuya maldad no tendría parangón. Quedaban demasiadas horas antes de que llegara el alba. La necesidad de sangre acabaría por derrotar a sus buenas intenciones. Y esa pobre mujer inocente que albergaba demasiada compasión sería la que pagaría el precio final por su generosidad, por haber ayudado a uno de su estirpe.

—¡No! —La negativa fue un gruñido áspero. Gabriel se desprendió de ella y reculó al llegar a la puerta. Trastabilló, perdió el equilibrio y se desplomó.

Francesca estuvo junto a él en un abrir y cerrar de ojos.

—¿De qué tiene miedo? No le haré daño.

Él temblaba al contacto de sus dedos, presa de un visible terror. Tenía la cara oculta entre los pliegues de la capucha, con un hombro alzado como para repelerla.

Gabriel se incorporó trabajosamente. No tenía fuerzas para alejarse de aquella joven, de la compasión y calidez que emanaba de sus palabras, de la vida que rugía en sus venas. Inclinó la cabeza al cruzar el umbral de su casa. Imploró para tener la fuerza suficiente. Imploró perdón. Imploró un milagro.

Francesca lo condujo por las amplias salas hasta la cocina, donde lo sentó a una mesa de madera de elaborados relieves.

—Hay un pequeño cuarto de baño a su derecha. Hay toallas limpias, en caso de que quiera ducharse. No tenga reparos en usarlo mientras yo caliento algo para comer.

Gabriel dejó escapar un suspiro y negó con un gesto de cabeza. Se incorporó lentamente y dio unos pasos hasta quedar frente a ella. Cerca de ella. Tan cerca que podía oler esa leve y atractiva fragancia por encima del hambre implacable.

—Lo siento —dijo, en un susurro de voz que él creyó convincente—, tengo que alimentarme, pero no es precisamente esto lo que necesito. —Le cogió la fuente de las manos y la dejó sobre el aparador.

Por primera vez, Francesca sintió que corría peligro. Se quedó muy quieta, con los grandes ojos negros fijos en su silueta envuelta en la capa.

—Ya entiendo —dijo, asintiendo. No había miedo en su voz sino una tranquila aceptación—. Venga conmigo, tengo algo que mostrarle. Lo necesitará más tarde. —Lo tomó de la mano, sin hacer caso de sus uñas largas y afiladas.

Gabriel no tenía intención de forzarla. No había recurrido a la comunicación mental para calmarla. Ella sabía que corría un peligro mortal, y él vio esa certeza reflejada en sus ojos. Francesca le apretó la mano y tiró de él.

—Venga conmigo. Puedo ayudarle. —Estaba casi tranquila, y la paz que irradiaba lo envolvió.

Él la siguió porque cualquier contacto físico con ella aliviaba su sufrimiento. No soportaba pensar en lo que estaba a punto de hacerle. Interiormente, tuvo ganas de llorar, como si una piedra enorme le oprimiera el pecho. Francesca abrió una puerta a la izquierda de la cocina y apareció una estrecha escalera. Cuando ella se lo pidió, él la siguió escalera abajo.

—Esto es el sótano —avisó ella—, pero aquí, justo en este saliente, hay otra puerta. No se puede ver, pero si presiona justo aquí... —dijo, a la vez que se lo demostraba. La roca giró hacia adentro dejando a la vista una caverna oscura. Ella señaló el interior con un gesto—. Esto conduce al subsuelo. A usted le parecerá cómodo.

Gabriel aspiró el olor dulce y añorado de la rica tierra que lo llamaba. El frescor y la oscuridad lo acogían y le prometían descanso.

Francesca se apartó el pelo del cuello y lo miró con ojos dulces y amables.

—Siento que tienes miedo. Sé lo que necesitas. Soy sanadora, y lo único que puedo hacer es ofrecer solaz a alguien como tú. Te lo ofrezco voluntariamente, sin reservas, ofrezco mi vida por la tuya como corresponde a mis derechos. —Pronunció aquellas palabras con tono calmado, palabras bellas como un susurro aterciopelado que le rozaba la piel.

No eran las palabras lo que él percibía, sino sólo el sonido. La seducción y la atracción. Su cuello era como un cálido satén al contacto con los dedos que lo recorrieron. Gabriel cerró los ojos y saboreó la exquisita sensación de tocarla. Había temido que la desgarraría, pero ahora descubrió una necesidad de acogerla suavemente, casi tiernamente, con todo el cuerpo. Inclinó la cabeza para palparle la piel con los labios. Calor y fuego. Con la lengua, le siguió el pulso y se tensó entero como anticipando algo. La atrajo hacia el abrigo de su cuerpo y su corazón. Murmuró apenas su perdón y tomó lo que ella le ofrecía, le hundió los dientes profundamente en la vena de su hermoso cuello.

El golpe de energía que sintió de inmediato le dio como una bola de fuego y se diseminó por sus células maltrechas. Sintió que la energía y la fuerza florecían en su interior. Y luego, un calor incandescente, un relámpago azul. Todo el cuerpo se le tensó. Francesca era como la seda caliente en sus brazos, como si casara perfectamente con su cuerpo. Se percató de lo suave que tenía la piel. El saborearla era adictivo. Ella lo había salvado con su generosidad y había impedido con éxito que el demonio quedara suelto. Había dado su sangre voluntariamente. *Voluntariamente.* Más allá del frenesí con que se alimentaba de ella, de pronto tuvo una iluminación. Ahora podía *sentir*. Y lo que sentía era culpa. Recordó el peso en el pecho cuando la había seguido por las escaleras del sótano. Había comenzado a sentir desde el momento en que la había encontrado. Mientras se alimentaba, todo su cuerpo ardía en un dolor intenso y urgente. Un dolor sensual y erótico. Alimentarse jamás había estado relacionado con el sexo, en ningún sentido. Gabriel no debería haber experimentado esas pulsiones sexuales y, sin embargo, su cuerpo se había convertido en un único deseo duro, permanente y urgente.

Bajo su mano, sintió que a ella el corazón le latía con breves vacilaciones, y entonces lamió de inmediato los diminutos orificios del cuello para cerrarle la herida y restañarla con su saliva. Había extraído casi toda la sangre de su fino organismo, y ahora tenía que actuar con rapidez. Se abrió un tajo en la muñeca y lo aplicó con fuerza a la boca de Francesca. Su energía era lo bastante fuerte para apoderarse de su mente. Ella empezaba a extinguirse, su fuerza vital sencillamente se apagaba. Francesca no oponía resistencia, más bien parecía bastante tranquila y resignada, casi como si esperara el abrazo de la muerte. Gabriel le devolvió la sangre. Ella conocía la fórmula para mantener a raya al demonio. Había ofrecido voluntariamente su vida por la de él. *Según corresponde a mis derechos.* ¿Cómo era posible?

Gabriel se quedó mirándole el rostro. Estaba muy pálida. Sus largas pestañas eran espesas y abundantes, de un negro intenso idéntico al de su cabello sedoso. Vestía unos pantalones de hombre, de un leve color azul. Colores. Él no había visto más que grises y negros desde que era un crío, más de dos mil años antes. ¿Por qué no la había reconocido como su compañera? ¿Acaso estaba tan desorientado?

Impidió que bebiera demasiado de su sangre. Esa noche, tendría que salir a cazar. Debía asegurarse de que bebería suficiente para los dos. La llevó al interior de la caverna y, siguiendo el rastro de su perfume, encontró la oscura celda donde estaría a salvo de los humanos y de las criaturas inertes. La tendió suavemente sobre el lecho de tierra y la hizo dormir. Fue una orden que reforzó con firmeza para asegurarse de que no se despertaría hasta que pudiera darle más sangre. El pulso y la respiración de Francesca eran pausados y estables, y le permitían a su organismo persistir con aquella pequeña cantidad de sangre fluyendo por venas y arterias, por los meandros de su corazón.

Gabriel se deslizó por la casa, gastando la menor energía posible. Se habría sentido encantado de beber de la sangre de ese Brice, pero ahora no disponía del tiempo para dar rienda suelta a sus caprichos. Tenía que encontrar a su presa rápidamente y volver a cuidar de su benefactora. Con su generosidad, Francesca le había salvado más que la vida. Le había salvado el alma.

Al cabo de un momento, había abandonado la casa y se encontró en medio de la oscuridad. Era su mundo, donde había vivido siglos, pero ahora todo era nuevo. Todo era diferente. Todo sería diferente a partir de ese momento. No tardó en encontrar una presa porque la ciudad bullía de gente. Escogió a tres hombres grandes, no sin antes asegurarse de que no tuvieran alcohol ni drogas en la sangre y de que ésta no estuviera contaminada por enfermedades. Los atrajo con facilidad hacia un portal y, una vez ahí, se sirvió a placer. Bebió lo suficiente para recuperar toda su vitalidad sin poner en peligro la vida de ninguna de sus víctimas. Cuando el primero flaqueó, presa del mareo, Gabriel cerró con cuidado los orificios y le ayudó a sentarse en el suelo. Se alimentó del segundo y del tercer hombre con cierta gula, aunque su organismo ansiaba nutrirse después de verse privado tanto tiempo. Y necesitaba suficiente sangre para asegurarse de que Francesca sobreviviría.

En cuanto acabó, borró la memoria de sus víctimas y dejó a los tres hombres sentados cómodamente en el interior del portal. Dio tres ágiles pasos a la carrera y voló hacia las alturas, hasta que su cuerpo mutó y unas alas poderosas lo impulsaron hacia lo alto. Voló en línea recta de vuelta a la casa. Desde el aire, vio aquella propiedad en todas sus dimensiones. La casa era a todas luces antigua, pero estaba perfectamente mantenida; se veía que los jardines adyacentes eran cuidados meticulosamente. Mirara hacia donde mirara, encontraba objetos que le eran desconocidos y de los que no entendía nada. La vida había continuado mientras él dormía en el subsuelo.

Encontró a Francesca como la había dejado, y su piel estaba tan pálida que era casi traslúcida. Era una mujer alta y bien proporcionada, con una rica cabellera color ébano que le enmarcaba la cara y le caía en torno al cuerpo poniendo de relieve sus encantadoras curvas. La recogió con extremo cuidado y la acercó hasta estrecharla. ¿Cómo era posible que aquella mujer fuera su auténtica compañera? Después de las guerras, habían quedado pocas mujeres. Un macho carpatiano podía vagar durante siglos por el mundo sin encontrar jamás a su compañera, a la otra mitad de su alma y de su corazón, a la luz que combatiera su oscuridad. Hacia los siglos XII y XIII, las mujeres de su especie habían comenzado a escasear. ¿Qué probabilidades había de que la encontrara caminando por la calle? Era prácticamente la primera persona que había visto después de haber yacido tanto tiempo en las profundidades. Aquello no tenía sentido. Nada de lo que había ocurrido tenía demasiado sentido. Sin embargo, había una verdad evidente y sencilla. Los machos carpatianos no podían ver colores ni sentir emociones a menos de que se encontraran muy cerca de su compañera. Gabriel veía todo tipo de colores, brillantes y vívidos, colores cuya existencia había olvidado hacía mucho tiempo. Y sentimientos que jamás había experimentado. Aspiró, inhalando profundamente su esencia. Ahora sería capaz de encontrarla siempre. Con la sangre de Francesca que ahora corría por sus venas, podía comunicarse con ella cuando quisiera, hablar con ella, de mente a mente, desde cualquier distancia.

Se abrió una escisión en el pecho con la uña, y la sostuvo a ella por la cabeza en la palma de la mano para llevarle la boca a su pecho. Ahora había recuperado toda su fuerza vital y, en esas condiciones de debilidad, Francesca estaba totalmente bajo su control. Se tomó un momento para observarla de cerca. Aquella mujer lo intrigaba. Tenía el aspecto de una mujer carpatiana. Alta y bien hecha, pelo color ébano. Ojos bellos, negros como la noche. Conocía las palabras rituales, y se había dado cuenta de que necesitaba sangre. Incluso tenía aquella cámara instalada bajo tierra para uno de ellos. ¿Quién era? ¿Qué era?

Exploró su mente. Parecía humana. Sus recuerdos eran los de un ser humano, y contenían numerosos detalles de los que él nada sabía. El mundo había avanzado mucho mientras él dormía. Francesca tenía un aspecto totalmente humano y, aun así, su sangre no era como la de los humanos. Sus órganos internos no eran del todo igual. Pero tenía recuerdos de haber caminado bajo el sol de mediodía, algo que los de su estirpe no podían hacer. Su existencia era un misterio, y él tenía la intención de resolverlo. Aquella mujer era demasiado importante para él, y no podía arriesgarse.

Su organismo volvía a tener el volumen adecuado de sangre. Con gesto suave, Gabriel interrumpió la ingestión y la depositó sobre la tierra curativa. Quería que descansara mientras él se dedicaba durante lo que quedaba de la noche a explorar el nuevo mundo en que estaba destinado a vivir. Encontró un tesoro de libros en una biblioteca de la primera planta. Ahí lo aprendió todo acerca de la televisión y de los ordenadores, y de la historia de aquellas máquinas —los coches— que habían usado para desplazarse. Todo aquello le parecía sorprendente y se empapó de la tecnología como una esponja. Sin pensárselo, conectó con Lucian. Sencillamente sucedió. Durante más de dos mil años habían compartido conocimientos. Gabriel se sentía tan emocionado que buscó a su hermano y las mentes se encontraron.

Lucian aceptó la información y le transmitió lo que había observado y estudiado, como si los últimos siglos no hubiesen transcurrido. Ahora se encontraba en plena forma y, como de costumbre, adquiría conocimientos a una velocidad insospechada. Su mente siempre había necesitado nuevas cosas en que pensar, en que trabajar. En cuanto Gabriel se percató de lo que hacía, interrumpió la conexión, furioso consigo mismo. Lucian podría «ver» dónde estaba él, de la misma manera que él podía encontrar fácilmente a Lucian. Siempre había sido Gabriel el que perseguía a su hermano gemelo, y lo perseguía para destruirlo. Nunca se había preocupado cuando, por un error, se fundía con su hermano vampiro para compartir nuevos conocimientos. Si Lucian decidía utilizar sus conocimientos para encontrarle, sólo le facilitaría la tarea de destruirlo. Ahora todo había cambiado. Él no podía permitirse que Lucian descubriera dónde estaba o con quién estaba. Ahora tenía que proteger a Francesca. Lucian no debía saber lo de su existencia. Los vampiros medraban a partir del dolor ajeno. A Francesca le obligarían a pagar un precio horrible por haber intervenido.

Gabriel se entregó al placer de la ducha que usaban los humanos. Podía limpiarse y refrescarse con sólo pensarlo, pero ahora tenía sensaciones. Podía saborear lo limpio, y aquello era una sensación insólita. Tuvo que volver a hacer un esfuerzo consciente para no transmitirle su emoción a su hermano. Incluso después de transcurrido tanto tiempo, estaba acostumbrado a penetrar y abandonar sin más su pensamiento. A lo largo de los siglos, había utilizado esa habilidad para perseguirlo, e incluso para anticiparse a sus crímenes y llegar a sus víctimas antes que el propio Lucian. Hasta ahora, no había podido impedir ninguno de los asesinatos de Lucian, pero no cejaba en su empeño.

Después de ducharse, Gabriel volvió a la lectura. Leyó varias enciclopedias y almanaques, además de cualquier libro que le cayera en las manos. Gracias a su memoria fotográfica, no tardó demasiado. Leía a ritmo acelerado para acabar con la historia y entrar en las nuevas tecnologías. Quería leer manuales y descubrir con precisión cómo funcionaban las cosas. Y quería saber todo lo que la casa pudiera decirle acerca de su dueña.

Deambuló por las enormes salas. A Francesca le agradaban los espacios abiertos. Apreciaba el gran arte y los colores pastel. Era indudable que amaba el océano y sus habitantes. Había libros sobre la vida submarina y grabados y acuarelas de olas embravecidas. Era un ama de casa meticulosa, a menos que tuviera a alguien que hiciera ese trabajo. Vivía como un ser humano. Los armarios estaban llenos. Tenía una bella vajilla de loza en la cocina y antigüedades raras en las habitaciones. En una de ellas había un edredón en un telar; echó una mirada a la obra. El dibujo era extraño, pero tenía una cualidad que lo calmaba. Bello. Se sintió atraído por él, aunque no entendía por qué. En otra habitación, Francesca trabajaba con vidrios de colores. El diseño se parecía mucho al del edredón: transmitía paz y serenidad. Los dos eran sumamente bellos, y él se podría haber quedado horas mirándolos. Francesca era una mujer con mucho talento.

Los cortinajes de la casa eran de un tejido más espeso de lo habitual, específicamente hechos para las ventanas, de modo que si los habitantes de la casa lo deseaban, no dejaban entrar ni un rayo de luz en la sala. Aquello tendría sentido si Francesca fuera una carpatiana que intentara integrarse en la vida cotidiana. Sin embargo, parecía que nada en aquella casa encajaba. Era una mezcla de riqueza y fantasía, casi como si dos personas distintas la habitaran. Gabriel buscó pruebas de que hubiese otro habitante.

En el estudio encontró sus papeles personales, registros de facturas y breves notas que Francesca escribía para sí misma. Al parecer había bastantes, y algunas de ellas eran recordatorios para ingerir ciertos brebajes. Un carpatiano jamás consumiría alimentos humanos, a menos que fuera imperativo para evitar que otros descubrieran la verdad. Cualquier carpatiano en posesión de sus facultades físicas podía consumir estos alimentos y regurgitarlos más tarde, pero era una práctica que le desagradaba.

¿Quién era Francesca? Y más importante aún, ¿qué era? ¿Por qué su sangre no era completamente humana? Y ¿por qué conocía las palabras rituales que habían impedido que se convirtiera en vampiro en su momento de mayor debilidad? Y, sobre todo, ¿por qué había comenzado a ver en color? ¿Por qué sentía emociones? ¿Por qué había pronunciado ella la frase «según corresponde a mis derechos»?

Con un suspiro, Gabriel devolvió las cosas a su sitio, y sus dedos se demoraron por un momento sobre el contorno de su escritura, menuda y regular. Francesca tendría las respuestas que él quería. Y si no quería dárselas, él sabría cómo obtener la información. El suyo era un linaje de antigua estirpe y sangre, un linaje de grandeza y poder. Eran muy pocos los de su pueblo que poseían los conocimientos y destrezas que él había aprendido en siglos de existencia. Francesca no sería capaz de ocultarse de él ni de rehuir sus preguntas.

Capítulo 2

Gabriel se quedó mirando a la mujer tendida, silenciosa, en la tierra rica y oscura. Observó que su cuerpo reaccionaba en cuanto se acercaba a ella, algo que nunca le había ocurrido en los largos siglos de su existencia. Se sentía tenso y caliente, y su cuerpo le insinuaba urgentes demandas con sólo observarla. Todo su ser, en alma y cuerpo, tendía hacia ella. Sus emociones eran tan intensas que temblaba con su inesperada fuerza. Era desconcertante descubrir que alguien pudiera tener un efecto como ése en él. Cuando sintió que salía de las profundidades de sí mismo, la despertó con una orden.

Francesca se desperezó, y en su rostro se adivinó un ceño fruncido. Sus pobladas pestañas se agitaron justo antes de que abriera del todo los ojos, unos ojos enormes y negros. Lo miraron de inmediato a él, casi como si hubiera sabido que estaba ahí. Sus dientes menudos se mordieron por un instante el carnoso labio inferior, un gesto de nerviosismo que ocultó incorporándose. Se sintió presa del mareo, y se tambaleó mientras se llevaba una mano a la cabeza.

Gabriel se apresuró a sujetarla por la cintura. Fue como si todos los instintos de protección clamaran juntos, exigiéndole que cuidara de ella.

Francesca lo rechazó con un empujón.

—Apártate de mí. Lo has echado todo a perder. Todos estos años, todo aquello por lo que he trabajado. Apártate de mí.

Gabriel retrocedió para dejarle espacio, sorprendido por el reproche que se adivinaba en sus palabras. Era evidente que estaba irritada con él.

—¿Qué he echado a perder? —preguntó Gabriel, con voz queda. Le sorprendió su falta de miedo, puesto que él no había ocultado su verdadera naturaleza a sus ojos. Había bebido de su sangre sin ambages. Ella lo sabía. No había intervenido la fuerza para obligarla y él no le había pedido que olvidara lo que había hecho.

Francesca se lo quedó mirando fijo. Desde luego, ya no tenía el aspecto del anciano que ella había creído ver al principio. Ahora tenía una piel sana, y su aspecto era el de un hombre joven y fuerte. Había en él un aire que insinuaba poder. Se mantenía erguido cuan alto era; tenía todo el aspecto de lo que era realmente, un guerrero que nadie había superado. Gabriel tenía rasgos bien definidos y en su rostro brillaban unos ojos negros. Su pelo era negro y largo y lo llevaba atado con una cinta de cuero en el nacimiento de la nuca.

—Ofrecí mi vida a cambio de la tuya. No tenías ningún derecho a darme tu sangre. Eso es lo que has hecho, ¿no es así? No tenías ningún derecho. —Le lanzó a Gabriel una mirada feroz que ocultaba un fuego abrasador. Apretó sus puños menudos hasta hincar las largas uñas en las palmas de las manos. Todo el cuerpo le temblaba, presa de una irritación apenas reprimida. Era a Gabriel al que tenía frente a ella. Lo habría reconocido en cualquier parte, en cualquier momento, sin importar el aspecto que asumiera. Eso sí, no lo había reconocido hasta que él la había tomado en sus brazos. Había tenido tanto miedo de que él supiera quién era, incluso a través de su fingida identidad, que no había dejado que sus sentidos le revelaran la información que necesitaba tan desesperadamente.

—Habrías muerto —dijo él, seco, sin rodeos.

—Lo sé. Ofrecí mi vida voluntariamente para que tú pudieras seguir adelante con tu misión de salvar a nuestro pueblo.

—Entonces eres una carpatiana. —Gabriel se le acercó pausadamente, le cogió la mano, y le abrió los dedos uno tras otro hasta revelar las marcas de las uñas en la palma. Antes de que ella pudiera adivinar sus intenciones, él inclinó su cabeza morena y sus labios rozaron las marcas con una exquisita delicadeza.

A ella le dio un vuelco el corazón cuando sintió el contacto de sus labios y la calidez de su aliento. Con un gesto brusco, retiró las manos y le lanzó una dura mirada.

—Claro que soy carpatiana. ¿Quién, si no, te habría reconocido? Gabriel, el defensor de nuestro pueblo. Eres el cazador de vampiros más grande que jamás ha existido. Eres una leyenda que ha vuelto a la vida. Tardé algo en reconocerte, pero es que estabas en un estado lamentable. Se pensaba que llevabas muerto un par de siglos.

—¿Por qué no te identificaste de inmediato? Jamás habría permitido que pusieras en peligro tu vida —le advirtió él, con una voz suave que no ocultaba la reprimenda.

La palidez del rostro de Francesca desapareció para dejar lugar a su rubor.

—No hables como si tuvieras algún derecho sobre mi vida, Gabriel. Hace mucho tiempo que perdiste tus derechos.

Algo en él se agitó, y un movimiento casi imperceptible de sus músculos advirtió de su portentosa fuerza. Francesca le devolvió una mirada intensa y dura. No se sentía en absoluto intimidada.

—Lo digo en serio. No tenías ningún derecho a hacer lo que hiciste.

—Como macho carpatiano, no puedo hacer otra cosa que protegerte. ¿Por qué vives aquí sola, lejos de todo y desprotegida? ¿Tanto ha cambiado nuestro mundo que a nuestros machos ya no les importa la suerte que corran sus mujeres? —Gabriel hablaba con una voz pausada y, sin embargo, parecía aún más amenazante.

—Nuestros machos no tienen ni idea de mi existencia —respondió ella, alzando el mentón en un gesto de orgullo—. Y tampoco es asunto tuyo, así que no creas que tienes que inmiscuirte.

Gabriel se limitó a observarla. Su edad superaba los dos mil años. Por encima de todo, sentía instintivamente que su deber era proteger a las mujeres. Era parte de sí mismo, de su existencia. Y si aquella mujer era su compañera, más que su deber, era su derecho.

—Francesca, temo que no puedo hacer otra cosa que cuidar de ti como es debido. Jamás he renunciado a mis responsabilidades.

Ella se sentía en grave desventaja sentada ahí con él, imponente, a su lado. Se incorporó y cruzó la habitación con toda la elegancia de la que pudo hacer acopio para distanciarse unos metros. Gabriel comenzaba a provocar en ella cierta agitación. Francesca había olvidado lo que era ponerse nerviosa. Ella misma no era ninguna principiante. Había hecho lo que ninguna mujer carpatiana había coneguido nunca antes: escapar sin ser detectada ni por los machos carpatianos ni por los vampiros que la acechaban, y construirse una vida regida por sus propias normas. Y no estaba dispuesta a permitir que ese macho se inmiscuyera en su vida y tomara las riendas.

—Creo que deberíamos aclarar algo, Gabriel. Tú no eres responsable de mí. Estoy dispuesta a permitir que uses esta cámara hasta que te orientes y encuentres un lugar seguro, pero después de que eso suceda, no habrá más contacto entre nosotros. Aquí tengo mi propia vida, y no te incluye a ti para nada.

Él frunció el ceño. Era una manera elegante y respetuosa de decir que era una mentirosa.

—Eres mi compañera —dijo, dueño de la certeza implícita en sus palabras. Francesca era la otra mitad, la luz que acabaría con su oscuridad, la mujer única e inconfundible que había sido creada sólo para él.

Por primera vez, en Francesca se adivinó un asomo de miedo. Se giró con los ojos totalmente abiertos por el recelo.

—Supongo que no habrás pronunciado las palabras rituales que podrían unirnos —inquirió. Las manos le temblaban y tuvo que ocultarlas tras la espalda. Lo había reconocido en cuanto lo vio, y ahora había llegado el momento que más temía.

—¿Por qué habrías de tener miedo de algo tan natural? Sabes que soy tu compañero. —Gabriel la escrutaba, atento a cada una de sus expresiones. Francesca estaba decididamente asustada. Y había sabido antes que él que su lugar estaba a su lado.

Alzó el mentón como si quisiera desafiarlo.

—*Fui* tu compañera, Gabriel. Hace muchos siglos. Pero cuando tomaste la decisión de cazar a los vampiros junto a tu hermano, me condenaste a una vida de soledad. Yo acepté esa condena. Todo esto sucedió hace mucho tiempo. No puedes volver a entrar en mi vida y decretar que las cosas han cambiado.

Gabriel guardó silencio, estableciendo un leve contacto mental. Descubrió en ella un vívido recuerdo de él mismo caminando por una aldea humana con su hermano Lucian. Los dos legendarios cazadores de vampiros. La gente se apartaba de su camino presa de un temor casi reverencial. Gabriel se vio a sí mismo caminando de prisa con pasos largos y seguros, el cabello suelto en el aire nocturno. El movimiento de una joven captó su atención por un instante, y él giró la cabeza sin aminorar la marcha. Su oscura mirada se deslizó sobre un grupo de mujeres, y Lucian dijo algo que lo distrajo. Gabriel volvió a mirar hacia adelante y ya no volvió a girar la cabeza, ni una sola vez. La joven siguió mirándolo a él durante un largo rato, sumida en un silencio doliente.

—No lo sabía.

Ella le devolvió una mirada enfurecida.

—No querías saberlo. Hay una diferencia, Gabriel. En cualquier caso, no importa. Sobreviví a la humillación y al dolor. Pero todo eso sucedió hace mucho tiempo. Hace siglos que vivo una existencia digna. Ahora estoy cansada y quiero ir al encuentro del amanecer.

Gabriel la miró fijamente.

—Eso no es aceptable, Francesca —sentenció. Lo dijo con voz pausada, sin inflexiones.

—No tienes derecho a decirme qué es aceptable en mi vida y qué no lo es. En lo que a mí respecta, renunciaste a todos tus derechos sobre mí cuando me abandonaste sin mirar atrás. No sabes nada de mí, ni sabes nada de la vida que he llevado ni de las cosas que quiero y no quiero. He construido una vida para mí misma. He sido relativamente feliz y he prestado ayuda a los demás, una ayuda que no ha sido poca. He vivido lo suficiente, muchas gracias. Y el solo hecho de que de pronto decidas volver del mundo de los muertos no cambia nada. No has venido por mí, sino por Lucian. Ha resucitado, ¿no es eso? Y tú quieres darle caza.

—Así es —dijo Gabriel, asintiendo con un lento gesto de cabeza—. Es verdad, pero haberte encontrado lo cambia todo.

—No cambia nada —negó Francesca. Abrió de golpe la puerta de la cámara y se alejó a toda prisa por el túnel que conducía al sótano. No le ayudó nada a sosegarse descubrir de pronto que él le seguía los pasos sin grandes esfuerzos, sus músculos flexionándose, poderosos, sugerentes. ¿Cómo se atrevía a tomarse su vida con tanta ligereza?—. No ha cambiado nada —repitió—. Tú todavía tienes tu misión y yo tengo mi vida. Que me pertenece sólo a mí, Gabriel, y yo soy la única que puede tomar sus propias decisiones.

—Nuestro príncipe tendrá que responderme de algo muy grave —dijo Gabriel, con su voz suave y serena—. No ha cuidado de ti como era su deber. ¿Mikhail sigue en el poder?

—Vete al infierno, Gabriel —le espetó Francesca, que sentía una rabia impetuosa ante sus inquisiciones. Entró en la cocina, la cruzó de un lado a otro y llegó hasta el espejo del pasillo. Se echó el pelo a un lado y se examinó el cuello para ver si quedaban huellas.

—¿Piensas salir? —le preguntó él, con una voz queda y suave. A Francesca el corazón le latía con fuerza en el pecho, y mantuvo la cara oculta.

—Sí, le he dicho a Brice que pasaría a ver a uno de sus pacientes. No puedo dejar que se inquiete por mi suerte y decida venir a buscarme.

—Brice puede esperar —dijo Gabriel, sin inmutarse.

—No hay ninguna razón por la que tenga que esperar —replicó Francesca—. Espero que hayas abandonado la casa antes de que yo regrese.

Un asomo de sonrisa le torció a Gabriel la comisura de los labios.

—No creo que eso suceda —alcanzó a decir, mientras ella salía por la puerta, si bien en sus ojos vivos y oscuros se adivinaba que aquello no le hacía ni una pizca de gracia. En el momento en que la puerta se cerró con estrépito, Gabriel se acercó rápidamente a la ventana. Francesca se alejaba a grandes zancadas por el camino, e iba a pie. No había usado el coche como lo haría un humano, y tampoco se había disuelto en una nebulosa para flotar por los aires, como lo haría un carpatiano. Mientras él la miraba, ella comenzó a correr, desplazándose con ligereza y fluidamente, con movimientos que le parecieron poéticos por su belleza.

Quiso comunicarse y se fundió con ella mentalmente hasta que no fue más que una leve sombra. Francesca le temía, y mucho. Todo lo que había dicho lo había dicho en serio. Había llevado a cabo una especie de experimento que le permitía vivir a la luz del día con los humanos. Había dedicado mucho tiempo y energía a su investigación, buscando una manera de llevar a cabo el cambio. Había tardado varios siglos en conseguir que su cuerpo se adaptara a tal fin. Había simulado con tanta habilidad sus pensamientos para que parecieran humanos que había logrado engañar incluso a un veterano como él. Y ahora él lo había echado todo a perder al darle su sangre antigua. Ese gesto la había irritado visiblemente. Y la había llevado a la convicción de que aquellos eran los últimos años que le quedaban de vida. Había pensado en la posibilidad de pasar esos últimos años junto a Brice. Envejeciendo como los humanos. Su intención era mostrarse al alba cuando se consumieran esos pocos años restantes. Llevaba un tiempo abocada a esos planes.

—No lo creo, Francesca —murmuró Gabriel. De pronto, su cuerpo se estremeció y brilló hasta volverse transparente. Se disolvió en una leve bruma y abandonó la casa colándose por la ventana semiabierta. La bruma asumió repentinamente la forma de un enorme búho blanco, su metamorfosis predilecta para volar. Con las fibrosas alas desplegadas, se elevó por encima de la ciudad.

Francesca corría a todo meter por la acera. Oía su propio corazón latiendo desbocado, oía el golpe de las suelas de los zapatos golpeando contra el asfalto, el aire que entraba y salía a bocanadas de sus pulmones. Ni en su peor pesadilla jamás había imaginado que algo así pudiera suceder. *Gabriel.* Los de su pueblo hablaban de él en susurros. *Hermanos gemelos. Leyendas.* Estaban muertos, no vivos. ¿Cómo se explicaba aquello? Él le había arrancado la vida, la había obligado a llevar una existencia condenada a una soledad que se prolongaba una eternidad. Ahora que por fin había aprendido a vivir como un ser humano, quizás hasta tener una relación humana, a vivir y morir como todos los demás, como aquellos que había visto venir y luego partir con el paso del tiempo, Gabriel había regresado del mundo de los muertos. ¿Qué sucedería si insistía en reclamarla?

No había manera de huir de alguien como Gabriel, el cazador de elite. Gabriel podía seguirle las huellas a un fantasma, por no hablar de su propia compañera. Francesca redujo el ritmo de su carrera a un andar veloz. Quizá sencillamente volvería a irse. No había reconocido en ningún momento que Lucian se hubiera levantado de su tumba. Lo suyo era seguir cazando, y no tendría interés alguno en ella. Y ella nunca aceptaría que él la reclamara. Era él quien la había forzado a exilarse de su propio pueblo, de su propia tierra, y ella no había tenido arte ni parte en el asunto. Una mujer sola viviendo entre hombres tan desesperados por tener una compañera habría convertido sus vidas en una miseria eterna. Y ella sabía que no soportaría verse privada de la libertad. El príncipe que gobernaba a su pueblo habría cuidado de ella con celo albergando la esperanza de que uno de esos hombres sería su verdadero compañero para toda la vida. Necesitaban desesperadamente que nacieran nuevas criaturas. Y ella sabía que sólo era compatible con un macho carpatiano, y que éste la había rechazado para consagrarse a la protección de su pueblo. Había vivido como se le antojaba durante esos siglos, arropada por la certeza de que era una mujer fuerte y poderosa, y que ningún ser humano podía medirse con ella ni los vampiros detectarla. Era bastante fácil esconderse de los suyos, porque su comportamiento era muy insólito.

Habían perdido a tantas mujeres y niños en los últimos siglos que todas las mujeres eran objeto de atento cuidado. La misión de las mujeres era traer hijos al mundo, sobre todo hijas. La mayoría de los que nacían eran machos, y muy pocos superaban el año de vida, por lo cual la especie se asomaba al borde de la extinción. Francesca había llegado a acomodarse dentro de su solitaria existencia, y no tenía la menor intención de cambiar toda su forma de vida sólo porque de pronto Gabriel hubiera decidido aparecer de la nada.

Sintió el rostro humedecido y alzó la mirada al cielo. Estaba totalmente despejado y las estrellas brillaban con toda su intensidad. Sorprendida, se palpó y se secó las lágrimas de las mejillas. Esa constatación la reafirmó en su decisión de no permitir que Gabriel decidiera qué curso tomaría su vida. En cuestión de nada, ya la había hecho llorar. Lo había arruinado todo. Le había arrancado brutalmente la luz del sol de su vida, sin pensárselo. Así era Gabriel. Tomaba sus decisiones y esperaba que el resto del mundo se plegara a ellas. Era un hombre regido por su propia ley, y seguramente esperaba que ella se sometiera a cualquiera de sus dictados.

Francesca dobló al llegar a una esquina, respiró hondo y entró en el estacionamiento del hospital. No quería que nada pareciera raro o fuera de lugar. Brice se reunió con ella poco después de que entrara en el edificio, lo cual le hizo creer que había dado estrictas órdenes para que le avisaran en cuanto hubiera llegado. La condujo por los pasillos hasta una habitación privada. Había osos de peluche y globos y flores por todas partes. La pequeña en la cama estaba muy pálida y unas profundas ojeras delataban su estado. Como de costumbre, Brice no le dijo de qué sufría el paciente. En su lugar, le permitió que llevara a cabo su propia y «curiosa» auscultación.

—¿Saben sus padres que me has pedido que me ocupe de ella? —le preguntó Francesca, con voz queda.

Aunque había hablado en voz baja, la niña se movió en la cama y abrió los ojos. Le sonrió a su visitante.

—Usted es la señora que el doctor Brice dice que ayuda a las personas. Mi mamá me dijo que vendría a verme.

Francesca le lanzó a Brice una rápida y ceñuda mirada de impaciencia. Le había pedido mil veces que no mencionara su nombre a nadie. Ella no podía permitirse el lujo de la publicidad, y lo habían discutido en no pocas ocasiones. Le tocó a la pequeña su menuda mano con la punta de los dedos.

—¿Te duele, no?

La niña se encogió de hombros.

—No pasa nada. Ya estoy acostumbrada —dijo.

Un soplo de aire frío sacudió inesperadamente las cortinas, y Brice miró la ventana y se cercioró de que estuviera cerrada. Lo último que necesitaban ahora era una corriente de aire frío en la habitación. Francesca estaba totalmente concentrada en la pequeña. Nada turbaba su mente en momentos como ése. Ahora era como si sólo existieran ella y la niña.

—Me llamo Francesca. ¿Cómo te llamas tú?

—Chelsea.

—De acuerdo, Chelsea, ¿te importaría si te sostengo la mano un rato? Me ayudaría a entender qué es lo que pasa en tu interior.

Una sonrisa desdibujada iluminó el rostro de la criatura.

—¿No vas a pincharme ni meterme cosas ni jeringas?

—Creo que eso se lo podemos dejar a Brice —dijo Francesca, devolviéndole la sonrisa. Cogió la diminuta mano en la suya. Tenía la piel muy delgada, casi traslúcida. Aquel pequeño ser se estaba consumiendo—. Sólo me quedaré aquí sentada contigo y me concentraré. Puede que de pronto sientas calor en alguna parte, pero no te dolerá.

Chelsea dejó descansar la mirada en el rostro de Francesca, como escrutando su expresión antes de confiarse a ella. Después, asintió con ademán solemne.

—Ya puedes empezar. Estoy preparada.

Francesca cerró los ojos y se concentró únicamente en la niña, apartando cualquier otro pensamiento de su mente. Se encomendó a sí misma buscar fuera de su propio cuerpo y se volvió insustancial como la energía, el calor y la luz. Penetró en la paciente y comenzó una lenta y cuidadosa exploración. La niña tenía gravemente afectado el sistema circulatorio. Era víctima de potentes agresiones que penetraban en su flujo sanguíneo y el lamentable estado de sus anticuerpos era incapaz de oponerse a aquel ejército invasor. Francesca siguió mirando de cerca cada órgano, los tejidos y los músculos, hasta llegar al cerebro. De pronto, se sintió invadida por la compasión, algo que ponía en peligro su posición dentro del cuerpo de la niña. Sintió una gran empatía por aquella pequeña que había sufrido tantos años de su corta vida.

Se sacudió, pestañeó rápidamente y volvió a reintegrarse a su propio cuerpo. Como de costumbre, se sintió desorientada y débil, después de una experiencia extracorpórea. Se quedó un rato sentada en silencio antes de mirar a Brice.

—Francesca. —Él pronunció su nombre con voz suave, con grandes esperanzas. No era una pregunta. Él era médico. Sabía, en el dominio de su ciencia médica, que Chelsea se estaba muriendo, que su cuerpo sucumbía a los microbios que la atacaban con tanta ferocidad. Parecía exhausto, con una expresión marcada por el dolor. Había hecho todo lo que estaba en su poder y sabía que no había suficiente ni para empezar.

—Quizá. —Francesca lanzó una mirada al reloj de la pared. Eran las tres y media de la madrugada. ¿Cuánto tiempo tardaría en sanar a esa niña, en liberar a aquel cuerpo consumido hasta el último vestigio de cáncer. ¿Sería capaz de hacerlo y llegar a casa antes de que saliera el sol? ¿Acaso importaba? La vida de aquella niña bien valía el riesgo. Y a ella no le preocupaba caminar a la luz del sol.

—Déjame a solas con ella, Brice, y veré qué puedo hacer —avisó Francesca, y le acarició el pelo a la pequeña—. Tienes que dormir, cariño, y veremos si podemos conseguir que te sientas más cómoda. —Esperó a que Brice saliera y cerrara la puerta antes de volver a penetrar en el cuerpo de la niña.

El tiempo no significaba nada cuando Francesca adoptaba su papel de sanadora. Se encontraba dentro de la pequeña forma humana de Chelsea, la mantenía a salvo y arropada gracias a su concentración, incluso mientras sus energías se lanzaban a ese terrible combate por la vida. Trabajaba con meticulosidad, incansable, cerciorándose de que no quedara ni un solo rastro de aquella cruel enfermedad en el organismo de su paciente. No tenía noción del paso de las horas, como tampoco se percató del decaimiento de su propia energía hasta que se encontró falta de fuerzas, con el cuerpo fallándole antes de que la mente tuviera tiempo de acabar la tarea. De pronto se sintió revigorizada, y se estremeció con un brote descomunal de energía proveniente de una fuente exterior. Aceptó aquella energía sin preguntarse más, segura de sus orígenes. Era evidente que Gabriel se había enterado de que estaba poniendo en peligro su salud, ya que estaba atado a ella por el vínculo de la sangre. y era natural que tuviera ese gesto de ayudarla. Al fin y al cabo, era un macho carpatiano. No era otro el sentido de esa ayuda. Era evidente que no lo hacía porque ella le importara.

Francesca utilizó de inmediato aquella energía. Se sentía agradecida, aunque no quería nada con Gabriel. Sólo una cosa importaba: sanar el deteriorado organismo de Chelsea y devolverle la salud. Cuando tuvo la certeza de que se había desecho de hasta el último germen de la enfermedad, se reincorporó a sí misma.

Respiraba con dificultad y temblaba de los pies a la cabeza. Durante un momento, permaneció derrumbada sobre la pequeña, hasta que comenzó a recuperarse lentamente de la difícil tarea que se había propuesto. Además del agotamiento de la curación, también tenía que ocuparse de hacer invisible su actividad a cualquier extraño. Con los años, había aprendido a alzar una barrera para ocultar su energía a carpatianos y vampiros por igual.

Miró el reloj y vio que eran casi las cinco de la madrugada. Tenía que volver a casa. Cansada como estaba, no le sentaría nada bien salir a plena luz del sol. Aunque solía decirse que no importaba, Francesca todavía padecía el secreto temor de morir de esa manera tan dolorosa. Gabriel se había encargado de que el sol volviera a hacerle daño.

—*No ha sido intencionadamente, cariño.*

—*Pero el resultado es el mismo.*

Brice todavía la esperaba, apoyado contra la pared junto a la puerta.

—Y, ¿has podido ayudarla?

—Eso espero. —Francesca respondió con evasivas, aunque sabía perfectamente que la pequeña Chelsea se recuperaría—. Por favor, ten la delicadeza de no hablarle de mí a nadie. Lo digo en serio, Brice: teníamos un pacto. No puedo permitirme que la gente venga a llamar a mi puerta esperando milagros. Dale un día o dos antes de hacerle cualquier examen. Sabes que detesto la publicidad. Si se restablece, tú te llevas los laureles.

Brice comenzó a caminar a su lado.

—Yo acabo ahora —avisó—. ¿Quieres que desayunemos juntos? Un agradecimiento de nada por pasarte toda la noche cuidando de uno de mis pacientes.

Francesca se echó hacia atrás la tupida melena de color negro carbón.

—Estoy cansada, Brice. Ya sabes que siempre me quedo agotada.

—Si supiera qué es lo que haces, quizá podría ayudarte y no te cansarías tanto —dijo él, con ganas de provocarla—. ¿Has venido caminando? Venga, te llevaré a casa —dijo. La cogió por el brazo y la condujo hasta su coche.

Francesca aceptó de buena gana. Sólo tardarían unos minutos en llegar a casa en coche, y ella estaba agotada. Se acomodó en el asiento tapizado de cuero, se puso el cinturón de seguridad con un mecanismo automático y le sonrió.

—La verdad es que disfrutas de tus lujos, Brice.

—No hay nada de malo en eso. Sé lo que quiero y por eso lo persigo. —Con sus ojos oscuros la miró de manera sugerente.

—No empieces —avisó ella, con voz risueña—. No entiendo qué es lo que pasa contigo, Brice. Te he dicho una y otra vez que no podemos vernos.

—Nos vemos cada dos días, Francesca —objetó él, con una sonrisa pintada en los labios—. Nos va bastante bien, cuando nos vemos.

—Estoy demasiado cansada para discutir contigo. Pórtate bien y llévame a casa.

—¿Qué has hecho con el viejo aquél? Tienes que parar de recoger a gente por la calle, Francesca. Por eso me necesitas, porque eres tan buena que te puedes equivocar. Tarde o temprano, acabarás recogiendo a un asesino en serie.

—No creo que ése sea el peligro en este caso. —Francesca miró por la ventanilla mientras se acercaban a la casa, imponente, al final del camino.

—Supongo que no te lo habrás llevado a casa —preguntó Brice, con tono suspicaz mientras detenía el coche y se quitaba el cinturón de seguridad.

Ella le devolvió una sonrisa fugaz.

—Deduzco que crees que te invitaré a entrar.

Brice se apresuró a abrirle la puerta por el otro lado.

—Pienso entrar pase lo que pase. No quiero descubrir que ahí dentro tienes a ese viejo lleno de piojos. Aunque sería muy típico tuyo.

Como si esperara esas palabras, la puerta de entrada se abrió y la maciza figura de Gabriel se cuadró en el umbral. Desde luego, su aspecto no era el de un anciano comido por los piojos. Francesca sintió que palidecía y que el corazón le daba un vuelco. La mirada que le lanzó a Brice delató su incomodidad. Gabriel tenía el aspecto de un hombre invencible, de un predador. Parecía capaz de comerse vivo a Brice. Permanecía de pie, alto y elegante, sus rasgos sensuales rigurosamente inexpresivos. En realidad, tenía el aspecto de un príncipe de la antigüedad. El poder en él era un atributo tan evidente que lo llevaba pegado como una segunda piel. Era un ser extraordinariamente bello, y Francesca no pudo evitar percatarse de esa verdad, a pesar de haberse propuesto lo contrario.

De hecho, Brice la detuvo cogiéndola por el brazo y parándola en seco.

—¿Quién diablos es ése? —preguntó, y hasta llegó a situarse delante de Francesca con gesto protector.

Era un gesto tan gentil que ella sintió un nudo en la garganta. Nadie había sido tan protector y atento con ella como Brice. No importaban las veces que ella lo hubiera rechazado, porque Brice siempre la perseguía.

Gabriel bajó las escaleras. En realidad, flotó. Se movía con la gracia de un gran felino de la selva, y unos músculos poderosos se adivinaban por debajo de su camisa de seda.

—Muchas gracias por traerla a casa. Comenzaba a inquietarme —dijo, con voz tranquila. Tenía una voz suave y aterciopelada, una voz serena que no podía ser ignorada. Allanaba el camino para cualquier orden que quisiera comunicar a la mente de su interlocutor.

Gabriel se acercó hasta quedar junto a Francesca, ignorando su leve inhibición femenina cuando ella retrocedió. Cerró la mano alrededor de su muñeca y la atrajo hasta tenerla al amparo de su hombro.

—Te has pasado la noche fuera, cariño. Debes estar agotada. Espero que haya podido ayudar a su paciente. —Deslizó un brazo con gesto posesivo sobre los hombros de Francesca, anclándola firmemente a él.

Si decidía resistirse o protestar, Francesca pondría a Brice en una posición insostenible. Pensaría que su obligación era defenderla, y no había nadie en este mundo, o así lo creía ella, que pudiera vencer a Gabriel, a menos que se tratara de su hermano gemelo, Lucian.

—*¿Qué diablos te propones?* —le preguntó, valiéndose de la fusión de sus mentes para regañarlo. Gabriel era alto, su fuerza era enorme. La hacía sentirse pequeña y delicada, y ella no era así. La hacía sentirse vulnerable.

—¿Quién es usted? —preguntó Brice, incómodo.

—*Se da cuenta de que tienes miedo, Francesca. No me obligues a hacer algo que te será muy difícil perdonar.*

—*No te atrevas a hacerle daño.*

—Soy Gabriel —dijo él, y tendió la mano hacia Brice con la misma amabilidad que una pantera. Era un hombre elegante, y parecía peligroso. Parecía un hombre no domesticado, un hombre de ademanes corteses y anticuados, con aquel pelo espeso cogido en el nacimiento de la nuca con una tira de cuero.

Brice estrechó la mano tendida, sin saber demasiado bien cómo manejar la situación. Tampoco Francesca le daba ninguna clave. Su rostro joven parecía tenso y asustado, los ojos enormes intentaban evitar su mirada llena de preguntas. Permanecía arrimada bajo el brazo de Gabriel, y daba la sensación de que ése era el lugar que le correspondía. Desde luego, no había duda acerca de la posesividad manifiesta en cómo Gabriel la tocaba, ni de la advertencia implícita en su mirada cuando la dirigía a Brice. Gabriel le hacía saber, de hombre a hombre, que consideraba a Francesca suya, y que no permitiría que otros hombres se inmiscuyeran en su vida. Se adivinaba en su postura corporal, en su manera de apoderarse de ella, protegiendo su delgada figura con la suya, toda músculos.

—Supongo que sabe quién soy —dijo Brice, con voz apagada. Aquel hombre extraño olía a peligro. Era un olor que llevaba pegado y que emanaba de él. Y Francesca no hacía más que quedarse ahí, sin decir palabra, impotente, como si no tuviera idea de lo que debía hacer.

Gabriel era plenamente consciente de la próxima salida del sol, y comenzó a subir las escaleras con Francesca, mientras con su ancha envergadura la urgió a llegar hasta la puerta. Francesca sólo obedeció porque Gabriel no le dejaba verdadera alternativa en el asunto. Si se atrevía a protestar, pondría a Brice en una posición muy incómoda. Se obligó a sonreírle.

—Te llamaré por la tarde, Brice.

—*No cuentes demasiado con ello.*

Francesca siguió adelante con la farsa con un saludo desganado antes de hundirse bajo el brazo de Gabriel y entrar en la seguridad de la casa.

—¿Cómo te atreves a intervenir en mi vida? —le preguntó. Un torrente de adrenalina le recorría las venas. Iba y venía por la sala sin parar, arriba y abajo, con pasos rápidos y nerviosos que delataban su estado de ánimo. No habría podido quedarse quieta por mucho que lo hubiera deseado.

Haciendo acopio de una paciencia ganada en incontables batallas, Gabriel la observó a través de unos ojos apenas entreabiertos, mientras todo él se mantenía quieto como una piedra.

—Estás sumamente enfadada conmigo. —Pronunció la frase muy tranquilamente, sin un asomo de expresión en el rostro.

Ella le devolvió una mirada cargada de ira, y giró la cabeza haciendo flotar su pelo como un grueso velo de seda. Él experimentó una reacción inmediata. Francesca era intensamente bella; cada uno de sus movimientos estaba cargado de sensualidad.

—No hagas eso, Gabriel. No te atrevas a tener esa actitud paternalista conmigo. Tú no significas nada para mí, no eres nada en mi vida. Le he prestado ayuda a un compañero carpatiano en apuros, ésa es la medida de nuestra relación. Era mi deber, ni más ni menos.

—Hablas como si lo que quisieras es convencerte a ti misma, Francesca —dijo él, inclinando la cabeza pero con la mirada clavada en ella—. Pensabas invitar a ese hombre a entrar en tu casa.

—Ese hombre es un amigo mío —señaló ella. Él ni se dignó a pestañear, ni una sola vez, y se limitó a mirarla. A Francesca le pareció muy desconcertante. Su postura parecía la de una estatua, con aspecto lánguido y, aun así, peligroso. Y cuanto más rato permaneciera así, más se le aceleraba el corazón. Como si Gabriel tuviera cierto poder sobre ella. Sucedía así porque ella era su compañera. Todavía quedaba en Francesca lo suficiente de los carpatianos para entender que su alma la buscaba. Y que su cuerpo también la buscaba. Ahora lo sentía, el apetito, el deseo que la inundaba, como una lava candente. Desvió discretamente la mirada y se quedó mirando la alfombra a sus pies en lugar de contemplar su fascinante figura.

—Francesca —dijo él, con voz suave. Con dulzura. Tenía un acento muy marcado del Viejo Mundo, y aquello le producía una curiosa agitación interior. Tenía una voz tan pura y bella que ella tuvo ganas de alzar la mirada hacia él, a pesar de lo cual siguió con los ojos clavados en el suelo.

Francesca sabía que Gabriel era un ser extremadamente bien dotado en el plano intelectual. Tenía una voz imperiosa y una mirada hipnotizante. Si él era su auténtico compañero, le sería aun más difícil resistírsele, pero no tenía alternativa.

—He vivido mi vida, Gabriel. No deseo continuar esta existencia. Desde luego, no estoy dispuesta a volver a comenzar con un estilo de vida completamente diferente. He vivido sola, he tomado mis propias decisiones a lo largo de todos estos siglos. Nunca podría ser feliz junto a un hombre que fuera dueño de mis actos. No puedes pedirme que cambie esto que he llegado a ser gracias a una pura cuestión de voluntad. Dime, ¿pretendes dedicarte por entero a la destrucción de tu hermano gemelo?

—Es mi deber, el juramento que debo cumplir.

Francesca dejó escapar un suspiro de alivio. Estaba del todo extenuada, y todo su organismo volvía a padecer los efectos malsanos del sol a medida que ascendía.

—No tenemos nada más que discutir —anunció.

—Si yo no te hubiera ayudado mientras curabas a esa niña, jamás habrías tenido la fuerza suficiente para resguardarte de la luz del sol. —Pronunció aquellas palabras en el mismo tono que todo lo demás, sin inflexiones. Pero ella sentía todo el peso de su censura.

Se encogió deliberadamente de hombros, un gesto casi inconsciente.

—A mí me importaba un rábano resguardarme o no del sol. Lo he dicho más de una vez y no quiero tener que repetirme a cada rato.

—No me dejas otra alternativa que ligarte a mí. —La verdad es que ésa había sido su intención desde el momento en que supo que Francesca le pertenecía. Durante dos mil años, él no había *vivido*. Sólo había *existido* en un mundo oscuro e inhóspito. Ahora todo había cambiado. Todo, los colores, las emociones, Francesca. Al principio, había pensado en cortejarla; sin duda Francesca se merecía al menos eso. Pero si lo que estaba en peligro era su vida, ya no esperaría más.

Ella lo miró, los ojos como dos ópalos negros, bellos y deslumbrantes.

—Nada de eso importará, Gabriel. No vacilaré en salir al encuentro del alba. No me haré responsable de tu vida. Si tomas la decisión de ligarnos, esa decisión la habrás tomado solo tú. Yo me niego a participar en ello. Si quieres seguirme cuando me vaya, que así sea. Pero lo que suceda con mi vida será fruto de *mis* decisiones.

Gabriel tomó contacto con su mente. Su decisión era auténtica, y la intención en sus palabras era de todo corazón.

—Francesca, háblame de tu relación con este médico. ¿Hasta dónde ha llegado?

Ella se acurrucó en un sillón de mullidos cojines.

—No entiendo bien qué es lo que quieres saber. No me he acostado con él, si a eso te refieres. Él lo desea. *Sé* que le gustaría casarse conmigo —dijo, y vaciló un momento antes de continuar—: Me lo he estado pensando.

La respuesta inmediata de Gabriel fue fruncir el ceño.

—¿Y permites que un ser humano cultive contigo una relación tan estrecha?

—¿Y por qué no? Mi compañero me rechazó y yo llegué a creer que había muerto. Tenía todo el derecho a buscar afecto si así lo deseaba —respondió, sin una pizca de remordimiento.

—¿Qué sientes por ese macho humano?

En su voz tranquila se percibía un leve gruñido, justo lo suficiente para provocarle a ella un escalofrío. No pensaba dejar que la intimidara. No había hecho nada malo, y no se sentiría culpable porque él hubiera regresado del mundo de los muertos. No le debía absolutamente nada.

Gabriel, que permanecía como una sombra en su mente, le leía esos pensamientos con facilidad. Aceptaba el hecho de que él era el culpable de su solitaria existencia. Pensaba que Francesca tenía todo el derecho de albergar esos sentimientos. También entendía su idea de que no se sentiría cómoda viviendo con un macho dominante. Pero nada de eso le importaba. Había dedicado toda una vida a servir a su pueblo. Batallas, guerras, siempre dedicado a la destrucción de las criaturas inertes. Aquello lo había arrastrado a lo largo de siglos interminables. Había vivido una existencia gris y triste, siempre como el predador que acecha para atacar y matar. La oscuridad había crecido en él, pero él la había mantenido a raya con una voluntad de hierro, siglo tras siglo, mientras ésta no cejaba en el intento de apoderarse de su alma.

Había seguido adelante gracias a una promesa. A una esperanza. Gabriel creía que encontraría a su compañera. Al menos lo había creído hasta hacía un par de siglos. Y entonces su fe había flaqueado. Quizá Francesca tenía razón. Quizá fuera verdad que una parte de él la había reconocido siglos atrás y por eso él había tenido la certeza de que ella estaba viva. O quizá fuera la decisión de Francesca de modificar su cuerpo de carpatiana y vivir como un ser humano lo que había precipitado la invasión de aquella oscuridad, volviéndola tan profunda que él había decidido sepultarse junto a su hermano gemelo durante años.

Estudió cuidadosamente su mente. No podía permitirse errores. Él había luchado solo contra sus demonios, la maldición de los machos carpatianos, pero la vida de Francesca había sido mucho peor. Él no había sentido la soledad y el vacío que había padecido ella en cada momento. Francesca había añorado tener una familia, hijos, un hombre que la amara y con quien compartir su risa y sus penas. La joven que ella era había vivido su adiós como un rechazo. La mujer sabía que se avecinaban tiempos terribles para su pueblo, y estaba orgullosa de la decisión que él había tomado de entregar la vida por su especie, que se extinguía. Ella había cumplido con su deber abandonando los montes Cárpatos, aplacando así el malestar entre los hombres que habían quedado atrás.

Francesca había lidiado con su solitaria existencia con la ayuda de la música y el arte, la ciencia y el conocimiento. Había aprendido a ocultar su condición a otros carpatianos en la región. Y la había ocultado a los vampiros para no atraer a las criaturas inertes a su ciudad. Había dedicado su vida a sanar a otros, a servir a otros, igual que había hecho él. También había decidido que aquellos eran sus últimos años en este mundo. Estaba cansada y ansiaba gozar de un descanso eterno, y el regreso de Gabriel no le había hecho cambiar de parecer. No podía concebir otro estilo de vida. No tenía intención de integrarse en el mundo de los carpatianos, al que había dejado de pertenecer.

Gabriel no podía dejar de sentir admiración por ella. Francesca había sabido vivir la vida. Y tenía una fuerza de voluntad tan firme como la suya. Él estaba dispuesto a tolerarle muchas cosas. Pero la presencia de otro macho era demasiado.

—Francesca, ¿son tan diferentes las cosas de los tiempos que yo recuerdo? ¿Acaso nuestro pueblo tiene todas las mujeres que necesita? ¿Podemos permitirnos que una de las nuestras establezca una relación con un macho de la especie humana? ¿Acaso Mikhail ha solucionado el problema del nacimiento de hembras, o ha sido capaz de reducir el número de los nuestros que se convierten en vampiros?

Francesca alzó el mentón e intentó ignorar su voz. Tenía una manera de filtrarse por su piel y llenarla de calor, de añoranzas que ya había olvidado.

—No he podido aliviar a ningún macho carpatiano de su angustia. No pienses en reprenderme con una frase tan insensata. Mi presencia sólo serviría para hacerles la vida más difícil.

—¿Y que pasa con mi vida? ¿Con mi lucha contra la oscuridad?

—Tú elegiste tu vida, Gabriel, y eres lo bastante fuerte para decidir cuándo le quieres poner fin. Hay escasas posibilidades de que pierdas tu alma, como les ha sucedido a tantos antes que a ti. Has aguantado vivo más que ninguno de los de nuestro pueblo. Después de tanto tiempo, hace mucho que pasó el peligro.

Él sonrió al oírla, un destello fugaz de sus dientes blancos inmaculados. La sonrisa le suavizó la dureza del rostro y transmitió a sus ojos negros una calidez inesperada.

—Quizá me atribuyes demasiadas virtudes.

Por un instante, Francesca le devolvió la sonrisa, como si hubiera tocado una cuerda en ella.

—Es más que probable.

En ese instante fugaz, Gabriel comprendió lo bien que podrían estar juntos. Como se suponía que tenía que ser. Como sería. Se moverían juntos, respirarían juntos, se reirían y harían el amor. Quizá le debía a Francesca algo de paz, si bien en lo más profundo de su alma era demasiado egoísta para renunciar a los colores y a la seductora llamada de la felicidad. Lo tenía ante sus narices: el sueño interminable, la promesa dada a los machos de su estirpe, la recompensa de resistirse a la nefasta llamada del poder, de la oscuridad. Francesca estaba ahí, y él no pensaba renunciar a ella.

Gabriel le tendió la mano.

—Podemos hablar de esto cuando volvamos a levantarnos. Ven a la tierra conmigo.

Francesca se le quedó mirando la mano durante lo que pareció una eternidad. Por un instante, pensó que podría discutir con él.

Dejó lentamente que sus dedos se entrecruzaran con los de él, y le permitió que la ayudara a incorporarse. En cuanto él la tocó, ella sintió la respuesta interior como una descarga, y fue como si su corazón comenzara a latir a la par con el de Gabriel. Sintió que su cuerpo despertaba a la vida, suave y sensual, en búsqueda de él. Intentó liberarse de inmediato, soltando su mano como si él la hubiera quemado, pero Gabriel no la dejó echarse atrás y se limitó a caminar junto a ella en dirección a la cocina.

—No me has contestado. Quiero saber qué sientes por ese macho humano. Te he tratado con respeto y no te he arrancado las respuestas mentalmente. Quizá deberías tener la cortesía de darme algunas respuestas. —Gabriel hablaba con tono calmado, pero la amenaza de acceder mentalmente a la información delataba la posesividad implacable de los machos carpatianos.

Francesca le lanzó una mirada de reojo mientras caminaban juntos. Gabriel escrutaba el entorno, asimilaba cada detalle de los interiores. A ella le sorprendía que pudiera guardar esa calma después de haberse despertado en un tiempo desconocido para él y rodeado de una tecnología tan diferente. Gabriel daba la impresión de tomarse las cosas con tranquilidad. Era tal la absoluta confianza que tenía en sí mismo que a Francesca le parecía desconcertante.

—Aprecio mucho a Brice. Hemos compartido muchos momentos. Le gusta la ópera y el teatro. Es bastante inteligente —dijo, y su respuesta era sincera—. Me hace sentirme viva, aunque yo sepa que por dentro estoy muerta.

Gabriel le miró la cabeza inclinada desde su altura. Sintió que el dolor oculto en sus palabras lo hería como una daga. Un dolor real, no recordado ni imaginado. Un dolor verdadero, que ella había sufrido porque él jamás se había decidido a buscarla resueltamente. Apretó la mano que sostenía y se la llevó al pecho, al centro de su corazón.

—Lo lamento sinceramente, Francesca. Cometí un error al no pensar en lo que podría pasarle a mi compañera cuando no la encontré. Pero te equivocas al decir que estás muerta por dentro. Eres la persona más viva que conozco.

La ola de calidez que ella sintió al oír esas palabras la alarmó. Rió para ocultar su confusión.

—No conoces a nadie más.

Gabriel le sonrió, como si degustara el sabor de la felicidad. Podía quedársela mirando toda una eternidad, oyendo su voz. Nunca se cansaría de ver las expresiones que pasaban, fugaces, por su rostro, ni el abrir y cerrar de sus pestañas junto a sus pómulos. Todo en ella se le antojaba un milagro, y comenzaba a darse cuenta de que Francesca era algo real, que no tenía nada de fantasía. Podía tender la mano y tocarla, y quedarse maravillado con la suavidad de su piel.

—Eso que has dicho no ha sido agradable.

—Ya lo sé. —Francesca era muy consciente del poder contenido en ese cuerpo mientras descendían hacia la cámara. No había utilizado aquel laberinto desde hacía años, pero sabía que ahora era necesario hacerlo. No podría volver a dormir el sueño de los mortales ni salir a la luz del día. La sangre antigua de Gabriel lo había modificado todo. Ahora estaba exhausta, y sólo el tierno abrazo de la tierra podría rejuvenecerla, devolverle toda la fuerza de antaño.

Con un gesto del brazo, Gabriel hizo que el suelo se abriera. Francesca se quedó inmóvil un instante, dudando si seguir adelante o no. Entonces Gabriel la cogió sencillamente por la delgada cintura y ambos flotaron hacia la tierra que los esperaba. Envolvió la casa entera con una protección que pocos habrían sido capaces de romper. Lucian. Sólo Lucian. Todo lo que Gabriel sabía, también lo sabía Lucian. Su hermano gemelo era el único del que debía cuidarse. Sólo su amado hermano gemelo, que podía destruirlos a ambos. Por un instante, el corazón se le encogió ante la idea de la traición, un fardo que le pesaba como un verdadero dolor físico.

Francesca hizo todo lo posible por dejar algún espacio entre los dos, pero él percibió su agotamiento, y la atrajo hacia él con su abrazo y se encogió alrededor de ella con gesto protector, al tiempo que se deslizaba en su mente y le ordenaba dormirse. Gabriel irradiaba fuerza y ella se rindió sin oponer demasiada resistencia. Tendría que volver a enfrentarse a ella cuando se despertaran, pero por ahora simplemente disfrutaría de la oportunidad de abrazarla y tenerla a su lado, dejar descansar la cabeza en la suya, sentir su pelo sedoso contra su propia piel.

—*Gabriel, sufres como si estuvieras herido. Siento tu dolor.*

Era Lucian. Incluso en momentos como aquél, preso en la profundidad de la tierra durante horas vulnerables, su hermano gemelo detectaba el dolor que se le había alojado en el corazón. No había grandes satisfacciones en la existencia de las criaturas inertes, pero a lo largo de los siglos que había durado la persecución, la voz de Lucian jamás le había dejado de parecer bella. Gabriel, que no quería exponerse al riesgo de que su hermano descubriera a Francesca, conservó la mente en blanco.

—*Gabriel, esta batalla es entre nosotros dos. Nadie más puede intervenir. Si tuvieras necesidad de mí, dímelo.*

Gabriel sintió el corazón alojado en la garganta. Había un mandato en aquella voz, en esa orden, y era tan poderoso que Gabriel sintió el sudor en la frente mientras intentaba cortar aquella comunicación. Al final, lo más fácil era sencillamente responderle.

—*Es una pequeña herida que he sufrido debido a un descuido. La tierra me sanará.*

Siguió un silencio breve, como si Lucian estuviese decidiendo si su respuesta era falsa o no, y luego el vacío. Gabriel estuvo un rato pensando en su hermano. ¿Cómo le había sucedido aquello a Lucian? Lucian había sido siempre el más fuerte, de él había dependido, y en él creía. Lucian siempre había sido el líder. Incluso ahora, como vampiro, convertido en un ser abyecto y perverso, hacía cosas inesperadas. Siempre dedicado a estudiar, siempre incorregiblemente cortés. Y siempre compartiendo sus conocimientos.

Gabriel jamás había pensado en la posibilidad de que su hermano se convirtiera en vampiro. Sabía que Lucian había perdido sus sentimientos y la capacidad de ver los colores a una edad más temprana que la mayoría de los carpatianos, muchos años antes que él. Sin embargo, era tan fuerte, tan independiente, tan absolutamente poderoso. ¿Cómo había sucedido? Si él se hubiera percatado de su inminencia, quizá podría haber ayudado a su hermano antes de que fuera demasiado tarde.

La culpa tenaz que sentía se volvía opresiva.

Dejó escapar un leve suspiro y acercó aún más a Francesca. Hundió la cara en su cabellera suave y fragante. Abrazarla y enroscarse posesivamente alrededor de ella le transmitía una sensación de paz. La necesitaba desesperadamente, mucho más de lo que ella lo necesitaba a él. Con su último aliento, respiró su esencia hasta que le penetró en el corazón y en los pulmones y le indujo el sueño curativo propio de los de su estirpe.

Capítulo 3

Gabriel se despertó presa del fuego, del hambre y el deseo. Cada poro de su piel quemaba bajo las lenguas de fuego. Tenía el cuerpo endurecido hasta el dolor, pidiéndole urgentemente que reclamara lo que le pertenecía por derecho. A su lado, estaba ella, pálida e inmóvil, su cuerpo frío junto al suyo ardiente. Sin pensar en las consecuencias, se deshizo de la delgada barrera de tela entre ellos con sólo pensarlo. Al contemplarla, se quedó sin aliento. El bello cuerpo de Francesca se amoldaba a la perfección al suyo.

Permaneció abrazado a ella, reflexionando sobre sus opciones. No estaba dispuesto a dejar que Francesca eligiera el camino de la muerte. Deseaba tener una oportunidad para que compartieran sus vidas. Él no podía vivir sin ella. Sin embargo, aunque la ligara a él con las palabras rituales, aquello no bastaría para impedirle que se entregara al alba. Él había leído en su pensamiento, en su voluntad. Sólo podía pensar en una manera de disuadirla, una sola manera de obligarla a obedecer. *Imperdonable*. Tendría que reconocerlo. Ella no se lo perdonaría, pero acabaría escogiendo la vida para los dos. Eso le daría el tiempo necesario para atarla a él con un vínculo emocional.

Gabriel pensó en sus magras opciones durante un rato. Y mientras yacía con Francesca en sus brazos, su decisión no hizo más que reafirmarse. La poseería. Era un acto egoísta, un acto de maldad que lo rebajaba, pero no permitiría que Francesca se inclinara por la opción de la muerte. Podía alegar en su favor que se lo debía a la salvación de su raza, que los dos se lo debían a su raza, y que harían todo lo posible por continuar, aunque sabía que en su decisión no había nobleza. La deseaba. Ella debía estar junto a él, y él tenía la intención no sólo de poseerla sino también de impedir que ella tuviera algo que decir en aquel asunto.

Cerró los ojos y decidió abandonar su propio cuerpo y penetrar en ella. Se movió lentamente pero seguro, decidido a no cometer errores. Él era uno de los antiguos, y su poder y sus conocimientos eran portentosos. Se aseguró de excitarla incluso después de haber encontrado lo que buscaba. Sólo quedaba un detalle pendiente. Al emerger para recuperar su propio cuerpo, se percató de que Francesca era una sanadora, una mujer que llevaba mucho tiempo en la Tierra. Tendría que asegurarse de que no tuviera tiempo de pensar ni sentir otra cosa que aquel voraz apetito sensual que los devoraba a los dos. Tenía plena confianza de que podía conseguirlo sin dificultades. Los rituales del cortejo entre los carpatianos podían ser ardientes e intensos.

Gabriel se montó encima de ella, sintió su piel fresca y satinada contra el calor insoportable de la suya. Inclinó su cabeza morena y apretó su boca contra la de ella para tomar su primer aliento cuando le dio la orden de despertar, de venir hacia él con un deseo irresistible. Su mente se fundió totalmente con ella, y ahora se volvió imparable, un macho excitado hasta el límite del ardor en el ritual carpatiano del acoplamiento. Los latidos de su compañera se acompasaron con el ritmo de su corazón, sus pulmones respiraron al unísono y su mente sucumbió de inmediato, presa del deseo que irradiaba Gabriel. Él convirtió el fuego en una conflagración feroz. Necesitaba desesperadamente a Francesca para sobrevivir. Tenía que poseerla. Su cuerpo se desgarraba por ella, la reclamaba, y nadie más podía apaciguar las llamas que amenazaban con consumirlo hasta la médula.

Su deseo era comparable al de ella, su necesidad se convirtió en la suya. A Francesca el cuerpo le quemaba y le dolía, se le habían hinchado los pechos, seductores, contra el pecho de Gabriel, y ahora empezó a mover las caderas cadenciosamente. Gabriel encontró solaz en el calor sedoso de su boca. Sus manos le recorrieron cada rincón de la piel, cada hendidura y cada depresión. Quería tomarse el tiempo para saborear su descubrimiento, pero no podía permitir que Francesca tuviera un respiro y abandonara la fusión de las mentes. Gabriel le pasó la lengua lentamente a lo largo del cuello, deteniéndose un momento sobre el pulso agitado. Sus manos siguieron hasta encontrar la confluencia de su entrepierna, mientras con la rodilla le separaba las piernas para facilitarse el acceso.

Francesca era presa de un deseo intenso y de un apetito desquiciado e insondable. Un halo rojo de locura como un fuego la recorría de arriba abajo. Dondequiera que él la tocara, bailaban las llamas. Oyó que un gemido escapaba de su boca cuando los dedos de Gabriel encontraron su centro húmedo y caliente, y su deseo se volvió aún más intenso. Ahora Gabriel le mordisqueaba apenas un pecho, jugaba con el pezón hasta convertirlo en dureza y luego volvía a sus pechos de satén hinchados por el deseo. Francesca lo sintió, grueso y endurecido, presionando contra ella. De la mente de Gabriel brotaban imágenes eróticas que invadían la suya, proyectando la fuerza de su deseo de poseerla. No podía pensar. Sólo era capaz de sentir, sentir interminablemente. Sentir, padecer la urgencia del apetito y consumirse.

El pelo se le había desparramado, y les cubría la cara a los dos, y sus hebras sedosas se derramaban sobre sus cuerpos erotizados. Francesca sentía un extraño rugido en los oídos, y quiso alcanzar a Gabriel, casi desesperada, mientras le cogía la cabeza con las dos manos, acunándolo entre sus brazos. La boca de Gabriel se había apoderado de ella, arrebatándole cualquier pensamiento, hasta que sólo quedó él. No había ni cielo ni tierra, ni tiempo ni lugar, sólo él con sus hombros anchos y su piel abrasadora, y su cuerpo que reclamaba el suyo como nadie, jamás, lo había reclamado. Su cuerpo ya no le pertenecía; era un cuerpo suave que respondía y se plegaba, ardiendo hasta igualar el calor que emanaba de Gabriel.

Él le susurró algo. Ella reconoció aquella lengua antigua, pero sus palabras quedaron ahogadas entre sus pechos. Él la levantó por las caderas y se detuvo mientras el tiempo transcurría en un latido casi imperceptible. Ella alzó la mirada hacia él y quedó turbada por su belleza desnuda y sensual. Él sostuvo su mirada con sus ojos negros.

—Te reclamo como mi compañera. —Nada más pronunciar esas palabras, Gabriel acometió y tomó posesión de ella.

Francesca dejó escapar un grito, y sus manos se enredaron en la negra y ondulante cabellera de Gabriel, protestando por lo que hacía.

—Relájate, Francesca —apenas le susurró Gabriel; una voz bella que la hipnotizó y la dejó embelesada. Movió las caderas con un impulso lento y erótico, dándole tiempo a ella para que su cuerpo se ajustara a su invasión. Él inclinó su cabeza oscura para besarle la piel de satén, deslizando la boca sobre su vena que latía. Se concentró en inspirar y espirar para no hundirse en ella. Francesca estaba estrecha y caliente, y lo rodeaba con un fuego aterciopelado. Era atrozmente perfecta. Él cerró los ojos un momento, saboreando la delicia de sentirse rodeado por ella.

Francesca sabía que debería protestar, pero la boca de Gabriel comenzaba a despertar en ella un deseo irreprimible. De pronto, la luz cegadora de un relámpago la recorrió entera cuando él le hundió profundamente los colmillos, uniéndolos de la manera más erótica posible. Corazón y espíritu, alma y cuerpo. La fuerza vital de ella fluyó llenándolo a él, mientras él la poseía, moviendo las caderas en un ritmo duro y profundo, arrastrándolos a ambos a una liberación estremecedora. Gabriel temblaba mientras intentaba mantener el control. El sabor de Francesca no se parecía a nada que él hubiera probado jamás. Embriagadora, erótica, todo aquello a lo que él pudiera aspirar. Caliente, dulce. Adictiva. Sentía que el cuerpo se le inflamaba, se hundía más profundo y más duro, convirtiéndolos a los dos en un solo cuerpo.

Gabriel le recorrió un pecho con la lengua.

—Te lo ruego, Francesca. —Su deseo le enronquecía la voz. Ella respondió de inmediato a la urgente plegaria. Con la boca, bajó por los marcados músculos del pecho. Él se tensó cuando ella acercó los dientes y jugó con su pulso, rascando hacia un lado y otro, mordisqueando—. Francesca —dijo él, pronunciando su nombre con una urgencia desesperada. Francesca supo que tenía que responder. Era algo más que un encantamiento de magia negra. La milenaria atracción ya se había despertado en ella. Su cuerpo era tan fuerte, tan duro, tan perfecto. Ella olió su sangre, su fuerza vital que la llamaba, que clamaba por ella. Su boca se desplazó sensualmente sobre su cuerpo musculoso, sus dientes lo provocaron hasta que el deseo le arrancó un gruñido. Entonces hincó profundamente los dientes. Gabriel sintió que un relámpago lo atravesaba y se hundió en ella, en su hendidura apretada y caliente, se perdió en el éxtasis absoluto de su cuerpo.

—Te reclamo como mi compañera. Te pertenezco. Ofrezco mi vida por ti. Te doy mi protección, mi alianza, mi corazón, mi alma y mi cuerpo. Cuidaré como mío todo lo que te pertenece. —A duras penas conseguía pronunciar las palabras del ritual. Ella se sacudía a su alrededor, descoyuntándose, fragmentándose, rodeándolo a él con embestidas fogosas, suaves y aterciopeladas, tan apretada que Gabriel pensó que se convertiría en una lengua de fuego—. Eres mi compañera, unida a mí para toda la eternidad y siempre bajo mi protección.

Francesca barrió con la lengua los diminutos agujeros que le había dejado en los músculos del pecho y se aferró a él. Él era el único anclaje seguro mientras su cuerpo era arrastrado, ola tras ola de placer desnudo y absoluto. Francesca se hundía en él, su cuerpo ya no le pertenecía, y ya no volvería a pertenecerle. Estaba tendida bajo su peso, y el corazón le retumbaba con fuerza en los oídos, el pulso galopante, sintiendo su sabor en la boca, mientras él permanecía hundido en lo profundo de ella. Por primera vez en su interminable existencia, tuvo la sensación de ser verdaderamente feliz.

Gabriel estaba sobre ella, clavándola con su peso, y era como si jamás quisiera separarse de la belleza de su cuerpo. Alzó la cabeza para mirarla a los ojos, esperando encontrar la censura. Francesca le acarició el pelo humedecido.

—De modo que eso es lo que nos hemos perdido todos estos años —dijo, con voz suave, como maravillada.

Él inclinó la cabeza para depositar un beso en la línea suave y vulnerable de su cuello. Sus manos se apoderaron posesivamente de su cabellera.

—Eres tan increíblemente bella, Francesca —susurró, y su voz se deslizó, seductora, sobre su piel.

Francesca cerró los ojos y lo dejó penetrar en ella, en su cuerpo y en su mente. Gabriel los había unido con sus palabras. Ella había albergado la esperanza de que no lo hiciera, pero eso ya no importaba. Nada importaba. Se alegraba de haber experimentado lo que debería haberle pertenecido, pero no era suficiente para mantenerla atada a este mundo. Habían pasado cientos de años. Su vida había transcurrido en un páramo interminable. No podía volver a empezar como una mujer carpatiana atada a un macho dominante. Se relajó, empapándose de la sensación de él. Era tan diferente de ella, un cuerpo de músculo y fibras, todo masculino y duro, ángulos y planos.

Ahora él volvía a moverse, lenta y dulcemente, volviendo a despertar el calor del deseo entre los dos. Francesca se había abstenido concienzudamente de todo pensamiento sobre el sexo y el acto sexual en cuanto se había dado cuenta de que aquello nunca le sucedería a ella. Ahora se arrepentía de no haberlo incluido en el amplio espectro de su formación.

—*Yo sí lo he incluido* —le aseguró Gabriel, y volvió a apoderarse por completo de los cuerpos, a dirigirla mentalmente. Le cogió las nalgas con las dos manos y la movió para que se acoplara al ritmo de su cuerpo.

No había manera de sustraerse a él. Francesca ni siquiera deseaba sustraerse. En los largos siglos de su existencia solitaria, jamás había traicionado a su compañero. Mientras tenía la certeza de que vivía, había esperado, había conservado la esperanza como suelen hacerlo las mujeres. Pero a medida que transcurrían esos años vacíos, se había dado cuenta de que Gabriel no vendría a buscarla. Entonces se había concentrado en encontrar su camino a la luz del sol. Su vida con Brice habría sido el paso siguiente. Pero ahora era muy diferente. Nadie más le podría hacer sentir lo que le había dado Gabriel. Él era llama y éxtasis a la vez, mientras la acariciaba como si quisiera guardar cada línea y cada curva en su recuerdo. Como si la estuviera adorando. Como si *tuviera* que poseerla.

Él la deseaba. La necesitaba. Sólo ella podía saciar esa lengua de fuego que lo quemaba. Y estaba absolutamente segura de que sólo Gabriel podía hacerla sentirse viva de esa manera. Totalmente viva. Sólo Gabriel podía conseguir que su cuerpo ardiera con esa intensidad que, con sus sucesivas olas de puro placer sensual, la descomponía en mil fragmentos y le hacía perder el control. Era diferente a cualquier cosa que hubiese conocido ni imaginado; el cuerpo de él moviéndose en ella con un ritmo imperativo, arrastrándola cada vez más cerca del borde del más alto de los acantilados.

Gabriel le rozó los pechos con los labios, caliente y excitado, hasta que ella sintió que se fundía, que su interior se convertía en lava incandescente. Deseaba que él la tocara, que le explorara con su boca hasta el último rincón de la piel. Ahora él hacía bailar la lengua sobre sus pezones endurecidos, y su abertura sedosa seguía apretándose hasta que creyó ahogarse en un mar de placer. Él se movía con movimientos seguros y duros, sus cuerpos se encontraban, mientras él le cogía con fuerza las caderas, manteniéndola inmovilizada para penetrarla. Así lo deseaba ella, una y otra vez. Ahora podía leer las imágenes eróticas que se adueñaban de su mente, las cosas que tenía la intención de hacerle, las cosas que deseaba que ella le hiciera a él, y quería entregarse a todas y cada una de ellas. Sentía que su cuerpo comenzaba a girar fuera de todo control, y se aferró a él, hasta que un ruido suave escapó de sus labios antes de que pudiera impedirlo. No quería que se detuviera, quería que aquel momento durara una eternidad. Deseaba tomarse todo el tiempo del mundo y explorar cada centímetro de su cuerpo endurecido y perfecto. Quería darle placer hasta hacerlo enloquecer, y sabía que era capaz de hacerlo.

Deslizó los brazos en torno a su cuello y lo sostuvo cerca cuando él se volvió a hundir con fuerza en ella, con el mismo vaivén, dentro y fuera, alcanzando alturas cada vez mayores hasta que se dejó ir más allá del borde y comenzó una caída libre que continuó hasta que él exploto dentro de ella, acompañándola en su caída, los cuerpos entrelazados de manera que ninguno de los dos sabía dónde acababa uno y comenzaba el otro. Gabriel la sostuvo contra su pecho mientras sus latidos recuperaban el ritmo habitual, más que satisfecho con la reacción de Francesca. En lugar de mostrar su enfado con su descarada seducción, ella apoyó sus bellos labios en el hueco de su hombro, y su cuerpo, amoldado al suyo, ahora se había vuelto suave. Gabriel leyó la satisfacción en su mente, su deseo inagotable de más. Francesca deseaba su calor y su fuego, quería sentir las manos de Gabriel sobre su cuerpo. No se parecía a nada de lo que ninguno de los dos hubiese experimentado.

De pronto, ella se puso rígida y lo rechazó empujándolo con ambas manos en el pecho. Gabriel le dejó unos cuantos centímetros de libertad. Por el valle entre sus incitantes pechos resbaló una gota de sudor. Gabriel inclinó pausadamente la cabeza y siguió el camino de la gota con la punta de la lengua. Sintió que Francesca se estremecía y que su cuerpo en torno al suyo se apretaba. Ella volvió a empujarlo y él la buscó de inmediato mentalmente. La culpa la invadía. La culpa y la confusión de sentir una atracción sexual tan intensa cuando nunca había experimentado algo así en su vida.

—Es natural, Francesca —murmuró él, con una voz que la calmaba, mientras que sus dientes iban y venían sobre sus pechos sensibilizados, y luego desplazándose hasta la comisura de sus labios.

—Quizá lo es para ti, pero no para mí. Necesito tiempo, Gabriel, para pensar en todo lo que está pasando. Necesito estar sola, si lo que quiero es pensar en ello. Por favor, déjame incorporarme.

¿Eran lágrimas lo que él percibía en sus palabras? Se quedó un momento largo escrutando su cara, que ella mantenía semioculta, ordenándole que lo mirara a sus ojos oscuros. Pero ella se negaba con una voluntad férrea. En cuanto Gabriel se deslizó con desgana a su lado se sintió absolutamente desposeído. A ella le sucedió lo mismo, pero no quiso reconocerlo. Francesca quería estar sola. Gabriel se quitó de encima con toda su enorme corpulencia, dejando que su mano vagara por la piel de ella, incapaz de sustraerse al deseo. Se quedó mirando el techo de la habitación, y una ligera sonrisa de satisfacción le torció la comisura de los labios.

Francesca lo deseaba tanto como él la deseaba a ella. En el fondo de Francesca se ocultaba una mujer sensual y muy apasionada. Gabriel cerró los ojos y se imaginó cómo sería poder abrazarla por la madrugada, despertarse cada noche a su lado, sepultarse en lo profundo de ese calor acogedor de Francesca cada vez que lo deseara. Jamás en todos los siglos de su existencia había imaginado una experiencia tan paradisíaca y ahora, más que nunca, estaba decidido a no volver a perderla.

Francesca había entrado en el baño. Ahora se duchaba, y el agua le lavaba las lágrimas del rostro. ¿Cómo era posible que aquello sucediera ahora, tan tardíamente en su existencia? ¿Cómo era posible que Gabriel estuviera vivo cuando toda la comunidad carpatiana lo daba por muerto? Gabriel era una leyenda, un mito, no alguien que vivía y respiraba y reclamaba sus derechos.

—*No te servirá de nada esconderte ahí.* —Francesca sentía la cercanía de Gabriel. Se apresuró a reprimir sus lágrimas y cerró el grifo. Salió de la ducha y se envolvió con una gran toalla. Su piel estaba tan sensibilizada que de pronto descubrió que se había sonrojado sin razón alguna. Él había hecho eso, la había cambiado de una vez y para siempre. Le había dado la sangre y la había traído plenamente de vuelta al mundo de los carpatianos. La había unido, la había atado a él, había completado el ritual de tal manera que ahora las dos mitades de su alma estaban fundidas y latían con el mismo corazón. Ahora ella tendría necesidad de él, necesitaría ese contacto con su mente y el calor de su cuerpo hasta el final de sus días. Ella, Francesca, que nunca había necesitado a nadie.

Gabriel estaba apoyado en el marco de la puerta y la observaba con un dejo de cautela en su mirada oscura. Francesca era tan bella que le quitaba el aliento, pero las lágrimas que asomaban en sus largas pestañas le destrozaron el corazón.

—No me estoy ocultando —respondió, y se dejó ver de cuerpo entero frente al espejo de tamaño natural. ¿Acaso había cambiado su aspecto? ¿Se notaba que un hombre le había hecho el amor, y que lo había hecho tan bien?—. Sólo estaba pensando.

—Crees que nada ha cambiado. —Gabriel lo dijo como una afirmación.

—No puedo darte lo que quieres de mí. No insistas en ello, Gabriel, o me obligarás a llevar este asunto ante nuestro príncipe.

Gabriel sonrió, como un predador que deja ver sus colmillos. No había humor en su rictus, sólo una amenaza lupina. Por primera vez, Francesca tuvo miedo.

—Nadie podrá arrebatarte de mi lado, Francesca, y menos aún Mikhail. En cualquier caso, tú no acudirías a nadie para que intercediera en este conflicto personal nuestro. Esto es entre tú y yo, y tú lo crees con la misma convicción que yo. No te equivoques, porque mi fidelidad primera es hacia mi compañera, es velar por su salud.

—¿Y qué hay de su felicidad?

—Dame tiempo y también tendrás la felicidad. No pienses en cruzar las espadas conmigo. No podrías vencer.

—Admiro tu arrogancia —dijo Francesca, con una voz sin inflexiones. Y dejó que la toalla cayera al suelo a la vez que se vestía a la manera de los suyos—. Esta noche tengo que salir. —No tenía la menor intención de discutir con él.

—Si lo que quieres es alimentarte, yo te proveeré —dijo Gabriel, con voz queda.

Ella se turbó intentando que el color no le subiera por el cuello y se apoderara de su rostro. No quería pensar en cómo él la proveería. Gabriel convertía el sencillo acto de alimentarse en una intimidad sexual.

—Te agradezco la oferta, pero tengo que ir al hospital. Brice ha dejado un mensaje donde me habla de otro paciente.

Gabriel estiró la mano y la cogió por la muñeca, rodeándola con dos dedos: unas esposas que ella no podría romper. No le hacía daño, de hecho el contacto era agradable, pero aunque se hubiera debatido salvajemente, no se habría podido liberar.

—Conservaré lo que me pertenece, Francesca. No pongas a ese médico en medio de nuestro campo de batalla.

—No hay ningún campo de batalla, Gabriel —contestó, con voz serena—. Brice es mi amigo. A menudo voy al hospital a prestar mi ayuda ahí donde la necesitan. Es una parte importante de mi vida, de quién soy. No tiene nada que ver con Brice, aparte de que da la casualidad de que es médico y de que somos amigos.

—Piensas en él porque es un hombre simple. Es alguien con quien te sientes cómoda y que te es familiar. Yo te doy miedo.

Francesca se lo quedó mirando fijo.

—Ignoro qué planes tienes, Gabriel, pero puedo percibir tus intenciones. Crees que puedes impedir que me dedique a hacer lo que tengo pensado desde hace tanto tiempo.

Gabriel se encogió de hombros con gesto despreocupado, sin molestarse en negar lo evidente.

—Quizá te convendría pensar en otras posibilidades, en otro estilo de vida.

—Porque tú crees haber cambiado tu estilo. Pero no has cambiado, ¿sabes? De aquí a unos días habrá una matanza en esta ciudad y tú te lanzarás a la persecución de los culpables sin dignarte ni mirar atrás, sin pensar en mí ni un solo momento, tal como sucedió la otra vez.

Gabriel le sonrió, y sus dientes eran sorprendentemente blancos.

—No me quedará otra alternativa que dar caza al vampiro, pero no sólo miraré atrás sino que volveré.

Francesca hizo un gesto, como insinuando que él le soltara la muñeca.

—En realidad, no hay por qué tener prisa —dijo, con voz tranquila. Y mientras lo decía, mientras intentaba deshacerse de él, alargó la mano para alisarle el cuello de la camisa.

Gabriel sintió de inmediato aquella calma balsámica que había experimentado con el primer contacto. No se había parado a pensar en lo tenso que estaba. Francesca lo percibió al instante, y supo qué podía hacer para relajarlo.

—Eres un gran hombre, Gabriel, una leyenda entre los nuestros, y te mereces esa gran reputación. Quisiera darte todo lo que deberías tener. —Francesca entrecerró los ojos y sus largas pestañas cayeron ocultando el profundo dolor y culpa en su mirada—. Pero yo tenía una vida aquí antes de que tú llegaras. No te conozco. Mi cuerpo reacciona como reaccionaría la compañera de un carpatiano, pero mi corazón no te pertenece.

Gabriel no le soltó la mano. Se la llevó al pecho y dijo:

—Sientes admiración por este médico humano, Francesca. Lo puedo leer en tu mente fácilmente, pero no te equivoques creyendo que es amor.

—¿Por qué piensas que no podría amar a un humano?

—Porque eres mi compañera, y sólo hay un hombre para ti. Ahora he llegado, Francesca. Debería haber llegado antes, pero ya estoy aquí. No dejes que el miedo te haga entregarte a los brazos de ese hombre.

—Hace mucho tiempo que siento afecto por Brice, Gabriel. Es verdad que había albergado la idea de compartir mis últimos años con él. Me merezco algo que se parezca a la felicidad después de una vida tan larga. —Francesca no conseguía comprender por qué se sentía culpable. No le debía nada a Gabriel. Le había pedido que no pronunciara las frases rituales que los volverían a unir y, aun así, él lo había hecho. Se sentía arrinconada y confundida.

—Disfrutas de la compañía de ese médico porque compartes intereses con él. Eres una sanadora nata. Él también sana a las personas. Pero esa actividad común no es amor, Francesca. El afecto, la admiración y la amistad no hacen el amor.

—Si me hubiera pedido que me casara con él, lo habrías encontrado viviendo conmigo.

Gabriel la escrutó con sus ojos oscuros. Con un gesto suave, le cogió el mentón que ella tenía oculto.

—No necesito leer en tu mente para saber que te lo ha pedido a menudo. No hay hombre, humano o de otra estirpe, que conociéndote no tenga la intención de hacerte suya. Tú no lo amas, Francesca.

—No te amo a ti, Gabriel. Y eso es algo que para mí tiene importancia. He vivido demasiado tiempo para entablar una relación en un momento tan tardío sólo porque tenía ganas de disfrutar del sexo.

—Sexo a lo *grande* —corrigió él, riendo con la mirada.

Ella lo miró con un amago de sonrisa coqueta.

—De acuerdo, si así lo quieres, sexo a lo grande —concedió—. No te hagas ilusiones. Sólo le estoy dando al demonio la parte que le corresponde. Durante todo este tiempo nuestro pueblo te ha llamado el ángel de la luz y a Lucian el ángel de la oscuridad. Quizá lo hayan entendido al revés —dijo. Retiró la mano y se giró para darle la espalda—. No me molestaré si encuentras otro lugar donde dormir, Gabriel. No apuestes demasiado por ganar esta batalla entre nosotros. Incluso después de lo que ha ocurrido. Por mi parte, estoy decidida a seguir adelante con mis planes para envejecer. He vivido mucho tiempo y me he cansado de ver morir a otros.

—No hay ninguna batalla, querida mía —murmuró él, con voz suave, y la observó alejarse en la noche oscura. Francesca no tenía ni la más mínima posibilidad de escapar. Él se había asegurado de eso. Nadie, ni humano ni de otra naturaleza, podía arrebatársela ahora. Y, más que nada en el mundo, su póliza de seguro le impediría a ella buscar solaz en el amanecer. Se deslizó flotando por la sala hasta la puerta y se quedó mirando las luces de la ciudad. Había muchas luces. La ciudad estaba encendida como el cielo sobre sus cabezas.

Gabriel había pasado mucho tiempo enterrado, y tenía que ponerse al día sobre muchas cosas. Tenía que volver a aprenderse el mapa de París, a encontrar cada callejón y cada refugio. Aquello era un terreno de caza ideal para un demonio como Lucian, que no tardaría en actuar. Las matanzas, las muertes, la caza interminable y los combates que seguirían. En algún lugar, ahí, en la ciudad dormida, acechaba un asesino implacable y despiadado. Nadie estaba a salvo. Nadie volvería a estar a salvo hasta que él lo destruyera. Ahora que tenía que proteger a Francesca, era imperativo ganar tiempo. Tenía que encontrar una manera de destruir a su hermano. Si había vacilado en el pasado, preso de una falsa idea de la fidelidad, ya no podía permitirse el lujo de cometer el mismo error. Debía velar por que Francesca estuviera protegida en todo momento. Con ánimo apesadumbrado, dio dos o tres pasos veloces y alzó el vuelo.

Francesca se tomó su tiempo mientras caminaba en dirección al hospital. Amaba la noche. Así como había añorado la luz del sol y se las había ingeniado para pasear en pleno día, también amaba la noche. Después de ponerse el sol, reinaba la paz y la tranquilidad, a diferencia de las horas del día en que dominaba el caos. Le fascinaban los ruidos de las criaturas de la noche, el roce de las alas en el aire que sólo oían unos pocos escogidos. Siempre había pertenecido a un mundo secreto, y ahora Gabriel le pedía que volviera a él.

¿Cuánto tiempo había pasado desde que viera su tierra, los montes Cárpatos, por última vez? ¿Cómo sería volver a estar entre los suyos? ¿Hundir los dedos en la tierra rica y curativa? Había renunciado a ese sueño hacía mucho tiempo. ¿Por qué había vuelto él después de siglos de ausencia? ¿Por qué ahora? ¿Y qué era lo que sentía por Brice? ¿Acaso podía entregarse tan apasionadamente a Gabriel? ¿Entregarse tan completamente, y sentir un afecto verdadero por Brice? Gabriel no había tomado lo que ella no estaba dispuesta a dar. Puede que la hubiera excitado para responder a su necesidad, quizás incluso había plantado en ella la semilla del deseo antes de despertarla, pero ella sabía que no era una niña inocente. No podía dejar que Gabriel cargara con toda la culpa. Podría haberlo detenido, o al menos haberle puesto las cosas muy difíciles. No, no podía echarle la culpa a él. Lo había deseado casi desde el momento en que se había despertado con su sangre corriendo por sus venas.

¿Qué significaba todo aquello? ¿Acaso era una mujer que podía estar con más de un hombre a la vez? ¿Podía amar a Brice? Si de verdad lo amaba, ¿por qué no había consentido casarse con él antes, mucho antes? Quizá Gabriel tenía razón. Quizá corría a buscar a Brice porque sabía que con él se sentía segura y porque le era familiar. ¿Alguien que jamás podría dominarla? ¿Cultivaba quizás el dolor y el resentimiento de una joven humillada? Creía haberse desprendido hacía tiempo de esos sentimientos absurdos.

Estaba unida a Gabriel. Su mente sintonizaba con él. Su cuerpo lo pedía a gritos. Estaban unidos para siempre y, aun así, su corazón, caprichoso, parecía albergar sus propios designios. ¿Cómo era posible? Quizá se había vuelto tan humana que ya no sentía las ataduras del vínculo ritual. No, Francesca había experimentado la necesidad que la consumía, ese terrible apetito que sólo Gabriel podía saciar.

Con un suspiro, se frotó las sienes que le latían con fuerza. Había traicionado sus propias creencias. Jamás se había entregado del todo a Brice, pero había albergado en secreto la idea de que quizá tendrían una oportunidad. Brice le demostraba mucho cariño, y ella sentía su afecto genuino cuando estaban juntos. Sería imposible que él le mintiera ya que ella podía leer en su mente sin problemas. Brice sufriría una gran decepción si de pronto ella decidía dejar la relación. Ella lo había dejado alimentar esperanzas. ¿Acaso aquello no la hacía responsable? Se sentía confundida y sola. Sobre todo se sentía cansada de llevar una vida tan solitaria.

—*No estás sola, Francesca. Yo estoy aquí para hablar contigo. No tienes por qué sentirte traicionada. He entrado en tu vida de manera imprevista. No puedo decir que me alegro de que pienses constantemente en otro hombre y que te preocupes más de su felicidad que de la mía, pero lo comprendo. Te he complicado las cosas.*

Francesca pestañeó para reprimir las lágrimas. Había algo que la reconfortaba y le daba una sensación de intimidad al sentir a alguien hablarle tan suavemente, murmurando dulces palabras de comprensión y de amistad en medio de esa súbita crisis personal. Había pasado mucho tiempo desde que se había servido de ese tipo de comunicación. La voz de Gabriel era como una herramienta poderosa que la acariciaba y le serenaba el espíritu. Por primera vez en muchos siglos, tuvo la sensación de que no estaba sola. Las mujeres de su especie necesitaban a su otra mitad. *Gabriel.* Cerró los ojos un instante. ¿Por qué había vuelto ahora?

—Francesca. Gracias a Dios. —Brice salió apresuradamente de una sala situada junto a la entrada del vestíbulo de urgencias—. Estaba desesperado preguntándome qué te habría pasado. ¿Quién era ese hombre?

Brice le pasó un brazo protector por el hombro y ella sintió de inmediato la desaprobación de Gabriel. Los hombres carpatianos no estaban acostumbrados a compartir sus mujeres. Gabriel era un ejemplar del Viejo Mundo. Había dedicado cientos de años de su vida a cazar demonios y a proteger a otros seres. Tenía el instinto de un predador y, sin embargo, era un ser valiente, cortés y elegante. Ella sentía que en su lucha conservaba su naturaleza equilibrada y comprensiva, aun cuando esa naturaleza le dictaba que debía eliminar a sus rivales sin contemplaciones y rápidamente. Había pasado mucho tiempo desde que Francesca dejara de vivir en su mundo, y casi había olvidado cómo eran los hombres de su raza con las mujeres. Protectores. Posesivos.

—Se llama Gabriel. Brice, lo siento. No tenía ni idea de que estaría ahí. Si lo hubiera sabido, te habría habñado de él antes de que lo conocieras.

—Te mira como si fuera tu dueño —dijo Brice, y la abrazó contra su pecho, sintiendo de pronto que ya la había perdido. Había una mirada cautelosa en Francesca que él no había visto antes, algo diferente, aunque no habría podido decir qué era exactamente—. Eso es lo que él cree, ¿verdad? ¿Qué significa para ti?

—Era mi marido. Creía que había muerto —confesó Francesca con voz queda y sincera—. Cuando descubrí que aún vivía, me quedé más sorprendida de lo que debes estar tú. Lo siento, Brice. Ha estado siempre fuera, no tenía ni idea de que volvería. Sinceramente, durante todos estos años creí que había muerto.

—Nunca me habías dicho que tenías marido —dijo Brice, a todas luces confundido.

—Ya lo sé —asintió ella, con un gesto de la cabeza—. Sucedió hace mucho tiempo y yo había aceptado la idea de que había desaparecido. Su regreso me ha dejado en estado de *shock*, y tengo que lidiar con ello. Todos tenemos que lidiar con ello.

Brice tragó saliva, visiblemente turbado. Ella se dio cuenta y quiso tranquilizarlo tocándolo. Él entrelazó de inmediato sus dedos con los de ella.

—¿Qué significa eso? ¿Después de todo este tiempo no se le ha ocurrido pensar que quizá no tiene ningún derecho a volver a inmiscuirse en tu vida? Ya sabes lo que siento por ti. ¿Lo declararon legalmente muerto? ¿Qué significa todo esto para nosotros?

—Sinceramente, no sé qué pensar en este momento, Brice. Te lo he dicho, me encuentro en un estado de *shock* total. —Francesca no soportaba la idea de no ser sincera con él, y se obligó a ir un paso más allá en su explicación—. Pero es verdad que cambia las cosas. ¿Cómo podría ser de otra manera? Gabriel es un hombre muy avasallador y, desde luego, nunca fue declarado oficialmente muerto.

Brice se apartó de ella y le lanzó una mirada de censura.

—Todavía te sientes atraída por él, ¿no es así? —Aquello era una acusación en toda regla.

Francesca desvió la mirada y en sus ojos asomó fugazmente la culpa.

—Era mi marido, Brice. ¿Qué te imaginas?

—Maldita sea, Francesca, deberías haberte casado conmigo hace mucho tiempo. Sin duda has pensado en ello, no lo niegues. Y, por lo demás, ¿qué más da que haya vuelto? Ya no pertenece a tu vida. —De pronto Brice se quedó muy quieto—. Supongo que no se ha instalado en tu casa.

Francesca guardó silencio, y su mirada evitó concienzudamente a Brice. Éste se dio con la palma abierta en la frente.

—¡Francesca! ¿Te has vuelto loca? No sabes nada de ese hombre a estas alturas. ¿Dónde ha estado todo este tiempo? ¿Acaso sabes siquiera a qué se ha dedicado? Me juego a que no, y lo has acogido como si el tiempo no hubiera pasado. Por lo que sabes, podría haber estado en la cárcel. Y probablemente lo haya estado. —Brice impidió que entrara en el hospital sujetándola ligeramente por el brazo—. ¿Es eso lo que ha sucedido, Francesca? ¿Acaso estuvo cumpliendo condena en una cárcel y tú sencillamente no quieres contármelo? Creo que me debes una explicación.

—Si quisiera contártelo, no podría hacerlo. No me has dejado decir ni una palabra —protestó Francesca—. Donde estuvo y qué hacía es una cuestión que sólo le atañe a él, y no tengo por qué darte esa explicación.

—Te has acostado con él. —La frase volvía a ser una afirmación.

—Eso tampoco es asunto tuyo —dijo Francesca. Había alzado el mentón y sus ojos lanzaron una señal llameante de advertencia. Puede que Francesca se sintiera culpable, pero le resultaba imposible tolerar que Brice o cualquier hombre la regañara. Siempre había sido sincera con él. Siempre. Lo había animado en más de una ocasión para que buscara a otra mujer, una mujer que lo adorara como se merecía. Francesca no era ese tipo de mujer. Se sentía triste por no serlo, se sentía inútil al no poder entregar todo su corazón. Algo fallaba en ella, de algo carecía. Le parecía perfectamente bien que Gabriel hubiera escogido otro camino. Con el tiempo, la habría juzgado menos que perfecta y su vida con ella habría sido menos que satisfactoria.

—¿Se te ha ocurrido pensar que quizás ha estado viviendo con otra mujer todos estos años? Podría tener otra mujer, e incluso hijos en alguna parte, y tú no lo sabrías. —Las palabras salieron, insidiosas, antes de que él pudiera impedirlo.

Ella lo miró con sus grandes ojos negros llenos de una ira repentina.

—Eso es muy bajo de tu parte, Brice —señaló, con voz suave.

—Francesca, por favor, no lo hagas. —Brice le rodeó la cintura con un brazo, pero cuando la atrajo muy cerca, se dio perfecta cuenta de que había cruzado una frontera.

Ella se sintió incómoda de inmediato. Olió su colonia y, a pesar de ser una colonia cara, le provocó unas ligeras náuseas. Era curioso, porque a ella más bien le gustaba su colonia, aunque ahora sólo pensaba en el olor de Gabriel, en su fragancia masculina y almizclada.

¿Aquello era parte del ritual, de la unión que ambos habían consumado? Quizás a partir de ahora le sería imposible tocar a otros hombres? ¿Era ése el secreto que los hombres de su raza tenían sobre sus mujeres? Francesca se llevó una mano impaciente a su cabellera y descubrió que los dedos le temblaban. Quizás había una manera de deshacer lo que habían hecho las palabras rituales. Al fin y al cabo, ella había hecho lo imposible. Había encontrado una manera de vivir entre los humanos a la luz del día. Quizá Gabriel había acabado con ese logro suyo, pero eso no negaba el hecho de que ella, Francesca, había hecho lo que ningún otro carpatiano había conseguido.

—No estoy haciendo nada, Brice. No sé qué hacer, de modo que no pienso hacer nada. No te pido que suspendas tu vida ni que esperes. Siempre te he dicho que te busques una chica buena y sientes cabeza —dijo Francesca, y se echó el pelo a un lado, un gesto nervioso al que rara vez sucumbía.

—Te amo, Francesca —dijo Brice, con expresión triste—. No tengo intención de abandonar para buscarme otra mujer. Es a ti a quien quiero. No puedo decir que me agrade la idea de un antiguo marido que se queda en tu casa, pero no quiero que me dejes fuera de tu vida porque creas que no puedo lidiar con ello.

Francesca sacudió la cabeza.

—Ni siquiera yo sé cómo lidiar con ello, Brice. No tienes ni idea de lo confundida que estoy. Preferiría no hablar de ello en este momento. ¿Qué te parece si le echo una mirada a ese paciente tuyo?

Brice la cogió por el brazo y aminoró la marcha para impedirle que entrara en el hospital.

—¿Lo amas?

Francesca suspiró lentamente, con la intención de ser totalmente sincera.

—¿Cómo podría amarlo si no lo he visto en tanto tiempo? No lo conozco. No me he permitido a mí misma conocerlo. Ahora mismo, no quiero conocerlo. Te puedo decir que creo que es valiente y que lo admiro como nunca he admirado a nadie en mi vida. Y se merece una buena vida. Sólo que yo no quiero formar parte de ella necesariamente.

Brice lanzó una sorda imprecación.

—No le debes nada. No me importa que haya sido tu marido. Hablas como si pensaras que le debes algo, pero no le debes absolutamente nada. Me da igual que haya sido un agente secreto y que haya salvado al mundo. No puede volver de repente, sin más, y decidir que ahora sí te quiere.

Era verdad que Gabriel había salvado al mundo, probablemente más de una vez. Y, con un poderoso vampiro suelto en la ciudad, volvería a correr grandes riesgos para proteger a los humanos. Había renunciado a su oportunidad de felicidad, había renunciado a la familia, a las emociones y a los colores. Había hecho algo más que arriesgar su vida: había arriesgado hasta su propia alma para mantener a salvo a mortales e inmortales por igual. No tenía una existencia real, y hasta los de su propia estirpe temían su poder. Estaba completamente solo. *Gabriel.* Sintió que su corazón lo añoraba con la misma intensidad que su mente se rebelaba ante el control que él ejercía sobre ella.

—Gabriel es diferente, Brice. No te lo puedo explicar. He tenido una noche difícil y te pido que dejes el tema por un momento. Si me presionas, no podré darte la respuesta que quieres oír. Tendría que decir no, que no hay ninguna esperanza para nosotros y será mejor que te olvides de ello.— Se frotó las sienes que le martilleaban—. ¿Qué pasa con ese paciente tuyo? ¿Quieres que te ayude o no?

—De acuerdo, Francesca, se hará como tú quieras —dijo él, sacudiendo la cabeza para ocultar su frustración—. Por ahora lo dejaremos, pero me gustaría que lo echaras fuera o lo llevaras a uno de esos asilos que financias con tu ayuda. En uno de esos asilos debería haber una cama para él.

Francesca sabía muy bien que Gabriel era poseedor de una gran fortuna. Por mucho tiempo que hubiera pasado durmiendo en el subsuelo, tendría oro en abundancia, o algo igual de valioso para proveer sus necesidades. Los de su descendencia mantendrían sus propiedades intactas para él. Si no disponía de esa fortuna, todos los carpatianos contribuirían con cantidades significativas para hacerle más fácil el retorno a la sociedad. Era su manera de ayudarse unos a otros en todo momento cuando padecían necesidad. En la sociedad carpatiana, la riqueza no tenía un gran significado. Estaba destinada a ser compartida como medio para la perpetuación de la especie y para guardar el secreto de su existencia. Gabriel todavía no había tenido tiempo de posesionarse de lo que le pertenecía por derecho, pero ya se ocuparía de ello. En cualquier caso, ella no podía hacer otra cosa que vivir bajo el código de su pueblo y compartir con él lo que le pertenecía.

—Le he pedido que se busque otro alojamiento en cuanto se oriente, pero no lo obligaré a dejar mi casa. Ahora, cuéntame algo acerca de tu paciente, o me iré. —Lo decía en serio. Si Brice seguía presionándola, ella sencillamente lo dejaría y no volvería en mucho tiempo.

Él reconoció la decisión que latía en su voz.

—Es una chica de catorce años, y por su aspecto se diría que ha sobrevivido a un choque de trenes. Las radiografías muestran muchas roturas óseas, algunas tratadas por los médicos, otras soldadas por sí solas, pero mal. Está prácticamente en coma. Me mira, pero no pronuncia palabra. Ni siquiera estoy seguro de que me oiga bien. Está en un estado lamentable. Tiene unas cicatrices horribles en la espalda, y otras especialmente feas en las manos y en los brazos, como si hubiera intentado resistirse muchas veces. Se diría que le han pegado en repetidas ocasiones. La trajo su padre, un verdadero bruto, un indeseable que no habla mucho. No tiene más parientes. Los policías nos han dicho que es un delincuente profesional pero que no tiene antecedentes de haberla sometido a abusos. No podemos demostrar que el padre sea un abusador y un sádico sin que la chica colabore, y ella no puede hablarnos. Él se la quiere llevar a casa. Dice que tiene un retraso mental, pero yo no me lo creo.

Francesca sintió que el corazón le daba un vuelco. Detestaba ese tipo de casos, y había luchado durante siglos para crear refugios seguros para mujeres y niños, pero nunca eran suficientes. Catorce años. ¿Por qué un padre habría de torturar y abusar de su propia hija mientras su especie hacía todo lo posible para conservar con vida a sus hijos? Los machos carpatianos siempre protegían a las mujeres y a los niños por encima de sus propias vidas. Sencillamente no tenía sentido, y su corazón sangraba por la pobre adolescente que no tenía a nadie que la protegiera precisamente de la persona que debería haber sido la que más la amaba.

—¿Ha sufrido abusos sexuales?

—Evidentemente —dijo Brice, con un gesto de cabeza—. Han abusado tanto de esta chica que llega a ser repulsivo.

—*¿Me necesitas, cariño?* —Era la voz de Gabriel que llamaba gentilmente a los confines de su mente.

—Enséñame dónde está, Brice —le pidió ella, con voz serena—. *Han abusado de una chica. Ahora voy a verla. Brice dice que sospechan del padre.* —Sin detenerse a pensárselo dos veces, le transmitió toda la información que Brice le había dado—. *Yo estaré bien.*

—*Espero que me busques si tuvieras necesidad.* —Junto con ese tranquilo mandato, Francesca se sintió de pronto llena de calor y una sensación de bienestar, como unos brazos fuertes que la sostuvieran mientras ella se enfrentaba a otro episodio de maltrato emocional.

Capítulo 4

Brice abrió la puerta de la habitación de la muchacha y se apartó para dejar entrar a Francesca. Afortunadamente, el padre de la chica no estaba. Aquel hombre era un matón, y él le tenía miedo. Cruzó la habitación, sonriéndole gentilmente a la chica acurrucada sobre la cama. Ella no había levantado la mirada ni dado a entender por otro medio que se había dado cuenta de su presencia.

—Skyler, me gustaría que conocieras a una amiga. Sé que puedes oírme, Skyler. Te presento a Francesca. Es una mujer extraordinaria. No tienes por qué tenerle miedo.

Francesca observaba a Brice y veía que, frente a la adolescente, sus movimientos se habían vuelto más tranquilos. Era una de las cosas que le atraían de Brice: su manera de ser con los niños, con los que estaban heridos y sufrían. Era una persona que se preocupaba. No tenía nada que ver con el dinero, de eso estaba segura. Brice quería de verdad reparar las cosas, quería ayudar a esas pequeñas almas perdidas. Sintió una calidez en el corazón y le sonrió mientras se acercaba y llegaba hasta la silla junto a la cama.

—Hola, Skyler. Tu médico me ha pedido que venga a verte. Pensé que podríamos pedirle que salga para que podamos estar solas. Sólo nosotras dos —dijo, mirando a Brice.

Él se inclinó, muy cerca de su oído, tan cerca que ella sintió la calidez de su aliento.

—Voy a echar una mirada para vigilar al padre. Si te encuentra aquí dentro, quién sabe lo que es capaz de hacer.

—¿Crees que se puede poner violento? —preguntó Francesca, apenas en un susurro, porque no quería que la chica le oyera. Lo último que ésta necesitaba era una escena violenta protagonizada por su padre—. ¿Lo estaban esperando?

—No a estas horas. Suele dedicarse a beber —aseveró Brice. Miró a la chica adolescente y le lanzó un guiño antes de salir de la habitación.

Francesca observó a la chica detenidamente. Estaba tendida en posición fetal, y tenía el pelo cortado irregularmente, como si alguien se lo hubiera cortado a hachazos y de cualquier manera. Una cicatriz en forma de medialuna, blanca y delgada, le surcaba una sien. Tenía magulladuras en toda la cara y los ojos hinchados, y en la mandíbula se advertían diversas manchas de tonos azules y verdes.

—Así que te llamas Skyler —dijo, bajando la voz hasta hacerla suave y atractiva, ocultando la compulsión subyacente con un sonido argénteo.

Francesca le sostuvo la mano casi inerte y llena de cicatrices, a la vez que establecía contacto mental con ella. Quería adentrarse en los recuerdos de la chica, averiguar qué le había ocurrido para dejarla postrada de esa manera, sin moverse, como si la hubiera abandonado la vida y no le quedaran esperanzas. Se sintió invadida de inmediato por una ola de violencia y depravación. Las lágrimas le quemaron, asomaron a sus pestañas. Una existencia tan horrible. Sintió cada uno de los golpes que había recibido, cada quemadura, cada violación, cada uno de los actos a los que la habían obligado a someterse, todas las torturas, mentales y físicas, como si se las infligieran a ella. Las cicatrices la marcaban tanto interior como exteriormente, cicatrices que quizá se mitigarían con el tiempo, pero que nunca desaparecerían del todo. Su propio padre la había vendido a otros hombres, la había golpeado en repetidas ocasiones cuando se resistía y la había castigado cada vez que intentaba escapar. La golpeaba si lloraba, la golpeaba cuando los hombres se la devolvían, quejándose de que era como una muñeca de madera, de que no cooperaba y de que era una frígida.

Las imágenes eran terribles, de dedos que penetraban a la fuerza en aquel cuerpo tan pequeño, de manos que apretaban y buscaban, hombres que la manoseaban y que apestaban a alcohol. Sintió un dolor penetrante cuando la forzaban a que su cuerpo menudo aceptara lo que no podía. Vio los enormes puños que le golpeaban la cara, su cuerpo lanzado contra la pared. La pesadilla seguía y seguía, y ella veía el miserable destino de la pobre chica, tan joven, sin ayuda ni esperanza. Encerrada en un armario oscuro e irrespirable, encerrada en un cuarto de baño mientras se congelaba. Sufriendo hambre y sed, sabiendo que cada vez que oyera los pasos todo volvería a comenzar.

Francesca se llevó una mano al vientre, que se le retorcía y se le hacía un nudo como manifestación de su empatía. Por un momento, temió que se pondría enferma sin remedio. Aquella chica no sólo había sufrido un infierno físico sino que, además, había perdido totalmente la voluntad de luchar. Francesca quiso ir más allá de ese estado de desesperanza absoluta, y dio un paso en esa dirección. Quería encontrar a la verdadera Skyler, la que había existido antes de que le destrozaran el alma. En otras épocas, había sido una luchadora. Había sido una amante de la vida, de la poesía, había descubierto la felicidad en las cosas que la rodeaban, cosas sencillas, tal como le había ocurrido a su madre. Su madre le había puesto ese nombre, Skyler Rose. Una bella rosa sin las espinas. Tenía una voz que era digna de llegar al cielo y, sin embargo, aquel padre embrutecido había conseguido apagarla, reducirla al silencio. Aquel hombre era tan repugnante como un vampiro. Penetrante y cruel y totalmente depravado. Su mera existencia le hacía sentir náuseas a Francesca. Vivía para el alcohol y para el crack. Ésa era su vida, su única vida.

—Escucha mi voz, Skyler, más que mis palabras. —La voz de Francesca se proyectó en la mente de la chica, intentó llegar hasta aquel espíritu encogido y atemorizado—. No te puedo mentir. Sé que no quieres volver a este mundo y no te lo reprocho. Te has alejado mucho de este cuerpo así que no tienes que verlo ni oírlo. Ya no tienes que volver a sentir lo que te hace. Yo te puedo curar. Puedo quitarte las cosas que él te ha hecho, las cicatrices que tienes en el cuerpo. Puedo suavizar el impacto de lo que te han hecho para que vuelvas a vivir como una persona íntegra. Incluso conseguiré que, con el tiempo, tú misma puedas portar en ti un bebé, si eso es lo que quieres. Puedes tener tu propia familia. Y me creerás lo que te voy a decir, me creerás por encima de todo. Tú no eres culpable de las cosas que te han sucedido. Ya sé que él te ha hecho sentir que no vales nada, pero la verdad, Skyler, es que él no podía soportar tu bondad natural, no soportaba la belleza que irradiabas y que le recordaba cada día su propia y miserable perversión.

Francesca le echó a un lado el pelo suelto con ademán suave y se inclinó cerca de su cabeza. Tenía ganas de abrazarla para siempre, mantenerla a salvo y amarla como se merecía que la amaran. ¿Por qué no había encontrado a esa niña antes de que su abominable padre le hubiera hecho tanto daño? Sentía las lágrimas que le bañaban el rostro, el dolor que le oprimía el pecho. Los antiguos sentían el dolor y las emociones con mucha más intensidad que los jóvenes. Francesca tenía ganas de tenderse a su lado y llorar, pero se obligó a mirar más allá del dolor que en ese momento ambas compartían.

Cerró los ojos, concentrándose de lleno en la joven adolescente, hasta que su propio cuerpo se desprendió y ella se convirtió en energía y luz. De inmediato se fundió en Skyler. Aquel cuerpo joven era una masa de músculos desgarrados, de huesos rotos y tejidos deteriorados. Había cicatrices internas por todas partes. Sobre todo, Francesca tenía la sensación de que el cuerpo estaba casi muerto, como si el espíritu de Skyler se hubiera desvanecido hacía tiempo. Sabía que eso no había sucedido. Había conectado con la niña. Y sabía que la había oído, en algún remoto pliegue de su mente. Un espíritu pequeño y asustadizo que se manifestaba gracias a su llamada. Ella sabía que la chica esperaba, muy quieta, en la sombra, que esperaba a saber si ella decía la verdad. ¿Cómo podía creerla? Aquella voz extraña, una voz cristalina de colores plateados, una voz «diferente», acabó por captar su atención.

—Cariño —dijo Francesca en un susurro, con el corazón dolorido—. Cariño, lamento no haber estado antes para ayudarte, pero no te abandonaré. Siempre cuidaré de ti, te cuidaré durante tu juventud. Me aseguraré de que nadie vuelva a hacerte daño de esta manera. —Se acercó a esa fuerza vital que se había convertido en un ovillo—. Vuelve y vive, Skyler. Te puedo devolver tu vida. No soy tu madre, ya lo sé, pero jamás permitiré que te vuelvan a hacer daño. Te doy mi palabra, y eso es algo que no hago con ligereza ni a menudo. —Se acercó aún más, y aquella niña que yacía, acurrucada y miserable, comenzó a bañarse en su luz, en su compasión, en toda la energía de su bondad—. Cree en mí, confía en mí. Sé que te puedo proteger como nadie te ha protegido nunca. Escucha mi voz, Skyler. Soy incapaz de mentirle a alguien como tú. Sé que sientes que digo la verdad.

Su voz tenía una profundidad hipnotizante, y atraía hacia sí el espíritu quebrantado de la niña como si fuera un imán. Acabó por inducir en la adolescente una sensación de calidez y seguridad, y le prometió que jamás tendría que volver a ver al bruto de su padre. Estaría a salvo de él en todo momento. Lo único que tenía que hacer era volver, permitirse depositar su confianza en alguien.

Francesca comenzó a cantar un ritual curativo en el lenguaje antiguo, palabras que databan de otro tiempo, mientras ella comenzaba a trabajar desde dentro hacia fuera con el fin de reparar el organismo maltrecho de Skyler. Trabajaba rápida y meticulosamente, prestando una atención reconcentrada a los detalles, deseando limpiar toda huella de suciedad que habían dejado las palizas y las violaciones en su cuerpo. Al cabo de un rato, se percató de una nota discordante. Estaba fundida en un solo ser con la niña, y de pronto se dio cuenta de que la niña se inhibía, que empezaba a irradiar miedo. No tenía miedo de ella, eso no podía ser. Al contrario, aunque con ciertos reparos, aquel espíritu timorato empezaba a buscar su protección. Era como si la niña sintiera la presencia de su padre. Estaba en alguna parte en el hospital, se sentía su cercanía, porque ahora se dirigía a su habitación.

Francesca percibió parte del miedo de la joven. Era imposible no sentirlo; la chica estaba aterrada y las dos permanecían estrechamente conectadas. Francesca tenía pleno control, un control nacido de siglos de paciencia. Se sabía poderosa, capaz de lidiar con situaciones peligrosas y, sin embargo, al mismo tiempo era consciente de que debía conservar su aspecto humano. Se había entrenado para parecer humana, para que sus respuestas fueran totalmente normales. Incluso sus pensamientos tenían que parecer humanos. Eran precauciones que la habían protegido de las criaturas inertes. También le habían ayudado a pasar desapercibida para los machos carpatianos. Hasta un barrido de su mente la identificaría como un ser humano, no como una carpatiana. Jamás se habría arriesgado a manifestar un poder que pudiese atraer la atención de su propia estirpe o de las criaturas inertes.

—Tranquilízate, cariño. Ni siquiera dejaré que te toque. Sé todas y cada una de las cosas terribles que te ha hecho. La policía se lo llevará y lo dejará tan bien encerrado que jamás volverá a salir. —Volvió a servirse de su tono de voz, un tono lleno de verdad y sinceridad, para que la chica no se ahuyentara demasiado cuando su padre entrara en la habitación.

Francesca recuperó lentamente su propio cuerpo. Como sucedía siempre que sanaba a alguien con todo el cuerpo, se vaciaba de su fuerza hasta el punto de quedar exhausta. Se incorporó con movimientos serenos y pausados, abrió la puerta y dejó entrar a Brice.

—Es su padre —avisó—. Ese hombre ha hecho cosas horribles con esta chica. Llama a la policía y asegúrate de que vengan en seguida y lo detengan. Pregunta por Argassy. Menciona mi nombre, y dile que he dicho que es una emergencia.

Brice lanzó una mirada a Skyler, que permanecía en posición fetal, con los ojos apagados y fijos en ninguna parte.

—Si ella no se lo puede decir, Francesca... —dijo, y calló. De los ojos de Francesca salía fuego. Había momentos en que esa mujer con dotes de sanadora llegaba a intimidarlo.

—No tendrá que testificar. —Era una orden. Francesca se dio media vuelta.

Brice tenía una mano en la puerta cuando de pronto ésta se abrió con violencia y él salió despedido hasta chocar contra la cama. Entró un hombre enorme y fornido con pasos vacilantes y le lanzó una mirada cargada de odio. Tenía unas manos enormes, que abría y cerraba en sendos puños. Ni siquiera se dignó mirar a Brice, a quien a todas luces había descartado como obstáculo. Su mirada se detuvo en Francesca, que le sostenía la mano a su hija.

—¿Qué está pasando aquí? —rugió—. ¿Cómo se atreve a entrar en la habitación de mi hija cuando he dicho que estaba prohibida la entrada? ¿Quién es usted?

Francesca bajó la voz hasta convertirla en una brisa suave y limpia.

—Soy quien se ocupa de esta niña. Está muy enferma, señor Thompson. Y ahora quiero que salga de esta habitación para que no aumente su malestar.

Su voz tenía tal fuerza que el hombre se giró para irse. Tenía la mano sobre la puerta que estaba a punto de empujar. Y, de pronto, se dio media vuelta sacudiendo la cabeza. Un odio animal y penetrante brilló en su mirada.

—Grandísima puta, no serás tú quien me diga lo que tengo que hacer con mi hija —exclamó, y dio unos cuantos pasos en dirección a Francesca. Skyler era esencial para él, era la única forma de conseguir su droga.

Francesca tuvo que reconocer que al hombre se le daba bien eso de intimidar a los demás. Había perfeccionado su técnica durante años de práctica con Skyler y su madre. Aquel hombre era un bruto perverso que sentía una necesidad irrefrenable de infligir dolor a los demás. Francesca lo leyó todo con claridad, reconoció el goce que experimentaba hiriendo a sus semejantes, hombres, mujeres, niños, poco importaba. Era una necesidad. Entonces alcanzó a percibir a Brice, que se había convertido en una cosa pequeña, temblando en el rincón, intentando alcanzar la puerta. Si lo conseguía, podría llamar a los de seguridad y pedir ayuda inmediatamente.

Francesca controló los latidos de su corazón, sabiendo que Skyler seguía aferrada a ella, que esperaba ver si ella cumplía su palabra. Le envió una señal de seguridad, una tranquilidad que en ese momento no sentía. Aquel hombre debería haber salido cuando ella se lo había ordenado. Se trataba de un humano, y la orden oculta en sus palabras debería haber bastado para controlarlo. Pero no había funcionado. Podía manejar la situación recurriendo a otros poderes y subterfugios, pero era algo arriesgado con Brice ahí presente y con un legendario vampiro rondando por la ciudad. Sí, Lucian percibiría esa explosión de fuerza, y sabría que el toque era femenino. Y todo aquello podía tener consecuencias nefastas para el hospital, para sus amigos y para ella misma.

El hombre estaba tan cerca que Francesca podía ver el vello en su pecho a través de una camisa inmunda. Olía a whisky barato y a centeno. Apestaba a alcohol por todos los poros, y ella se enfrentó a su mirada con un reconocimiento sereno de su ira. Si la golpeaba, sus amigos se ocuparían de que lo encerraran por un tiempo largo. Y era precisamente lo que iba a hacer, golpearla. El aire se había vuelto cargado, la tensión era palpable.

—Grandísima puta. Lo que tú necesitas es un hombre de verdad que te enseñe a comportarte. Y este pobre medicucho viene corriendo cada vez que a ti se te antoja. —Con un gesto deliberado, el hombre se cogió la entrepierna—. Hueles muy bien, chica, y seguro que tienes la piel tan suave como parece. —El hombre respiraba demasiado de prisa, ya preparado y relamiéndose de anticipación. Alzó la mano para tocarle la cara, para saber si era posible que tuviera la piel tan suave.

—¡No! —Era una orden perentoria. Francesca no se movió. Le lanzó una mirada cargada de desprecio. El hombre era incapaz de llevar a cabo el acto sexual. Al menos eso era lo que sabía acerca de él.

Aquel tipo soltó una ristra de imprecaciones mientras balanceaba el brazo para asestar el golpe. Francesca se quedó muy quieta, esperando el golpe con serenidad. Brice lanzó un grito desesperado para alertar al personal de seguridad. Sólo transcurrió un segundo, como un solo latido del corazón, un breve espacio de tiempo, pero en ese interludio el aire en la habitación se volvió espeso como una perversión oscura, y la puerta se abrió de golpe justo en el momento en que Thompson descargaba su puñetazo.

Gabriel no dejó de sonreír, incluso cuando cogió al hombre por el puño y se lo aplastó con su propia mano. Lo había cogido antes de que alcanzara a golpear a Francesca. A una velocidad sobrenatural, se había interpuesto entre él y Francesca, a tiempo para impedir que el golpe le diera en la cara a su compañera. Sólo los ojos negros de Gabriel parecían vivos en su rostro, y en su profundidad ardía la llama roja y deslumbrante del demonio. Revelaba su verdadera naturaleza, ponía al descubierto al predador.

Para asombro de Brice, el padre de Skyler pareció derrumbarse ante la presencia de Gabriel. Brice vio el terror pintado en el rostro de aquel hombre y dejó de llamar a seguridad. Él mismo sintió miedo, como un estallido de adrenalina que todavía no cesaba. Gabriel tenía el aspecto de un ángel vengador, un guerrero antiguo, invencible, implacable, y ahora miraba a Thompson directamente a los ojos.

—¿No querrás golpear a Francesca, verdad? —La voz era muy suave, casi compasiva, y aunque sonaba bien a los oídos, daba tanto más miedo porque no había emoción.

Thompson sacudía la cabeza como un niño. Tenía el dolor pintado en el rostro y Brice se percató de que Gabriel no le había soltado el puño. A él los nudillos se le habían vuelto blancos, aunque no daba la impresión de que ejerciera demasiada presión. Pero Thompson palideció y comenzó a emitir un gritillo agudo que se convirtió en llanto. Gabriel inclinó su oscura cabeza y murmuró algo que Brice no alcanzó a oír. Pero Thompson dejó de llorar, porque de su boca ahora sólo escapaba un leve gemido. Tenía la mirada fija en los ojos de Gabriel, con un terror que no se le borraba del rostro.

Los guardias de seguridad entraron en la habitación y Gabriel se apartó inmediatamente de Thompson, sin dejar de proteger a Francesca con su voluminosa corpulencia. Sacaron a Thompson al pasillo, asombrados al ver que obedecía tan dócilmente. Se oyó el ruido de algo pesado que caía al suelo y una tos terrible seguida de un hilo de respiración. Casi en seguida, una enfermera llamó a Brice con voz tensa. Él salió deprisa y descubrió a Thompson caído y cogiéndose el cuello con ambas manos, el rostro totalmente gris mientras luchaba desesperadamente por respirar, los ojos comenzando a entornarse.

—¿Qué ha pasado? ¿Qué ha sucedido? —preguntó Brice, que se había arrodillado junto a él.

—Comenzó a ahogarse y se cogió el cuello. Fue como si se volviera loco, como si estuviera luchando con alguien durante un rato, como si lo estuvieran estrangulando, y luego cayó —balbució el guardia de seguridad.

Francesca oyó la explicación y volvió a sentarse en la silla junto a la cama de Skyler.

—Gracias, Gabriel —dijo, sinceramente agradecida. Él no se imaginaba lo aliviada y feliz que se sentía ante su inesperada intervención.

Él le acarició el pelo, una caricia de seda.

—Deberías haber sabido que jamás permitiría que nadie te pusiera la mano encima. —Hablaba con una voz suave, casi tierna. Le hacía sentir a Francesca emociones nada familiares. Así era como se sentía una mujer al ser protegida por un macho carpatiano. Cuidada. Sabía que Thompson había muerto. Gabriel lo sabía todo, todas las barbaridades que aquella bestia le había hecho a su hija. Gabriel había estado presente, como una sombra en su mente, todo aquel rato, controlando el entorno como los machos de su especie solían hacer para cuidar de sus compañeras.

Gabriel había sentido el terror de la adolescente, había sufrido con Francesca cada uno de los tormentos que la chica había vivido. Había compartido hasta las lágrimas que ella había llorado y el temor que había sentido al ver entrar a Thompson en la habitación. Se sentía curiosamente agradecida de no estar sola. Al mismo tiempo, recelaba de que esa protección le pareciera agradable.

Francesca observó cómo Gabriel tocaba a Skyler, su mano tan delicada, su voz convertida en un instrumento musical. La ternura de aquel hombre tan fuerte le dejó un nudo en la garganta.

—Ya no te podrá hacer daño, pequeña. Francesca te cuidará, y yo también cuidaré de ti. Estás bajo la protección de los dos, y te doy mi palabra de honor de que será para siempre. Vuelve con nosotros, únete a nosotros.

Era imposible ignorar el tono imperativo en la voz de Gabriel. La niña se desperezó, parpadeó rápidamente y emitió un gemido de aflicción. Gabriel se apartó inmediatamente para que pudiera ver a Francesca. Skyler necesitaba a una mujer. Y Francesca era toda compasión y franqueza, bondad y pureza. Skyler lo veía. Su alma era tan bella que cualquiera que la conociera lo advertiría en el brillo de sus ojos.

Skyler primero miró al techo, sorprendida de que el dolor hubiera desaparecido. Recordó la voz de un ángel que le daba seguridad y le hacía promesas. Era una voz que ella tenía que escuchar, aunque temiendo que fuera del todo una invención suya. Miró a un lado y vio al ángel. Era muy bella. Era tan bella como cualquier ángel que hubiera imaginado. Tenía el pelo largo que flotaba, negro como el ala de un cuervo. Tenía el rostro de una *madonna*. Era un perfil clásico, delicado, casi frágil, y era tan bello que a Skyler le quitó el aliento. No había pronunciado ni una palabra en meses, y ahora le costó encontrar su propia voz.

—¿Eres real? —inquirió. La voz le tembló, vacilante, un mero hilo de voz.

Francesca percibió el orgullo que emanaba de Gabriel ante esas palabras, y se sintió honrada de ser objeto de una alabanza de su parte. *Gabriel, el cazador.* Nadie había logrado hazañas ni remotamente parecidas a las suyas en todos los siglos de su existencia. Se resistía a aceptar esa calidez al saber que él estaba tan orgulloso de ella, pero la verdad es que se sentía como si nadie más tuviera sus talentos ni sus habilidades. Ninguna otra mujer había sobrevivido como ella en tantos siglos. Y no había otra mujer tan bella ni tan valiente. Él la hacía sentirse así, a pesar de su determinación a no dejar que la tocara. Él no decía todas esas cosas, se limitaba a permanecer en ella, una fusión de mentes y cuerpos. Lo sentía. *Nos pertenecemos.* No estaba dicho, pero no dejaba de ser una verdad.

Francesca lo ignoró, y una ligera sonrisa le torció los labios.

—Soy totalmente real, cariño. Todo lo que te prometí te lo dije en serio. Ya no tienes qué temer.

Skyler sacudió la cabeza y en su mirada se pintó un súbito pánico.

—Me mandarán de vuelta con él. Siempre lo han hecho. O él vendrá a buscarme. No puedo escaparme; él me encuentra, siempre me encuentra.

La voz de Gabriel secundó la de Francesca. Era una voz tranquila, apacible, una voz que la calmaba.

—Se ha ido de este mundo, pequeña. Se ha ido para siempre. Nunca volverá a encontrarte, y nunca volverá a acercarse a ti. Sufrió un paro cardiaco cuando se vio enfrentado a sus propios pecados.

La niña le cogió con fuerza las manos a Francesca.

—¿Se ha ido de verdad? ¿Este hombre dice la verdad? ¿Dónde iré ahora? ¿Cómo viviré? —Sentía verdadero pánico. Sabía esconderse de la vida y del dolor y del bruto que la tiranizaba, pero no tenía ni idea de cómo vivir en el mundo. Ni siquiera sabía si era posible.

Francesca le acarició la cabeza.

—No tienes que preocuparte de nada. Tengo amigos que nos ayudarán. Te prometo que se ocuparán de ti. Por ahora, lo único que tienes que hacer es echarte a descansar y ponerte bien. Te traeré ropa y unos cuantos libros. Quizás un animal de peluche o dos. Conseguiremos algunas cosas para que tu estancia aquí no sea tan aburrida. Volveré mañana por la noche a verte. Podremos hablar de lo que quieres hacer con tu vida y a dónde irás después de todo esto.

Skyler la apretó con fuerza.

—¿De verdad que está muerto?

—Gabriel no te mentiría —dijo Francesca, con voz suave y llena de convicción—. Ahora tienes que dormir, pequeña. Yo vendré mañana, como te he prometido.

Skyler no parecía demasiado dispuesta a soltarle la mano a Francesca. Mientras estuvieran físicamente conectadas, se sentiría a salvo. Pensaba que tenía una oportunidad de vivir una vida normal. Le aterraba pensar que podía perder su asidero en ese salvavidas. Había algo en Francesca que le transmitía calma, que le hacía creer que de verdad tenía una oportunidad.

—No me dejes —murmuró, y su mirada era implorante—. No seré capaz de conseguirlo sin ti.

Francesca estaba a punto de derrumbarse de cansancio. Gabriel le rodeó los hombros con su brazo y la atrajo hacia su poderoso hombro para que pudiera apoyarse en él. Se inclinó sobre Skyler y capturó su mirada con la intensidad oscura de sus ojos.

—Ahora dormirás, pequeña, un sueño largo, apacible y restablecedor. Cuando te traigan la comida, tendrás hambre, y comerás lo que te ofrezcan. Nosotros volveremos mañana por la noche y no tendrás de qué preocuparte hasta que volvamos. Te ayudaremos a rehacer tu vida. Duérmete, Skyler, que tus sueños sean gratos y apacibles. Y no tengas miedo.

De inmediato, los párpados de la chica se relajaron y se ausentó de este mundo, esta vez hacia el sueño restablecedor adonde la había enviado la mágica voz de Gabriel. Soñaría con ángeles y cosas bellísimas y con un mundo completamente nuevo y emocionante para ella.

En cuanto la chica se durmió, Gabriel dirigió toda su atención a Francesca.

—Tienes que alimentarte, cariño. —Su voz la hipnotizaba, una voz preocupada e infinitamente tierna. Sus manos se deslizaron por los brazos de ella hasta enmarcarle la cara—. Lo que has conseguido aquí se parece mucho a un milagro. Tú lo sabes. Un milagro. —Mientras hablaba, la acogía en el círculo de sus brazos, apoyando su cara en la calidez de su cuello, ahí donde su pulso latía con tanta fuerza.

La atracción era aguda y tentadora. Ella había quedado exhausta después de ese trabajo que demandaba tanta energía. Pero más que eso, más que la llamada de sus células agotadas que le pedían a gritos algo de alimento, había una nueva adicción al sabor de Gabriel. La sostenía con tanta delicadeza, con gesto tan posesivo y protector. Era calor y luz, seguridad y compañía. La hacía sentirse completa. Francesca cerró los ojos e inhaló su esencia, dándose un respiro para apoyar la cabeza en su hombro. Tenía la boca apoyada contra su piel, y la tela de su camisa le rozaba la mejilla. Estaba tan cerca. Su piel. Y la piel de ella. La sangre de Gabriel irrumpía y fluía, llamándola.

—*Estás muy cansada, Francesca. Por favor, hazme el honor de permitirme este pequeño gesto por ti. No lo tomaré como una victoria. Conozco tu mente. No has intentado engañarme de ninguna manera. Esta noche me he alimentado bien.* —Esas palabras que susurraba eran una seducción, una tentación. Gabriel era un oscuro brujo que rozaba su mente como el toque de las alas de una mariposa.

Francesca se fundió con su calor, física y mentalmente. Sentir su cuerpo tan cerca, tan protector y presente, era como un regalo. ¿Cuándo la había tomado un hombre en sus brazos de acero? ¿Cuándo la había estrechado de esa manera un cuerpo tan duro, tan definido por esos músculos y fibras masculinas?

—*¿Por qué no respondió cuando le ordené que se fuera?* —Aquello la había sorprendido, incluso la había alarmado. Se lo había prometido a la chica. Nunca le había sucedido algo así. Los seres humanos siempre habían escuchado y obedecido al «impulso» de su voz.

Gabriel reconoció su malestar, entendió que ella se juzgaba a sí misma menos que él, un fracaso.

—*Tú perteneces a la luz, amor mío. Yo soy la oscuridad en persona. Thompson era una criatura completamente perversa. Puedes limitar y hasta retrasar el mal, pero no alcanzas a tocar su núcleo porque no puedes conectar con él. La mayoría de los humanos son buenos y malos a la vez. No son mal en estado puro. Puedes conectar con ellos porque puedes tocar aquello que es bueno. Yo tengo al demonio que vive en mí. Es mi naturaleza. Él vive ahí, acechando, callado, espe-*

rando saltar fuera cuando me olvido de encadenarlo. Conozco el mal todos los días de mi existencia. Cuando tienes que controlarlo cada día, no es una gran hazaña destruirlo. —Gabriel quitó rápidamente importancia a su intervención—. No eres menos que yo Francesca. Nunca has sido menos. Tú has salvado vidas y yo las he segado. ¿Quién de los dos vale más?

Los delgados brazos de Francesca se entrelazaron en torno al cuello de Gabriel, como por iniciativa propia.

—Tú has salvado a nuestro pueblo. Has salvado a la raza humana. No una sola vez, sino década tras década. Fue tu naturaleza la que te permitió hacer eso —susurró Francesca, un suave sonido de admiración, una seducción en sí misma.

La barba de pocos días de su mentón cogió los hilos sedosos de su cabellera mientras él lo frotaba contra su cabeza como una leve caricia.

—Tienes que alimentarte, amor mío. Te estás derrumbando de cansancio —le advirtió con voz tranquila.

—Brice está ahí fuera. Han renunciado a salvar a Thompson. Entrará en cualquier momento. —La voz suave de Francesca le rozó el cuerpo, como sus dedos, lo cual le provocó un dolor repentino e insondable, aunque consiguió mantenerse sereno en todo momento. Francesca necesitaba esos brazos que la sostuvieran, que la reconfortaran, la cuidaran, no que la asaltaran.

—Toma lo que necesites. Yo soy bastante capaz de proyectar una ilusión en los humanos. —En la voz de Gabriel había una leve nota ronca, una voz herida y solitaria que la hizo estremecerse. Él necesitaba la intimidad de alimentarla tanto como ella necesitaba el alimento.

Con un gesto casi a ciegas, Francesca giró la cabeza hacia su cuello, respiró su esencia masculina. El corazón le latía de prisa, acompasado con el de ella. La sangre pulsaba y fluía en sus venas, llamándola, seduciéndola. La calidez de su aliento en la piel le aceleró el pulso, le tensó el cuerpo hasta alcanzar un dolor tan intenso que Gabriel respondió apretando los dientes y con la mano hundida en la cabellera de Francesca.

Ella desplazó la boca sobre su piel, suave, sensual y seductora. Gabriel se vio presa de un deseo imperioso que lo sacudió entero y lo hizo temblar con la urgencia. Ella le rascó una vez con la punta de los dientes e hizo girar la lengua en una caricia suave y aterciopelada. El puño de Gabriel se tensó en torno a su pelo, y la atrajo con fuerza hacia su piel, presa de un calor repentino. Como respuesta a ese gesto suyo, ella hundió los dientes, profundos, clavando en Gabriel un destello de luz incandescente y un fuego de llamas azules que jamás volvería a apagarse. Había quedado en su cuerpo hasta la eternidad, en su mente, en el sabor de boca, un dolor encendido en su corazón que bailaba en su propia sangre.

La calidez se derramó como lava ardiente. Era el corazón de Gabriel que ardía por ella. No eran sólo los apetitos físicos de su cuerpo que lo zarandeaban, sino otra cosa, algo mucho más profundo. La cercanía de su mente, esa manera suya de casar los dos cuerpos, se le metía bajo la piel. Recordó las lágrimas que había derramado por un desconocido, su valor al enfrentarse a aquel monstruo que fingía ser un hombre, y entendió que Francesca era mucho más que un cuerpo que saciara su apetito salvaje: que era también una defensa que lo protegía de la oscuridad que no paraba de crecer.

Sabía que Brice estaba en el pasillo y que ahora se giraba lentamente para mirar la puerta con el ceño fruncido y una sospecha en su mente. Tendría que tratarle con cuidado. Pero no con demasiado cuidado. Una sonrisa lenta le curvó a Gabriel la comisura de los labios, y había hasta una pizca de humor en ella. Con un gesto de la mano, y lanzando la capa por encima, los hizo a ambos invisibles al ojo humano. Fabricó la ilusión de Francesca junto a Skyler, murmurándole palabras de aliento al oído. Su propio clon estaba en el rincón, y su actitud daba a las dos mujeres un aire de privacidad.

De pronto Brice entró en la habitación. Una expresión muy parecida al miedo se le pintó en el rostro cuando lanzó una mirada al clon de Gabriel. Vio a Francesca hablando tan íntimamente con la adolescente que guardó silencio. Lanzó una mirada nada amistosa a Gabriel, que le devolvió una sonrisa sardónica, con la arrogancia de sus clásicos rasgos griegos. A Brice no le agradaba que aquel hombre fuera tan atractivo, tan duro. El rescate de Francesca que había protagonizado lo había dejado muy mal parado a él. Pero, claro, él no podía correr el riesgo de romperse las manos. Al fin y al cabo, era médico.

Gabriel entrecerró los ojos cuando Francesca le pasó la lengua por los diminutos agujeros en el cuello para cerrarlos, saboreando el momento y la sensación. Después, alzó la cabeza, dejando ver una mirada perdida, erotizada, saciada, casi como si hubieran hecho el amor. Él se inclinó y le besó la frente, sosteniéndola junto a él durante un segundo más antes de tener que soltarla, por mucho que le pesara, y dejar que ocupara el lugar del clon en la silla junto a la cama.

—*Gracias, Gabriel, me siento mucho mejor.*

Desde el rincón, él esbozó un gesto elegante propio de un cortesano, mientras Francesca se giraba con una sonrisa secreta. Brice apretó con fuerza los puños. Había algo diferente en Francesca, algo que no alcanzaba a definir con certeza. Estaba más bella que nunca, pero algo se le escapaba. Algo que compartía con Gabriel.

—Tengo que hablar con Francesca de mi paciente —anunció Brice, y luego se sintió mal consigo mismo por hablar como un niño mal educado. Brusco. Incluso rudo. Hizo un esfuerzo por bajar la voz—. En privado, si no te importa, Gabriel.

—Claro que no.

A Brice le molestaba la pureza y la bondad en esa voz, tan diferente de la suya. Era delicada como una brisa de verano, suave como el terciopelo.

Brice cogió a Francesca por el codo y la llevó hacia la puerta. Ella intentó no pensar en la diferencia que había en la manera que los dos hombres tenían de tocarla, pero le fue imposible.

—¿Qué pasa, Brice? Estás alterado. —Francesca le habló calmadamente, incluso mientras se deshacía de su abrazo.

—Claro que estoy alterado. Acabo de perder a un hombre que no tenía absolutamente ningún problema. Sólo una mano aplastada. Estaba pulverizada. Tenía los huesos rotos como si fueran cerillas. —Era una acusación y, una vez más, Brice se dio cuenta de que alzaba la voz.

Francesca frunció su ceño perfecto.

—No entiendo qué me estás diciendo. ¿Que el padre de Skyler murió por tener la mano aplastada? Qué curioso. No sabía que algo así era posible.

—Sabes perfectamente que no es posible —respondió él, irritado—. Murió por estrangulamiento. Se le hinchó el cuello, se cerró completamente, así, sin más. Sin ninguna razón aparente.

—¿Le harán la autopsia?

Él se mesó los cabellos. Francesca lo estaba volviendo loco. No lo entendía.

—Claro que le harán la autopsia. Pero eso no es lo más importante —le dijo, con la mandíbula apretada. Habría jurado que en su cabeza oía la risa burlona de Gabriel, una risa por lo bajo que se divertía a costa suya—. Es ese hombre.

—¿Qué hombre? —Los ojos de Francesca eran grandes y bellos, demasiado inocentes. Desde luego que ella no sabría, no sospecharía que nadie pudiera hacerle daño a otra persona.

Exasperado, Brice dio un paso hacia ella, con unas ganas irreprimibles de sacudirla. Sintió de inmediato una presencia malévola en el pasillo espesando el aire, tal como había sucedido en la habitación antes de que entrara Gabriel. Brice lanzó una mirada nerviosa hacia la puerta. Carraspeó, apuntó con la cabeza en dirección a la habitación de Skyler.

—Es él.

—¿Gabriel? ¿Acaso insinúas que Gabriel tuvo algo que ver con la muerte de Thompson? —Francesca hablaba con un tono entre indignada y divertida—. No es posible que estés hablando en serio, Brice.

—Le rompió la mano, Francesca. Tu Gabriel hizo eso. Le pulverizó la mano con la suya. Yo lo estaba mirando, y ni siquiera hizo un gran esfuerzo. Además, ni siquiera lo he visto entrar en la habitación. De pronto simplemente estaba ahí. Hay algo raro en él. Son sus ojos. No son humanos. Él no es humano.

Francesca se lo quedó mirando con ojos enormes.

—¿Que no es humano? ¿Qué es entonces? ¿Un fantasma? ¿Un fantasma que vuela por los aires? ¿Un gorila? ¿Qué es? Quizá levanta pesas. Quizás es fuerte porque se dedica a levantar pesas y la adrenalina se le ha acumulado. ¿Qué estás diciendo?

—No lo sé, Francesca —dijo Brice, y volvió a mesarse los cabellos—. No sé qué es lo que pienso, pero sus ojos no eran humanos. No cuando estaba frente a Thompson. Es una criatura diferente.

—Conozco a Gabriel. Lo conozco de verdad. Es perfectamente normal —insistió Francesca con voz suave.

—Quizá lo *conocías*. Las personas cambian, Francesca. Algo le ha sucedido. Desde luego que no se trata de un fantasma, y no puede volar. Pero es peligroso.

—Gabriel es uno de los hombres más delicados y tiernos que conozco —dijo ella, y pasó a su lado en dirección a la habitación.

Brice la cogió con fuerza por el brazo, y su repentina ira le hizo apretar mucho más fuerte de lo necesario. Sintió de inmediato que algo le apretaba el brazo a él y se lo dejaba completamente tumefacto. Lanzó un grito y no tuvo más alternativa que soltarla cuando el brazo le cayó, inmóvil.

—¿Qué diablos? ¡Francesca, mi brazo! ¿Adónde vas?

—Estoy demasiado cansada para ocuparme de esto ahora. Estás celoso, Brice. No te reprocho lo que sientes, pero estoy exhausta y no quiero seguir discutiendo sobre Gabriel, sobre todo si tú te empeñas en decir cosas tan horribles de él. —Con esas palabras, dio un tirón a la puerta para abrirla y se encontró casi frente a frente con Gabriel.

Él se inclinó adoptando una postura corporal del todo protectora.

—¿Qué pasa, cariño? ¿Qué es lo que te ha molestado? —La rodeó con los brazos y la atrajo hacia el cobijo de su enorme pecho. Había oído todas y cada una de las palabras de Brice, todas las acusaciones e insinuaciones. Por encima de la cabeza de Francesca, buscó la mirada del médico. En lo profundo de los ojos de Gabriel ardía una llama viva de amenaza pura.

Brice se detuvo de golpe, presa del terror. Estaba más convencido que nunca de que Gabriel era un hombre peligroso. Su brazo había recobrado la movilidad normal, y tomó nota mentalmente para pedir que se lo examinaran. No soltó la puerta, que le servía de apoyo, decidido a averiguar qué estaba sucediendo.

—Francesca, tenemos que decidir qué haremos con Skyler. Dudo mucho que su padre le haya dejado un solo céntimo, y por lo que decía, era su única familia.

Francesca se giró de inmediato para contestarle.

—La cuidaremos como es debido. Tengo la intención de pedir

que quede bajo mi custodia. Le he prometido que estaría a su lado si me necesitaba.

Brice alzó los brazos para manifestar su total exasperación.

—No puedes hacer eso. Ya estamos otra vez, has vuelto a caer en lo mismo de siempre. No puedes ir por el mundo salvando a cuanto espíritu enfermo encuentres por el camino. Tú no eres la responsable de esa chica. Ni siquiera la conoces. Podría acabar siendo igual que su padre. Necesitará una terapia durante los próximos veinte años.

—Brice —dijo Francesca, que sonaba como si estuviera a punto de llorar. Respiró hondo, con la intención de razonar todo calmadamente—. ¿Qué te pasa?

Él hizo un intento de recobrar la compostura.

—Ya sé que quieres ayudar a esta niña. Y Dios sabe que yo también quiero ayudarla, pero sólo podemos hacerlo hasta un cierto punto. Lo que necesita es ayuda profesional, no sólo a nosotros dos.

—Entonces, ¿qué sugiere, doctor Renaldo? —Gabriel habló con voz suave y pausada.

No había nada de suave en su mirada fija y vigilante. A Brice le vino a la mente la imagen de un predador. Un lobo con horribles intenciones. Aquella mirada le provocó una sensación desagradable, y se esforzó en mantener la compostura.

—Sugiero que quede en manos de profesionales. Hay gente que se ocupa de este tipo de casos. Si Francesca lo desea, puede donar dinero.

Francesca le devolvió la mirada.

—Le he dado mi palabra, Brice. Esa chica ha vuelto a la vida porque ha creído en mí.

—Entonces, ven a visitarla de vez en cuando. No le debes tu vida. Tenemos planes juntos, Francesca. No puedes ir y tomar estas decisiones sin mí.

Gabriel se removió en su lugar, apenas un músculo. Pero incluso aquello tenía algo que lo intimidaba.

—*Yo puedo ocuparme de la niña, Francesca. Borraré el recuerdo de tu promesa y lo reemplazaré por una promesa mía. Yo me ocuparé de su cuidado y de que esté feliz mientras tú te tomas el tiempo para decidir qué harás con este humano. No quisiera complicarte la vida*

más de lo que te la he complicado, pero, como tú, yo no puedo aban-
donar a esa chica.

—*Yo cumplo mis promesas, Gabriel.* —Francesca negó con un gesto de la cabeza—. No pienso discutir, Brice. Estoy demasiado cansada. Tengo la intención de salir e ir a mirar las estrellas o lo que sea. Necesito respirar aire fresco. Le he dado mi palabra a Skyler. No hay nada más que decir.

—Creo que sí hay algo más —dijo Brice, rápido, irritado porque Gabriel era testigo de aquella discusión íntima. Rara vez discutían, pero en este caso él no se podía quedar callado. Aquella adolescente alteraría sus vidas como pareja. No tenía ninguna intención de dejar que una chiflada cualquiera fuera a compartir su hogar con ellos. No había manera. Y Gabriel tenía que desaparecer.

Gabriel sencillamente le quitó el asunto a Francesca de las manos. Sentía el cansancio que le transmitía, sentía la tristeza, la necesidad abrumadora de salir de aquel espacio cerrado y respirar en el exterior. Brice no podía saber lo que Francesca debía sufrir para curar a sus pacientes, ni el esfuerzo que le exigía fundirse en ellos para conocer hasta el último detalle de sus vidas, hasta el último momento de sus padecimientos. Aquello superaba el entendimiento de Brice, pero no el de Gabriel.

Con el brazo en torno a su hombro, salió tranquilamente de la habitación, llevándose a Francesca con él, con un gesto suave pero implacable. Ella apenas sí se percató. Y lo acompañó sin ningún tipo de objeción. Gabriel giró lentamente la cabeza, mirando por encima del hombro mientras salían a paso lento de la habitación, sus ojos oscuros paseándose por la cara de Brice. Era una mirada cruel y despiadada. Por un instante, sus dientes blancos brillaron en una sonrisa desprovista de humor, que dejó entrever unos colmillos afilados como navajas.

Capítulo 5

La brisa le bañó el rostro a Francesca cuando miró hacia el cielo de la noche. Mil estrellas titilaban y lanzaban destellos en el firmamento. Respiró hondo para limpiarse con aquel aire fresco y limpio, un aire que le quitaba el olor a hospital de los pulmones. Gabriel caminaba sin prisa por las calles, aminorando su paso para ajustarlo al de ella. No decía palabra, ni pedía respuestas, ni le dictaba lo que tenía que hacer. Sencillamente caminaba a su lado, sin pedirle nada a cambio.

Ella encontró sin titubear el camino a su rincón predilecto, adentrándose por calles estrechas y serpenteantes hasta que el pavimento de la calle cedió su lugar a los adoquines de viejo cuño. Siguió por un camino cerro arriba hasta un puente que cruzaba un pequeño lago. Era un puente peatonal y, a aquella hora de la noche, estaba vacío. Tenían el enorme parque y el lago para ellos solos. Francesca caminó hasta la mitad del puente y se detuvo para mirar y apoyarse en el antepecho.

—Parece como si siempre tuviera que agradecerte algo —dijo, con voz queda, sin mirarlo. Al contrario, tenía la vista perdida en el lago.

El agua brillaba, casi negra a la luz de la luna. Francesca oía a los peces que de pronto saltaban sobre la superficie. El agua reventando en pequeñas olas en la orilla y los peces que saltaban eran como una seguridad que la apaciguaba. Entonces le sonrió a Gabriel por encima del hombro.

—A menudo vengo aquí.

—Cuando te sientes sola —dijo él, con voz suave.

Ella volvió a girarse hacia el agua, mientras su sonrisa se desvanecía.

—Supongo que lo puedes leer en mis recuerdos.

Él se inclinó para recoger una piedra lisa y plana y la lanzó al agua con mano experta, haciéndola botar varias veces en la superficie.

—No, no he tenido mucho tiempo para leer en tus recuerdos. Sigo intentando conocer a la mujer que eres ahora. Ya que para ti sigo siendo un extraño, y ya que tus compromisos sentimentales están en otra parte, pensé que no estaría bien invadir tu privacidad más allá de lo estrictamente necesario.

Francesca respondió con una risa que no pudo reprimir.

—¿Invadir mi privacidad a veces es una necesidad?

—Al fin y al cabo, soy un macho carpatiano y tú eres mi compañera. No puedo cambiar lo que soy. Ciertas cosas son necesarias para que pueda conservar la calma. Pero intento no ser un intruso ahí donde no me quieren. —Gabriel se quedó mirando, su figura esbelta y solitaria, el viento soplando sobre su pelo largo y oscuro que le caía sobre los hombros. Él no pedía su aprobación, sólo hablaba de un hecho, de una realidad.

Francesca le escrutó la cara y vio que la luna lo bañaba con su luz plateada. Era muy atractivo, y su rostro angular era el rostro de un hombre, no de un niño. Tenía una boca sensual, y sus ojos podían pasar de la pasión abrasadora al hielo más frío. Sus pestañas le hacían sonreír, unas pestañas largas y negras y pesadas. Cualquier mujer se las envidiaría. Gabriel se mantenía a una distancia prudente, cuidándose de no presionarla. Eso a ella le agradaba. Sentía que la presionaban por todos lados, desde todas las direcciones y ahora se alegraba de que Gabriel sólo quisiera hacerle compañía.

—Tenía ganas de estar en un lugar que no fuera precisamente la ciudad. Es como pensar que estás en la montaña. A veces, oigo a los lobos llamándose unos a otros. —Se echó hacia atrás el pelo que le caía como una cascada, pero el viento jugó con él a su antojo—. Echo mucho de menos el hogar. Sólo por una vez, quisiera volver, aunque he vivido en París tanto tiempo. No estoy segura de que disfrutaría tanto como me imagino.

—Ya sé lo que quieres decir —asintió él—. Han pasado siglos desde que estuve la última vez. La gente se sentía incómoda con mi presencia, y una vez que Lucian mutó, no pude hacer otra cosa que seguirlo donde fuera.

—Como has hecho toda la vida —señaló Francesca, sin rencor—. Me siento orgullosa de ti, Gabriel. Ya sé que no me he portado todo lo bien que debería, pero diré en mi defensa que tu repentina aparición ha sido una gran sorpresa y que no encaja con ninguno de mis planes. A mi manera, siempre he apoyado tu lucha a favor de nuestro pueblo. Acepté tu compromiso y sabía que eras incapaz de eludir tus responsabilidades. Intenté hacer algo con mi vida que también tuviera sentido. Nunca quise que pensaras que había malgastado mi vida —dijo, mirándose las manos—. Tenía tanto tiempo para estar a solas.

—¿Tenías miedo? —le preguntó él, con voz pausada.

Aquel tono de voz hizo que el corazón le diera un vuelco.

—A menudo, sobre todo al principio. Sabía que tenía que desaparecer por el bien de los otros machos de nuestra raza. Y eso fue lo que hice durante esas terribles guerras, cuando perdimos a tantos de los nuestros. Fue necesario planearlo todo. Por aquel entonces, yo era bastante joven. Temía que Gregory me descubriera y me llevara ante Mikhail. Era lo que más temía y, sin embargo, a veces estaba tan sola que rezaba para que me encontraran, y luego me avergonzaba de mi egoísmo.

—Siento haberte puesto en una posición tan incómoda. —Gabriel hablaba con sinceridad y parecía arrepentido y triste. En su mirada hipnotizante se adivinaba su turbación interior.

Francesca quiso tomar contacto mental con él. Le era imposible reprimirse aunque secretamente se avergonzara de haber dudado de él. Tenía que saber si Gabriel decía la verdad o si sólo decía las cosas que pensaba que ella quería oír. Examinó detenidamente su espíritu. Ella era mucho más joven que él, no poseía sus destrezas ni sus poderes, pero no era ninguna criatura inocente. Gabriel se sentía de verdad arrepentido por el sufrimiento que le había causado. Sabía que no podía cambiar lo que había hecho —serían demasiados los que sufrirían—, pero deseaba que hubiese sido diferente. Había estado solo en un vacío oscuro y solitario. Con cada muerte, la oscuridad en su alma ganaba terreno, siempre esperando reclamarlo. Había sido una batalla sin tregua.

Francesca se quedó sin aliento al enterarse de que Gabriel casi había perdido en la lucha contra la bestia. Aquello había sucedido más o menos en la misma época en que ella había intentado volverse humana. ¿Acaso su decisión había influido en el resultado de la batalla? Quizás había alguna relación, y ella le había complicado las cosas en la vida sin proponérselo.

—Francesca —dijo él—, ¿se te ha ocurrido pensar que el desastre que casi sufrí con la bestia pueda haber influido en tu decisión? ¿Por qué insistes en culparte? Fui yo quien te sentenció a una existencia solitaria. No quisiera que sintieras ni una pizca de culpa. No es culpa tuya. Y aunque esa conexión existiera...

—Y probablemente existió —acotó ella.

Gabriel aceptó la idea con un gesto de la cabeza.

—Podría ser. Pero no se te puede echar la culpa a ti. Nunca. Yo soy un macho carpatiano. Logré durar más tiempo que la mayoría de nuestros machos, y eso probablemente te lo debo a ti, al hecho de que estuvieras viva en algún lugar del mundo. Mi alma lo sabía. Y, por eso, me dabas paz y me conservabas fuerte.

—Soy mil años más joven que tú —dijo ella, y de pronto rió—. Haber vivido tanto tiempo en el mundo de los humanos, pensando en términos de un ser humano, ¿sabes lo ridículo que suena eso? Es imposible del todo que seamos compatibles. Eres demasiado viejo para mí.

Gabriel también se puso a reír. Había cierta alegría en su corazón; experimentaba un goce verdadero estando con ella. Gabriel había encontrado alivio, una tranquilidad balsámica que no había experimentado antes. Durante mucho tiempo, él no había sentido nada. Ahora había vida y risas y colores vivos y texturas, la vida misma que merecía la pena ser vivida. *Francesca*. Ella se lo había dado.

—Creo que ese comentario raya en la rebelión. La juventud a veces es demasiado impetuosa.

—¿Eso crees? —Francesca se inclinó y cogió una piedra plana y redonda. Cerró los dedos en torno a ella, acariciándola suavemente con el pulgar—. Soy muy buena lanzando piedras. No eres el único que las sabe hacer rebotar. Te apuesto a que con ésta cruzo el lago haciéndola rebotar diez veces.

Gabriel frunció el entrecejo.

—No puedo creer lo que estoy oyendo. La arrogancia de la juventud.

—No es la juventud —dijo Francesca, negando con la cabeza—. Es el poder femenino.

Él dejó escapar un sonido, algo a medio camino entre una risa y un gruñido de burla.

—¿Poder femenino? Jamás había oído hablar de eso. Puede que magia femenina, pero nunca poder femenino. ¿Qué es eso, exactamente? —preguntó, con una sonrisa provocadora.

—Estás pidiendo a gritos que te den una buena paliza, Gabriel —le advirtió ella—. Soy una campeona.

Él respondió mirando hacia el lago.

—Veamos, demuéstrame en que lío me he metido.

—¿Quieres que te haga una demostración? Me parece que no. Hagamos una apuesta. Si yo gano, duermo en la cámara del dormitorio. Si tú ganas, te la quedas tú.

Él se frotó el puente de la nariz, pensativo, mientras sus ojos oscuros reían.

—Intentas engañarme con un truco que lamentaré el resto de mis días. Si tenemos que apostar, el premio tendrá que ser otra cosa, no el dormitorio. Si yo pierdo, tendré que cepillarte el pelo todos los días al despertarnos durante un mes. Si tú pierdes, tendrás que hacer lo mismo conmigo.

—¿Qué especie de estúpida apuesta es ésa? —preguntó Francesca, sin dejar de reír. No podía evitarlo. Gabriel era demasiado atractivo, más de lo que le convenía. Sus ojos oscuros bailaban y, a pesar de su determinación de no sentirse atraída por él, lo veía como un ser irresistiblemente erótico. En cuanto aquel adjetivo penetró en su hilo de pensamiento, ella lo rechazó, pero se dejó ver en el rubor que le tiñó el rostro.

No pensaba volver a compartir su cuerpo con Gabriel. No tenía nada que ver con el amor y todo que ver con la química y el celo de los carpatianos. Ella quería a alguien que la deseara por lo que era, no porque *tuviera* que poseerla. No porque no tuviera otra alternativa. Sólo una vez, antes de que dejara este mundo, quería que la amaran. Que la amaran de verdad. Por lo que ella era.

—Francesca —fue todo lo que dijo. Su nombre. En su voz asomó el dolor. Seducción aterciopelada. Magia negra.

Ella cerró los ojos al sentir lágrimas inesperadas.

—No, Gabriel. No finjas conmigo. Ya no soy humana. Sé lo que estás pensando.

—Jamás has sido humana, cariño. Quizás has estado a punto de serlo, pero nunca has sido enteramente humana. Perteneces a mi mundo. Has hecho cosas que nadie más ha logrado, y yo te saludo. Pero has sido creada para constituir la segunda mitad de esta alma mía. ¿De verdad crees que no te amo y te honro por lo que eres? ¿Qué yo no sabría conocerte mejor que ese buen médico? ¿O más que cualquier otro ser humano, o que cualquier carpatiano, ya que estamos en ello? Puedo ver en tu corazón y en tu mente. Debería haber estado aquí todos estos años, protegiéndote, cuidándote, formando una familia para ti. Castígame. Cúlpame, me lo merezco. Pero no pienses que no puedes ser amada o que no serás amada por lo que eres.

La sinceridad de sus palabras le rompía el corazón. Ella no podía tocar su mente. Si la tocaba, se derrumbaría su compostura. Había vivido tantas cosas en tan poco tiempo: se había enterado de que estaba vivo, habían intercambiado su sangre, lo cual la había privado del sol para toda la eternidad, la experiencia sublime de hacer el amor con él, la terrible prueba de los dos pacientes en el hospital. Brice. Thompson. Todo lo que había sucedido.

En ese momento, él se movió. Se deslizó. Gabriel era una combinación de fuerza y coordinación, tan fluido que a Francesca le quitaba el aliento. Se movía como un animal, como un lobo que se acercaba a su presa con pasos silenciosos. Cerró los ojos cuando su mano se cerró sobre la parte posterior de su cuello. Exquisitamente delicado. Posesivo.

—No intento adueñarme de tu vida, sólo quiero compartirla. Sólo pido una oportunidad. Y no pido más. Una oportunidad. Tú no habías pensado en acabar con tu vida hasta dentro de unos años. Comparte esos años conmigo. Déjame que intente compensar todo el mal que te he hecho.

—No te compadezcas de mí, Gabriel. No podría soportarlo si te compadeces de mí. He vivido una buena vida, una vida notable, en realidad, para una mujer de nuestra especie —dijo, e inició un ligero movimiento de retirada.

Él apretó la mano alrededor de su nuca.

—Eres una mujer bella, Francesca, y tienes muchos talentos. No hay nada que compadecer. En cualquier caso, no tenemos por qué discutir este asunto ahora. Has tenido que enfrentar demasiadas situaciones difíciles en las últimas horas. Lo último que necesitas es preocuparte por lo que siente un extraño por ti y lo que le debes o no le debes. —Su mano se desplazó suavemente por las hebras sedosas de su pelo—. Ya sé que eso es lo que soy para ti en este momento, un extraño. Dame la oportunidad para que pueda convertirme en tu amigo.

El contacto de su mano desató una ola de calor que la recorrió girando como una espiral. Quizá Gabriel se daba cuenta de que necesitaba espacio y se preocupaba lo suficiente para dárselo.

—Creo que es una buena idea —dijo. Unas campanas sonaron con estridencia en su interior. Gabriel era demasiado atractivo, demasiado atento. Demasiado de todo. ¿Qué pasaría si, finalmente, terminaba robándole el corazón? Estaba cansada y le dieron ganas de volver a casa.

Gabriel reprimió una súbita sensación de triunfo que se avergonzó de sentir. Le sonrió, un destello de dientes blancos que le suavizaron la dura comisura de los labios.

—No me has contestado. ¿Estas dispuesta a apostar?

Ella asintió, desesperada por cambiar de tema.

—De acuerdo, apostaré contigo, pero sólo porque nunca has aprendido nada del verdadero poder femenino. —Esta vez, cuando ella se apartó de él, él le permitió retroceder unos pasos. Francesca se preocupó concienzudamente de no mirarlo y se concentró en la superficie del lago y en su piedra. Con un giro rápido de la muñeca, lanzó la piedra y ésta salió botando sobre el agua. Fueron exactamente diez botes.

No pudo reprimirse de mirar a Gabriel con gesto triunfante. Él se tomó su tiempo para encontrar la piedra perfecta. Con su enorme mano, la ocultó a su mirada.

—¿Tengo que hacerla botar once veces para ganar?

—Evidentemente —dijo ella, asintiendo con un gesto de cabeza.

Él volvió a sonreír. Esta vez fue una sonrisa abierta de predador. Malvado. Erótico. Un cuadro demasiado tentador. Francesca inclinó la cabeza y se obligó a desviar su mirada, fascinada, para dejar de observar la figura perfecta de su cuerpo y mirar la superficie del lago. ¿Por qué tenía que tener ese aspecto tan redomadamente masculino? Tenía todo el cuerpo marcado por los músculos, duros; una figura demasiado atractiva.

—Estoy esperando —dijo, muy consciente de lo cerca que estaba ahora de ella. Entonces lo olió. Pensó en su sabor. Tuvo ganas de dejar escapar un gruñido pero se limitó a mirar serenamente hacia el agua, fingiendo que no se encontraba para nada afectada por su proximidad.

La piedra salió de sus manos tan rápido que Francesca la oyó zumbar por el aire. Fue dando saltos sobre el agua, salto tras salto como una rana que corría sobre la superficie. Siguió hasta cruzar todo el lago y acabó de un salto sobre la orilla opuesta.

—Bueno —dijo, en voz baja, sin ocultar un tono de provocación masculina—. Supongo que eso decide las cosas. Veintidós botes hasta llegar al otro lado. —Su tono era sumamente complaciente—. Creo que tendrás que ser mi esclava y peinarme el pelo cada vez que nos despertemos.

—Lo que yo creo es que tú manipulaste el agua. Has hecho algo para ganar —dijo ella, sacudiendo la cabeza.

—Se llama práctica. He pasado mucho tiempo lanzando piedras de un lado al otro del lago.

Francesca respondió con una risa suave.

—Eso no es verdad, Gabriel. No creo que hayas lanzado una sola piedra en tu vida hasta este mismo momento. Me has engañado.

—¿Eso crees? —preguntó él, con voz inocente. Demasiado inocente.

—Sabes que es verdad. Sólo para ganar una ridícula apuesta. No puedo creerlo.

Él estiró la mano para apartarle unos pelos y ponérselos detrás de la oreja. Francesca sintió que el corazón se le aceleraba.

—No era sólo una ridícula apuesta, cariño. Era una manera de conseguir que me peinaras. Nadie jamás ha hecho algo así por mí, y creo que haría cualquier cosa por un poco de atención. —Se volvió a frotar el puente de la nariz y le sonrió con una expresión casi infantil—. En una ocasión le pedí a Lucian que me peinara y me amenazó con machacarme hasta convertirme en pulpa —dijo, encogiéndose de hombros—. Hay cosas que sencillamente no valen la pena, ya sabes.

—Estás loco —decidió Francesca, pero lo dijo riendo, y ahora no podía parar—. De acuerdo, te peinaré —concedió, y sus dedos ardían por hundirse en sus rizos de seda. No se daba cuenta de que accedía a bastante más que cepillarle el pelo. Él pasaría los días con ella en el dormitorio de la cámara. Se retirarían juntos.

Pero Gabriel era muy consciente de ello. Estaba progresando.

—¿Qué haremos con nuestra pequeña dama, Francesca? La pequeña Skyler. Podemos asegurarnos de que su mente sane, pero no podemos eliminar todas las cicatrices si no la vaciamos de sus recuerdos. Quizá lo mejor sea minimizar el impacto de los recuerdos. Le podemos buscar una escuela, ropa, todo lo que necesita, incluido el apoyo emocional, pero no podemos estar con ella a ciertas horas del día. ¿Has pensado en lo que tendremos que hacer para cubrir esos momentos?

Francesca echó las manos atrás para apoyarse en la balaustrada con la intención de encaramarse encima. Gabriel la cogió con las dos manos por la cintura, la levantó sin esfuerzo y la dejó sobre la estructura. A Francesca le parecía asombroso que pudiera saber lo que quería casi antes de que lo supiera ella misma. Era una idea a la vez excitante y horrorosa. Ella no había compartido sus pensamientos, ni su mente ni a sí misma en tanto tiempo que había olvidado cómo era. *Tentación.* Fue un susurro que planeó por encima y que le tiró de las fibras del corazón.

—Ya sé, ya sé que ha sido precipitado de mi parte decir que yo estaría presente. Pero, para ser franca, he sido capaz de andar a la luz del sol durante años y no me acordé de que ya no puedo hacerlo. No soporto la idea de que Skyler vaya a ciertos lugares donde no le den amor y afecto. Lo necesita, necesita el apoyo que debería haber tenido. Yo compartí su vida. —De pronto alzó la cabeza para mirarlo, maravillada y comprensiva—. Los dos la compartimos. Sé que puedo darle el amor que necesita. ¿Y tú?

—Es una niña, Francesca —concedió él, con un movimiento de la cabeza—. No podemos hacer otra cosa que ofrecerle nuestro amor y nuestra protección. Nadie más la entenderá jamás o nadie entenderá la enormidad de lo que ha sufrido. No creo que podamos abandonarla a otras personas.

Francesca lanzó un suspiro que fue una ráfaga de aire para demostrar su alivio. No se había dado cuenta de que había dejado de respirar mientras esperaba la respuesta.

—Estamos los dos de acuerdo. Ahora tenemos que decidir qué haremos con ella.

Él encogió sus poderosos hombros.

—Piensas que tu abogado se ocupará de los trámites legales necesarios para obtener la custodia. La llevaremos a casa con nosotros. Tendremos que encontrar a alguien que nos ayude para cuidar de ella. Según recuerdo, en nuestra tierra había una familia que tenía a unos humanos para que cuidaran de la casa. Los humanos les eran sumamente fieles. Eso fue hace varios siglos. Quizá valdría la pena averiguar qué pasó con ellos. Estuve revisando varias cosas que tenías en tu ordenador y parece que ese tipo de máquina es muy adecuada para hacer eso.

Francesca se oyó a sí misma riendo. Despreocupadamente. Feliz. Aquello le asombró.

—Sólo quieres una excusa para usar el ordenador. Eres un adicto a la tecnología, eso es lo que eres.

—Tienes que reconocerlo. Es una buena idea —dijo él, sonriendo—. Debe haber alguno de los nuestros que recuerden a esta familia y que nos puedan decir qué hicieron. Si no, podemos tomar la sangre de los criados humanos y ordenarles que hagan lo que queramos.

No es la manera ideal de proceder, para mí, pero es una posibilidad viable. Como contrapartida, les ofrecemos protección.

Gabriel estaba apoyado en la balaustrada junto a ella. Ahora se enderezó lentamente, estirándose como un gato perezoso. No había un verdadero cambio en su expresión y, sin embargo, Francesca descubrió que ella misma temblaba de miedo. Algo en él había cambiado completamente. Le puso las manos en la cintura y la levantó sobre el puente.

—*Nos están vigilando, cariño. No es Lucian, y sólo por ese motivo me siento agradecido.*

—*La criatura inerte está aquí.*— Francesca lo dijo como si fuera un hecho. Ahora lo sentía, el mal perverso derramándose por el aire como una mancha repugnante—. *¿Qué podemos hacer?* —Francesca siempre había conseguido ocultar su presencia a los viciosos asesinos. Ahora estaba en un lugar abierto y tuvo miedo. Ya había visto pruebas de su perversidad y aquello le revolvía las entrañas.

—*Lo primero que tenemos que hacer es ponerte a buen resguardo. Eres una mujer carpatiana. Y serás la primera que escogerán como su víctima.* —Gabriel la tenía cogida por el nacimiento de la nuca, y le disipaba la tensión del cuello. Estaba inclinado sobre ella con gesto protector, como un amante, con la boca muy cerca de ella.

Francesca sabía que era todo fingido, pero aun así se sentía querida. Tuvo un impulso repentino de aferrarse a él, a su fuerza y a su serenidad. El vampiro no lo turbaba en lo más mínimo. Gabriel irradiaba una total confianza en su capacidad de destruir a la criatura.

—*Lo llevaré a terreno abierto. Cuando lo consiga, espérate a que me asegure de que sólo hay uno. Cuando lo sepa, te avisaré. Te disolverás en moléculas, muy pequeñas, cuyo rastro no pueda seguir sino el más diestro de nuestros cazadores. Ve a la casa y monta las protecciones. Yo permaneceré contigo fundiéndome en tu mente a menos que tenga que ausentarme para matar. No intentes tomar contacto mental conmigo a menos de que te encuentres en peligro. No hay necesidad alguna de que seas testigo de esta violencia.*

Con la boca, la rozó. Una suavidad de terciopelo. Le encontró la comisura de los labios y se demoró ahí por un instante, como degustando su contacto y su sabor.

Francesca se recordó a sí misma que todo era un montaje. Su cuerpo no tenía por qué responder así, como si estuviera a punto de inflamarse, ni su corazón tenía por qué agitarse de esa manera descontrolada.

—*Dime qué puedo hacer para ayudarte. No quiero dejarte luchar solo contra esa cosa.*

Él rió suavemente, y su aliento apenas agitó sus finos cabellos en la vulnerable base de su nuca. Aquella oferta de Francesca de ayudarlo mientras sentía el temor que latía en ella le infundió bienestar. No podía evitarlo, y sabía que se aprovechaba con malas artes de la situación, porque la usaba como un pretexto para tocarla, para besarla, para ganar terreno en su reclamación de ella. Gabriel se decía a sí mismo que se lo tomara con calma, que no la empujara con tanta insistencia. Si Francesca no hubiera sido tan deseable, sus planes se verían muy favorecidos. Un ataque por sorpresa. Rodearla y cerrar el cerco, asumir el poder antes de que ella se diera cuenta de lo que sucedía.

—*Soy un viejo cazador, cariño. No tendré problemas para despachar este sucio asunto.* —Y dicho eso, estampó un beso en su frente, con infinita dulzura, reacio al dejarla ir.

Se giró y se alejó de ella en dirección al otro extremo del puente. Alzó la mirada al cielo.

—Ven y muéstrate, pequeño. Ven y enfréntate al que has desafiado tan abiertamente. —Su voz era tan suave e irresistible que parecía adueñarse de la mente, presionando con insistencia hasta que sólo quedaba una respuesta, a saber: la obediencia. Gabriel se alejó aun más de Francesca, hacia un claro donde crecía el césped—. Tú has pedido la justicia de nuestro pueblo, repugnante criatura, y no me dejas otra alternativa que someterte. Ven a mí.

Francesca no podía quitarle los ojos de encima a aquel guerrero de vieja estirpe. Permanecía sólidamente anclado, esbelto, con sus espaldas robustas y su cabello flotando en la brisa ligera. Tenía el rostro marcado por la severidad, pero tranquilo. Parecía relajado y, sin embargo, daba la impresión de que poseía una fuerza descomunal. Cuando hablaba, su voz hipnotizaba, mientras él mantenía un talante seguro de sí mismo. Parecía invencible. Francesca tuvo un sobresalto cuando vio al vampiro aparecer entre los tupidos arbustos a la izquierda de Gabriel. Aquella criatura avanzó a rastras, luchando a cada paso, gruñendo y escupiendo y lanzando silbidos de odio. Jamás había visto a un vampiro tan de cerca, y la visión era espeluznante. Tenía los ojos hundidos y cercados por ojeras sangrientas. Sus dientes estaban podridos, quebrados y manchados de un color oscuro. La carne de la que estaba compuesto parecía colgarle, como si no fuera suya.

Más que el aspecto de aquella criatura, le asustó el odio vivo y penetrante que emanaba de ella. A pesar de la distancia, llegaba hasta Francesca el hedor de perversión que lo rodeaba. Se obligó a mirarla, a sentir el odio que proyectaba. Ahora cobraba importancia el hecho de que Gabriel se hubiera enfrentado a aquello toda su vida. A aquel monstruo. ¿A cuántos se había enfrentado? ¿Con qué frecuencia? ¿A cuántos conocía personalmente, con cuántos había crecido antes de que ellos se convirtieran. Ella había pensado que su vida había sido difícil y solitaria. Ahora, enfrentada a aquella criatura inerte comenzaba a entender cómo debía haber sido la vida que él llevaba.

Todos esos siglos ella lo había admirado como un héroe, un protector legendario y querido de los mortales e inmortales por igual. Ahora se daba cuenta cabalmente de lo que entrañaba la condición de un cazador. Su propio pueblo había temido sus poderes y su astucia. Los machos se mantenían alejados de él, temiendo que más tarde quizá el tuviera que darles caza y destruirlos. No podía darse el lujo de tener amigos. Peor aún, su propio hermano se había convertido en vampiro y Gabriel se había visto obligado a perseguirlo, a luchar contra él una y otra vez a lo largo de los siglos.

—*Puedo ayudarte.*

—*Tú puedes hacer lo que te he dicho. El peligro será mayor para mí si tengo que ocuparme de protegerte. Él intentará usarte. Cuando vea que no me puede derrotar, intentará destruirte a ti como represalia.* —Con esas palabras, Gabriel le envió un sentimiento cálido—. *Gracias, Francesca, pronto estaré contigo en casa.*

Gabriel concentró su atención en el vampiro, el cual, libre de la magia cautivadora de sus palabras, había comenzado su acoso. Gabriel sonrió, y sus dientes inmaculadamente blancos brillaron.

—Veo que tienes prisa en ver que se ejecute la sentencia que te espera. Yo soy de sangre antigua, soy un verdadero defensor de nuestro pueblo. Yo soy Gabriel. Tú me conoces, has crecido oyendo las leyendas sobre mis hazañas. No hay manera de derrotarme. Ven y acepta tu sentencia con resignación y dignidad, y recuerda al carpatiano que fuiste antaño.

El vampiro volvió a emitir un silbido de odio, y una flama se agitó en sus ojos enrojecidos, mientras se arrastraba, cada vez más cerca, a pesar de su intención de atacar a su manera. La voz de Gabriel era tan pura, tan verdadera que sentía que lo arañaba, tan penetrante que le dolía. Era incapaz de enfrentarse a esa voz, tan incapaz como era de mirar su reflejo en un espejo. Le era imposible ignorar la orden que se insinuaba entretejida en las notas de esa voz. No le quedaba otra alternativa que acercarse poco a poco al cazador. Aquellas palabras minaban la confianza en su capacidad para luchar y destruir. ¿Quién podía derrotar a un cazador como aquél? ¿Cuántos habían caído antes que él ante este guerrero con una experiencia de siglos?

El vampiro sacudía con fuerza la cabeza, elevando un cántico propio para intentar sustraerse a aquel encanto con que el cazador lo había confundido. Por mucho que lo intentara, sus pies lo acercaban paso a paso a su destino. Aquella voz horrible seguía, una voz pura y de tonos bajos que lo ensimismaba.

—No eres capaz de desobedecerme. Te prohíbo que cambies de forma. Vendrás a mí y caerá sobre ti la justicia de nuestro verdadero príncipe.

Gabriel no se había movido ni un ápice. Permanecía quieto, con los brazos colgándole a los lados, mientras a su rostro no afloraba emoción alguna. Nada de ira. Nada de remordimiento. Sólo sus ojos estaban vivos, consumidos por la intensidad. Implacables. Sin piedad. Eran los ojos reconcentrados de un predador. Brillaban, amenazantes y feroces. Aun así, el vampiro seguía acercándose. Ahora gruñía, arrastrando los pies como si se debatiera y quisiera detener su avance, como si quisiera dejar de obedecer aquella voz que lo cautivaba. La voz de la muerte. Una voz que no cesaba, suave y persuasiva, persistente, imperativa.

Francesca sabía que debía obedecer a Gabriel. Se disolvió hasta convertirse en una niebla ligera y se alejó de los combatientes. Jamás había visto una criatura tan horripilante como el vampiro. Exudaba la esencia misma del mal, pero Gabriel lo esperaba, sereno, con su porte esbelto y bien erguido, increíblemente bello, bañado por su propia luz y su verdad. Francesca lo vio como un ángel con la espada en la mano, un oscuro guardián de las puertas, defensor de los débiles. Aquella visión le quitó el aliento y la hizo contemplarlo con cierto sentimiento de orgullo. Orgullo por su decisión de sacrificarse por esa causa.

El vampiro hacía lo posible por desvanecerse, hasta que se dio cuenta de que era incapaz de conseguirlo, como si sus células y tejidos ya no respondieran a sus órdenes. El cazador había conseguido llevarlo hasta su trampa, lo había atrapado con esa voz suya, y ahora su cuerpo y sus tejidos sólo podían responder a la pureza de aquellas notas, a aquellos tonos perfectos.

Presa de la furia, la criatura giró su horripilante cara hacia Gabriel, balanceando la cabeza hacia uno y otro lado como la de un reptil, los ojos llameantes de ira. De entre sus dientes rotos escapó un silbido largo y lento. Por encima de la cabeza de Gabriel, una rama de árbol restalló y se precipitó a tierra.

Francesca sintió que el corazón le daba un vuelco doloroso y se quedó sin aliento. Pero Gabriel alzó el brazo y la rama salió desviada hacia un lado, a unos cuantos metros de donde él permanecía esperando, sereno.

—Eres una criatura inexperta al querer utilizar ese recurso. Son los viejos y débiles los que pierden su alma y, sin embargo, tú has tomado esa decisión siendo aún muy joven. ¿Por qué?

—La única posibilidad de salvación para nosotros es conseguir una mujer. El Príncipe ha elegido a sus favoritos como merecedores de las mujeres. Lo único que nos queda a los demás es conseguir una mujer, o no hay esperanzas. —De pronto, aquella criatura dejó caer subrepticiamente un brazo, como si quisiera saber si era posible cambiar una parte de su cuerpo si se concentraba en ello. Le nacieron pelos en la extremidad y le crecieron garras.

Por encima de la superficie del lago sopló un golpe de viento inesperado. Fue un viento que le golpeó a la criatura en el pecho y le penetró profundamente, un golpe más oído que sentido. El vampiro pestañeó y miro a Gabriel, que permanecía frente a él con el brazo totalmente extendido. En el rostro de la criatura inerte asomó el pánico. Miró hacia abajo, preguntándose por qué no veía la mano en el extremo del brazo de Gabriel. Ésta se había hundido en lo profundo de su pecho.

Se produjo un ruido estentóreo de algo arrancado de cuajo, y con el corazón del vampiro en una mano, Gabriel se apartó. El vampiro gritó una y otra vez, un sonido espeluznante. La sangre oscura brotó como un géiser en el aire. La criatura quiso aferrarse al cazador en su caída, y acabó derrumbándose, aleteando inútilmente. Por encima de sus cabezas, un relámpago restalló entre las nubes y se descargó sobre la tierra con un destello blanquiazul de pura energía. A la vez que incineraba el corazón, lavaba de toda impureza venenosa las manos del cazador.

Los movimientos de Gabriel eran elegantes y fluidos, y en ellos se adivinaba una mezcla de fuerza física y coordinación, como un bailarín o un guerrero. Volvió a alzar la mano y dirigió la descarga al cuerpo de la criatura caída. Ésta se convirtió en cenizas, se desintegró ante sus ojos.

Entonces se giró, una figura solitaria dibujada contra el cielo nocturno, la cara oculta por las sombras cuando miró para adivinar el paradero de Francesca. Ella refulgió al adoptar nuevamente una forma sólida. Tenía la mirada fija en él.

—¿Te encuentras bien? —preguntó, mientras se le acercaba con tanta rapidez que sólo dejó una mancha borrosa en el aire. Su mano encontró la de Gabriel, y sus dedos se entrelazaron.

Él sintió de inmediato que se apoderaba de él una sensación de paz, que lo penetraba en lo profundo de su alma torturada. Francesca tenía un poder curativo que él jamás había conocido. Había acabado con una vida, una más entre muchas. Gabriel había dedicado sus días a perseguir a su hermano gemelo para darle caza. A lo largo de los años, se había dedicado casi exclusivamente a la persecución de Lucian, y sólo en contadas ocasiones se había detenido a luchar contra las criaturas inertes que se cruzaban en su camino. Habían pasado años, y aquel era el primer enemigo que destruía desde que había encontrado a su compañera. Ahora lo embargaba la emoción. No era precisamente culpa lo que sentía. Aceptaba su deber como una responsabilidad sagrada. Pero acabar con una vida ante alguien como Francesca lo mortificaba. Ella era tan pura, tan compasiva, tan buena. Durante todos esos siglos él se había dedicado a destruir, y ella a sanar.

Gabriel evitó mirarla para no encontrar sus enormes ojos negros, para evitar la inocencia que había en ellos. Era mucho más fácil enfrentarse a quienes lo rodeaban, a quienes lo temían, y hacerlo sin emociones. Estaba acostumbrado a ver a la gente murmurar cuando se apartaban de su camino. Estaba acostumbrado al miedo que habitaba en sus mentes y corazones. Lo necesitaban, pero rara vez lo aceptaban.

Ella le acarició el brazo, un gesto curiosamente íntimo que lo dejó debilitado y le hizo sentir un calor interior. Francesca estaba internándose en él, había logrado llegar hasta su alma. Y él no estaba preparado para eso. Ahora sabía exactamente qué era una compañera. Sabía lo importante que era. Sabía que en el plano del intelecto, las mujeres carpatianas eran la luz que disipaba la oscuridad de sus hombres. Había aceptado a Francesca y todo aquello que debía existir entre ellos. Su unión significaba no sólo la supervivencia sino que también garantizaba que él no se uniría a Lucian para engrosar las filas de las criaturas inertes.

Aunque no fuera más que por eso, había respetado a Francesca. La había querido. No estaba en absoluto preparado para aquel ataque de celos que le impedía deshacerse de Brice. También carecía de armas para enfrentarse a la salvaje urgencia que despertaba en su cuerpo la cercanía de ella. Y, más que nada, no estaba preparado para ver cómo se le partía el corazón cuando estaba triste, o dolida, o cuando la vencía el cansancio. No había contado para nada con esas reacciones que ella despertaba en él. Quería oír su voz sin cesar, la quería ver sonreír, contemplar su rostro iluminándose con esa mirada suave y bella que lo hacía derretirse. Pensaba demasiado en ella, mucho más de lo aconsejable.

—Gabriel. —La voz de Francesca susurró a su lado como una suave brisa de verano. Él sintió de inmediato que el sudor le perlaba todo el cuerpo—. Me pediste que me alejara de aquí, y eso es lo que debería haber hecho. Pero, por favor, no te sientas avergonzado por haber tenido que llevar a cabo una tarea tan importante estando yo presente. Piensas que tu talento es inferior al mío.

—Tú salvas vidas, yo las destruyo. —El sólo contacto de sus dedos era como un milagro para Gabriel. Su aroma, limpio y fresco y femenino. Nunca había notado aquello en una mujer, su olor. Sin embargo, ahora llenaba sus pulmones y quería tenerla para siempre junto a él—. No estoy seguro de que matar se pueda considerar un talento.

—Las criaturas inertes han dejado de vivir. Eso lo sabes. Han optado por perder aquello que les daba vida. Los vampiros son monstruos sin igual, criaturas despiadadas que viven sólo para la perversión y para la emoción de matar. Si tú no existieras para mantenerlos a raya, no habría como ocultar la existencia de nuestro pueblo. Incluso ahora, hay una pequeña minoría de seres humanos que odia hasta la idea de nuestra existencia. Han creado una sociedad de personas, profesionales y otros, que nos persiguen para darnos muerte. A mí me parece que, sin ti, a los nuestros los habrían cazado hasta el exterminio hace ya tiempo.

Gabriel no pudo evitar una leve sonrisa de complacencia. Francesca tenía una manera de decirle las cosas, y entendía demasiado bien por qué Brice la deseaba. No era porque ella fuera una sanadora, como él. No porque su belleza carpatiana atrajera a los machos. Era todo, el conjunto. Francesca. Su Francesca.

—Me das demasiado crédito —dijo él, con voz suave—. Te lo agradezco. Gracias por hacer fácil una situación difícil. No esperaba sentirme de esta manera —dijo, y la miró volviendo a sonreír—. Son emociones que cuesta controlar.

Ella inclinó la cabeza para mirarlo. Debería ser pecado tanta belleza, pensó. Gabriel le hacía sentir un curioso aleteo en el vientre, y el corazón le daba vuelcos en los momentos más inesperados. Sus ojos podían despertar en ella una tormenta de fuego con sólo una mirada ardiente y penetrante. Podía hacer que una mujer, cualquier mujer, se derritiera a una distancia de veinte metros. Francesca carraspeó, intentando no sonrojarse, y de pronto recordó que era bastante probable que él flotara como una sombra en su mente, leyendo todos sus pensamientos íntimos.

—Deberíamos volver a casa —dijo.

—¿Quieres caminar o te gustaría volar? —le preguntó él, con voz pausada, sin ganas de influir en su decisión. Ella siempre elegía la manera de los humanos. Habría permitido que la golpeara el padre de Skyler, ese personaje monstruoso, si eso le permitía mantener su secreto y su modo de vida. Su imagen. Él quería que ella reconociera su naturaleza de carpatiana. Totalmente carpatiana. Gabriel sabía que era demasiado pronto para eso, pero se habría sentido esperanzado si al menos hubiese visto una señal de que su determinación flaqueaba.

Francesca volvió a entrelazar los dedos con los de él.

—Tenemos mucho tiempo antes de que salga el sol. Quizá deberíamos caminar y hablar de cómo solucionaremos lo de Skyler.

Capítulo 6

Francesca desvió la mirada mientras caminaban por las calles vacías tomados de la mano. Gabriel era intensamente masculino, y se movía con tanta fluidez. Ella se dio cuenta de que tenía ganas de acariciarle el pelo y suavizarle las arrugas de la cara. Tenía una boca que rayaba en la perfección. Ahora lo miró con las pestañas entrecerradas. Los labios le quemaban, humedecidos, añorando dolorosamente sentir los labios de él. Y el sonido de su voz cuando le hablaba, suave, erotizada, íntima como el pecado. Gabriel le lanzó una sonrisa y ella sintió de inmediato su respuesta. Él la rozaba al caminar, un movimiento casi imperceptible, pero a ella de pronto el corazón se le desbocó y sintió que unas lenguas de fuego le lamían el cuerpo. Tenía las palmas que quemaban de ganas de sentir sus músculos duros, de acariciarle el pecho y el vientre. Su mirada se desvió hacia donde el pantalón se había tensado. Ardía de ganas de frotarlo y acariciarlo, de acogerlo con la boca y ver su reacción. Quería oírlo gemir.

No podía pensar en otra cosa. Los pechos le dolían y entre sus piernas sintió el calor líquido que se acumulaba, incitante. La ropa le incomodaba, era demasiado ajustada. Se preguntó qué haría si, de pronto, se arrancara la blusa y le ofreciera los pechos ahí, en medio de la calle. Sólo atinaba a pensar en él. Su cuerpo endurecido, sus manos moviéndose sobre su piel. Aquella manera que tenía de decirle las cosas más bellas. Su manera de querer ayudar a una joven desconocida que no sabía qué era el amor. Su manera de exponer su propio cuerpo para protegerla a ella de los golpes de un desalmado. Todo en él era extraordinario, y Francesca se sintió consumida por una necesidad repentina de abrazarlo, tocarlo y besar cada pliegue de su cuerpo.

Se detuvieron delante de una tienda, vacía a esas horas de la noche.

—La dueña de esta tienda es amiga mía —dijo Francesca—. Me ha dejado la llave y el código de la alarma. Yo le dejo anotado lo que me he llevado, y ella lo carga a mi cuenta. —La voz se le había enronquecido, una voz erotizada, una invitación abierta—. Podemos entrar y buscar algunas cosas para Skyler —dijo. La mano le temblaba cuando introdujo la llave en el candado.

Gabriel la observó reconcentradamente con sus ojos oscuros y aterciopelados cuando ella pulsó los números del código de la alarma. La tienda estaba a oscuras y vacía. El silencio fue roto únicamente por la respiración agitada de ambos. Ella se giró hacia él y le rozó la cara, hasta que encontró su pelo y hundió los dedos en su espesa melena.

De la garganta de Gabriel escapó un ruido leve.

—Francesca, tienes que parar antes de que no haya vuelta atrás. No soy ningún ángel, que es como a ti te gusta pensar en mí. Puedo leer cada pensamiento que pasa por tu cabeza, y lo que le estás haciendo a mi cuerpo es ni más ni menos que un pecado. —Con el pulgar, le acarició el mentón y siguió el contorno de sus labios.

—¿De verdad? —Ella respondió tirando de su camisa hasta liberarla de sus pantalones. Deslizó de inmediato sus manos sobre su pecho desnudo, los dedos totalmente abiertos para abarcar la mayor superficie posible. Siguió el contorno de sus músculos bien definidos, hambrienta de él.

—Siempre he pensado que pecar debe ser una experiencia interesante. —Su voz era incitante, una seducción nada disimulada.

Él hundió las manos en su pelo y le echó la cabeza hacia atrás para plantar en ella el fulgor de su mirada.

—Tengo *hambre* de ti, Francesca. *Hambre*. No puedes tocarme así, con tu cuerpo y tu mente y pretender que yo no reaccione. Es como una necesidad descarnada que se me mete en la sangre y yo sé que estará ahí una eternidad. ¿Sabes cuántas noches he soñado contigo? ¿Cuántas veces me he despertado solo por la noche, sin ti?

—A mí me pasaba lo mismo —murmuró ella, clavando los ojos en él. No desvió la mirada ante esa muestra de pasión reconcentrada en sus ojos—. Gabriel... —Pronunció el nombre en un murmullo, y se inclinó hacia delante para besarle el pecho. La exploración de su boca caliente le aceleró el pulso—. Hablas demasiado cuando lo que necesito es acción —dijo Francesca, y levantó la cabeza para dejarle ver sus ojos que reían—. Sabes lo que es la acción, ¿no? Mi ropa es pesada e incómoda —agregó, mientras se inclinaba para jugar con la lengua en su pecho. Tuvo que ponerse de puntillas para apoyar sus pechos hinchados contra el torso de Gabriel.

Éste ya no soportaba que ni el tejido más delgado separara sus cuerpos. Le abrió la blusa desde el hombro y la lanzó a un lado sin pensárselo dos veces. Deslizó las manos suavemente por la piel desnuda, siguiendo la delicada línea de sus huesos, la curva de sus pechos. Respiró casi bufando cuando cogió aquel leve peso en las manos y con los pulgares le frotó los pezones.

La tienda estaba sumida en el silencio, los maniquíes miraban con ojos vacíos entre las hileras de colgadores. Gabriel la llevó hacia la sombra en el interior de la sala, lejos de la ventana, donde podrían gozar de intimidad, lejos de cualquiera que a esa hora pasara por la calle. El calor y el deseo del ritual de cortejo de los carpatianos se habían adueñado de él, propiciado por las eróticas imágenes de su compañera. Francesca era bella por dentro y por fuera. Era excitante saber que ella lo deseaba a él con tanto ardor, que supiera exactamente qué quería que le hiciera, cosas que después le pediría.

Su compañero. Francesca se refocilaba en su derecho de tocar ese cuerpo suyo, de ser capaz de despertar en él una tormenta de deseo para que se consumiera por ella tal como ella se consumía por él. Cuando Gabriel le tocaba la piel desnuda, sentía el tormento y el placer. Y cuando inclinó lentamente su cabeza oscura para encontrar su pecho con el corazón de su boca humedecida, ella tembló presa de una urgencia que jamás había experimentado. Sus manos se hundieron en su pelo y lo sostuvo contra ella.

—Son casi demasiadas sensaciones juntas, Gabriel. No sé si podré soportarlo.

Él le moldeaba el cuerpo con sus manos, apartándole la ropa mientras sus palmas y sus dedos se demoraban, saboreaban y acariciaban.

—Sí, sí que lo soportarás; has sido hecha para esto —murmuró él. Se inclinó aún más para lamerle el vientre plano—. Fuiste hecha para mí. —Con facilidad, la levantó hasta el mostrador y la sentó en el borde—. Has sido hecha para las noches largas, Francesca, largas y perezosas noches haciendo el amor. —Le acarició los muslos y apretó la palma de la mano contra su centro húmedo y caliente. Sonrió cuando ella se tensó y se estremeció de placer. Él se inclinó aun más hasta frotarle el interior de los muslos con su pelo sedoso y oír que de sus labios brotaba un suave gemido.

Francesca no pudo evitar dejar escapar una exclamación al primer contacto de su aliento cálido, el primer roce de su lengua. *¿Sabes qué sabor tienes?* La pregunta apenas fue pronunciada, íntima, en su propia mente. Aquella voz suya le quemaba el interior de la cabeza así como su lengua le quemaba el centro mismo del cuerpo. Francesca sentía que el cuerpo se le tensaba cada vez más, sentía el placer que aumentaba en fuerza e intensidad hasta que la liberación se apoderó de ella con tal violencia que, al sentirse barrida por una sucesión de olas, sólo atinó a tirarle del pelo.

—Gabriel. —Pronunció su nombre, como un aliento, aspiró su esencia masculina en sus pulmones—. *Gabriel.*

—Sólo acabamos de empezar, bella mía —contestó él con voz apenas audible, y levantó la cabeza para sonreírle.

Era tan bello, tan perfecto, y era suyo. Francesca sentía que las lágrimas le quemaban en la garganta. Ahí, en medio de la noche, esa noche que despertaba en ellos algo salvaje, él la miró, y sus ojos ardían de deseo. Calientes, presas de la urgencia, exigiendo lo suyo. Ella había esperado tanto tiempo a que él la mirara con esos ojos.

Y luego fue como si él comenzara a despojarla de toda cordura, que iba reemplazando por una pasión desenfrenada. Francesca no podía pensar en otra cosa que en él hundiéndose en ella. Una vez más, el presionó con las palmas en su entrepierna y luego introdujo lentamente el dedo, sin dejar de mirarla, siempre mirándole el rostro, mirando cómo el placer la barría mientras su apretada hendidura se aferraba a él.

—No es suficiente. —En su voz se adivinaba una sonrisa. Gabriel se inclinó una vez más para volver a saborearla mientras deslizaba fuera el dedo. Esta vez fueron dos los dedos que la estiraron y la penetraron, profundos, hasta arrancarle un hálito de placer—. Y todavía no es suficiente. —Había una satisfacción pura y masculina en su voz, y también en la expresión de su rostro.

Ella volvía a sentir aquella presión caliente, la lava que ardía y se acumulaba hasta que sentía el cuerpo a punto de explotarle. Gabriel se adentró en ella, la acarició, la frotó, mientras su lengua la provocaba y bailaba sobre ella.

—Esto es lo que quiero, cariño, quiero más, quiero que te corras por mí. Quiero verlo en tu cara. Quiero saber que tú también lo sientes. —La voz se había vuelto ronca—. Ven, córrete por mí, mi amor, déjate ir…

Con un grito ahogado ella dejó que la condujera hasta el borde, mientras su cuerpo se retorcía y se hundía, descontrolado. Él potenciaba el efecto con su boca, y provocaba en ella un orgasmo interminable que parecía seguir y seguir para siempre y que, aún así, no era suficiente. Francesca cerró los ojos y se abandonó a las sensaciones, a la belleza de sus manos y de su lengua en su cuerpo que seguían, con movimientos lentos e implacables, atizando el fuego. Ahora Francesca se retorcía, y sus caderas no podían estarse quietas bajo el asalto que padecían sus sentidos. Y entonces él añadió sus imágenes mentales, penetrando profundamente en las suyas, imaginando cosas que deseaba hacer antes de hacerlas, y ella sentía su propio cuerpo a través de su mente, el calor sedoso, los músculos tensos y apretados.

Francesca sentía el deseo en ascenso de Gabriel, cómo su cuerpo le quemaba y le dolía, cómo se endurecía hasta llegar al dolor. Sus manos se volvían más duras, más exigentes, y ella se alegró íntimamente al pensar que él también perdía el control.

—Te quiero dentro de mí, Gabriel —murmuró, una suave demanda—. Quiero tu cuerpo dentro del mío. Tampoco quiero que me trates como si pudiese quebrarme en cualquier momento. —Lo dijo deliberadamente, sabiendo qué reacción desatarían esas palabras en su cuerpo, sabiendo que él estaba atrapado en la misma tormenta de fuego que ella.

Miró más allá de él, hacia la batería de espejos, vio su figura masculina perfectamente formada, sus músculos bien definidos, el pelo largo y brillante, y su propio cuerpo nuevamente fragmentado, una explosión de tanta fuerza que la sacudió y la hizo exclamar con toda la furia del momento.

—Ahora, Gabriel, ¡ahora, mismo, ya!

—En el suelo, donde pueda hundirme más profundo. Quiero hundirme en ti tan profundamente que no lograrás sacarme jamás. —Aquella frase de reconocimiento fue como un arrebato en el momento en que la arrancó del mostrador y la tendió sobre la gruesa alfombra. Luego la siguió, necesitándola con tanto ahínco que ahora estaba grueso y duro, incapaz de soportar ni un momento más aquel deseo.

Francesca levantó las caderas para ir a su encuentro cuando él se adelantó y la penetró y la llenó, sintiendo ese cuerpo húmedo y caliente que se aferraba con fuerza a él. Ella dejó ir su aliento, y de él escapó como un hálito. La sensación repentina que le produjo era adictiva, una sensación total. Gabriel la cogió por las caderas y dio inicio a su rítmica penetración con movimientos duros y seguros que se hundían cada vez más en ella en busca de su alma.

Ella se giró para contemplar a los dos en el espejo, para admirar la belleza de sus cuerpos que se movían al unísono en perfecta coordinación. Él tenía la cara marcada por la concentración, por el éxtasis, como perdido. Ella sabía lo que él deseaba antes de que él mismo lo supiera, cada pequeño ajuste de su cuerpo para que él la pudiera penetrar más profundo, llenarla hasta que a los dos les faltara el aire de puro placer. Ella levantó la cabeza, mirándolo fijo mientras le lamía el pecho, le chupaba una gota de sudor. Él apretó las manos, el cuerpo entero. Ella lo mordió con suavidad, le raspó la piel con una caricia.

Gabriel echó la cabeza hacia atrás y, por un instante, su larga cabellera se convirtió en un aura de seda. Su cuerpo tomó posesión de ella, más duro y más rápido, sin parar, tensándola a ella de deseo hasta que Francesca pensó que ambos saldrían despedidos por los aires. Hizo girar perezosamente la lengua.

—*¡Me consumiré en este fuego!*

La voz de Gabriel era casi una imploración, una orden, una plegaria, una caricia ronca y sensual. Francesca lo recompensó, y le hundió profundamente los dientes para unirlos, en cuerpo y alma y mente. Un rayo de luz blanca los envolvió hasta inflamarlos. El cuerpo ya no le pertenecía a Francesca, sino a Gabriel, para que hiciera con él lo que quisiera, todo lo que quisiera. Y el cuerpo de él le pertenecía a ella. Era un intercambio que parecía justo, sobre todo cuando ella comenzó a gritar con su descarga, lanzada al espacio vacío, montada sobre las olas del mar.

Gabriel se corrió con ella mientras gritaba su nombre a los cielos, a los maniquíes que observaban en silencio, a un lugar sin nombre de sensaciones elementales. Francesca deslizó la lengua sobre los dos diminutos agujeros mientras luchaba por recuperar el aliento, el corazón desbocado siguiendo el ritmo de él, sobrecogida por la intensidad de su acoplamiento.

Gabriel la estrechaba en silencio, sosteniéndose sobre una mano para no aplastarla con todo su peso.

—¿Te encuentras bien? —inquirió con voz pausada. Le acarició el pelo con la otra mano mientras su mirada oscura la buscaba con un dejo de seriedad.

—Claro que estoy bien. Ha sido maravilloso, no hay palabras para describirlo. Te *deseaba*, Gabriel. Eres tan atento conmigo —confesó, mientras le seguía el contorno de los labios con la punta del dedo—. Aprecio tu consideración, lo digo en serio, pero soy una mujer fuerte y sé tomar mis propias decisiones. No estaría tendida debajo de ti, con tu cuerpo en el mío, si no fuera exactamente lo que deseo.

Ahora Francesca había penetrado en la mente de él, percibía su sentimiento de culpa, aunque no por eso dejaba de ser un hombre hábil y experimentado por la edad. Había algo más, algo que no acababa de entender.

Él se inclinó para besarla. La besó intensamente. Completamente. Fue un beso que a ella le derritió el alma e hizo asomar unas lágrimas inesperadas en sus ojos.

—Me has sorprendido, Francesca. Creía que jamás volvería a sorprenderme en este mundo, por nada ni por nadie, pero tú eres algo que está más allá de todo lo que he conocido en mi vida. —Volvió a besarla, esta vez con ternura, demorándose con ligereza. Muy a su pesar, se separó de ella y se apartó para incorporarse. Se inclinó y la levantó—. El suelo debe estar duro. Creo que la próxima vez necesitaremos una cama. —Escogió las palabras con cautela, como si temiera que ella pensara que intentaba presionarla.

A Francesca le costaba creerlo. Le parecía más bien emocionante que pudiese tener tanto poder sobre un viejo macho carpatiano. Se inclinó hacia adelante para estampar su propio beso. Lento y caliente, confesando sin ambages su deseo de más.

—No podré volver a esta tienda sin que me venga a la memoria lo que hemos vivido esta noche. —Se separó en seguida de él para limpiarse y vestirse a la manera de los suyos. Había grandes ventajas en aquello de ser un carpatiano, cosas que no había podido hacer mientras se obstinaba en parecer una criatura humana. Eran cosas divertidas de las que ahora gozaba, pequeños detalles que intentaba mantener apartados de sus pensamientos.

—Encontraré unas cuantas cosas para Skyler mientras tú recuperas el aliento —dijo, con una sonrisa provocativa.

Él la siguió por la tienda, observándola atentamente mientras ella escogía prendas con las que pensaba que la adolescente se sentiría cómoda. Sabía que su intención era comprarle la última moda, pero aquel primer paseo de compras sólo pretendía procurar que la chica se sintiera a gusto. Encontró un animal de peluche, un lobo suave y peludo de ojos brillantes, y se sintió inmediatamente atraído por él.

—Quiero llevarle esto. Me está diciendo que quiere ir a casa con nosotros.

Francesca lo miró y rió.

—Es de la fundación de Dimitri. Ahora protege a los lobos de las estepas rusas y escribe libros con fotos muy bellas. Apenas era un niño cuando lo conociste, ¿lo recuerdas? Una parte de las ventas está destinada a su fundación. Ha salvado a muchos de nuestros hermanos lobos de morir cuando eran cachorros o de ser capturados.

—Es bueno saber que Dimitri aún está entre nosotros. Era diferente de pequeño. Ya era un solitario, mucho antes de que acabaran sus días de jovenzuelo, y había en él un punto oscuro de violencia, la marca de un buen cazador, aunque a menudo también era una señal de que alguien se entregaría precozmente a la oscuridad.

—Finalmente, durante este último siglo ha dedicado su vida a proteger a los lobos de la estepa. Es un científico de reconocido prestigio y tiene una fundación floreciente. No me sorprende que te sientas atraído por sus animales, ¡parecen tan reales! Todos y cada uno de ellos son obras de arte.

Gabriel le enseñó sus dientes blancos y perfectos.

—Tengo buenos instintos —dijo. En su comentario latía una clara insinuación.

Francesca rió por lo bajo y luego escribió una lista detallada de sus compras y dejó una nota para que su amiga lo enviara todo a su dirección aquella noche. Después de una pequeña ronda para verificar que todo quedaba en su sitio, activó la alarma.

—Me agrada estar contigo, Gabriel. Venga, vámonos de aquí.

Gabriel entrelazó los dedos con los de ella, asegurándose de que en la mente de Francesca sólo hubiera aceptación de lo que había sucedido entre ellos. Ella había querido tener tiempo para acostumbrarse a la idea de un compañero, pero la química entre ellos producía reacciones evidentes ante el más mínimo contacto. Él se había propuesto un cortejo prolongado para ganarla poco a poco, sin tener que montarse encima de ella cada vez que la mirara. Los pasos que daba Francesca no eran ni con mucho tan largos como los suyos, y él acortó deliberadamente la distancia. Le asombraba lo agradable que le parecía simplemente caminar con ella a medianoche.

—En caso de que no volviera a tener la posibilidad de repetir esto contigo, Francesca, te agradezco este paseo. —Lo dijo antes de que pudiera censurar sus propias palabras. Cuando la miró, ella tenía la cabeza inclinada—. No pretendo que te sientas incómoda, pero la verdad es que nunca he hecho algo así. Sencillamente caminar en la noche, sin prisas, sin planes, sólo caminar. Y, desde luego, jamás he gozado de la oportunidad de tener junto a mí a una mujer tan bella. Puede que para ti no sea más que un placer banal, pero para mí es algo único.

Ella le lanzó una mirada y él tuvo una fugaz visión de sus largas pestañas y de su perfil perfecto.

—Estoy segura de que habrás tenido muchísimas oportunidades. —Gabriel tenía un aspecto sumamente atractivo a su manera, masculino y misterioso, y Francesca pensó que debía atraer fácilmente a las mujeres—. No conseguirás hacerme creer que te has pasado siglos sin… —Sus últimas palabras se perdieron cuando él se detuvo bruscamente. Lo hacía tan bien, aquello de complacerle, sabía a la perfección qué era lo que quería.

Gabriel le cogió el mentón y la obligó a mirarlo.

—Soy un cazador, Francesca, un cazador carpatiano. Nunca he sentido la pasión que tú te imaginas. No he tenido deseo de las mujeres. Yo quería que ese deseo existiera y, en ocasiones, me fundí en otros para saber cómo lo sentían aquellos humanos que conocía de vez en cuando. Pero nunca había deseado a nadie hasta que desperté de entre los muertos y oí tu voz. —En su boca asomó una leve sonrisa que no tardó en borrarse—. Los sentimientos que tú provocas en mí son muy diferentes de los que me han inspirado los humanos. Mucho más intensos y mucho más urgentes. —Gabriel dejó caer la mano—. Al hablar así, supongo que te someto a una presión que no necesitas en este momento, y no quiero que sea así. Realmente quería respetar la distancia que tú quieres poner entre nosotros. Tenía toda la intención de esperar a que te sintieras más cómoda con nuestra relación.

Ella rió suavemente.

—No creo que tengas que asumir la responsabilidad de haber hecho el amor conmigo, Gabriel. Todo lo que ha pasado ha sido obra mía.

En el rostro de él volvió a dibujarse una sonrisa.

—No estoy seguro de que pueda decir sinceramente que eso es verdad, pero creo que has tenido aventura suficiente para durar varios despertares.

—Tienes que aprender a decir días o noches —corrigió ella, con gesto sereno—. Estamos en la era del ordenador. La velocidad con que se intercambia información es peligrosa. Tú has estado ausente mucho tiempo. Ya sé que asimilas la información a buen ritmo, pero la tecnología hace que sea mucho más difícil ocultar nuestra presencia en el mundo. Tú estás acostumbrado a un mundo donde casi no existe la amenaza humana, pero eso ha cambiado con la era de la informática. —Él le rozó la mano y ella, sin pensarlo, entrelazó los dedos con los de él mientras seguían caminando por la acera.

—Debo reconocer que jamás he visto a los humanos como una amenaza.

—Hablas como un arrogante, Gabriel, aunque intuyo que no es ésa tu intención. Nuestro pueblo se encuentra en una grave encrucijada, y nuestra raza está a punto de desaparecer. Yo me mantengo informada por vías indirectas, de modo que sé cuál es la situación actual. Hay ciertas mujeres humanas con extraordinarios talentos psíquicos que son compatibles con nuestra raza. Nuestro príncipe tiene una compañera que antes fue humana.

Se produjo un silencio largo. Una vez más, sin un propósito consciente, Gabriel había tenido el reflejo de compartir estos conocimientos con Lucian. Alcanzó a su hermano gemelo con facilidad, ligeramente, como lo había hecho durante casi dos mil años. Lucian estaba abstraído en un intrincado texto en que iba descubriendo cosas sumamente interesantes. Y el hecho de que Lucian hubiera conservado su afán de conocimientos, no dejaba de sorprenderle. Siempre había sido como una esponja que absorbía información. Ahora respondía con un sentimiento de reciprocidad, compartiendo todo lo que había aprendido del mundo moderno, inundando a Gabriel con numerosos datos, hasta que éste comenzó a reír.

—¿Qué pasa? —preguntó Francesca, tranquila. Por un instante, había creído ver auténtico afecto en la profundidad de su mirada.

Gabriel interrumpió de inmediato el contacto, y lanzó una imprecación por lo bajo en la lengua de los antiguos. ¿Por qué no se había dado cuenta? Esa costumbre innata suya de establecer contacto con su hermano no había tenido importancia en el pasado. Incluso después de que Lucian hubiera mutado, él no había luchado contra esa costumbre. ¿Por qué le importaba ahora? Cuantos más conocimientos compartieran, más enjundioso el combate. Ahora era muy diferente. Esta vez le podía costar la vida a Francesca. Gabriel había combatido contra Lucian en varias ocasiones a lo largo de los últimos siglos. Le había infligido heridas mortales en más de una ocasión y, aun así, nunca había superado a Lucian, nunca había conseguido destruirlo. No había razones para pensar que ahora el resultado de la batalla sería diferente. No podía permitirse el lujo de cometer errores. Lucian no debía enterarse de la existencia de Francesca.

—¿Qué pasa? —repitió Francesca, y esta vez le sacudió el brazo—. Has cambiado la expresión de felicidad que tenías por la de un lobo, con la mirada quieta y cautelosa. ¿Qué ha sucedido en un espacio de tiempo tan breve? —Su voz era suave pero penetrante, una mezcla de preocupación y lástima.

Él respondió sacudiendo la cabeza.

—He cometido un error tras otro. Descansar todos estos siglos no me ha hecho nada bien. Resulta confuso despertarse y sentir emociones, ver los colores. Todo es vívido y todo es claro. Las emociones son violentas y descarnadas, y cuesta controlarlas. Siento que mi cuerpo experimenta una necesidad cada vez más acuciante del tuyo.

Gabriel hablaba con tanta desenvoltura, tan calmadamente, que Francesca pensó que pensaba en voz alta.

—Yo conduje a ese vampiro directamente a ti, lo sabes perfectamente. —Gabriel se pasó una mano por su brillante melena de tintes negros y azulados—. Todo este tiempo has conseguido mantenerte oculta. Ahora he despertado la atención hacia tu existencia, y él no será el único que se proponga encontrarte.

Gabriel se detuvo y se plantó frente a ella. Deslizó la mano hasta cogerla suavemente por la nuca.

—Jamás debería haberte reclamado sin tu consentimiento. Debería haber procurado tu seguridad más allá de mis propias necesidades y deseos. Te he hecho daño y eso es un error imperdonable.

Francesca le tocó la boca. Sus palabras, además de la sinceridad que se adivinaba en su voz, le estaban poniendo el mundo patas arriba. Ya no sabía lo que deseaba. Cuando estaba lejos de él, todo era claro, pero cuando él estaba junto a ella y le permitía mirar en su alma atormentada, sentía algo muy diferente.

—No podrías haberme poseído físicamente con tanta facilidad, Gabriel, si yo no lo hubiera querido. No me sentía sujeta a ninguna obligación.

Gabriel seguía masajeándole la nuca y, en un gesto de gran intimidad, le rozó con los pulgares la delicada línea de la mandíbula. Cada una de esas caricias le provocaban a Francesca espirales de fuego que le recorrían todo el cuerpo, llamas que bailaban sobre su piel. Perdido en su arrepentimiento, Gabriel parecía no percatarse de cómo ella respondía a su contacto.

—Te desperté con la orden de que te acercaras a mí impulsada por el deseo. Tu cuerpo respondió a esa orden y a la excitación deliberada a la que te sometí. Debería haber esperado y darte tiempo a que me conocieras. Deberías haber sido cortejada como te merecías.

—No fuiste solo tú, Gabriel. No soy ninguna novata. Reconocí esa sensación de atracción que indujiste en mí en cuanto me desperté. No estoy del todo desprovista de poderes, tengo los míos. No podrías haberme poseído con tanta facilidad si yo no lo hubiera consentido. Yo te deseaba. Quería sentirte, sentir cómo era. —Su confesión era valiente, y asumía su parte de responsabilidad sin vacilar—. No me obligaste a obedecer. En cualquier caso, tarde o temprano, habría comenzado el ciclo carpatiano y, en ese caso, habríamos tenido poca cosa que decir.

—Pronuncié las palabras rituales para que quedáramos unidos sin tu consentimiento.

—Los machos siempre lo hacen, Gabriel. Es la costumbre de nuestro pueblo y así ha sido durante miles de años. No has hecho nada que sea tan imperdonable. Esta situación es difícil para los dos.

Él dejó caer los brazos y se apartó de ella.

—¿Por qué aceptas esta situación con tanta calma, Francesca? ¿Por qué no me condenas como deberías hacerlo? Tu ira llegaría lejos… —dijo, y volvió a aparecer la mano con que se mesaba el pelo—. Ya está, he vuelto a lo de siempre, a intentar que no haya problemas. Soy un egoísta, cariño, muy egoísta, y te he atado a mí.

—*¿Gabriel? Estás afligido. ¿Me necesitas?* —Era una voz que surgió de pronto, inesperada, pero que penetró con facilidad en sus pensamientos. Gabriel intentó mantener la mente en blanco, procuró que aquella voz perfecta no obtuviera información alguna. Lucian siempre había podido dar órdenes con esa voz suya que empleaba como un arma. Gabriel jamás había oído algo tan bello. Lucian había conservado ese don aunque hubiese perdido el alma para toda la eternidad.

Cuando Gabriel se negó a responder, se oyó la risa, una burla, una risa casi sin ganas que lo heló hasta el tuétano. Tenía que proteger a Francesca de las artimañas de Lucian. Su hermano gemelo era astuto e inteligente. Implacable. Y no había en él ni asomo de piedad. Él lo sabía mejor que nadie. Lo había visto actuar a lo largo de dos mil años.

Francesca le puso una mano en el brazo.

—Intentas decirme algo pero, por lo que parece no puedes.

—Esperas un hijo. —Fueron tres palabras que pronunció con claridad, a bocajarro.

Francesca abrió sus enormes ojos negros cuan grandes eran, anonadada.

—Eso no puede ser. No es nada fácil. ¿Por qué crees que nuestra raza ha rozado la extinción? Nuestras mujeres sólo son capaces de quedarse embarazadas cada varios siglos. Y yo soy una sanadora. He estudiado este fenómeno durante décadas, decidida a desvelar la clave de nuestros organismos con el fin de que pudiéramos concebir más a menudo y tener mayor éxito en los embarazos. Quería comprender por qué concebimos varones en lugar de hembras, pero no he encontrado las respuestas. —Sacudió la cabeza, incrédula—. No, no puede ser.

—Sabes que digo la verdad. Yo sabía que nuestras mujeres sólo pueden concebir cada cierto tiempo, y que suelen manipular ese tiempo. Pero también sabía que hay muchas posibilidades de que, puesto que nunca te has quedado embarazada, estés madura para que así sea, y yo me he aprovechado de ello al máximo.

Ella se lo quedó mirando un momento, en silencio y llena de asombro.

—Pero, si soy una mujer, una sanadora. Jamás podrías haber hecho algo así sin que yo lo supiera... —Se alejó unos pasos y se llevó las manos a su vientre liso con una especie de azoramiento—. No puede ser. —Mientras lo negaba, cerró los ojos y buscó en el interior de sí misma. Ahí estaba, el milagro de la vida. Aquello que siempre había añorado. Por lo que había llorado. Que había deseado más que nada. Creciendo. Cambiando. Células que se dividían. Un hijo. Deseaba quejarse. Había renunciado a esa idea hacía cientos de años. Estaba preparada para su viaje al otro mundo. No estaba preparada para un acontecimiento de ese cariz. Alzó la cabeza hasta encontrar la mirada de Gabriel.

—De verdad, ¿has sido tú?

—Debo decir que sabía que deseabas un hijo por encima de cualquier cosa. Lo había leído en tus recuerdos. También había captado tu resignación y aceptación de que ese deseo no se cumpliría. Y ahora me gustaría decirte que lo hice por ti o, incluso, más noblemente, por una causa, para la supervivencia de nuestra especie, pero la verdad es mucho más desagradable. Lo he hecho para no perderte. Lo he hecho para que te sintieras atada a este mundo y no me abandonaras huyendo al de los muertos, ya que hasta que Lucian no esté muerto, yo no podría seguirte. No quería volver a estar solo. He actuado impulsado por el más puro egoísmo. He modificado la dirección que le has dado a tu vida hace tantos siglos sin consultártelo, y ahora he vuelto a hacerlo.

Francesca permaneció donde estaba, sin moverse, y el asombro comenzó a pintársele en el rostro.

—Un bebé. Había olvidado del todo la posibilidad de tener un bebé. —No había intención de condena en su voz, sólo una reflexión dicha con voz queda, como si no lograra comprender algo de esa naturaleza.

—Lo siento, Francesca. En realidad, no hay manera de remediarlo —dijo Gabriel, y se frotó la frente con la mano extendida—. No hay excusa posible, así como no puede haber perdón posible.

Ella no le prestaba atención. Su mente había iniciado un movimiento de introspección. Había añorado tener un bebé, una familia. Más que cualquier otra cosa, había querido descendencia. Aunque hubiera escogido pasar los últimos años de su vida con Brice, su unión jamás habría propiciado un hijo. Su embarazo era un milagro, y no conseguía hacerse a la idea.

—Un bebé. No recuerdo cómo es soñar con algo así. No puede ser, Gabriel. ¿Cómo es posible? ¿Cómo es posible que no me haya dado cuenta?

—No me estás escuchando, Francesca —le interrumpió él, y alzó su mirada oscura al cielo, como si éste fuera a ofrecerle una respuesta. Luego, se frotó las sienes. Tenía que encontrar cómo salir de ese lío en que se había metido con su arrogante decisión. Pero no había manera de escapar. Tenía que ser sincero con ella. Respetaba demasiado a Francesca para decirle otra cosa que la verdad. Al fin y al cabo, ella era su compañera y, tarde o temprano, acabaría leyendo sus pensamientos.

Debería haber esperado, haberse tomado su tiempo. Podría haberla persuadido de no mostrarse al alba, si ese imperativo hubiera existido. Pero su actitud había sido la del que se cree dueño de la mujer y le exige que reconozca su total derrota.

Francesca respiró hondo y dejó descansar su mano en el brazo de él. Leía con facilidad su confusión interior, la rabia que sentía consigo mismo. En realidad, no sabía cómo se sentía ella misma, pero no le agradaba ver que él había sucumbido a la culpa. *Gabriel el cazador legendario.* Había entregado tanto de sí a su pueblo, siempre había hecho lo que era correcto, que Francesca no se atrevía a condenarlo.

—Sólo se puede decir en tu defensa, Gabriel, que no fue una decisión consciente de tu parte.

—Francesca. —Gabriel se apartó de ella, incapaz de soportar su contacto después de haberle hecho tanto daño—. Me estás tocando y, sin embargo, no me oyes. No ves lo que tienes ante tus ojos. No quiero iniciar una relación entre los dos basada en la falta de sinceridad. Desde luego que fue una decisión consciente. Yo manipulé el resultado de nuestra unión y también te excité con algo más que mi cuerpo. —Gabriel sacudía la cabeza, presa de la incertidumbre—. En verdad, eres todo lo contrario de lo que soy yo. Tú no puedes concebir un engaño como ése y yo no puedo concebir tanta bondad. Mírame, Francesca, mírame con todos mis defectos. No quiero que me aceptes, ni siquiera como amigo sólo porque soy un carpatiano y porque tú añoras tu tierra. Pensé que bastaría con sólo poseerte, pero he descubierto que no es así. No sabes, en realidad, el daño que te he hecho. A partir de ahora, te buscará Lucian en persona, y no estoy seguro de que pueda protegerte de él.

Ella lo miró, se detuvo en esa expresión suya de preocupación que lo hacía tan atractivo.

—Claro que puedes, Gabriel. Él no tiene ningún poder sobre ti, no a menos que tú lo consientas. —Inclinó la cabeza a un lado, y su larga cabellera cayó, una cascada oscura como el ala de un cuervo—. Y eres demasiado injusto contigo mismo. Es verdad que no me fundo contigo de buena gana ni enteramente, pero cuando te toco, puedo leer tus pensamientos. Querías que me quedara contigo pero, en realidad, no actuabas impulsado por el egoísmo. Sencillamente no podías permitir que una mujer carpatiana, cualquier mujer carpatiana, se destruyera a sí misma. Ese precepto estaba inscrito en ti desde antes que nacieras. Si yo hubiera sido otra mujer que quisiera ir al encuentro del alba, también habrías encontrado una manera de detenerme.

Él bajó la mirada para contemplar su antebrazo. Lo cogió con delicadeza y lo llevó lentamente a sus cálidos labios, un gesto íntimo y tierno que a ella le hizo encogerse el corazón.

—Me robas el aliento, Francesca. Aunque viviera otros mil años, jamás encontraría a alguien que tenga tu compasión natural. No te merezco.

Una sonrisa le torció ligeramente la boca a Francesca.

—Desde luego que no me mereces. Lo he sabido desde el principio —dijo, provocadora, queriendo disipar la tensión que él sentía—. Venga, sigamos caminando. Quiero mostrarte unos cuantos lugares.

Gabriel obedeció y siguió sus pasos, pero conservando las manos unidas.

—No me has castigado, no has pronunciado ni una palabra de reproche.

—¿De qué serviría? ¿Acaso puedo cambiar lo que ya es? No puedo cambiar el pasado. ¿Por qué habría de querer que te sientas aún más culpable? Tus remordimientos y tu arrepentimiento son auténticos. El castigo no ayudará a ninguno de los dos. No sé lo que realmente siento en este momento. Ya me ocuparé de ello cuando esté sola. Sólo sé que estoy muy cansada y que, en este momento, me siento extrañamente feliz. Es una noche bella y esta ciudad es una verdadera maravilla. Y no hay nadie con quien quisiera compartirla más que contigo.

Él tuvo que desviar la mirada, la mirada de su belleza interior que no dejaba de brillar. Sintió que las lágrimas le quemaban los ojos y tuvo vergüenza. En realidad, no se la merecía; jamás podría compensar el daño que le había hecho, sin que importaran sus esfuerzos. Se giró hacia ella con un gesto más protector mientras caminaban por las calles casi desiertas tomados alegremente de la mano.

Capítulo 7

—Háblame de tus vidrios de colores. Son muy bellos y transmiten una sensación de paz. Cuando miraba las piezas en tu estudio, sentía la presencia de una energía que estaba como entretejida en los diseños. Como si fueran una especie de protección. —Gabriel experimentaba cierto asombro ante su talento de sanadora. Los que tenían tanto poder eran contados. Su solo contacto podía transmitir una paz profunda, y ahora él observaba que en su trabajo se insinuaba el mismo tipo de paz.

Ella respondió con una sonrisa, apenas un destello de felicidad al ver que él se interesaba por las cosas con que ella disfrutaba. Finalmente, estaba feliz de tener a alguien con quien hablar acerca de sus descubrimientos.

—Comencé hace mucho tiempo trabajando con piezas pequeñas. La idea consistía en utilizar edredones y tejidos de ese tipo para ayudar a los enfermos. A menudo, cuando examinaba a los pacientes, descubría que había otras cosas que intervenían y que no era estrictamente la enfermedad física. El dolor por la pérdida de un ser querido, los problemas de pareja, ese tipo de cosas. Comencé a experimentar fabricando objetos específicos para personas que había tocado. Tejí diseños que podrían ayudar a mis pacientes mientras dormían. Con el tiempo, mis trabajos se hicieron muy populares. La gente descubrió que les atraían aquellos objetos porque les procuraban tanto alivio. —De pronto, alzó la cabeza para mirarlo—. No lo estoy explicando correctamente. Me limito a leer en el pensamiento de las personas y me entero de lo que necesitan e intento proporcionárselo. Así comenzó todo.

—Eres una mujer realmente asombrosa —dijo él, con voz queda. Las habilidades de Francesca no dejaban de sorprenderlo—. ¿Y ahora qué?

—Creé una empresa. Mi identidad está oculta en lo más profundo, de modo que si alguien quiere encontrarme, será difícil descubrir quién soy realmente. —Le lanzó una sonrisa que delataba su orgullo por haber engañado a los machos carpatianos—. Incluso tuve la precaución de añadir una protección para desalentar a los sabuesos humanos.

—Un carpatiano reconocería las huellas de tu poder y, para empezar, sabría qué son aquellos símbolos antiguos en tus trabajos —señaló Gabriel.

—Desde luego —concedió ella, complaciente—. Por eso, me tomé la molestia de crear un macho carpatiano ficticio, un artista, más bien un ermitaño. Los carpatianos suelen pedir mis trabajos para proteger sus hogares y para traer paz a su comunidad. Envían sus pedidos a través de mi empresa y yo hago el trabajo. Unos cuantos han pedido ver al artista, pero yo siempre digo que no.

—Cualquier carpatiano lo bastante agudo puede ver la diferencia entre un toque femenino y uno masculino.

Ella respondió con un sugestivo ceño.

—¿De verdad? Quizá me subestimas, Gabriel. He vivido en secreto durante siglos, y no me han descubierto las criaturas inertes ni los machos carpatianos que pasan por la ciudad, ni siquiera me habéis descubierto ni tu hermano ni tú. Aunque a veces he sospechado que quizá Lucian sabía de mi existencia. Volvía a menudo a esta ciudad, y buscaba y buscaba, más veces de las que puedo contar o recordar.

—¿Ah, sí? —Aquella confesión había puesto nervioso a Gabriel. Si Lucian sospechaba que en aquella ciudad había algo parecido a una hembra carpatiana, investigaría sin parar hasta encontrarla. Nada escapaba a la mirada de Lucian. Gabriel recordó que su hermano lo había traído varias veces a París. Sin ir más lejos, su último y terrible combate se había producido aquí. ¿Sería posible que Lucian hubiese intuido una presencia femenina? Siempre habían intercambiado información. Lo que uno de los dos sabía era también del dominio del otro. ¿Acaso Lucian le ocultaría una información de esa naturaleza?

Francesca asintió con ademán solemne.

—Sí, percibía su presencia a menudo a lo largo del tiempo, y debo confesar que tuve que enterrarme en las entrañas de la tierra para esconderme. Tenía miedo de que me encontrarais. Había vivido sola mucho tiempo haciendo lo que me gustaba, y ya no añoraba a un macho en mi vida. —Francesca no le contó que había temido que él volviera a rechazarla, y que no podría haberlo soportado por segunda vez.

—Francesca, Francesca —murmuró Gabriel—. Te has convertido en una mentirosa consumada. ¿Qué es ese buen doctor sino un hombre? ¿Por qué habrías de querer probar el amor con alguien como él?

Ella se soltó de la mano que la sostenía, privándolo de ese contacto suyo que tanto lo aliviaba. Miró hacia otro lado y un velo de pelo caído ocultó la expresión de Gabriel.

—Eso es algo que sucedió inesperadamente.

—Has vivido tanto tiempo con los humanos, amor —dijo él, con infinita suavidad—, que has olvidado cómo son las cosas entre los nuestros, entre los compañeros, machos y hembras. Yo soy una sombra en tu mente, en tus pensamientos. A Brice puedes contarle algo que no se corresponda con la verdad, pero a mí no. Has vivido como un humano y no quieres llevar tus sentimientos más allá de las posibilidades que ellos tienen. Tienes miedo de la intensidad de las emociones cuando se trata de los carpatianos. Yo te hice daño, Francesca, y no quieres volver a vivir jamás un dolor como ése.

Ella se cogió la larga cabellera; la mano le temblaba, lo cual la delataba, aunque se encogiera de hombros con una calma fingida.

—No sé si estás en lo cierto. Yo, desde luego, nunca te culpé. Al principio, me sentí herida; sólo era una jovenzuela, pero *siempre* entendí que la suerte de nuestra raza era mucho más importante que la felicidad de una sola persona.

Él la cogió por los hombros, obligándola a detenerse bruscamente. Esa violencia contenida con que él la sujetó hizo que el corazón se le acelerara. La fuerza de Gabriel era enorme.

—No pienses que tenía un noble propósito cuando te dejé a ti, Francesca. Si hubiera sabido de tu existencia, jamás lo habría hecho. Soy mucho más egoísta de lo que puedas imaginar, porque tú no lo eres. Jamás habría renunciado a ti entonces, como no pienso renunciar ahora. Eres la única persona que tiene importancia para mí. He visto el recuerdo de ese día tan lejano en tu mente. Yo pasaba por una aldea, como había pasado antes por tantas otras. Sentía algo raro, pero tenía la mente ocupada con pensamientos sobre la guerra. Miré atrás y vi a unas mujeres, pero en realidad no las vi. Me perseguían los rostros de mujeres y niños, y nunca podía mirarlos a la cara. Me giré cuando mi hermano me habló. Si te hubiera visto a ti, mi vida habría sido muy diferente. Tengo una tarea que cumplir, pero habría renunciado a ella en aquel entonces. Habría permitido que Lucian se dedicara a la caza en solitario.

Ella lo observó un rato largo. Y luego en su boca fina se dibujó una ligera sonrisa, mientras sacudía la cabeza.

—No, habrías sacrificado de buena gana tu felicidad por el bienestar de nuestro pueblo.

—Pero no la tuya. Todavía no lo entiendes. No habría sacrificado la tuya; nunca te habría permitido ser tan infeliz. Me odio por lo que has tenido que soportar sola, sintiéndote tan rechazada y no querida.

—Ésa era la niña, Gabriel, no la mujer. Mi vida ha tenido un propósito y un sentido. Que esté cansada ahora no significa que no haya disfrutado de los años que he vivido. He vivido bien, mi vida ha contado para algo, lo he hecho lo mejor que he podido, y he tenido experiencias que están vedadas a las mujeres de nuestra raza. He sido una mujer independiente, y lo he disfrutado con ganas. Sí, es verdad, añoro tener una familia, pero me he mantenido ocupada con otras cosas. No ha sido una vida horrible. Y siempre tenía una elección. Podría haberme revelado a ti una vez más. Podría haber ido al encuentro del alba. Incluso podría haber optado por volver con los míos, donde al menos la tierra y nuestro pueblo me habrían dado solaz. Pero elegí otra cosa. Y, estrictamente hablando, fue elección mía, no tuya. Soy una mujer poderosa, no una niña que se arrastra o se oculta en las sombras. Todo lo que he hecho, lo he hecho por voluntad propia. No soy una víctima, Gabriel. Y te ruego que no intentes convertirme en víctima ahora.

—Tú no amas a Brice. Sólo lo admiras. Tenéis algo en común, tú y él. Tú respetas cómo es él con los niños, su capacidad de sanar, y admiras cómo se centra en su profesión. Pero también tienes tus reparos.

—No es verdad —dijo ella, abiertamente—. ¿Por qué piensas eso?

—Si no fuera así, Francesca, ya habrías consagrado tu vida a ese hombre. He visitado tus pensamientos y...

—Más te vale no meterte.

—No es tan fácil, cariño. De hecho, me estás pidiendo lo imposible. No te gusta cómo Brice trata a los pacientes que son menos afortunados, los que carecen de un hogar. No te gusta esa manera suya de olvidarse por completo de sus pacientes una vez que los ha tratado. Hay muchas cosas sobre las que tienes tus reservas. Compartes muchas otras con él; hay tantos niños enfermos, pero hay algo en ti que te dice que Brice cura a sus pacientes para alimentar su propio ego.

Ella lo miró con sus negros ojos encendidos.

—Quizás es por eso por lo que lo hago. —Había demasiadas verdades en sus palabras como para sentir alivio, y ahora Francesca estaba más irritada consigo misma que con Gabriel. Quería aferrarse a Brice porque él jamás podría herirla como la había herido él. Su compañero le había destrozado el corazón. Su voz, tan profunda y sincera, era suficiente para hacerla retorcerse de mortificación. Ella era una mujer que tenía poderes, no una niña que se ocultaba detrás de un mortal. Aunque, en el fondo, era eso lo que hacía, en lugar de enfrentarse a su compañero.

—Lo haces porque eres una sanadora nata, con unos dones que no tienen parangón. Tú jamás dejarías a Skyler en un hogar con gente extraña, después de lo que ha vivido. Jamás se te pasaría por la cabeza. Si no pudieras cuidar tú misma de ella, siempre estarías pendiente. Ésa eres tú. En cambio, el médico sencillamente la olvidaría.

—No eres del todo justo con él, Gabriel. Al fin y al cabo, él no tuvo acceso a sus recuerdos, y por eso tampoco sabe lo que ha vivido. —Francesca se dio cuenta de que se había puesto a defender a Brice instintivamente.

—La examinó detenidamente —dijo Gabriel—. Vio lo retraída que estaba. Eso es algo que se explica por un trauma. Él lo sabía. Es probable que lo supiera todo, al menos la parte física, y podía imaginarse todo el trauma mental y emocional. Pero cuando dejó de ser su paciente, dejó de conmoverle. Y a ti eso te molesta.

Francesca le dio la espalda y comenzó a caminar.

—Puede que tengas razón, Gabriel. No lo sé, estoy muy confusa. —*Le había destrozado el corazón.* Y volvería a hacerlo cuando decidiera seguir a su hermano gemelo, como era su deber. Ahora percibía el contacto de su mente, que buscaba sutilmente sus pensamientos. Se obligó a pensar en Skyler, a concentrarse en la adolescente.

—Sé que estás confundida, amor. Y eso no tiene nada de extraño —dijo Gabriel, comprensivo, mientras la observaba con su mirada oscura y penetrante—. Por ahora, deberíamos concentrarnos en traer a Skyler a casa y darle un hogar que valga la pena. Tendremos que decidir qué recuerdos borrar del todo y qué otros minimizar.

—No creo que tengamos derecho a borrar las experiencias que ha vivido, pero tal vez no estaría mal mitigar los recuerdos para que pueda superarlos. Lo más importante es que la hagamos sentirse segura, que pueda confiar en nosotros. Creo que necesita eso más que nada —confesó Francesca, con voz grave y preocupada—. Desde luego, ha perdido años de escuela.

Gabriel se encogió de hombros.

—Eso es lo de menos. Podemos enseñarle nosotros, si fuera necesario. En este momento, lo que necesita es estabilidad y una vida decente en una familia. Cuando tenga lo que necesita para reconstruir su seguridad en sí misma, vendrá lo de la escuela.

—Ayudarla será un gran compromiso, Gabriel. No te pido que lo compartas conmigo.

—Sentí su dolor. No es más que una niña. Pero pronto será una mujer. Una mujer con potenciales telepáticos.

Ella se giró para volver a mirarlo.

—¿Estás seguro? Yo también lo pensé porque la conexión entre las dos era muy fuerte.

—No me equivocaría con un don como ése. Estaba pensando que no podría estar en mejores manos que con nosotros. Podemos velar por que sea feliz, protegerla y ponerla a salvo, en caso de que las criaturas inertes detecten su presencia. Es tan joven y ya ha sufrido tanto, que no podemos exponerla a más dolor. Y cuando haya madurado, quizá podría ser la compañera de uno de los nuestros.

—Será una mujer libre —dijo Francesca, que se había puesto rígida—, para elegir su propio destino. Y tú no llamarás a los machos de nuestra especie para entregársela. Lo digo en serio. Ha sufrido horriblemente a manos de los machos, y los de nuestra raza son seres dominantes y, a veces, brutales. Ella ha tomado la decisión de evitar todos los encuentros de esa naturaleza y nosotros debemos respetar su deseo. Puede que nunca se recupere del daño que le han hecho.

Él rió por lo bajo y le pasó el brazo por sus hombros bien torneados.

—Nosotros los machos nunca somos brutales con nuestra compañera. Creo que tenemos una mamá tigresa en nuestras manos. Eres una mujer formidable. El tipo de mujer que yo escogería para que sea la madre de mi hijo.

Ella le respondió con una mueca de disgusto.

—No creo que debieras traer ese tema a colación. Podrías meterte en un buen lío. —No lo decía como una posibilidad real. Su tono era tranquilo, incluso algo provocador. En sus ojos asomaba un brillo intenso, pero había en su boca una suavidad que contradecía su arranque de genio.

—Skyler será una chica que tendrá todo el amor en nuestra casa. Yo la adoraré y la protegeré como lo haría con mi propia hija. Será feliz, cariño, ya verás. Será muy feliz. Jamás permitiría que alguien se adueñara de ella sin su consentimiento, como yo he hecho contigo. Quizás olvidas que puede que no sea compatible con ninguno de nuestros machos. Creo en el destino. Si alguno de nuestros especímenes masculinos desea reclamarla, que la encuentre y la corteje como es debido. La apreciará aún más. *Como me sucede a mí contigo* —pensó, y las palabras vibraron en el aire que los separaba.

Francesca se sonrojó con unos vívidos tonos escarlata, y sus largas pestañas se cerraron para ocultar su expresión de placer. Había tanta sinceridad en las palabras de Gabriel. A ella le fascinaba ese acento del Viejo Mundo y esa pasión desbordante suya, apenas oculta tras esa pátina de hombre civilizado. Sus emociones eran sinceras y devastadoras, crudas y reales. Y la miraba a ella con tal necesidad, con tal deseo, que le quitó el aliento.

Francesca mantuvo la mirada centrada hacia delante. Se ensimismaba tan fácilmente con Gabriel, que la barría con su pasión desenfrenada. Nadie la había necesitado jamás con la intensidad que él, al parecer, sufría. Siempre había pensado en él como alguien completamente autosuficiente y, sin embargo, ahora veía que estaba terriblemente solo. Un guerrero que se paseaba durante una eternidad por este mundo buscando al enemigo. No quería simpatizar con su soledad, ni admirar su sentido del honor.

—Vuelves a sonreír. Esa sonrisa leve y misteriosa que me despierta las ganas de tomarte en mis brazos y besarte. Me prometí a mí mismo que me comportaría en tu presencia, Francesca, pero me lo estás poniendo extremadamente difícil. —Pronunció aquellas palabras con voz suave, con un susurro oscuro y sedoso de seducción.

De pronto ella se sintió aterrorizada por la idea de volver a casa y, sin embargo, habría deseado estar ahí ya.

—No me puedes besar, Gabriel. Ya me estás volviendo loca. No sé qué hacer contigo. Tenía una vida cómoda, con un futuro cómodo y planificado, y ahora te presentas tú y lo pones todo patas arriba.

Él le respondió con una sonrisa, un destello, casi infantil y travieso, de dientes blancos.

—No puedo evitarlo, cariño. Eres tan bella que me robas el aliento. ¿Qué hombre no tendría estos pensamientos mientras camina por la noche contigo, con las estrellas allá arriba y sintiendo la brisa que trae tu esencia?

—Calla de una vez, Gabriel —dijo ella, intentando que el placer que sentía no asomara en su voz. Desde luego, él no necesitaba que lo alentaran—. Para un hombre que dice saber tan poco de las mujeres, no se puede negar que siempre aciertas con lo que hay que decir.

—Debe ser la inspiración —aventuró él.

Francesca soltó una risa que no pudo evitar. Gabriel se volvía cada vez más escandaloso.

—El alba está a punto de caer sobre nosotros y estoy cansada. Vamos a casa.

Aquellas palabras fueron música para sus oídos. Casa. Él no había tenido una casa. Gabriel sabía reconocer que había tenido suerte en la relación única que tenía con Lucian. Había estado solo, pero nunca verdaderamente solo como otros machos de su especie. Incluso después de que Lucian se hubiera convertido, solían establecer ese contacto mental. Una costumbre de dos mil años no se interrumpía tan fácilmente. Era algo natural.

A Gabriel le irritaba no haber sabido de los primeros escarceos de Lucian con la muerte en París. No había tenido noticia de ningún crimen. Lucian se habría despertado de su largo confinamiento casi muerto de hambre y saciado con el primer ser humano que se hubiera cruzado en su camino. Sin embargo, él había hecho una batida por la ciudad en busca de algún indicio, pero sin resultado alguno. Sabía que en la región había más de un vampiro. Había leído las noticias en busca de asesinatos raros, pero en ninguno de los casos se trataba de víctimas de Lucian. Su hermano gemelo era un artista con un estilo muy distintivo. No había torpeza en sus trabajos. Cada puesta a muerte llevaba su firma inconfundible, como si retara a su hermano a dar con él. A veces, Gabriel pensaba que para Lucian todo aquello no era más que un juego.

—Has vuelto a ausentarte de mí —le advirtió Francesca, con voz pausada—. ¿Dónde te has ido, Gabriel? ¿Acaso te está hablando?

Gabriel no fingió creer que no sabía de quién hablaba.

—A veces nos encontramos sin proponérnoslo. En esos momentos, tú corres un grave peligro.

—Lo quieres mucho, ¿no es así? —le preguntó Francesca, y entrelazó sus dedos en torno a la muñeca de él, acercándosele a él para ofrecerle su alivio.

Él sintió de inmediato que su presencia le procuraba bienestar y se sintió invadido de esa paz que experimentaba cuando ella lo tocaba. Por un momento se preguntó si acaso Francesca podría haber salvado a Lucian antes de que se convirtiera. ¿Era posible que le transmitiera a su alma la misma paz que le había transmitido a su hermano?

Siguieron por el camino que conducía a la casa. A él le agradó verla; le pareció que se tendía hacia ellos y los llamaba. La casa. El hogar. Aquello era el hogar. ¿Habría alguna posibilidad de formar una familia? ¿Era posible que vivieran juntos? ¿Qué criaran al hijo que vendría? ¿Qué cuidaran de Skyler? ¿Sería capaz Francesca de amarlo? Ella lo deseaba, su cuerpo suspiraba por él, pero ¿lo amaría? ¿Lo perdonaría?

—Te vuelves muy silencioso cuando piensas en él —murmuró Francesca—. Siento el dolor que te provoca. Sin embargo, si entro en tu mente, sólo piensas cosas buenas de él. Debe haber sido todo un hombre.

—Nunca ha existido nadie como él. Era un maestro en el combate. Era un maestro en todo. Yo nunca tenía que mirar para cerciorarme de que él estaba a mi lado. Sencillamente lo sabía. Lucian era una leyenda. Salvó muchas vidas a lo largo del tiempo, tanto de humanos como de carpatianos; sería imposible contarlos. Jamás desfalleció en su tarea. Nunca. Estábamos muy unidos, Francesca —confesó, con voz queda—. Muy unidos.

Ahora caminaban por el prado hacia la entrada.

—Háblame de él. Puede que te ayude compartir tus recuerdos. Siento que eres reacio a hablar de él. Es como si pensaras que cometes una deslealtad, pero yo jamás me atrevería a juzgarlo. Tú lo querías y lo admirabas, y yo sólo puedo imitarte.

Gabriel abrió la puerta principal y la dejó pasar primero. No cesaba de escudriñar el terreno por donde se movían, una costumbre que le había enseñado su hermano perdido. El dolor de la pérdida brotó de la nada.

—A veces pienso que ya podría haberlo destruido si no fuera porque no soportaría estar en el mundo sin él. Le di mi palabra de honor hace mucho tiempo que sería yo quien lo destruyera si perdía su alma. Los dos lo prometimos. Si uno de los dos se convertía, el otro lo buscaría y le daría muerte y, sin embargo, he sido incapaz de cumplir con mi promesa. ¿Acaso es deliberado, Francesca? Dímelo —le pidió. Gabriel parecía un ser perdido y muy solo.

Ella cerró la puerta con gesto decidido para dejar fuera la luz que comenzaba a filtrarse por el cielo del amanecer.

—No, Gabriel. Habrías sido fiel a tu promesa si fueras capaz de hacerlo. Y creo que serás capaz. Tú lo honras.

—Lucian perdió los sentimientos cuando no era más que un jovenzuelo, mucho antes de lo que suele sucederle a nuestros machos.

Sin embargo, ha aguantado dos mil años. Yo tuve emociones hasta mucho después que él, de modo que compartía lo que sentía con él. Todavía no puedo creer que haya mutado. He visto los despojos de sus puestas a muerte. Incluso he llegado a sorprenderlo en plena acción. Pero hay algo en mí que no quiere creerlo. No puedo creer que un hombre tan fuerte, un líder como él, un defensor de nuestro pueblo, haya optado por entregar su alma eternamente a la oscuridad.

—Tú lo quieres, Gabriel. Es natural que quieras guardarlo en tu corazón así, como lo has conocido siempre —dijo Francesca, con una voz que lo apaciguó. Lo cogió de la mano y se desplazó por la casa llevándolo con ella—. Tengo que llamar a mi abogado y pedirle que redacte los documentos necesarios para convertirme en tutora de Skyler. Antes de que nos retiremos a nuestra cámara, debemos saber si alguno de los nuestros tiene familias humanas que nos confiarían para cuidar de Skyler mientras dormimos de día.

Él la siguió al estudio y la observó mientras ella hablaba, escueta y segura, con el abogado. No le dio ninguna oportunidad de discutir con ella. En su voz había oculta una orden, y Gabriel le ayudó de forma instintiva, sumando su persuasión a la de ella. Su abogado tendría todo preparado para ellos esa noche. Nadie protestaría. ¿Quién querría quedarse con Skyler Rose Thompson? Era una huérfana sin parientes. Francesca tenía dinero e influencias. Cualquier juez estaría dispuesto a concederle ese deseo.

Gabriel la observó atentamente cuando ella encendió el ordenador y comenzó a escribir a gran velocidad. Las capacidades de aquella nueva tecnología lo asombraban. Sus dedos volaban sobre el teclado con absoluta seguridad. Ella había visto cómo se desarrollaba esa tecnología, había vivido fenómenos sobre los cuales él sólo podía leer. Podía leer acerca de ellos, pero no podía volver atrás y ver cómo se desplegaban en el tiempo. Francesca se sentía cómoda con los veloces coches y con los aviones que surcaban los cielos. Con las naves espaciales, los satélites, Internet y los ordenadores.

—Aquí tengo una, Gabriel —anunció Francesca—. Savage. Aidan Savage, en Estados Unidos. He elaborado unas piezas preciosas para su casa. Estoy segura de haber oído que su compañera era antiguamente una vidente humana. Aidan tiene un hermano gemelo, Julian.

En el rostro de Gabriel asomó una ligera sonrisa.

—Julian, lo recuerdo. No era más que un chico con una salvaje cabellera rubia, lo cual no era habitual en nuestra especie. Lo sorprendimos escuchando a hurtadillas una conversación entre Lucian y yo con Mikhail y Gregori. Era bastante guapo, incluso de pequeño. Yo presentí cierta oscuridad en él, pero no tuve tiempo de examinarlo más detenidamente. —Sus dientes blancos brillaron en la penumbra—. Gregori lo protegía mucho, y yo no quería desafiar a los míos. Había una diferencia de cientos de años entre nosotros dos, pero nuestra sangre es la misma. Me gustaría saber qué ocurrió con los dos hermanos.

—Bueno, no sé gran cosa de lo que sucedió con Julian, ya que intento no despertar la curiosidad con mis preguntas, pero con Aidan he hecho negocios en más de una ocasión. Él no me conoce, sólo conoce a mi macho carpatiano ficticio, el artista que dirige mi empresa. Le escribiré a Aidan un correo electrónico y veré qué me puede decir de su familia humana y de cómo se desenvuelve. Puedo preguntarle por Julian. En cuanto a Gregori, se sabe que su compañera es la hija de nuestro príncipe.

—Por favor, pregúntale por Julian. Es interesante que te puedas comunicar tan rápido con alguien que está al otro lado del mundo. Con uno de los nuestros. Debes tener mucho cuidado a la hora de hablar con los nuestros. Cualquiera podría interceptar tu correo —advirtió Gabriel.

—Confía en mí, Gabriel. Soy muy cautelosa. Siempre he tenido que serlo. —Apagó el ordenador y lo cogió de la mano una vez más para conducirlo a la cámara bajo tierra. El corazón le latía con tanta fuerza que estaba segura de que Gabriel podía oírlo. Cruzaron por los pasillos a paso tranquilo, a través de la amplia entrada en la cocina que llevaba a la cámara.

Gabriel le rozó la sien con la boca y, por un instante, se demoró sintiendo el pulso que latía.

—Te deseo, Francesca. No fingiré lo contrario, pero te he dicho que quiero que seamos amigos. Me daré por satisfecho si te puedo estrechar. —Deseaba el calor de su abrazo, su cercanía.

Francesca le apretó los dedos. Era tan capaz de leer en su pensamiento como él en el suyo. Gabriel estaba decidido a dejar de lado sus propias necesidades para ocuparse antes de ella. Quería darle todo el tiempo que necesitara para que aceptara su vindicación de ella. Con esta idea, el corazón le dio un curioso vuelco.

—¿Cómo conseguías moverte a plena luz del día? Nuestros antiguos han sido incapaces de hacer algo así y, sin embargo, tú has encontrado el secreto.

En su pregunta había una admiración no disimulada, y Francesca sintió que se ruborizaba.

—Sabía que la única manera de evitar que los de mi propia estirpe me reconocieran era entrenarme para pensar como un ser humano, y caminar y hablar como los humanos en todo momento. Cuando quise salir a la luz del sol, ya había renunciado a muchos de mis dones, y parecía como una especie de retorno, como un tesoro. Me había dedicado a investigar por qué nuestras mujeres no pueden concebir con éxito más de un hijo. Llegué a la conclusión de que era la manera que tenía la naturaleza de equilibrar nuestra población. Luego orienté mis investigaciones a saber por qué mueren tantos niños durante el primer año. Nuestros hijos se parecen mucho a los de los humanos: no beben sangre, nacen sin dientes y no pueden dormir en la tierra, cambiar de forma o hacer cualquiera de las cosas que hacemos los adultos. Sin embargo, sus padres deben descansar durante el día y los niños quedan ciertamente desprotegidos porque deben quedarse en la superficie cuando sus padres los ponen a dormir.

—Todo eso es muy interesante, pero no explica cómo has conseguido salir a al luz del día —dijo Gabriel. Con el mentón, le acarició levemente la cabeza. Un mechón quedó adherido a su incipiente barba, y los dos quedaron unidos por las hebras sedosas.

Francesca le respondió con una sonrisa.

—Mi teoría era que si podíamos hacerlo cuando éramos pequeños, también podíamos hacerlo de mayores. ¿Qué nos había cambiado? Se había alterado nuestra química corporal y necesitábamos sangre para mantenernos con vida y conservar nuestros dones. Sin embargo, podíamos sobrevivir mucho tiempo con transfusiones y con sangre animal. Me dediqué a experimentar y con el tiempo cambié mi sistema químico. Estaba débil y me era imposible mutar ni hacer cualquiera de las cosas indispensables para nuestra especie.

Él se agitó a su lado, y ella percibió la fuerza de sus latidos. Su compañera había estado sola, desprotegida, llevando a cabo experimentos con el fin de salir a la luz del día. Estaba orgulloso de ella, pero la idea lo atemorizaba. Francesca se dio cuenta de que aquella reacción le agradaba. Pero ocultó su sonrisa mientras con una orden desplazaba la cama para que pudieran acceder a la cámara subterránea.

El espacio era fresco y acogedor y el interior oscuro los invitaba a entrar. Francesca agitó una mano y el suelo se abrió para revelar la tierra oscura y rica. Gabriel lanzó una mirada a la cama. Tenía un edredón grueso y suave, con intrincados giros y símbolos antiguos. Entonces le soltó la mano y se acercó a mirar aquella fina pieza de artesanía. Francesca había hecho tantas cosas en su paso por este mundo.

—¿Cómo cambiaste tu química? —le preguntó—. Es una verdadera hazaña, y un descubrimiento que podría ser muy útil a nuestro pueblo.

Francesca sacudió la cabeza, como lamentándolo.

—Experimenté muchos años, Gabriel, pero era como un trueque, una renuncia a mis dones a cambio de gozar del sol. Y era muy vulnerable. Descubrí hierbas con las que hice brebajes y utilicé diferentes compuestos intentando imitar el metabolismo de nuestros pequeños, que no es del todo humano ni del todo carpatiano. Y del mismo modo que ellos pueden someterse a la luz del sol sin tener que dormir en la tierra, así sucedió conmigo. Para los carpatianos que vivan el final de sus días y quieran probar algo nuevo, puede que resulte bien, aunque el proceso es doloroso y muy largo. Dura unos cien años. Y mis ojos nunca acabaron de acostumbrarse al sol. Había cierta debilidad. Lo he registrado todo en nuestra antigua lengua y le habría enviado la información a Gregori antes de morir.

Francesca se giró para escrutar el destello en los ojos de Gabriel. Oscuros. Peligrosos. Así era Gabriel, una leyenda que había vuelto a la vida. De pronto, estiró la mano, la cogió por el brazo y la atrajo hacia él.

—Te deseo. Una vez más, te quiero, toda tú. —Lo dijo a bocajarro, sin filigranas. Le llevó la mano a sus pantalones, pero el tejido se había desvanecido, se había liberado de él como sucedía con los de su estirpe, así que ella pudo tocarle con la palma de la mano todo el largo de su gruesa longitud. Gabriel estaba caliente, y su miembro palpitaba de deseo.

Ella lo cogió en todo su grosor, sólo lo tuvo así un momento, y luego su mano comenzó a moverse sola, mientras observaba atentamente la expresión de su rostro y su mente se fundía con la de él para compartir lo que sentía. De inmediato se vio recompensada por esas arrugas de auténtico placer, en su rostro y en su mente.

—Es verdad que la cama tiene sus posibilidades —murmuró ella, en voz apenas audible.

—Desvístete para mí como lo hacen los humanos —le pidió él, de pronto. Los ojos se le habían vuelto muy negros, y quemaban con tanta intensidad que Francesca sintió suaves lengüetas de fuego recorriéndole todo el cuerpo—. Hay algo muy erótico en ver a una mujer despojándose de su ropa.

Ella frunció exageradamente el ceño.

—Yo creía que había algo muy erótico en cómo tu ropa se esfumaba y me dejaba explorar aquello que me proponía —dijo ella. Hablaba con una voz ronca e insinuante. Se separó de él y dejó caer lentamente el brazo a un lado, rozándolo a lo largo de su miembro endurecido. Francesca inclinó la cabeza a un lado y el pelo negro y sedoso cayó como un velo sobre su hombro derecho. Se llevó las manos a los botones aperlados de su jersey. Hizo pasar cada uno de ellos por el ojal hasta que los bordes comenzaron a abrirse y revelar la piel satinada de sus pechos. Siguió con un gesto deliberado la abertura, dejando que el jersey se deslizara lentamente por los hombros hasta caer al suelo. La recompensa fue el brillo en los ojos de Gabriel y la hinchazón de su miembro a proporciones alarmantes.

Se desembarazó de sus pantalones y quedaron a la vista sus bragas de seda, un trozo de tela que apenas le cubría los rizos oscuros y tupidos. Lanzó las sandalias a un lado al quitarse los pantalones y, por un momento, se quedó sólo con la ropa interior. Los pezones ya se le habían endurecido, anticipándose a lo que seguiría, presionando contra el encaje del sujetador, una fricción que los hacía aún más sensibles. Con un movimiento lento y sin prisas, deshizo el cierre y dejó caer la prenda.

—Me duele del deseo que tengo de ti —dijo, en voz queda, cogiéndose los senos en el cuenco de las manos, como una ofrenda—. Quiero que me chupes con esa boca tan caliente tuya, Gabriel. Siempre caliente. —Deslizó las manos hacia abajo por el vientre hasta desprenderse de las bragas.

A Gabriel los ojos le ardían de deseo.

—¿Estás mojada y caliente por mí, Francesca? —Tenía una voz ronca y paseaba la mirada por todo su cuerpo con un brillo posesivo.

Ella se llevó la mano a la entrepierna, tomó una muestra de la humedad y se la ofreció. Sin dejar de mirarla, él se acercó y no vaciló en llevarse los dedos a la boca. Francesca sintió de inmediato que las piernas le flaqueaban. Gabriel la había hecho fundirse. Cualquier cosa y todo era bello con Gabriel. A Francesca le fascinaba sentir el deseo que lo consumía.

Él la rodeó por la cintura, la atrajo para besarla, para devorar su boca.

—Tienes un sabor tan excitante, Francesca. Me alimentaría de ti hasta la eternidad —susurró en su boca abierta—. Saboréate a ti misma, amor, siente cómo es para mí poseerte. Cuando me coges en tu boca y me chupas, caliente y apretada, cuando te penetro, profundo. Sea lo que sea que escojamos para expresar nuestro deseo, es muy bello. —Su boca bajó hasta sus pechos y le cogió las nalgas con ambas manos, atrayéndola sin contemplaciones contra su miembro excitado.

Francesca le cogió la cabeza contra sus senos, entregándose al éxtasis absoluto. Gabriel la empujó hasta quedar sobre el borde de la cama.

—¿Qué quieres, amor?

Ella no vaciló. ¿Por qué habría de vacilar? Era su compañera, y entre ellos sólo debía haber placer. Tenía todo el derecho a una plena satisfacción, y estaba deseándolo. Abrió las piernas todo lo que pudo y se llevó la mano a su entrepierna húmeda y caliente. Volvió a meterle los dedos en la boca.

—Te quiero alimentar toda una eternidad. Haz que me corra, Gabriel, que sea largo, para siempre. Quiero que te hundas en mí y quiero despertarme de la misma manera.

Él le levantó las piernas hasta tenerla sobre los hombros e inclinó la cabeza morena, acariciando y dejándola hasta tenerla retorciéndose sobre la cama, incapaz de tenerse quieta. Sus dedos exploraron, buscaron, llegaron hasta lo más profundo, y sólo eran reemplazados por su lengua. Ella dejó escapar un grito y se estremeció de placer. Cerró los ojos cuando él la fue bajando hasta quedar a la altura de sus caderas y entonces se impulsó hacia delante y la poseyó, llenándola mientras ella se deshacía, cogiéndola en su punto más sensible.

Se hundió en ella fuerte y rápido, tan apasionado y hambriento por acoplarse como ella misma. Gabriel la quería así, deseándolo, necesitándolo, con todo el cuerpo encendido de placer, y su hendidura un hogar apretado y caliente para su propia dilatación, aliviando ese deseo rabioso y siempre latente en él. Quería que durara para siempre, y la montaba con furor, ella adelantando las caderas para encontrar las suyas, los dos cuerpos uniéndose en un acoplamiento perfecto, los pechos de ella firmes y llenos agitándose con cada duro impulso, el pelo desparramado a su alrededor, y ella con la mirada fija en los dos. Juntos. Como tenían que estar.

Cuando vino la descarga los encumbró a ambos hasta una región de llamas, un impulso largo y duro, una espiral interminable, un terremoto con fuertes réplicas. Quedaron uno en brazos del otro, besándose, las bocas fundidas en el beso, expresando una necesidad y un deseo feroz que no podían apaciguar. Fue Gabriel quien los trajo flotando de vuelta a la tierra, mientras seguían juntos, su boca dominando la de ella y sosteniéndola cerca junto a él.

Llegaron a tierra, pero no podían parar. Él la poseyó por segunda vez, más duro y rápido que la primera y ni siquiera entonces estaba dispuesto a dejarla ir. Estuvo tendido junto a ella un largo rato con las manos en su pelo y la boca sobre sus pezones. Yacieron juntos hasta que la luz del día les impidió seguir despiertos. Muy a su pesar, Gabriel activó las protecciones de la cámara y cubrió su lugar de descanso. Sus cuerpos necesitaban el sueño rejuvenecedor de la tierra durante las horas del día. A veces dormían en cámaras sobre la superficie, pero necesitaban el poder curativo de la tierra para rejuvenecer.

Ella se enroscó en sus brazos, sintiéndose segura y protegida. Sintiendo que ya no estaba sola. Francesca se aferró con más fuerza a él, y aspiró su fragancia masculina. El cuerpo de Gabriel estaba hecho para ella. Perfecto. Esa manera de encajar en el otro cuerpo, su manera de darle abrigo, un gesto que la hacía sentirse una parte de él. En su interior latía la vida de un hijo, viviendo, creciendo, desarrollándose, cálido y seguro, un regalo tan preciado de su compañero que ningún tesoro podría superarlo.

—Duerme, mi bella compañera, descansa mientras puedas —dijo Gabriel con voz suave. Ella sintió su boca dejándole besos en el pelo. La estrechó aún más fuerte. Ambos permitieron que el aliento escapara de sus cuerpos y sólo entonces los corazones dejaron de latir.

Capítulo 8

Cuando Francesca abrió la puerta de la habitación de Skyler, llevaba la bolsa de ropa y el animal de peluche, el lobo de ojos azules que había comprado la noche anterior. La adolescente estaba tendida de espaldas mirando el techo de la habitación. Agitó una vez sus largas pestañas como señal de que sabía que ya no estaba sola, pero no giró la cabeza. Francesca observó que se le tensaba todo el cuerpo, pequeño y maltratado. El miedo de aquella niña llenaba todo el espacio de la habitación.

—Skyler. —Francesca pronunció su nombre con un tono deliberadamente suave—. ¿Te acuerdas de mí?

La niña giró lentamente la cabeza, y sus ojos grises, grandes y apacibles se quedaron fijos en Francesca como si se aferrara a un salvavidas.

—Nunca te podría olvidar —dijo. Al igual que ella, Skyler hablaba en francés, si bien Francesca intuyó que no era su lengua materna. Después de un largo momento de silencio, la niña se obligó a continuar—. ¿Es verdad? —preguntó—. ¿Ha muerto? ¿De verdad que está muerto?

Francesca se desplazó hasta su cama con movimientos gráciles y fluidos como los de una bailarina. No había arista alguna en Francesca, sólo un murmullo de ruido cuando se movía. Dejó caer la bolsa de ropa a los pies de la cama. Con gesto más pausado, puso el animal de peluche muy cerca de Skyler y le cogió la mano. Fue un gesto amable y cariñoso.

—Así es, cariño. Ha pasado a mejor vida y ya no podrá ponerte las manos encima. Espero que quieras venir a vivir conmigo. —Con la mano libre le acarició la cabellera hirsuta—. Me gustaría mucho que vinieras a vivir conmigo. —Había algo así como una orden oculta en la pureza argéntea de su voz.

Para sorpresa suya, la mirada fija de Skyler vaciló. Cerró los ojos, y sus largas pestañas cayeron como dos espesos y negros crecientes que contrastaban con la palidez de su piel.

—Te sentí en mi interior, buscándome. Sé que no eres como el resto de las personas —dijo, con una voz débil, apenas un hilo de sonidos—. Sé cosas de las personas que se supone no debo saber. Cuando las toco. Sé cosas. Tú también. Sabes lo que él me hacía, las cosas que dejaba que me hicieran sus amigos. Quieres remediarlo todo, pero aunque pudieras eliminar los recuerdos, no puedes volver a hacerme buena e inocente como si nada.

—Eso tú no lo crees, Skyler. Eres más inteligente. Puede que hayan tocado tu cuerpo, pero no han tocado tu alma. Puede que le hayan hecho mucho daño a tu cuerpo, pero no a tu alma. Ya eres buena e inocente, siempre lo has sido. Las cosas que te han hecho no pueden cambiar lo más esencial de tu naturaleza. Te pueden moldear, hacer más fuerte. Tú sabes que eres fuerte, ¿verdad? Has encontrado una manera de sobrevivir a algo que habría destruido a otras personas.

Skyler se mordió el labio inferior, lo cual delataba su agitación. Pero no contestó.

Francesca le sonrió, una sonrisa amable de compromiso con el restablecimiento de Skyler.

—Tienes razón acerca de mí. Es verdad que soy diferente, tal como tú eres diferente. Puede que el mundo a nuestro alrededor nos moldee en cierta forma, pero nosotras somos interiormente fuertes. Tú estás entera. No hay manchas en tu alma y no debes tener miedo de estar conmigo. Yo he compartido todo contigo, el dolor, la degradación, las palizas, el miedo, todo. Te quiero conmigo donde pueda acogerte, ofrecerte las cosas que deberías haber tenido, cosas que verdaderamente te mereces. Ahora mismo tienes mi mano en la tuya, y sabes que las cosas que digo son verdad.

—Había otros contigo cuando compartías mis recuerdos. Yo los sentí. Eran dos hombres.

—Había sólo un hombre —corrigió Francesca, con voz tranquila. Se llama Gabriel. Es un hombre muy poderoso. Bajo su protección, nadie podrá hacerte daño.

Skyler parecía confundida.

—Había otro. Estoy casi segura. Había uno que se estaba muy callado, uno que te ayudaba y te daba la fuerza a ti y a mí. Pero el otro tenía una actitud pasiva mientras tú estuviste aquí conmigo. Después de que saliste, recuerdo que él me sostuvo, aunque no me tocaba para nada. Tenía unos brazos fuertes que parecían muy diferentes de cualquier otra persona. No quería nada de mí, sólo quería aliviarme y prestarme su ayuda. ¿Quién es?

—Gabriel era el único que estaba con nosotras. Quizá lo soñaste.

—Sentí a los tres muy claros. Él era muy fuerte. No había ni rabia ni odio, sólo una tranquila aceptación. Examinó mis recuerdos. Sé que se enteraba de cosas tuyas a través de mí. Sé que lo sentí —dijo, y lanzó un suspiro de resignación—. No me crees. Piensas que me lo estoy inventando.

—No, Skyler, no es eso lo que pienso, para nada —dijo Francesca. *Se enteraba de cosas tuyas a través de mí*—. Sencillamente no sé quién era. Yo sólo te sentí a ti. Después, supe que Gabriel había compartido tu dolor conmigo, pero estaba tan abstraída que en ese momento sólo pensaba en ti. Creo que tienes un don. ¿Cómo podría explicarse, si no? No puedes mentirme. Aunque no pueda ver a ese hombre en tu mente, eso no significa que no estuviera contigo. Tú sabes que he compartido tus recuerdos contigo de manera que nadie más habría hecho. Sabes que soy diferente de otras personas. Quédate con nosotros, Skyler, con Gabriel y conmigo. Somos diferentes. No pretendo decirte lo contrario, pero nuestros sentimientos por ti son verdaderos —dijo, mientras enviaba a Gabriel señales mentales de aquella conversación. Le alarmaba que Skyler recordara con tanta nitidez la sensación de que otro ser compartía esa fusión de las mentes.

—¿Cómo puedo volver a enfrentarme a mí misma, a mirarme en el espejo? —Era la primera vez que en aquella voz frágil y delgada asomaba la emoción, un dolor lacerante que ella reprimió en seguida. El tormento de Skyler atrajo de inmediato toda la atención de Francesca, que le sostuvo las manos con fuerza.

—Mírame, cariño. Mírame. —Era una orden pronunciada suavemente.

Skyler volvió a alzar la cabeza y levantó sus largas y pobladas pestañas. Ahora podía ver su propio rostro reflejado en los ojos negros de Francesca. Como en un espejo. Skyler era bella.

—Ésa no soy yo.

—Sí que lo eres. Es así como te veo yo. Es así como te vio tu madre. Es así como te ve Gabriel. ¿Quién más importa? ¿Aquel hombre que decía ser tu padre? ¿Un tipo vacío y alcohólico que sólo ansiaba meterse drogas para escapar de aquello en lo que se había convertido? Su opinión no puede importarte, Skyler.

—Yo no quería volver. Me sentía segura donde estaba. —Había una plegaria en esa joven voz, una imploración que le destrozaba el corazón a Francesca—. No puedo volver a pasar por algo así.

Francesca apartó el mechón de pelo que le caía a Skyler sobre la frente, y su contacto le procuró alivio a la niña a la vez que la sanaba—. Sí que puedes. Eres una chica fuerte, Skyler, y ya no estás sola. Sabes que yo soy diferente, que tengo ciertas habilidades. Puedo hacer que tus recuerdos sean menos intensos, o darte tiempo para que sanes como es debido. Seguirás sintiendo el dolor, pero será soportable. Estás rodeada de personas que te quieren y te ves como eres de verdad interiormente, no como ese hombre intentó hacerte creer que eras. Él estaba muerto por dentro, un monstruo hecho de drogas y alcohol.

—No es el único monstruo en el mundo.

—No, cariño, no lo es. El mundo está lleno de esas criaturas y vienen en todos los tamaños y formas. Sólo podemos hacer lo que está en nuestras manos para detenerlos y rescatar a los inocentes de sus garras. Gabriel ha dedicado su vida a ello y yo, a mi manera, también he hecho lo mismo. Ahora te pedimos que nos des la oportunidad de quererte y cuidarte como te mereces.

—Tengo miedo —confesó Skyler—. No sé si algún día podré volver a ser una persona. No puedo ni ver a los hombres. Todo me da miedo.

—En lo profundo de tu corazón y de tu alma, sabes que no se puede condenar a todos los hombres por las cosas despreciables que hizo tu padre. No todos los hombres son así. La mayoría son justos y buenas personas.

—Sigo teniendo miedo, Francesca. No importa que sepa que esas cosas que me dices quizá sean verdad. No puedo arriesgarme. No quiero arriesgarme.

Francesca sacudió la cabeza lentamente.

—Has buscado refugio para no convertirte en alguien como ellos. Querías ser como tu madre, ver lo que hay de bueno en las personas y tener compasión. Eso lo he visto con mucha claridad.

Skyler entrecerró los párpados, y luego mantuvo los ojos valientemente abiertos.

—Quería verlo muerto.

—Claro que querías. Yo también deseaba lo mismo. Eso no significa que seamos monstruos, cariño, sólo que no somos ángeles. Ven con nosotros. Quiero que vengas conmigo. Estuve en tu mente y te conozco tan bien como si fuera tu madre. Quizá mejor. Me sentiría privilegiada si pudiera compartir mi vida contigo. Pero si no es eso lo que quieres, procuraré el dinero para tu educación y tu formación. En cualquiera de los dos casos, depende de lo que tú elijas. Yo no te abandonaré.

Skyler entrelazó con fuerza sus dedos con los de Francesca.

—Sabes lo que me pides. Sé que lo sabes. Tendré que salir al mundo, estar con otras personas. Nunca seré como ellos. Nunca encajaré.

—Encajarás conmigo —insistió Francesca—. Con Gabriel y conmigo. Los dos apreciamos el talento que posees, lo digo de verdad. Podemos ayudarte a cultivarlo. Hay maneras de mitigarlo o fortalecerlo, si fuera necesario. Y tendrás mucho tiempo para curarte antes de que tengas que salir al mundo. Intenta sentarte, Skyler, eres lo bastante fuerte.

—No creo que quiera desarrollar mis habilidades más de lo que ya conozco. Cuando toco a las personas, me entero de cosas acerca de ellas que no debería saber. A veces veo cosas horribles, y nadie me cree cuando se lo cuento. —No había ni asomo de autocompasión en la voz de Skyler, ni en sus pensamientos. Aquella adolescente se limitaba a contar los hechos tal como los veía. Con desgana, Skyler retiró la mano y con ayuda de Francesca logró sentarse.

—Te he traído unas cuantas cosas, ropa interior y camisetas y un vestido —le avisó, y le enseñó el lobo de peluche—. Y esto. Gabriel pensó que quizá te gustaría tener un amigo.

La niña se quedó un momento mirando el animal y abrió unos ojos enormes.

—¿Para mí? ¿En serio? ¿De verdad? —preguntó, y estrechó el animal en sus brazos. Fue como si de pronto la paz hubiera penetrado en su corazón—. La única que me había hecho antes un regalo fue mi madre. Gracias y, por favor, dale las gracias a Gabriel de mi parte —pronunció apenas con voz llorosa. Apretó la cara del lobo contra la suya y se quedó mirándolo un momento, cautivada por los ojos azules. Se había despertado de una larga pesadilla y el mundo parecía más una fantasía que una realidad. Hizo un esfuerzo para permanecer en él, para no volver a hundirse en sus pensamientos.

Francesca la observaba. Skyler estaba tan delgada que se le adivinaban todos los huesos del cuerpo, y parecía tan frágil que pensó que quizá se quebraría. Le puso almohadas alrededor y le subió la manta. En el rostro de la niña aún quedaban huellas de los golpes, pero había mejorado notablemente después de su primera sesión con Francesca. Tenía unos ojos enormes, de un suave color gris. Eran ojos visionarios, ojos que habían visto demasiado para la tierna edad de su dueña.

—¿Y estoy muy demacrada? —preguntó Skyler, indiferente, con una voz que sonaba más cansada que interesada. No había soltado el lobo de peluche.

—Creo que Gabriel tiene razón: tendremos que invertir millones para alimentarte. ¿Acaso te habías propuesto matarte de hambre?

—Lo había pensado. Pensé que aunque no muriera, sus amigos no me querrían porque estaría demasiado delgada. —El edredón se estiró cuando Skyler lo apretó con fuerza en un puño—. Había uno al que no le importaba. Siempre me llamaba «fea», pero siempre volvía. Creo que era peor que mi padre.

Francesca le envió sus energías de esperanza pero guardó silencio, deseando que Skyler siguiera hablando, queriendo que lo sacara todo. Conocía al hombre al que se refería. Había compartido sus recuerdos de él, de su brutalidad con una niña inocente que tenía completamente en su poder. Paul Lafitte. Skyler jamás lo olvidaría, como no olvidaría a los otros tres que la habían utilizado y la habían maltratado. Sus rostros habían quedado grabados a fuego en sus recuerdos, y lo mismo había sucedido con el timbre de sus voces. También quedarían grabados para siempre en los recuerdos de Francesca.

—Ha vuelto a estar aquí —dijo Skyler, de pronto—. Acaba de estar aquí conmigo.

Francesca alzó la cabeza. Realizó velozmente un barrido del entorno, pero no encontró señales de nada que se pudiera considerar un enemigo. No había rastros de energía ni vacíos que indicaran la presencia del mal. Fuera lo que fuera lo que percibía Skyler era lo bastante poderoso para pasar desapercibido a la búsqueda de Francesca.

—¿Qué quieres decir con que estaba aquí? ¿Lafitte? ¿Uno de los otros? Cuéntamelo, Skyler.

La niña negó con la cabeza.

—El que se parece a ti. El que estuvo aquí antes y guardaba silencio mientras tú me sanabas. Siento que toca mi mente cuando mis recuerdos se vuelven insoportables. Me hace sentirme segura.

—¿Gabriel? —Francesca pensaba que su compañero se había perdido en la ciudad en busca de algún indicio que le condujera a Lucian. Había leído el periódico y, tras lanzar una exclamación, había desaparecido antes de que ella pudiera preguntar. Cuando recogió el periódico, leyó la noticia de un hombre sin identificar que había sido encontrado degollado en un callejón. Lo habían hallado en un barrio de la ciudad donde no solía acudir la gente decente. Francesca estaba segura de que podría haber reconocido la presencia de Gabriel en la mente de Skyler. Buscó a Gabriel y lo encontró de inmediato.

—*¿Te encuentras bien?* —le preguntó con voz suave, algo vacilante, sabiendo por su profunda concentración que se encontraba en medio de algo importante.

—*Lucian estuvo aquí. Ésta ha sido su víctima. Todavía está en la ciudad. No sé por qué no estaba esperándome como de costumbre.*

—¿*Tú has estado aquí con nosotras hace un momento? Skyler dice que ha sentido la presencia de otro mientras hablábamos.*

Siguió un momento de silencio. Gabriel examinó los recuerdos de Francesca de la conversación que había tenido con la chica adolescente.

—*No he sido yo, cariño. Esto me preocupa. Lucian es sumamente astuto y le gustan los juegos. Si tuviese conciencia de Skyler, tendría conciencia de ti. No renunciaría a la oportunidad de servirse de cualquiera de vosotras dos para tenerme en su poder. Debes tener mucho cuidado. En este momento, está matando, y deja sus víctimas para que yo le siga el rastro.*

—¿*Por qué vendría a reconfortar a Skyler?*

—*No tengo una respuesta. Quizá para usarla en tu contra. No lo sé, Francesca, pero no podemos subestimar a Lucian. Debemos suponer que ha encontrado a Skyler y ahora sabe que está relacionada conmigo a través de ti. Lucian es una criatura sumamente poderosa. Y sumamente sensible al menor asomo de poder en los demás. Los dos hemos sido blancos de sus detecciones al despertarnos. Debería haber sido más cauteloso.*

—¿*Tú podrías sentirlo si hubiera contactado con nosotros mientras estábamos con Skyler? Ella dice que sintió una tercera presencia. Es evidente que sintió una presencia masculina, que no eras tú, y que él la sostuvo, aunque no estaba presente físicamente.*

Volvió a producirse un largo silencio.

—*No me gusta esto, Francesca. Tiene que haber sido Lucian. Sólo él puede entrar y salir de mi mente sin que yo lo sepa. Corréis grave peligro, tú y Skyler. Seguro que está tramando algo. Este degollamiento ha sido deliberado. Un mensaje de que ha empezado el juego y que ahora me toca mover pieza a mí.*

—¿*Cómo lo sabes?*

—*Su víctima es uno de los hombres de los recuerdos de Skyler.*

Francesca se mordió el labio con tanta fuerza que hizo brotar un diminuto punto color rubí. Dejó escapar suavemente el aliento. Ahora fue Skyler la que tuvo el gesto de reconfortarla.

—¿Qué ha pasado? ¿Por qué te has puesto tan nerviosa?

—No sé quién es este hombre, el que vino a verte esta mañana.

No ha sido Gabriel, como yo esperaba. Hay uno que anda por la ciudad y es como nosotros; puede entrar en contacto contigo sin estar físicamente presente. Sin embargo, no es como nosotros. Es peligroso.

—Francesca intentaba que el miedo no asomara en su voz. Sabía de qué era capaz el vampiro. Se trataba de un asesino implacable e inmisericorde que jugaba con otros seres y con sus emociones para divertirse. Las criaturas inertes podían tener un aspecto atractivo y gentil, podían ser amigables y nobles, cuando en el fondo sólo los dominaba una idea perversa y demoníaca. Lucian era el carpatiano vivo más poderoso, junto a su hermano. Y ahora que había elegido perder su alma era doblemente peligroso. Antes lo habían temido. Ahora era considerado la amenaza más grande de todos los tiempos. Era pavoroso pensar que Lucian quizá los acechaba para llevar a cabo sus mortíferos objetivos.

—No lo sentí como maligno —explicó Skyler, con voz suave—. Siempre les tengo miedo a los hombres. Incluso el médico me pone nerviosa, pero, por algún motivo, este hombre es diferente. Hasta me da una sensación parecida a Gabriel, como si fuera seguro. Nunca he tenido un sentimiento de seguridad, así que no sé como es.

Francesca asintió con un gesto de la cabeza.

—Espero que estés en lo cierto, cariño, pero quiero que tengas cuidado con ese hombre. Mucho cuidado. Ahora, cuéntame algo acerca de este talento tuyo.

A Skyler se le cerraban los párpados.

—Estoy cansada, Francesca. No es que sea un talento, simplemente es como saber cosas. Y a veces puedo leer el pensamiento de las personas, igual que tú. Como Gabriel y el otro. Prefiero los animales a las personas. No pude tener mascotas de pequeña, pero conocía a todos los animales del barrio y eran mis amigos, incluso los perros más temidos. Era como si conectara con ellos, ya sabes.

—¿Cómo nos ves a Gabriel y a mí? ¿Qué puedes decir de nosotros? —le preguntó Francesca, presa de la curiosidad. ¿Cuánto era capaz de ver Skyler realmente?

La niña volvió a hundirse bajo las sábanas. Intentar comunicarse después de haber vivido tanto tiempo en silencio resultaba una tarea difícil y muy agotadora.

—¿De verdad quieres que conteste a esa pregunta, Francesca? Veo mucho más de lo que te imaginas.

—Creo que si vamos a vivir juntos y convertirnos en una familia, entre nosotros deberíamos decirnos la verdad. ¿No te parece? —inquirió Francesca, con voz suave.

—Tú no eres como yo ni eres como los demás. No sé qué eres, Francesca, pero puedes sanar a los enfermos y aliviar a los que sufren. En ti sólo hay bondad. Sólo bondad. Me gustaría ser como tú. Realmente me gustaría ser tu familia. —Skyler pronunció la última frase con un dejo triste y sus párpados volvieron a aletear de cansancio, ya casi presa del sueño.

Francesca se llevó aquella manita ligera y adolorida a los labios. Besó las cicatrices en el dorso de la mano, y le giró el brazo para mirarle la palma. Aquella chica se había defendido de alguien que la atacaba con un objeto cortante de vidrio. ¿Habría sido su padre? Gabriel lo había despachado con celeridad y había aplicado una justicia indolora. Francesca volvió a adentrarse en los recuerdos de la adolescente. No era su padre, no en esa ocasión. Era un hombre alto y delgado de pelo oscuro e hirsuto y unas manos enormes. Estaba furioso porque Skyler no se prestaba a besarlo ni tocarlo. No tenía más de ocho o nueve años cuando sucedió.

Francesca se sintió enferma y dejó la mano de la niña, temiendo que quizá la despertaría con su violenta reacción ante el trance vivido por ella. Se llevó las manos a las sienes que le latían con fuerza y vio que tenía la palma de la mano manchada de sangre.

—*Respira hondo, Francesca, no le harás ningún bien a ella si revives esos recuerdos. Puede que Lucian haya querido dejar una pista, pero, sin saberlo, me ayuda a hacer justicia en nombre de esa niña. Nosotros la amaremos.* —Al hablarle, Gabriel la inundaba con su calidez y con el solaz que le ofrecía. Francesca tenía la sensación de que sus brazos la rodeaban, sentía la fuerza de su cuerpo, como si él la estrechara contra su pecho, aunque se encontrara a kilómetros de distancia.

—*¿Dónde estás?* —Francesca alcanzó a ver una sala de mucho ajetreo, llena de mesas y gente, la mayoría hombres.

—*Estoy en la comisaría. En este momento no me pueden ver. Ten-*

go que enterarme de todas las circunstancias que rodean este asesinato. Quiero oír los comentarios personales y leer los informes. Ya he visitado el lugar de los hechos. No sé qué está tramando Lucian, pero quiero que tengas mucho cuidado. Haz un barrido de la mente de Skyler cada vez que la veas.

—Está dormida y empieza a mostrarse agitada.

—Quiero que estés a salvo, amor. Quizá deberías volver a la casa y montar alguna protección. Aunque eso sólo haría que detenerlo un momento si lo que desea es encontrarte a ti. Si te encuentras en peligro, deberías buscarme. No esperes.

—Tengo que ver a mi abogado. Ha redactado los papeles y el juez me verá esta noche. Es un favor especial que me hace y tengo que estar presente. El juez le preguntará a Skyler si está de acuerdo o no con nuestra propuesta y, en cuanto Brice dé su visto bueno, podremos llevarla a casa. Me ha respondido Aidan Savage por correo electrónico. En este momento hay unos cuantos miembros de su personal en su casa de Londres. Se pondrá en contacto con ellos y verá si están dispuestos a ayudarnos y a ocuparse de la casa durante el día.

—Por favor, ten cuidado, Francesca —le advirtió Gabriel antes de que se desvaneciera la comunicación entre los dos. Aquello no le gustaba nada. Sólo podía ser Lucian, que se comunicaba mentalmente con Skyler. Gabriel sabía que detectaría con facilidad a cualquier otro ser de su especie, o a cualquier criatura inerte. Todo apuntaba a que se trataba de un ataque perpetrado por su hermano. Aquella manera de matar era ya clásica en Lucian. Segura. Limpia. Sólo Gabriel podía identificarla: era el gambito de apertura en su juego.

Pensó en la posibilidad de conducir a Lucian lejos de la ciudad y de las dos mujeres. Las dos corrían peligro.

Gabriel analizó las fotos del cuerpo desde todos los ángulos. En unos minutos, se dirigiría a la morgue y se aseguraría de que no quedaran huellas de vampirismo en el cadáver. La mayoría de los vampiros mataban y dejaban restos macabros a su paso, por lo cual a menudo había que incinerar los cuerpos hasta convertirlos en una fina ceniza, lo que dejaba escasas posibilidades a que la policía siguiera una pista. Pero Lucian siempre había sido diferente. Era como si demarcara a propósito el terreno de juego entre Gabriel y él mismo.

Aquel cadáver era obra de Lucian. Él procedía como un cirujano; jamás dejaba ni siquiera una diminuta perforación. Toda la sangre había sido chupada, pero ni una sola gota había caído al suelo. En torno al cuello había un corte limpio como una gran sonrisa. El forense no había podido establecer con precisión qué tipo de instrumento se había utilizado. Las pruebas señalaban un golpe asestado por una garra de un raptor extinguido hacía tiempo. La única sangre que quedaba en o sobre la víctima era la delgada línea del cuello, fina como un collar. Ese misterio macabro era la tarjeta de visita de Lucian, la idea que tenía de una broma. En el pasado, nadie había podido definir qué había causado el corte ni cómo se había producido la pérdida de sangre. Cuando Gabriel se encontraba apenas a un paso de Lucian, como sucedía ahora, y la policía encontraba los cuerpos, estos asesinatos siempre creaban una gran expectación. A todo el mundo le gustaba una buena historia con este tipo de misterios.

En ese momento, todos especulaban sobre la herida. Era tan precisa que algunos apostaban que había sido practicada con un instrumento quirúrgico, y que el asesino, por ende, era un cirujano. Gabriel se paseaba entre ellos, invisible al ojo humano. Mientras se movía de aquí para allá, se percató de que algunos policías eran más sensibles que otros. Uno o dos se estremecieron de pronto, y miraron a su alrededor para saber por dónde entraba esa corriente de aire frío.

En los tiempos actuales, con los ordenadores, todo era más peligroso. Con su capacidad para descifrar cualquier cosa, desde el ADN hasta la voz o las huellas digitales, esas máquinas hacían que la tarea de ocultar pruebas sobre la existencia de los carpatianos fuera mucho más difícil. Gabriel sabía que tenía que conocer toda la versatilidad de los últimos descubrimientos científicos. Había muchas cosas que aquellos hombres discutían de las que él no sabía nada. Compartió automáticamente la información con Lucian y, para su gran sorpresa, descubrió que éste ya había adquirido los últimos conocimientos sobre medicina forense. El flujo de datos que obtuvo fue asombroso, aunque no debería sorprenderle, pensó. Entre los suyos, Lucian había destacado por su inteligencia y porque asimilaba la información a una velocidad muy superior a los demás, como si su cerebro le pidiera cada vez más datos. De esa forma natural, Lucian había leído sobre los avances científicos y sobre aquella extraordinaria tecnología que podía complicarle mucho las cosas a su pueblo. Tanto los carpatianos como los vampiros tendrían muchas más dificultades para ocultar su existencia.

—*No te preocupes tanto, Gabriel, soy sumamente cuidadoso. No encontrarán pistas si yo no quiero.*

Gabriel aprovechó la oportunidad para «ver» a través de los ojos de su hermano gemelo. Si pudiera averiguar donde se encontraba, quizá tendría la oportunidad de llevar a cabo su promesa. Sintió de inmediato el eco de la risa burlona de Lucian, y la visión se distorsionó hasta que ya no pudo ver detalles que le ayudaran.

—*Supongo que no pensabas que te pondría las cosas tan fáciles en este juego. Tienes que seguir mis pistas. Es así como se juega. No puedes hacer trampa, Gabriel.*

—*Esto es entre nosotros dos, Lucian. Puede que haya otros cazadores en la ciudad. Creo que esto debería quedar entre los dos, como siempre ha sido.*

—*No te preocupes demasiado por la suerte de tu hermano. Estoy seguro que venceré a cualquiera que me amenace. Estoy aprendiendo muy rápido acerca de este mundo y los conocimientos son bastante excitantes. Hay muchas cosas con que jugar aquí. Me agrada este lugar y no quiero precipitarme al combate que nos espera.*

Lucian se desvaneció sin más. Gabriel sintió un dolor agudo y peculiar en la región del corazón. Su hermano. Añoraba su cercanía, la cercanía del hombre que había perseguido durante siglos. Una mente genial. Un guerrero insuperable. Nadie era capaz de orquestar una batalla como Lucian. Gabriel sintió que el pesar se adueñaba de él, hasta casi hacerlo derrumbarse y caer de rodillas. Tener que destruir a un hombre de su talla. Destruir a quien siempre había estado junto a él, cuidando de él, porque le había salvado la vida en más de una ocasión. Era más de lo que se podía pedir a cualquiera.

—*Gabriel, no estás solo.* —La voz de Francesca era suave y lo tranquilizó—. *Tú sabes que ése ya no es Lucian. Lo honras si cumples con tu compromiso, si destruyes aquello contra lo que él luchó durante tantos siglos.*

—*A menudo me acuerdo de eso. En mi intelecto, sé que es verdad y, sin embargo, a mi corazón le pesa como un fardo.*

—*Afortunadamente, sólo tienes que buscarme. Al fin y al cabo, soy una sanadora.* —En su voz había un dejo de provocación.

Gabriel sintió de inmediato que una calidez le envolvía el corazón. Se suponía que así tenía que suceder. Nunca estaban solos; los dos caminaban juntos por la vida, se ayudaban mutuamente con las dificultades emocionales, con cada una de las crisis que les tocaba vivir. Aquel matiz de su voz le transmitió un profundo alivio, una esperanza. Él la buscó mentalmente; quería saber si había hablado con Brice. No quería preguntar y sentía vergüenza de tener esos celos que lo impulsaban a invadir su privacidad para saber si Francesca compartía su tiempo con el médico.

—*Quizá deberías dejar que Skyler descanse y ocuparte de los papeles para conseguir la custodia de la chica y, después, volver a la casa, que es más segura.* —Fue una sugerencia formulada con mucho cuidado, y tuvo que escoger las palabras para que no sonaran como una orden.

La risa de Francesca fue muy ligera.

—*Yo me comunico con tu mente como tú haces con la mía. No eres ni la mitad de lo sutil que crees ser. Dejaré el hospital, Gabriel, porque tengo muchas cosas de que ocuparme.*

No pensaba darle la satisfacción de hacerle saber que evitaba a Brice a propósito. Ya no veía a Brice como el médico que había conocido antes de que Gabriel entrara en su vida, y eso la hacía sentirse culpable. Francesca ignoraba qué podía decirle a Brice. Sabía que Skyler estaba destinada a vivir con ella, pero Brice no quería tener ninguna relación con la adolescente. No sabía qué era Francesca ni lo que debía hacer para sobrevivir. Todo era diferente ahora que Gabriel había vuelto. Estaba muy confundida y necesitaba tiempo para pensar las cosas con claridad.

Francesca se tocó el vientre con la palma de la mano, una caricia ligera. Un hijo. Gabriel le había dado un hijo, después de que había vivido tantos siglos segura de que jamás disfrutaría de ese regalo. Y ahora Skyler, con esa capacidad que tenía de contactar con las mentes. Francesca lo sabía todo acerca de la joven. Todo. Y ya la amaba como si fuera su hija.

Se percató de que una suave risa masculina la rozaba apenas mentalmente.

—*No pareces tener edad suficiente para tener una hija como Skyler.*

—*Soy lo bastante mayor para ser una de sus ancestros. Ella sabe que no somos humanos.*

—*En realidad, no. Sabe que somos diferentes. Cree que tenemos dones telepáticos, como ella. Con el tiempo, le explicaremos toda la verdad. Entretanto, debemos tratarla como tratan a sus hijos los humanos que tienen dinero. Necesitará un guardaespaldas durante el día, cuando no podamos estar con ella, además de un mayordomo que se ocupe de ella.*

—*Yo haré esas tareas, Gabriel. No puedo dejarla que se enfrente sola al mundo. Me necesita.* —Francesca no sabía si se estaba disculpando o no.

—*Nos necesita a los dos* —le corrigió Gabriel, con voz serena—. *De alguien tendrá que aprender que no todos los hombres son como los monstruos que ella ha conocido. Aún duda. Desea volver a ese lugar donde nada puede tocarla y, sin embargo, la mano que le tiendes parece muy tentadora. Ella ha sentido el amor que sientes por otras personas, la compasión en tu corazón, y eso la llama con mucha intensidad.*

—*Optará por venir con nosotros, Gabriel. Es una chica muy valiente.*

Francesca hizo parar un taxi para que la llevara al despacho del juez, donde se encontraría con su abogado.

—*Nos encontraremos en el hospital en cuanto haya acabado con los documentos legales. Así, el juez podrá preguntarle a Skyler si está de acuerdo en que me otorguen la custodia. Me preocupa que Brice monte una escena de celos. ¿Estás preparado para algo así?*

Gabriel tuvo que censurar de inmediato sus pensamientos. Era algo innato en él no llamar demasiado la atención sobre sí mismo. Aquella era una situación con la que no estaba familiarizado. Su instinto le decía que debía eliminar la amenaza contra él y contra Francesca, e incluso contra Skyler. Brice no intervendría en esos planes. Él no lo permitiría.

—¿*Gabriel?* —Había un dejo de preocupación en la voz de Francesca—. *¿Por qué te has cerrado mentalmente? Supongo que no te habrás propuesto hacerle daño a Brice. Ha sido un buen amigo conmigo cuando lo necesitaba.*

Gabriel se maldijo en varias lenguas mezcladas unas con otras. Francesca tenía una manera de conseguir que él se plegara a sus deseos. La sensación se parecía mucho a estar maniatado. ¿Qué debía hacer él si ella no dejaba de imponer restricciones a su manera de actuar?

—*Atiende a tu reunión, mujer, y déjame en paz. Yo me presentaré si me necesitas más tarde. Por ahora, estoy cazando, y no puedo tomarme el tiempo para darte seguridad.*

—*A mí no me gruñas, especie de farsante. No era yo la que controlaba tus pensamientos. Fuiste tú el que inició la conversación, no yo.*

Francesca se reía de él. De Gabriel. Del cazador de vampiros. Un guerrero de dos mil años. Los hombres le temían, pero Francesca se reía de él. Era una experiencia novedosa, pero Gabriel pensó que podría adaptarse a ella sin problemas. Francesca tenía esa manera de hacer que el corazón le diera un vuelco, de derretirlo interiormente hasta que ya ni siquiera se reconocía a sí mismo.

Gabriel sobrevoló la ciudad, y visitó todos los lugares de reunión que recordaba de siglos anteriores. Ahora reconocía el despliegue de la ciudad en perpetuo crecimiento. Conocía cada ratonera, cada estrecho callejón y cada refugio. Conocía los cementerios, las catedrales, los hospitales y los bancos de sangre. Buscó a Lucian en todos los lugares donde se le ocurrió que podía dejar sus señales. Sabía que su hermano gemelo estaba en la ciudad y, sin embargo, era como si vagara en busca del viento. Exceptuando aquel cadáver que había dejado para la policía, no había huella que delatara su paso.

Gabriel buscó mentalmente a Francesca y supo que había vuelto al hospital y que en ese momento entraba a la habitación de Skyler. Decidió que se encontraría con ella ahí. Francesca tenía que apoyarse en alguien, por mucho que le costara reconocerlo. Y él tenía toda la intención de ser ese alguien. Se desplazó por el aire de la noche, una huella de niebla mezclándose con la que nacía del suelo. No pensaba dejar que el médico estuviera a solas con Francesca si las cosas iban mal. No quería correr el riesgo de que Brice influyera en la decisión del juez e impidiera que Skyler viviera con ellos. Una ligera sonrisa le torció los labios, pero no llegó a sus ojos color carbón. Gabriel sabría cómo asegurarse de que el juez le concediera a Francesca todo lo que le pedía. Entró en la habitación adoptando la forma de finas moléculas y se deslizó por debajo de la puerta. Cuando se movió en el interior, volvió a adoptar su poderosa forma, pero sin que lo vieran los que estaban dentro.

Ella estaba sentada a los pies de la cama de Skyler y le sostenía una mano entre las suyas. La sola visión de Francesca lo dejó sin aliento. Sabía que siempre sería así. El juez era un hombre alto y delgado de pelo canoso y mirada generosa. El abogado era decididamente demasiado joven y atractivo para el gusto de Gabriel. También miraba a Francesca como en una especie de rapto. Otro admirador. Al parecer, estaban por todas partes.

—De modo que ya ves, Skyler, si quieres vivir conmigo, el juez está dispuesto a aceptarlo, pero tendrás que hablar con él —la invitó amablemente Francesca. No utilizaba su voz para influir en la decisión de la niña.

El juez se acercó a unos metros de la cama. Skyler temblaba visiblemente. Gabriel buscó de inmediato el contacto con sus pensamientos. Ella estaba bajo su protección; una niña con habilidades telepáticas, un tesoro preciado que debía custodiarse en todo momento. No le pareció bien su agitación, ni la horrible inquietud que tenía pintada en la cara. Francesca también estaba en su mente, dándole ánimos, aliviándola y ayudándole a enfrentarse a los machos desconocidos que habían invadido su habitación. El terror de la infancia estaba demasiado fresco en sus recuerdos como para poder lidiar a solas con un encuentro como ése.

Sin vacilar, Gabriel cogió mentalmente en sus brazos a Skyler, vació en ella su poder y sus fuerzas hasta que ella parpadeó, sorprendida. Le envolvió la mente por completo y comenzó a recitar una y otra vez un cántico de curación en la antigua lengua de su pueblo, a la vez que murmuraba leves provocaciones sin sentido, de modo que a Skyler le costaba mantener la compostura. Con sus ojos enormes y de mirada suave, recorrió toda la habitación buscándolo. Pero Gabriel permanecía del todo invisible. Skyler le lanzó a Francesca una mirada de interrogación, pero ésta sólo pudo sonreírle y encogerse de hombros. Tampoco ella sabía exactamente dónde estaba; sólo sabía que la presencia de Gabriel era lo bastante fuerte para indicar que estaba muy cerca de ellas.

—Y bien, Skyler —le invitó el juez amablemente—. No tengas miedo. Queremos hacer lo que más te convenga, lo que sea que te haga feliz. Francesca ha señalado con mucha convicción que quisiera ser la persona responsable de ti, de tenerte bajo su custodia. Tiene suficiente espacio en su casa y puede darte muchas facilidades, pero tú ya tienes edad para tomar tus propias decisiones. Me gustaría saber lo que tienes que decir.

La puerta de la habitación se abrió de golpe y entró Brice.

—¿Puedo saber qué está ocurriendo aquí? Esta niña es mi paciente.

El juez se giró lentamente, frunciendo una ceja.

—Pensé que había dicho que podíamos interrogarla hoy —dijo, lanzando una mirada irritada al abogado de Francesca.

Gabriel buscó mentalmente a Brice. Aquel hombre era una masa de caóticas contradicciones. Estaba irritado con Francesca, seguro de que ella ya había decidido estar con Gabriel. Tenía la intención de sabotear sus esfuerzos para conseguir la tutela de Skyler. Gabriel tuvo que reprimir sus ganas de dejar que el médico arruinara definitivamente sus posibilidades con Francesca. Tomó de inmediato la decisión de intervenir. Volvió a adoptar su forma sólida al otro lado de la puerta de la habitación de Skyler, la abrió de un golpe y entró.

Brice lanzó una imprecación y retrocedió rápidamente para dejar paso a Gabriel, que con su enorme estatura y corpulencia dejaba pequeño al médico. Cuando pasó a su lado, se inclinó para que sólo Brice lo escuchara.

—Dirás la verdad cuando hables de este asunto. —Fue una orden que pronunció con voz suave y que obligaba a Brice a hacer según le ordenaban.

Brice se dio cuenta de que respondía con palabras que no tenía ninguna intención de pronunciar.

—Dije que Skyler podía responder a sus preguntas —reconoció, muy a su pesar, y le lanzó una mirada de pocos amigos a Gabriel—. Está muy tensa, y todas estas visitas podrían hacerle sufrir una regresión —dijo, evitando los ojos oscuros de Francesca, sabiendo la censura que le esperaba—. Tengo serias reservas acerca de la posibilidad de que Francesca le dé a Skyler un hogar. Según he sabido, la situación en su casa ha cambiado y ya no vive sola. —Lo dijo en tono beligerante, incapaz de controlar sus celos.

El juez le lanzó una mirada a Gabriel.

—Usted debe ser el marido de Francesca —dijo, y le tendió la mano—. Le he oído decir cosas maravillosas sobre usted. Es todo un privilegio conocerlo.

—*¿Qué le has dicho?* —inquirió Gabriel, al tiempo que estrechaba la mano con un gesto firme y formal. Su mirada oscura atrapó y se adueñó de la del juez. Éste quedó ensimismado y se sintió como si se precipitara directamente hacia esa mirada.

—*Los únicos expedientes que encontrarán de ti tienen un visto bueno de alta seguridad. He creado un archivo sobre ti donde explico tu ausencia. Hasta ahora, eras un servidor heroico de tu patria. No es demasiado difícil hacer estas cosas cuando sabes trabajar con los ordenadores. También ayuda que haya personas muy bien situadas que te deban favores. Para cualquiera que quiera indagar, tienes la estampa de todo un héroe.* —Las palabras de Francesca le llegaron como un roce que tenía algo de irónico.

—Espero que el hecho de vivir en casa de Francesca no será un problema —dijo Gabriel, mirando al juez directamente a los ojos—. Al fin y al cabo, seguimos casados. Ella ha sido lo bastante generosa para ofrecerme un lugar donde quedarme. No hay duda de que Francesca es la mejor persona para Skyler en este mundo. No quisiera hacer nada que ponga en peligro un acuerdo en ese sentido.

El juez jamás había oído una voz tan bella ni pura como la de Gabriel. Todo su ser se inclinaba hacia esa voz con la intención de complacer a su dueño.

—Francesca, no es necesario que sigas casada con él. No estás obligada a hacerlo sólo porque ha vuelto del mundo de los muertos —intervino Brice, furioso—. ¿Acaso ha hecho algo para hacerte perder la cabeza? Tú ya no conoces a este hombre. No lo has visto en años. No sabes nada de él. ¡Debería haberse quedado en su tumba! —De pronto, consciente de que estaba gritando, de la diferencia entre su voz y la de Gabriel, Brice hizo un esfuerzo para calmarse.

Skyler apretaba con fuerza la mano de Francesca, y sus largas pestañas proyectaban su sombra sobre sus grandes ojos grises, ocultando el terror que iba en aumento. Francesca no vaciló en buscarla mentalmente para darle seguridad y reconoció la mirada de aliento de Gabriel, que le dio fuerzas.

—*Estamos contigo, Skyler, estamos aquí.*

Para asombro de Gabriel y de Francesca, la joven pudo responder en una frecuencia mental que ninguno de los dos había usado antes.

—*¿Qué pasará si el médico no autoriza al hospital a entregarme a vosotros? No puedo vivir sin vuestra ayuda. Sé que no puedo. Sería preferible renunciar a todo* —dijo, y había en su voz un temor que no disimulaba. Alguien había tocado su vida con un poco de comprensión y paciencia, alguien que ella había reconocido como una persona buena. Alguien que la valoraba a pesar de la horrible experiencia que había vivido. Ahora quizá perdería a quienes la habían rescatado.

Los ojos oscuros de Gabriel barrieron a la niña que se había acercado a Francesca en busca de protección.

—*Mírame.* —Fue una orden dicha con suavidad, pero imposible de desobedecer. Skyler lo miró de inmediato con sus grandes ojos—. *Confiarás en mí y en Francesca, y confiarás en que podremos arreglar todo esto. No hay por qué temer. Los que se encuentran bajo mi protección no pueden ser objeto de ningún tipo de abusos. Francesca seguirá sanándote y tú dejarás de preocuparte de cosas sin importancia como esta discusión. No pueden tocar tu vida, pequeña. Nunca se lo permitiré. Sólo creen que tienen el poder para tocarte.*

Skyler se relajó a ojos vista, y espiró profundamente hasta que su respiración se convirtió en un largo suspiro de alivio. Francesca miró a Gabriel con una sonrisa radiante y con el corazón en la mirada.

Capítulo 9

Brice observaba a Francesca. De pronto se dio cuenta de que maldecía en silencio su expresión mientras ella miraba a Gabriel con orgullo no disimulado. Sabía que tenía que recular o la perdería. Nunca había sufrido celos y descubrió que aquello era una emoción poco decorosa. ¿Qué le había sucedido? ¿Era ése su verdadero carácter? Desde luego, lo mejor para Skyler sería vivir con Francesca. ¿Cómo dudarlo? Pero él no quería compartir a Francesca con nadie, así de sencillo. Francesca conocía a muchas personas que se hacían llamar amigos, pero él era el único al que ella había dejado acercarse. Estaba acostumbrado a ocupar un sitio privilegiado en su vida. Y una adolescente no figuraba en sus planes de futuro. Francesca conocía a mucha gente. Tenía dinero y se movía con holgura en los ambientes de la alta sociedad. Era una mujer bella y querida por hombres y mujeres. Y como su acompañante en actos de beneficencia y otras fiestas, a él también habían llegado a aceptarlo.

Gabriel se movió. Fue apenas una flexión de sus músculos, sutil pero sin dejar de ser amenazante. Había algo muy amenazador en él, si bien Brice no conseguía definirlo con claridad. Algo en sus ojos que no era del todo humano. Intentó apartar la mirada de esos ojos oscuros y vacíos, pero, aun así, se sentía caer hacia adelante, hacia el centro mismo de ese vacío. Tuvo una repentina sensación de vergüenza de sí mismo. Ahora sentía un impulso irrefrenable de retirar sus palabras. Carraspeó y habló casi sin que interviniera su voluntad.

—Francesca es la tutora perfecta. Desde luego, no hay ninguna duda acerca de ello.

Brice consiguió sustraerse a esos ojos fríos y negros. Tenía la sensación de que Gabriel se reía de él en silencio. Para su asombro, se dio cuenta de que tenía los puños apretados. Él no era un hombre violento, pero tenía unas ganas irreprimibles de golpear a alguien. También intuía, no sabía cómo, que Gabriel le leía los pensamientos, que sabía exactamente qué pensaba y que lo contradecía deliberadamente. Se veía en cada una de sus miradas, en su sonrisa y en sus ojos implacables. ¿Cómo era posible que Francesca no se diera cuenta de que esos ojos eran fríos como la muerte?

Gabriel sonrió, un destello de dientes blancos y perfectos.

—Claro que Francesca es la tutora perfecta. Tú también piensas lo mismo, ¿no, Skyler? —Tenía una voz suave y persuasiva, una voz bella que hacía de la de Brice una nota disonante. Pero era algo más que eso; era su manera de pronunciar el nombre de Francesca lo que le daba ganas de lanzar algo. Había algo muy íntimo y muy posesivo en esa voz.

El juez se volvió hacia la adolescente.

—¿Es verdad eso, Skyler? ¿Te gustaría vivir con Francesca? Todo depende de ti. Si prefieres contestar a la pregunta en privado, podemos quedarnos solos tú y yo en la habitación para escuchar lo que tienes que decir.

Skyler dijo que no con un gesto de la cabeza y abrazó con fuerza a su lobo de peluche.

—Sé lo que quiero —dijo, con voz queda pero inteligible—. Quiero vivir con Francesca.

El juez le lanzó una sonrisa radiante de satisfacción como si fuera una chica brillante.

—Naturalmente. He observado que tú y Francesca habéis establecido vínculos muy estrechos. Confío en que podremos acelerar todo lo posible los procedimientos —anunció, y fijó una mirada severa primero en el abogado, y después en Brice.

El abogado de Francesca asintió con un gesto solemne, pero Brice respondió, agitado.

—No hemos definido el asunto de las circunstancias en la vida de Francesca para mi entera satisfacción. Al fin y al cabo, soy yo quién tiene que decidir si, finalmente, el entorno de Skyler es seguro o no antes de dejarla ir. No sé si vivir con un hombre, con un desconocido, le ayudará a recuperarse.

—Brice... —Había un profundo sentimiento en la voz de Francesca cuando pronunció su nombre—. Por favor, no me obligues a ir a los tribunales por todo esto. Skyler y yo necesitamos estar juntas como una familia.

Brice se mesó nerviosamente el pelo.

—Yo no discuto ese aspecto, Francesca. Sólo creo que no deberíamos precipitarnos. Lo normal es llevar a cabo un estudio sobre los antecedentes de cualquiera que quiera obtener la custodia de un menor, y no creo que sea correcto prescindir de él en este caso, dado que no sabemos nada de tu amigo.

—Pero es Francesca la que pide la tutela —intervino el juez—, no Gabriel. He tenido tiempo de sobras para leer los informes que ha presentado el señor Ferrier sobre Gabriel, y creo que es un hombre bueno y decente, adecuado para la educación de una menor.

—¿Qué informes? Yo no he visto ningún informe —alegó Brice.

Una vez más, el juez estuvo atrapado en la mirada penetrante y negra de Gabriel durante un largo minuto. Sonrió amablemente.

—Le aseguro que he leído el informe exhaustivamente y que sé todo lo necesario a propósito de él. Es un documento confidencial y no está disponible para el público —anunció, mirando a Brice—. Estoy seguro de que le bastará mi palabra.

Brice estaba más que seguro que Gabriel había manipulado al juez. ¿Chantaje? ¿Por dinero? ¿Acaso era un hombre rico? ¿Era eso? Cada vez que Brice pensaba haber dado con un argumento convincente, Gabriel se las arreglaba para atraer la atención del juez y todo volvía a estar en su contra. Le lanzó una mirada de odio a su rival. Cuando Gabriel se la devolvió, aquellos malditos ojos negros se deslizaron sobre él llenos de malicia y él se estremeció con un cosquilleo en la espalda. *¿Quién es? ¿Dónde ha estado todos estos años? ¿Sería de verdad un asesino a sueldo del gobierno? ¿Sería verdad que el gobierno tenía asesinos que se paseaban libremente por el mundo?*

Quizá fuera un delincuente, y el juez lo conocía de experiencias pasadas. Brice estaba seguro de que Gabriel amenazaba a Francesca con algo; no había otra explicación. La estaba obligando. Quizá le iría bien que Skyler se fuera a vivir a esa casa. Averiguaría qué sucedía y luego se lo contaría todo. Sería necesario congraciarse con la niña y persuadirla de que vigilara a Francesca. Tendría que convertirla en su aliado.

—Entonces, daré mi consentimiento, juez —dijo, asintiendo lentamente con un gesto de la cabeza—, siempre y cuando usted tenga conocimiento de sus antecedentes.

Gabriel sonrió, complacido.

—Gracias, doctor, aunque no sabía que se necesitara su consentimiento en este caso. Skyler técnicamente está amparada por el tribunal. —Hablaba como sí le resultara divertida la idea de que Brice fuera necesario en algo.

Brice se sonrojó visiblemente. Maldito él y sus maneras. Su voz era tan dulce y persuasiva, tan perfecta y amable, que nadie se le podía negar y, aun así, su actitud era deliberadamente insultante.

—Skyler es mi paciente. Yo tengo que darle el alta para que pueda abandonar el hospital. Me tomo mi trabajo muy en serio —aseveró. Era imprescindible que afirmara su autoridad.

Gabriel hizo una venia al estilo del Viejo Mundo, una venia de caballero, como si él fuera el príncipe y el otro el campesino. Brice hizo rechinar los dientes para no lanzar una maldición. Odiaba todo lo relacionado con Gabriel. Su porte alto y fornido, sus anchos hombros, el pelo largo y brillante atado con una tira de cuero a la altura de la nuca. ¿Cómo era posible que un hombre adulto tuviera tan buen aspecto con el pelo así? También detestaba la elegancia de su ropa, la sensualidad de su boca, el brillo inhumano en su mirada. Y, sobre todo, odiaba aquel poder que le envolvía y le daba una absoluta seguridad en sí mismo. Tenía el aspecto de alguien que está acostumbrado a dar órdenes a subalternos. No era difícil imaginarlo como un señor feudal de otra época. Brice tenía la impresión de que Gabriel se reía de él en secreto, como si fuera una fuente de diversión y nada más.

Gabriel le sonrió con ademán relajado, un despliegue más de

esos dientes blancos inmaculados. ¿Cómo conseguía tenerlos así de blancos? Le gustaría hacérselos añicos y obligarle a tragárselos.

—Skyler se está recuperando muy bien. Francesca me ha contado que cada día está más fuerte. Estoy seguro de que no pasará mucho tiempo antes de que pueda venir a casa con nosotros.

Para sorpresa de todos, fue Skyler la que respondió.

—Me siento mucho más fuerte. —Lo dijo con voz desafiante, con voz temblorosa pero clara—. Y si a alguien le importa mi opinión, diré que quiero vivir con Francesca y Gabriel. —No tenía ni idea por qué le había venido ese impulso de añadir el nombre de Gabriel cuando sólo quería decir Francesca. Los hombres le daban miedo. Incluso Gabriel, aunque en sus sentimientos hacia ella, Skyler sólo intuía compasión y ganas de cuidarla. Ella misma estaba más asombrada que cualquiera de su intervención. No había hablado con nadie en meses y, sin embargo, ahora estaba en una habitación, sola con personas adultas, en realidad, con extraños, y eran ellos los que estaban decidiendo su vida. Aquello la aterraba, y ahora daba gracias por tener con ella el animal de peluche, que le procuraba un calor y una paz que la reconfortaba.

—Me alegra oír eso —dijo Brice en seguida, reconociendo que debía echarse atrás—. Cuanto más fuerte te pongas, más contentos estaremos, Skyler. —Le dio la espalda a Gabriel mientras hablaba. De otra manera, sabía que éste leería la mentira en sus ojos. Skyler debía estarle agradecida, pues él era su médico. Era él quien había arriesgado su carrera al traer a Francesca a ver a su paciente sin el consentimiento parental.

Brice se obligó a sonreirle a la chica. Al fin y al cabo, a las mujeres les parecía un hombre encantador. Era su mejor baza.

—Me las arreglaré para que salgas de aquí en un santiamén, jovencita, lo cual, creo, sería muy de tu agrado —dijo, y con su mirada abarcó a los funcionarios—. Si han terminado sus diligencias, les agradecería que dejaran descansar a mi paciente. Está bastante pálida.

Francesca se inclinó para abrazar a Skyler.

—Me divertiré preparando tu habitación. Sé qué cosas te gustan.

Skyler la cogió por el brazo y le habló apenas en un susurro.

—He escondido el relicario de mi madre en mi habitación antigua. Está detrás de los paneles junto a mi cama. Es lo único que quiero ahora. No quiero nada que sea de *él*.

Francesca asintió con seriedad.

—No te preocupes, cariño. El relicario te estará esperando en casa. Yo misma me ocuparé de ello. —Murmuró la promesa con voz suave mientras con la boca le rozaba la frente.

Gabriel pasó junto a Brice como si éste no existiera y le cogió la mano a Francesca, entrelazando los dedos con los de ella como si le pertenecieran.

—Tienes que firmar los papeles, cariño y luego creo que iremos a visitar tiendas para nuestra amiguita. —Miró a Skyler con una sonrisa en los labios, aquella sonrisa que iluminaba los cielos y le quitaba el aliento a Francesca, que lo amó en ese momento fugaz. Le agradaba cómo le daba seguridad a Skyler con verdadera preocupación. Ella lo sentía en él. Gabriel era su compañero y no podía mentirle ni engañarla de ninguna manera en cuanto a sus verdaderos sentimientos. Quería que Skyler compartiera con ellos su vida y su protección. La quería a salvo de todo daño. Había verdadera bondad en él.

Francesca lo dejó sacarla de la habitación, llevarla por el pasillo hasta una sala de espera donde podría concluir los asuntos pendientes con el juez y su abogado. Gabriel permaneció a su lado, callado, pero sin dejar de apoyarla. No intentó atraer su mirada ni distraerla de ninguna manera, pero ella casi no podía pensar más que en él. Ahí estaba, más real que la vida misma. Era la vida misma. ¿Cómo había conseguido un cambio tan brusco en sus sentimientos en tan poco tiempo?

De joven, es decir, siglos atrás, Francesca había estado siempre segura de lo que era, orgullosa de quien era. Sabía que había sido creada para ser la compañera de alguien extraordinario, siempre lo había sabido. Había estado orgullosa de Gabriel, en todo momento, incluso cuando creía haberlo perdido. Gabriel era una leyenda, un gran enemigo de los vampiros, un cazador que jamás había sido superado. Francesca sabía que la llamada del compañero era poderosa y, sin embargo, había tenido la certeza de que el paso de los siglos mitigaría esa intensa atracción. Había contado con ello. Se mordió el labio, intentando concentrarse en lo que decía su abogado. Pero él seguía en su cabeza, llenándola de sentimientos y confundiéndola por completo.

Francesca quería paz. Descanso. Después de todo el vacío, todos esos largos años que había vivido sola, se merecía un descanso. Había sido útil, no había desperdiciado su vida ni sus dones.

—*No, amor, no los has desperdiciado. No podría estar más orgulloso de nadie como lo estoy de ti. Tú has conseguido muchas cosas, y todas han sido por el bien. Mientras yo segaba vidas, tú las salvabas.* —La voz en su cabeza era sedosa, llena de respeto y un asomo de pesar. Como si no se considerara digno de ella.

Ella se giró de inmediato y sus grandes ojos oscuros captaron su mirada.

—*Tú también salvabas vidas, Gabriel. Tú eres el defensor de nuestro pueblo. Debes saber que te habías situado entre la humanidad y las criaturas inertes. Para ello, tuviste que renunciar a tu felicidad.*

Brice los miraba desde la puerta y veía el brillo de emoción en los bellos ojos de Francesca, mientras miraba con devoción de amante a Gabriel. Ella no tenía ni idea de los propios sentimientos, profundos e intensos, que vivían en ella, pero veía la verdad en sus ojos. Era como si vivieran en su propio mundo secreto, como si se comunicaran sin palabras. Brice apretó con fuerza los puños de los brazos caídos hasta que los nudillos se le pusieron blancos y el cuerpo le tembló de rabia y decepción. Había cortejado tanto tiempo a Francesca, se había dedicado sólo a ella, y ella jamás lo había mirado de esa manera. Ahora estaba más bella que nunca, más atractiva. Observándola, Brice supo que era una mujer de la que emanaba un erotismo que jamás había percibido. Siempre había pensado que era una mujer bella, un ornamento perfecto con quien pasearse en los círculos sociales a los que tenía la intención de allegarse. Pero nunca había pensado en ella para asociarla con apasionadas noches de sexo. Sin embargo, mirándola ahora, le costaba reprimirse.

Justo en ese momento Gabriel alzó la cabeza y lo miró, una mirada larga y gélida que le provocó un cosquilleo en toda la columna. Entonces dio media vuelta y se alejó. Era imposible que Gabriel supiera leer en las mentes de las personas, era imposible que calibrara el profundo odio que sentía hacia él. Era imposible que hubiese visto las imágenes que él había elucubrado. Brice necesitaba a Francesca en todo los sentidos y, además, se la merecía. No permitiría que ese hombre llegara y tomara las riendas sin más. Quizá nadie más lo veía, pero él sabía que había algo raro en él, algo oscuro y peligroso. Un monstruo dormía en su interior y él lo había visto en un par de ocasiones en sus ojos. Brice tenía toda la intención de proteger a Francesca de su propia naturaleza compasiva.

Gabriel se despidió con gesto mecánico del juez y del abogado de Francesca. Estaba acostumbrado a pensar, e incluso a hablar en dos niveles diferentes. Participaba de la conversación ligera con facilidad, sin dejar de darle vueltas a lo que sucedía con Brice. El médico estaba celoso y obsesionado con Francesca y comenzaba a convertirse en una amenaza para su bienestar. El odio de Brice no parecía corresponder a su personalidad de blandengue. ¿Acaso había un sutil halo de poder que Gabriel no había captado? Eran pocos los inertes capaces de ocultar algo así a sus ojos. *Lucian.* ¿Acaso era su hermano gemelo que volvía a los juegos de siempre, utilizando a su enemigo humano contra él? Examinó la mente de Brice. Si había rastros del poder de las criaturas inertes, el sujeto era sumamente hábil. Debería ser capaz de reconocer las huellas que dejaría su hermano, pero no había ninguna. Aún así, a Brice parecía que el odio lo retorcía. Y estaba concentrado en Francesca, como Gabriel había adivinado. Estaba decidido a recuperarla, a ponerla en su contra. Si la criatura inerte estaba utilizando a un ser humano, Gabriel no detectó ese sutil poder.

—¿Qué pasa? —preguntó Francesca, con voz queda, y buscó su mano.

Él le sonrió. Francesca era su mundo, su único habitante. Con un gesto lento, se llevó la palma a su boca cálida, y la sostuvo un momento aspirando su esencia.

—Eres una mujer extraordinaria, Francesca.

Ella se sintió feliz al ver que los demás ya habían salido de la habitación. Oía sus pasos mientras se alejaban por el pasillo, todos juntos y satisfechos con los resultados de la reunión. Se había sonrojado como una colegiala. Se había sonrojado sólo porque él le había besado la palma de la mano. Ahora intentó que se la devolviera.

Gabriel no la dejó ir, y sus dientes blancos lo delataron.

—¿Cómo es posible que te muestres tan tímida conmigo después de todo lo que hemos compartido? —Su voz se había teñido de un tono ronco y seductor, una tentación provocadora.

—No es verdad —mintió ella, avergonzada de su reacción. En una ocasión había creído que los ojos de Gabriel estaban vacíos de emoción, pero ahora observaba que cuando se posaban en ella delataban un deseo tan feroz y tan intenso que ella apenas atinaba a pensar con la cabeza fría.

—Creo que tenemos que encontrar una tienda para hacer las compras de nuestra adolescente —propuso él, mostrando su blanca hilera de dientes—. Jamás me imaginé que tendría que ser «padre» de una chica de su edad y, además, humana. Compadezco al jovencito que se le ocurra pedirle que salgan juntos. Leer las mentes es muy conveniente en ciertas situaciones.

Francesca se estiró para frotarle el mentón.

—Gracias por querer hacer esto conmigo. Realmente me emociona mucho la idea de llevar a Skyler a vivir con nosotros, y me alegro de que lo compartas conmigo. Es una niña muy guapa.

—Es verdad. Debería tener ropa que la haga sentirse bien consigo misma —dijo, y de pronto sonrió—. Sé muchas cosas del mundo, de casi cualquier tema, pero no tengo ni idea de lo que una adolescente querría tener en su habitación. Me confiaré a ti ciegamente en ese rubro. —No había imágenes en su cabeza de las cosas que le gustarían.

—No creo que alguna vez haya pensado en esas cosas. Su vida ha consistido en sobrevivir. Estaba pensando que podríamos dejarle la habitación de arriba con el balcón, la que tiene el pequeño torreón.

Él asintió, solemne.

—Creo que eso le gustaría mucho, Francesca —dijo, y le cogió la mano. Vuela conmigo esta noche. Podemos ir a las tiendas y pasearnos sin que nos vean hasta que decidamos lo que nos gustaría comprar. Permítete a ti misma volver a experimentar la libertad que sienten los de nuestra raza. No lo has hecho en mucho tiempo.

En el rostro de Francesca asomó una ligera sonrisa. Era verdad. Había renunciado a muchos de los dones únicos de su pueblo para ser capaz de sentir y pensar como un ser humano. Había sido muy necesario para esconderse. Pero ahora la tentación era demasiado fuerte como para resistirse. Dejó que sus sentidos se embebieran de la noche, barrió con la mirada todo el sector y esperó hasta que no hubiera nadie en las proximidades. Entonces, dio un salto y se elevó. Al lanzarse hacia arriba, unas plumas brillaron, iridiscentes y magníficas, y ella se alzó en un vuelo silencioso hacia el cielo nocturno lleno de estrellas.

Gabriel se unió a ella en pleno vuelo, un enorme raptor, silencioso, ligero y mortal, batiendo las alas hacia el corazón de la ciudad. Como había leído su mente, sabía que primero irían a la casa del padre de Skyler a recoger el preciado relicario. Volaba cerca de Francesca, decidido a protegerla hasta de su propio atrevimiento, si fuera necesario. Permanecía atento a su mente, asegurándose de que ella conservara la imagen del pájaro volando para que no cometiera errores. Compartía su goce y disfrutaba de su libertad, pero la seguía como una sombra protectora.

Francesca se posó sobre el techo del edificio donde había vivido el padre de Skyler, un lugar en ruinas. Había rejas en las ventanas y en las puertas, pero aquello no era un obstáculo para los dos hábiles carpatianos. El pequeño apartamento era un basurero de botellas de alcohol rotas y platos sucios. No había comida en la nevera, sólo cervezas. En los armarios encontró una caja de galletas y dos latas de sopa. Francesca tocó uno de los tazonesrotos del fregadero.

Se giró para mirar a Gabriel con lágrimas en los ojos. Sentía la violencia encerrada en el diminuto piso. El terror de una niña. La brutalidad que un hombre podía imponer. Tuvo destellos en que vio fragmentos y episodios de la vida de Skyler, de su padre, un hombre enorme que la azotaba con un cinturón en el cuarto de baño. Skyler oculta en un rincón mientras un hombre se le acercaba con una sonrisa perversa.

Gabriel cogió a Francesca y la sacudió suavemente.

—Sal de este condenado lugar. Eres demasiado sensible para esto.

—Skyler también lo era. Aquella niña preciosa estaba sometida a toda esta depravación. Casi la volvieron loca, Gabriel.

Las lágrimas en sus ojos eran casi más de lo que Gabriel podía soportar.

—Está a salvo con nosotros, Francesca. No permitiremos que nadie vuelva a hacerle daño.

—Es un ser humano con poderes de vidente, un raro tesoro para nuestros machos. En nuestra raza habría sido una persona muy valiosa, pero después de estas atrocidades no me la imagino amando a alguien tan dominante y salvaje como son los machos carpatianos. ¿Qué haremos? —Había un dejo de angustia en su voz.

—Ese dilema queda aún muy lejos, cariño, no es algo que tengamos que resolver ahora —le aseguró Gabriel. En cualquier caso, no sabemos si es la compañera destinada a uno de nuestra especie. Nuestro primer deber ahora es ocuparnos de ella. Es nuestra hija y merece toda nuestra protección. Ve. Yo encontraré el relicario de su madre.

Ella entrelazó sus dedos con los de él, necesitada del confort de su cercanía. Francesca no se preguntaba por qué el contacto con él era tan agradable. Sólo sabía que deseaba que la estrechara en sus brazos y sentir su fuerza descomunal mientras a su alrededor latía el mal de la humanidad. Gabriel la abrazó por el hombro, sabiendo instintivamente que ella preferiría estar con él en ese lugar repugnante que esperarlo afuera sola. Aquello le provocó un sentimiento de humildad. Se llevó su mano a la boca cálida, sopló un beso sobre su piel, mientras su boca le decía sin palabras que ella era toda la magia de su vida.

Encontraron el relicario de Skyler, que él se colgó del cuello mientras proseguían su camino para ir de compras. Francesca se encontraba en su elemento. Conocía la ciudad, a los vendedores. Solía comprar miles de dólares en ropa para dársela a los pobres. Gabriel le cogió la mano al entrar en una de las tiendas. Aquello no era su fuerte, pero estaba dispuesto a compartir la emoción con ella. Vio cómo Francesca florecía, admiró su belleza casi etérea. Su presencia iluminó la tienda, y él no pudo evitar recordar la noche a solas en la tienda de su amiga. Cuando la miró con una sonrisa, ella se sonrojó y desvió rápidamente la mirada, compartiendo aquellos pensamientos suyos sobre su apasionado encuentro.

Llegó la hora del cierre, pero todos los comerciantes donde Francesca tocaba le abrían sus puertas. Gabriel disfrutaba viéndola moverse por las tiendas, examinando ropa o muebles, eligiendo un estilo juvenil apropiado para el miembro más reciente de la familia.

—¿Piensas comprarle un armario completo? —preguntó él, provocador, cuando ella le mostró un par de pantalones vaqueros azul desteñido—. No entiendo la fascinación que tienen las mujeres modernas por los pantalones de hombre —dijo, y se frotó el puente de la nariz, pensativo—. ¿Es necesario que nuestra hija se ponga esas cosas? Los vestidos y las faldas serían más apropiados.

Francesca frunció el ceño, y la boca se le torció en una sonrisa fugaz.

—Quizá tengas razón. Quizá deberíamos buscarle ropa más femenina.

La voz de Francesca le advertía que quizá no todas las cosas eran como él hubiera querido. Algo desconcertado, Gabriel la siguió a otra sección de la tienda. Francesca cogió un trozo de tela color azul marino de un colgador y lo sostuvo en alto.

—Esto es una maravilla, Gabriel. ¿No lo encuentras encantador? Tienes razón. Creo que tenemos que concentrarnos en ropa mucho más adecuada para una chica.

Él cogió lo que ella sostenía y palpó el tejido suave.

—¿Dónde está el resto? —preguntó, serio, y sus ojos oscuros la interrogaron para saber si no se estaba burlando de él.

—Esto es todo el vestido. Hoy en día, las chicas los llevan cortos. ¿No te has dado cuenta? —Francesca no podía creer que Gabriel no se hubiera fijado en las mujeres de la ciudad, cuyos vestidos a menudo revelaban una porción generosa de las piernas.

—Tú no te pones esta ropa —afirmó él.

—Claro que me la pongo. Vestidos cortos y vestidos largos. En los tiempos que corren te puedes poner cualquier cosa.

—¿Tú llevas ese tipo de cosas puestas cuando estás entre hombres? —Gabriel tuvo una sensación curiosa, como si se le retorcieran las entrañas. No entendía del todo por qué de pronto quería arrancarle la cabeza al médico. ¿Acaso Brice la había visto con ese tipo de prendas? Sólo pensarlo le provocó un ardor volcánico y desconocido en las vísceras.

Francesca rió al observarlo. Se rió abiertamente de él, con sus ojos oscuros brillando de diversión.

—Se diría que estás un poco celoso.

Su mano saltó como un resorte, casi con voluntad propia, y sus dedos le rodearon el cuello.

—Supongo que no te estás riendo de mí, Francesca. ¿Tengo razón?

Francesca intentaba mantener una expresión neutra.

—Seguro que yo no lo haría —dijo, con voz amable—. Pero me gusta la dinamita cuando me visto.

—A mi corazón le cuesta imaginárselo —dijo él—, al menos no si te vistes así para otro hombre. No quiero que me cuentes más.

—Se te empieza a notar la edad —rió ella, una risa alegre que le dio en todo el corazón como una flecha—. Deja de pensar en eso y ayúdame a encontrar los vestidos que le gustarán a ella.

—Le encontraré vestidos que se pueda poner en público —respondió él, malhumorado, mirando por primera vez las pequeñas prendas de los maniquíes—. ¿Dónde están los vestidos que llegan a los tobillos?

—¿Piensas ser uno de esos padres celosos que insisten en ponerle una carabina a sus hijas y las obligan a cumplir estrictamente las horas de retirada? —preguntó ella, frunciendo una ceja.

—Absolutamente. Puedes estar segura de ello —dijo él, sin la menor intención de parecer gracioso.

La sonrisa de Francesca pasó por encima de él. Era una sonrisa que dejaba claro que no estaba para nada impresionada por su mirada endurecida ni por el *rictus* que traducía su mal humor. Francesca encontró la sección de ropa interior y pasó un buen rato mirando prendas de encaje y satén mientras él, perplejo, se limitaba a sacudir la cabeza. Francesca dispuso que se lo enviaran todo a la tarde del día siguiente y finalmente los dos salieron a disfrutar de la noche.

Skyler tendría una habitación especialmente para ella, y la decoración le recordaría los episodios agradables de su vida. Eligieron el resto de las cosas por su cuenta, pensando en procurarle comodidad y felicidad. El diseño escogido para el edredón y las sábanas era obra de Francesca y estaba pensado para ayudar a sanar, para procurarle a Skyler alivio y una sensación de bienestar. La habitación que habían decidido dejarle era una torreta circular cuyos intrincados vidrios de colores tenían propiedades mágicas que protegían al ocupante del mal y de las pesadillas del mundo exterior.

Francesca le sonrió a Gabriel cuando llegaron volando hasta el balcón de la casa y asumieron su propia forma.

—Ha sido una noche maravillosa, Gabriel. Te agradezco mucho que hayas compartido esto conmigo. Es mucho más divertido vivir la vida en compañía de alguien.

—Te estás acostumbrando a mí, a pesar de que habías dicho que no sería así —aventuró él, mientras la llevaba por las escaleras hasta la cocina.

—Tenemos que acordarnos de comprar cosas de comer que le apetecerían a una adolescente —dijo Francesca, decidida a no dejarse arrastrar a una conversación sobre su relación. No estaba preparada para pensar demasiado en el tema.

—Skyler debería comer lo que sea más nutritivo para ella. Está hecha un atado de huesos. Y tienes que hacer algo con su pelo. Ella deja que le tape la cara porque cree que las cicatrices le afean el rostro.

Francesca lo siguió hasta la cámara del subsuelo.

—Ya lo he observado, aunque creo que se debe sobre todo a lo que las cicatrices representan, a esos recuerdos tan horribles. Espero que venga a casa cuanto antes. Esta casa será muy diferente. Habrá música y ruidos, tendremos un mayordomo, y es probable que hasta guardaespaldas. Nuestras vidas serán muy diferentes, Gabriel.

Él le rodeó los hombros con el brazo, agradecido de que ella no lo rechazara. Al parecer, estaba logrando ciertos progresos sin que ella se diera cuenta.

—El cambio es bueno, Francesca. Mi existencia fue un desierto gris durante dos mil años. Me gusta el cambio. —Su mano bajó por el brazo de Francesca, llegó al vientre hasta que quedó con la palma abierta sobre el hijo que allí crecía. Cerró los ojos un momento, saboreando ese contacto, el contacto de su hijo aún no nacido.

Ella le sonrió.

—Se acerca el alba, Gabriel. Tienes que descansar.

—Eres tú la que lleva el hijo. —Con un gesto, abrió el suelo y ambos flotaron hasta quedar depositados en la tierra, él atrayéndola hacia la protección de su abrazo.

—Duerme, amor, mañana arreglaremos esa habitación para Skyler. —Su cuerpo y su alma, su corazón y su mente estaban en la dicha. Ella estaba junto a él, ese aroma suyo penetraba en sus pulmones. Y aquello era suficiente.

Eres tú la que lleva el hijo. Francesca repitió esas palabras mentalmente, se abrazó a ellas, preguntándose por aquel milagro. Sintió la boca de Gabriel contra su frente y su mano sobre el vientre, y cerró los ojos, feliz de entregarse al sueño.

Cuando despertó, Gabriel ya se había levantado y salido a buscar indicios de las incursiones de Lucian. Mientras su hermano se dedicara a cazar en la ciudad, el mundo en que vivían sería frágil y estaría plagado de peligros. Francesca sintió a Gabriel que se hacía presente en sus pensamientos, sintió su calidez y, sin embargo, se estremeció mientras recorría aquellas habitaciones que le eran tan familiares. Durante el día habían venido los repartidores y habían dejado cajas de todas las formas y tamaños. Ella había olvidado la cantidad de cosas que habían comprado para Skyler la noche anterior. Se entretuvo cada momento que dedicó a arreglar la habitación y a guardar la ropa de Skyler en el armario o en los cajones de la cómoda. Trabajó con sumo cuidado tejiendo el edredón, poniendo una pizca de amor en cada puntada, modelándolo especialmente para su joven hija.

Ahora empezaba a preocuparle la suerte de Gabriel. Por los pensamientos que le había transmitido, supo que Lucian había vuelto a asestar un golpe, y que habría otro asesinato que la policía sería incapaz de resolver. Francesca sentía que Lucian le lanzaba sus anzuelos a Gabriel con gran precisión, y que esos anzuelos lo conducían a una trampa. Visitó otras partes de la casa y se ocupó de algunos asuntos antes de salir a ver a Skyler. Llamó a diversas organizaciones, a miembros de la alta sociedad y a viejos amigos. Seguía siendo necesario mantener las apariencias, ahora más que nunca, con Skyler bajo su tutela.

El primer asunto que debía atender era encontrar un mayordomo en quien confiar. Aidan Savage, desde Estados Unidos, le había recomendado a una pareja. El hijo de su propio mayordomo, Santino, y su mujer, Drusilla, eran gente de fiar. Se instalarían en la casa y cuidarían de Skyler durante el día. Santino sabía que Aidan era carpatiano, y Aidan le aseguró a Francesca que podía confiar en él.

Satisfecha con esos resultados, se dirigió al hospital. Skyler la saludó con un amago de sonrisa.

—Pensé que quizás habías cambiado de opinión —dijo, al verla entrar. Tenía, como de costumbre, el lobo de peluche en los brazos.

—No es eso lo que has pensado —le corrigió Francesca con una sonrisa—. Tuviste un ataque de pánico. Las cosas comienzan a funcionar, cariño. Gabriel y yo hemos encontrado tu relicario. Está en una caja de joyas en tu habitación. Tienes todo lo que necesitas esperando a que vengas a casa. Lo único que tienes que hacer es ponerte bien. ¿Estas comiendo?

—Intento comer —respondió Skyler, sin rodeos—. No es fácil. Hace tanto tiempo que dejé de comer que ahora nunca tengo hambre. ¿Dónde está Gabriel?

Francesca pensó que era buena señal que Skyler preguntara por él.

—Ha salido a cazar.

Skyler guardó silencio un momento.

—¿A cazar? —preguntó—. No pensé que fuera el tipo de hombre aficionado a matar criaturas vivas. —Parecía decepcionada.

Era evidente que Skyler se sentía cerca de los animales, y Francesca sonrió.

—No son animales, cariño. Son cosas —dijo, y apartó un mechón de pelo de la cara de la niña; su contacto era suave y transmitía bienestar, y eso le permitía entrar en contacto con las emociones de Skyler.

La niña estaba asustada, pero hacía lo posible por mostrarse valiente. El futuro la aterraba, la vida la aterraba, pero no le sucedía lo mismo con Francesca y Gabriel. Se había decidido darle a la vida una segunda oportunidad.

—No puedo ir a la escuela —balbució de pronto—. No puedo estar con nadie. No quiero que nadie me vea.

Francesca asintió con gesto calmado.

—Te entiendo, cariño. Creo que es mejor que durante un tiempo estemos juntos, nosotros tres y nuestro mayordomo. Pienso contratar a una pareja que trabajará para nosotros y que se ocupará de ti.

Francesca le tomó la mano y simplemente la sostuvo, dejando que su don especial fluyera hacia la chica.

—Ahora, quiero que descanses, jovencita. Pienso pedirle a Brice que te dé el alta lo más pronto posible, pero tú tienes que cumplir con tu parte. Si tienes problemas para comer, o si tienes miedo, puedes buscarnos mentalmente, a Gabriel o a mí. Como tú, somos telépatas y te oiremos y acudiremos a ayudarte. Búscanos si es necesario, eso es lo que espero de ti. ¿Lo has entendido?

—Siempre estoy cansada —dijo ella, asintiendo con gesto grave.

—Eso es normal. Has sufrido un trauma, Skyler, y has sido objeto de malos tratos. Tu cuerpo y tu mente necesitan tiempo para sanar, lo mismo que tu espíritu. Yo volveré más tarde. Pero ahora, descansa. —Con un gesto de la mano, abrió la puerta y salió.

—¿Es usted Francesca Del Ponce? —Había un desconocido que la esperaba fuera de la habitación de Skyler. Ella intuyó que llevaba un buen rato esperando. Como de costumbre, Francesca realizó un barrido de su mente, algo tan natural en ella como respirar, y supo que la esperaba para hablar.

Ella lo saludó con una sonrisa amable, aunque sus largos párpados ocultaron su expresión de malestar. Durante un momento, pensó en la posibilidad de utilizar un «rechazo» mental, pero había algo en el individuo que no acababa de encajar. Francesca no conseguía definirlo con claridad, de modo que decidió averiguar lo que quería.

—Sí, soy Francesca —dijo, y lo miró sonriendo, una sonrisa que captó de inmediato la atención del hombre.

—Barry Woods, señorita Del Ponce. Soy un reportero en busca de un reportaje sensacional. Tengo entendido que usted sana a la gente.

Ella arqueó las cejas y en su boca asomó una ligera sonrisa torcida.

—Perdón, debo de haberle escuchado mal. ¿Qué es lo que hago?

—Sana a la gente. Me han contado que ha sanado a una pequeña que tenía cáncer.

Francesca vaciló un momento antes de contestarle. Había algo en el hombre que le molestaba, algo que no acababa de encajar. Una especie de astucia subrepticia, algo sutilmente malvado. Quizá se equivocaba, pero la sensación que percibió la hizo estremecerse. Contactó mentalmente con él de manera imperceptible.

El corazón le dio un vuelco. Se obligó a sonreír, con los ojos muy abiertos hasta mostrarse cuan grande eran, negros como la noche.

—Ya quisiera yo tener un don tan maravilloso como ése. La verdad es que no tengo ese talento que usted menciona. —Con el vientre apretado, Francesca se obligó a hacer un barrido mental del individuo. Gabriel necesitaría información. Aquel hombre no era lo que parecía. Era un fanático, y su mente estaba llena de imágenes de vampiros, estacas y ristras de ajo.

El reportero no soltaba una cadena de oro que le colgaba del cuello. Ella sabía que en la mano sostenía una cruz.

—Mi fuente es muy fiable, señorita Del Ponce.

—Los médicos aquí son verdaderamente notables —dijo ella, con voz pausada—. ¿No cree usted que es mucho más verosímil pensar que son ellos los que han curado a la niña, si es que el cáncer está remitiendo? Yo suelo venir a leer cuentos a los niños, pero no puedo sanarlos, por mucho que lo quisiera. ¿Los ha visto usted en la unidad de cáncer? Son tan bellos y valientes. A una le rompe el corazón. Me gustaría que los visitara. Sería un reportaje con un gran interés humano, ¿no cree? —En la sugerencia de Francesca se ocultaba una orden sutil.

El reportero sacudió la cabeza como si quisiera librarse de una idea molesta.

—Tengo que conseguir ese reportaje.

Ella asintió con un gesto amable, y la cabellera se le sacudió levemente sobre los hombros como una cortina de seda.

—Sí, el reportaje sobre los médicos de este hospital y de su notable trabajo —recalcó ella, mirándolo fijo con sus ojos oscuros—. Realmente, tiene usted que escribir sobre eso.

Woods se detuvo cuando se giraba en dirección a la unidad de cáncer. Sacudió la cabeza con gesto enérgico, como si quisiera despejársela. Por un instante, se sintió desorientado, incapaz de recordar qué había venido a hacer. Lo único en que ahora atinaba a pensar era un reportaje sobre los niños que padecían cáncer. Volvió a sacudir la cabeza, seguro de que ésa no era la verdadera razón. Una mujer se alejaba de él, meciendo sutilmente las caderas. El pelo le llegaba hasta más abajo de la cintura, espeso y reluciente bajo aquella luz. Era una mujer tan bella que le arrebató el aliento. Aunque ni siquiera le había visto la cara.

Se quedó paralizado un momento, incapaz de moverse. No sabía qué estaba haciendo. Hubiera querido que aquella mujer se girara para verle la cara. Quería seguirla, pero sus pies le pesaban como el plomo. Había venido al hospital por una razón importante, pero sólo podía recordar que quería escribir un reportaje sobre los niños enfermos de cáncer. Tenía que hablar con un médico. No era francés, sino inglés. Era un nombre raro. Brice no sé qué. Woods se rascó la cabeza y se alejó con paso firme de la unidad de cáncer. Se sentía muy perdido, confundido. En realidad, no sabía qué diablos hacía allí.

Capítulo 10

—¿Cuánto tiempo crees que podrás seguir rehuyéndome? —preguntó Brice, que se había acercado a Francesca por detrás.

—No te des demasiada importancia, Brice —respondió ella, exasperada—. Te advierto que no es el mejor momento para discutir conmigo. Acabo de recibir la visita de un reportero muy desagradable. El tipo me estaba tratando de pintar como una chalada. Y sospecho que es a ti a quien tengo que agradecérselo.

Brice tuvo la decencia de demostrar cierta incomodidad, aunque intentara desentenderse de la acusación con una encogida de hombros.

—Sólo he dicho la verdad. Tú has examinado a mi paciente. Cuando eso sucedió, su condición era terminal, y de eso no cabe duda. Está todo documentado y yo tengo todos los análisis para demostrarlo. Y después de tu intervención, todos los análisis de sangre salieron negativos, Francesca. Está completamente curada. Yo no lo hice y no tengo ni idea de cómo sucedió.

—De modo que me entregaste a los reporteros, la «mujer rara» de los milagros. Te aseguraste de destruir por completo mi intimidad. ¿Y se supone que tengo que agradecértelo? —Francesca giró la cabeza y su espesa cabellera negra giró también como un velo—. Ahora mismo, tengo que ocuparme de evitar a tus reporteros, Brice. No tengo tiempo para ponerme a charlar.

—Francesca, no fue así como sucedió. Venga, tú me conoces bien. Reconozco que me agrada la idea de salir en primera página, pero no fui yo el que habló con los reporteros. —La cogió por el brazo y la obligó a detenerse—. Deja de evitarme, Francesca, me estás agotando. No fui yo. Fueron los padres de la niña. Se llama Chelsea Grant. Su padre es un senador de Estados Unidos. Le hablé de ti a su madre sin pensármelo dos veces. No había ni la sombra de una esperanza para Chelsea. Nada. Sus padres lo sabían. Yo no era el único médico que la había examinado. Sólo era uno de una larga lista de opiniones. Grant ordenó que alguien te investigara. Había varios antiguos pacientes tuyos que estaban muy contentos de poder hablar de ti y de los milagros que habías conseguido.

Francesca lanzó una mirada a los dedos que la tenían cogida por el brazo. En una época, esos dedos le habían transmitido calidez. Ahora la irritaban. ¿Era tan evidente su superficialidad, esa manera de cambiar de sentimientos con tanta facilidad, con tanta rapidez? ¿O quizá de alguna manera ella misma se había engañado con el verdadero carácter de Brice porque estaba sola? Había querido compartir su vida con alguien, por una vez, antes de que se permitiera morir. Ahora, entendía cabalmente lo importante que era para Brice salir en primera página, lo importante que era para él complacer a la mujer de un senador.

—¿Lo bastante importante para venderme? —musitó, con voz queda—. Querías que ella te debiera un favor.

—Lo siento, Francesca. Sólo quería lo mejor para mi paciente. Y sí, es verdad, sucede que sus padres pueden allanarme el camino al hospital donde deseo trabajar. Un lugar donde mis habilidades marquen una diferencia.

—Pensé que estos niños y niñas te importaban.

—Claro que me importan. Les he dedicado mi vida. Todavía no has comprendido que no tiene nada de malo querer vivir decentemente. Tú tienes dinero, Francesca, tienes más que suficiente, aunque te dedicas a regalarlo a un ritmo alarmante. Yo tengo que ganarme la vida. Es tan fácil y heroico ayudar a una niña de familia adinerada como ayudar a una niña sin hogar.

—Como Skyler —dijo Francesca, con voz queda—. Ella no puede hacer nada por tu carrera. No la querías en tu vida, así que decidiste asegurarte de que tampoco fuera parte de la mía. Eso es indigno, Brice. Esa niña necesita un hogar y yo se lo puedo dar. Que tú hayas intentado hacer lo posible para que eso no sucediera es imperdonable. ¿Cómo pudiste hacer algo así?

—Maldita sea, Francesca. Eres tú la que ha cambiado, no yo. Tú sabías que yo deseaba ciertas cosas. Esto no tiene nada que ver conmigo sino con él, con Gabriel. ¿Qué hace ese tipo, concretamente? ¿Es espía del gobierno? ¿Es una especie de mafioso? ¿Te amenaza con algo? ¿Amenaza al juez? ¿Qué pasa, que todos le tenéis miedo? No creas que no he visto cosas raras en él. ¿Estuvo encerrado por algún delito? ¿Dónde ha estado todos estos años que había desaparecido?

—Ya has oído la decisión del juez. Tiene todo lo que necesita saber de Gabriel. Su vida es un asunto de seguridad nacional. Es material clasificado.

Brice tuvo que morderse la lengua para no soltar un par de imprecaciones.

—¿Eso es lo que te ha contado? ¿Y tú vas y le crees? ¿Es qué no lo ves, Francesca?, podría ser un criminal de la peor calaña. Tú te fías demasiado. Él viene y vuelve a entrar en tu vida después de haber desaparecido de la faz de la Tierra, y tú lo aceptas. El juez lo acepta. Y lo mismo tu abogado. Dios mío, ¿Es qué no lo veis? No es como nosotros.

—No, no lo es. Es bueno y generoso y no tiene segundas intenciones cuando se trata de Skyler. —Los ojos de Francesca despedían verdaderos dardos de fuego. Brice la vio tan bella que sintió el impulso de acercarse, de estrecharla en sus brazos. De pronto, quizá parpadeó porque ella se movió tan rápidamente que él no la vio, y sus brazos quedaron colgando a los lados.

—Es muy injusto lo que dices. Yo quería que Skyler sanara. Para empezar, fui yo el que te pedí que la visitaras. Su padre no tenía dinero. No te olvides de eso, Francesca, mientras te ensañas conmigo. Y no creas ni por un momento que tu querido Gabriel no tiene segundas intenciones cuando se trata de Skyler. Es a ti a quien persigue. Te quiere a ti, y está dispuesto a usar a quien sea para sus fines. Dime, ¿acaso te amenaza con algo? ¿Tienes miedo? ¿Es eso? Me lo puedes contar. Yo te ayudaré. No puede ser tan poderoso como para que no podamos combatirlo.

Francesca estuvo tentada de soltar una carcajada. En realidad, Brice no tenía noción alguna sobre qué era la fuerza. Los dos juntos, aunque estuvieran respaldados por un ejército, no serían capaces de derrotar a Gabriel.

—No, Brice, no le tengo miedo a Gabriel, pero gracias por preguntar. Te agradezco que quieras ayudarme.

—¿Por qué has vuelto a aceptarlo en tu vida sin oponer ningún tipo de resistencia? —preguntó el médico—. ¿Sencillamente apareció en la puerta de tu casa y tú lo dejaste entrar? ¿Por qué? ¿Por qué no te diste tiempo para volver a conocerlo? ¿Acaso no ves el error que estás cometiendo? Soy tu amigo y puedo ver en él con más claridad que tú. Es un ser peligroso, Francesca, y quiero decir verdaderamente peligroso. Seguro que es un delincuente salido de las cloacas. Se huele por todas partes.

Francesca sacudió la cabeza con gesto de cansancio.

—No quiero seguir discutiendo contigo, Brice. Te puedo asegurar, por mi parte, que Gabriel no es ningún delincuente. Si el juez tiene información sobre él y está dispuesto a dejar que Skyler viva con nosotros, reconoce que es un hombre bueno. Sabes que no es un delincuente. Tú sólo estás enfadado porque lo he dejado volver a mi vida. No sé qué haré con Gabriel, pero sólo yo lo decidiré. Jamás te he engañado, ni una sola vez en nuestra relación. Jamás te he dicho que te amaba. Y nunca me he comprometido en una relación contigo.

—Siempre has sabido cuáles son mis sentimientos. No han cambiado. Lamento portarme como un celoso. Sólo te pido que pases un rato conmigo —dijo, con una voz que de pronto se volvió mimosa y apaciguadora—. Ven a casa conmigo, a pasar la noche. —Brice se inclinó y acercó la boca. En su rostro apareció una viciosa expresión de lujuria, y sus ojos se quedaron tan vacíos como los de un desconocido.

A Francesca el corazón le dio un vuelco, saltó como una alarma. Estuvo a punto de zafarse de él de un tirón. De pronto se había dado cuenta de la firmeza con que le agarraba el brazo mientras la atraía hacia él. De alguna manera imprecisa, le pareció diferente, un extraño muy diferente al Brice que ella creía conocer. ¿Se había equivocado tan de lleno? ¿Estaba tan desesperada por tener a alguien que no se había fijado en su verdadera naturaleza? No tenía sentido. No tenía por costumbre montar escenas, y de manera innata tendía a comportarse como un ser humano. Se quedó muy quieta, como un ciervo encandilado de pronto por los faros de un coche. Entonces, cuando Brice estaba a punto de besarla en la boca, éste comenzó a toser y se llevó las dos manos a la garganta, como si se estuviera ahogando. Su mirada, alarmada, se volvió vidriosa.

—¿Qué pasa? —preguntó Francesca, y le tocó el brazo para enterarse de su estado interno. ¿Era Gabriel? No sentía aquella onda llena de energía que solía causar su presencia, pero es verdad que se trataba de un antiguo guerrero muy avezado. Francesca ignoraba por completo cuáles eran sus verdaderos poderes. Por ahora, sólo sabía que Brice tenía bloqueadas las vías respiratorias. No entendía qué sucedía. Tenía la garganta hinchada, como si estuviera sufriendo una reacción alérgica a algo.

Brice se puso rígido, se quedó con los ojos en blanco y sus piernas comenzaron a flaquearle hasta que se derrumbó. Francesca lo cogió sin dificultad, con una fuerza sobrenatural, y lo depositó en el suelo. Comenzó a abrirle la camisa intentando a toda prisa ver si podía respirar.

—*Gabriel* —llamó, casi instintivamente—. *Ayúdame.*

Él se hizo presente de inmediato, una calma serena en el ojo del huracán, midiendo el alcance de la situación. Francesca intentaba respirar por Brice, pero el aire no pasaba por las vías ocluidas. Cuando intentó penetrar en su cuerpo sólo mediante la energía y la luz, se encontró frente a un obstáculo que no podía superar. Gabriel se sentía agradecido de que hubiera sospechado sólo fugazmente de él, y de que lo hubiera buscado en seguida para pedir ayuda. Francesca comenzaba a confiar en él mucho más de lo que ella misma se imaginaba.

—*Lucian, sé que estás ahí* —dijo Gabriel, con voz serena—. *Estás matando a este hombre. Déjalo.*

—*No luchas por lo que te pertenece.* —Era como un reproche, una provocación. Francesca volvió a intentar introducirse en el organismo de Brice para sanarlo, pero la barrera era como un muro de piedra. Al compartir la mente de Gabriel, pudo «oír» el intercambio entre los dos hermanos.

—¿Quién es este hombre que no lo apartas de tu camino cuando te causa tantos disgustos? Te has convertido en un blando, Gabriel. ¿Crees que podrás ocuparte de estas dos mujeres cuando ni siquiera eres capaz de destruir a tus enemigos?

Era una voz bella. Era tan bella que Francesca tuvo que hacer un esfuerzo para bloquearla. Era hipnotizadora sin que el vampiro siquiera se lo hubiera propuesto. Francesca tuvo miedo del poder que manejaba con tanta facilidad.

—Date prisa, Gabriel —murmuró, comunicándose a través de su propio flujo mental. Brice llevaba demasiado rato sin respirar.

Oyó de inmediato aquella risa sedosa y cautivadora como un eco en su mente.

—Está rogando por la vida de este humano inútil. Tu propia mujer, implorando por la vida de otro macho. ¿Qué significa eso, hermano? No puedes siquiera ocuparte de tu mujer.

Era impactante darse cuenta de que esa vía privada que usaban ellos para comunicarse como compañeros podía ser interceptada por el vampiro. Era algo del todo inaudito. A Francesca comenzó a latirle con fuerza el corazón, desbocado. Se sentía sumamente vulnerable y ahora estaba desesperada por salvar a Brice. Gabriel seguía tan calmado como siempre, del todo impasible.

—Que esto quede entre nosotros dos, Lucian. Te estás volviendo algo patético con estas demostraciones. Exhibir así tus dotes ante las mujeres no es digno de ti. ¿Tanto temes que no te preste suficiente atención? En seguida me las veré contigo, si eso es lo que quieres. —Gabriel intentaba dar con una pista con que localizar al vampiro.

De pronto, Brice tosió y respiró a duras penas, boqueando por el aire que le faltaba. Francesca sintió la vibración inconfundible de la energía que llenaba el espacio a su alrededor, se quedaba aleteando en el aire y luego desaparecía. Se estremeció, y en seguida se sentó junto a Brice en el suelo. Le puso una mano en el hombro, y en sus grandes ojos negros asomó un dejo de ansiedad.

—¿Debería llamar a alguien?

—Agua —graznó él, con la voz ahogada y ronca. Se llevó unas manos temblorosas a la garganta.

Francesca palpaba la frustración de Gabriel al reconocer que Lucian había vuelto a escapársele delante de las narices sin que pudiera dar con su paradero. Ya que ella no podía ayudar a Gabriel, se alejó a toda prisa en busca de un vaso de agua para Brice. Al ayudarlo a sentarse, derramó parte del contenido.

—Ha sido Gabriel —dijo él, acusándole con voz entrecortada—. Sentí sus manos en mi garganta estrangulándome.

—Brice, no era Gabriel. Está a kilómetros del hospital. Te estabas asfixiando. Te limpié las vías respiratorias para que pudieras respirar. —Fue una explicación formulada con voz serena y clara.

—Ha sido Gabriel —dijo él, mirándola con un destello en los ojos—. Hasta alcancé a olerlo. Sentí sus manos en mi cuello intentando matarme. Lo he visto. Sé que lo he visto, y tú intentas defenderlo.

—*No sirve de nada intentar persuadirlo de lo contrario, Francesca* —dijo Gabriel, con una voz sin inflexiones, sin mostrarse molesto por la opinión que Brice tenía de él—. *Lucian es demasiado poderoso para que tú puedas superar la obsesión que ha metido en la cabeza de este hombre. Lo he visto destruir ejércitos enteros. Cuando cazábamos juntos, solía ordenar a los vampiros que librasen al mundo de su propia existencia usando sólo su voz, y todo sucedía sin que mediaran combates. Los vampiros ponían fin a su existencia sin oponer ni un ápice de resistencia. Como sabes, los vampiros son capaces de cualquier cosa para seguir viviendo y, sin embargo, Lucian los controlaba con su sola voz. No tienes ni idea del poder que ejerce con ella. Deja que Brice piense lo que quiera. Yo me encargaré de tener una coartada perfecta para el juez. No será difícil.*

Francesca se incorporó lentamente, decidida a lidiar con aquel problema.

—Puedes pensar lo que quieras, Brice, pero recuerda que cuando acuses a Gabriel por este crimen horrible, también me acusarás a mí de ayudarlo con mi falso testimonio. Yo estaba aquí contigo. Yo te he ayudado. ¿Qué motivo tendría para mentirte?

Brice sacudió la cabeza y se frotó el cuello.

—Sé que es un ser malvado, Francesca, y sé que estás obligada a hacer lo que él dice. Ya sé que no querrías que yo sufriera daño. Te está obligando a decir y hacer lo que estás haciendo. Le tienes miedo, ¿es eso? Es probable que le hayas salvado la vida, pero ahora lo estás encubriendo sólo porque le tienes miedo. Si me contaras cómo te amenaza, te podría ayudar.

Francesca suspiró y se pasó la mano por el pelo largo y sedoso con gesto de impaciencia.

—Creía que me conocías, Brice. Que me conocías de verdad. Si yo tuviera miedo de Gabriel y lo pensara capaz de cometer un asesinato sin más, si me estuviera amenazando de alguna manera, aunque fuera con algo tan banal como un chantaje, ¿crees por un momento que expondría a Skyler a una persona como él? Nunca. Jamás, bajo ninguna circunstancia, dejaría que me persuadieran o me indujeran a ponerla en peligro. Aunque no sepas nada más de mí, al menos deberías saber eso. Y si Gabriel hubiera intentado estrangularte, ya estarías muerto. Yo sería incapaz de luchar contra él, pero nada me induciría a protegerlo si hubiera intentado matarte.

—No sé qué es lo que te ha hecho, pero que sepas que vendrán a verte las autoridades, porque pienso demandarlo —advirtió Brice. Empezó a masajearse el cuello y volvió a toser varias veces.

—Haz lo que creas que tienes que hacer, Brice —respondió ella, tranquila—. Por lo visto, me crees capaz de ser cómplice de un asesinato. —Con un gesto soberbio, se giró y se alejó a paso rápido por el pasillo hacia las puertas, dejando a Brice levantarse a duras penas por sus propios medios.

—*No sé dónde está Lucian, Francesca.* —La voz de Gabriel era tan serena como siempre, pero ella comenzaba a conocerlo lo bastante para saber que estaba inquieto—. *No salgas del hospital hasta que vuelva a reunirme contigo. Ahora voy hacia allí.*

—*¿Y qué pasa si es eso justo lo que quiere? ¿Si me está usando a mí para llevarte a ti donde pueda hacerte daño?* —En su voz latía el miedo.

—*Nunca me ha derrotado en la batalla, amor. Deberías tener más fe en tu compañero. Lucian es un vampiro nada común, así como en su tiempo fue un carpatiano nada común. No hay nadie que se le parezca. No sirve de nada intentar adivinar sus movimientos. Siempre actúa de la manera más inesperada. Podría haberte atacado a ti o a Skyler con la misma facilidad. Es más inteligente de lo que podrías imaginarte, y también más poderoso de lo que lo pintan las leyendas.*

Es imposible saber cuál será su próximo movimiento, pero te ha encontrado a ti y ha encontrado a Skyler. No quiero que des ni un solo paso en la noche hasta que yo esté junto a ti.

Por alguna razón, Francesca estaba irritada.

—*No pienso dejar que este vampiro me cambie la vida, Gabriel. Ésta es mi ciudad. Hago muchas cosas y amo muchas cosas aquí. A lo largo de los siglos han venido muchos vampiros y han pasado de largo. Ya que estamos, han pasado machos carpatianos y, sin embargo, yo sigo viviendo y haciendo lo que quiero.*

—*A Lucian le gustan los juegos, Francesca. Tiene una mente que está siempre sedienta de acción. No es alguien con quien puedas jugar y esperar ganar.*

—*No viviré temiéndolo.*

Pronunció esas últimas palabras como un desafío, para Gabriel y para el vampiro, en caso de que estuviese atento a esa conversación. No lo creía posible, pero también había creído imposible que alguien que no fuera Gabriel pudiera «oír» su vía privada de comunicación. Todos los carpatianos se comunicaban en una misma vía mental, pero aquello era diferente. Gabriel era su compañero. Su vía era algo muy particular e íntimo, personal. Nadie debería poder violar esa comunicación privilegiada. En realidad, Lucian era poderoso, un espécimen único. Salió a la noche oscura y sintió que ése era su mundo, al aire libre, donde podía respirar lejos del olor malsano del sufrimiento humano. De pronto, Gabriel se materializó a su lado y con su largo brazo musculoso le rodeó la fina cintura.

A ella casi le dio un vuelco el corazón, tan inesperada fue su presencia.

—Pensé que estabas en alguna parte hablando de una coartada.

—No es nada difícil, amor mío, enviar vívidas imágenes a quienes ya he tocado mentalmente. El juez y yo hemos pasado una agradable noche en su casa. Juega al ajedrez, ¿sabías? Desde luego, he ganado yo, pero ha sido una partida muy disputada. Cree que he bebido con él su coñac preferido y que hemos conversado acerca de todo tipo de cosas. Como vive solo, no ha sido difícil plantar esos recuerdos en su cabeza.

—¿Ha habido otro asesinato? —preguntó ella, sabiendo que no

era necesario—. ¿Ha sido Lucian, no? ¿Qué está haciendo? ¿Qué intenciones tiene?

Gabriel se encogió sutilmente de hombros, un movimiento que fue como una súbita vibración de su poder.

—Pretende atraerme a su laberinto de redes. No te inquietes, amor, no me derrotará en la escena de ninguno de sus crímenes. Puede que se encuentre excitado y se sienta poderoso después de haber matado, pero yo conozco sus métodos. Sé como planifica las batallas, cómo piensa y se mueve y monta sus planes. Siempre será mucho más listo que un vampiro normal. Tiene un plan maestro. Esto no es más que el principio, como la apertura de una partida de ajedrez —dijo, y se inclinó para aspirar la fragancia de Francesca, como si en ese momento necesitara hundir la cara en la calidez de su cuello. Sintió el latido viejo como el tiempo, su sangre, la esencia de la vida que lo llamaba. Tenía el cuerpo endurecido y adolorido y su deseo aumentaba por momentos.

A Francesca le sorprendió ver cómo su propio cuerpo respondía a sus estímulos. Cada célula de su organismo estaba viva. Interiormente, un calor se derramaba en ella con sólo contemplarlo. Aunque el vampiro rondaba sobre sus cabezas y Brice se hubiese lanzado a calumniar el nombre de Gabriel, ella sólo atinaba a pensar en su cuerpo musculoso y en el calor de su piel, en la suavidad de su pelo largo y en la perfección de su boca.

—Para. —Había una sensualidad oculta en la voz de Gabriel. Eran palabras roncas, y él la cogió por las costillas, justo por debajo de los pechos, y con cada paso que daban ella sentía el roce de su pulgar contra la parte inferior de su propia carne hinchada—. Intento ser el cazador, la leyenda que tú me crees. No me tientes. No soy ni la mitad de fuerte de lo que quisiera creer.

Ella le sonrió y sus largas pestañas lograron ocultar el deseo rabioso que sentía. Le agradaba la sensación de caminar junto a él, se sentía segura y protegida. Cuidada. Había vivido tantos años sola. Ya se dedicaría a la caza en otro momento.

Gabriel se detuvo bruscamente y le cogió el mentón.

—Yo también estaba solo, Francesca. Todos esos años vacíos. Completamente solo. Ahora eres objeto de mis cuidados. Estás segura y protegida. Eres mi razón de existir, eres el aire que respiro —confesó, y le acarició la cara con la punta del pulgar. Su mirada oscura se derramaba sobre ella, quemante, hambrienta. Francesca se quedaba sin aliento cada vez que él la miraba de esa manera tan posesiva.

—Te deseo. —Lo dijo en el mismo tono ronco con que había hablado él. Lo quería ver inflamado, incapaz de resistir la tentación. Ya no le importaba que perdiera el control. Era algo contrario a ella, algo que no estaba bien. A él lo esperaba una tarea y ella no debía distraerlo. No debía parecer que sabía que él quería estar con ella como ella deseaba estar él. Sabía que jugaba con fuego, pero no le importaba. El mundo a su alrededor se derrumbaba y ella deseaba sus brazos y su cuerpo y las llamas ardientes que sólo él sabía desatar. Quería que Gabriel dejara de pensar, quería verlo descontrolado, sediento de ella más que de cualquier otra cosa. Más que salir a cazar a Lucian.

Él emitió un sonido ronco, capaz de leer hasta su último pensamiento.

—No me facilitas en nada las cosas, Francesca. Estamos en un espacio abierto y me resulta difícil seguir caminando sin dolor a cada paso.

A Francesca los labios se le torcieron en una ligera sonrisa. Le pasó la mano suavemente por el pecho y siguió más abajo, hasta la protuberancia incitante que ya se había vuelto dura y gruesa. Con sus largas uñas, arañó la tela, provocándolo, excitándolo todavía más concienzudamente. Siguió el camino hacia el río, invitándolo a él con cada movimiento de su cuerpo. Tenía los pechos hinchados, dolientes de deseo, un deseo que aumentaba a ojos vista. Por su mente desfilaban imágenes calientes y eróticas.

—No creas que no nos daremos cuenta si viene alguien —susurró Francesca, y comenzó a desabrochar lentamente los botones de su blusa cuando se acercaron al abrigo de unos árboles.

Gabriel observó totalmente fascinado los bordes de su blusa separarse lentamente, dejando ver sus cremosos pechos, que apuntaban, incitantes, hacia él. Su sonrisa era la más pura seducción.

—¿Piensas resistirte a mí, compañero?

—No estamos en un lugar seguro —respondió él, pero su mirada oscura le quemaba a ella la piel desnuda intensamente, hasta que los pezones se le endurecieron como respuesta. Él había hecho un barrido visual de la zona, igual que ella. Sabía que estaban solos, y saberlo no le ayudaba en nada a conservar el sentido de la disciplina. Sabía que si alguien aparecía por el río, él sería perfectamente capaz de ocultar su presencia.

Ella le arrancó la camisa por los hombros, deseosa de ver su poderosa contextura, sus músculos duros. Le pasó la mano por el pecho y, al vagar, sus dedos guardaron el recuerdo de su piel para la eternidad.

—Quiero sentir lo que sientes tú —dijo, suavemente—. Quiero saber lo que puedo hacerle a tu cuerpo y a tu mente. —Bajó las manos hasta la cintura de Gabriel y, con lentitud deliberada, abrió la tela hasta que la vio, gruesa y dura y palpitante de plenitud y necesidad. De inmediato la cogió en el calor de sus manos, y sus dedos conservaron el recuerdo.

Gabriel gruñó de placer y dejó que las mentes se fundieran en una para que ella sintiera la intensidad de su goce, la lujuria que se apoderaba rápidamente de él, el deseo a punto de consumirlo. El pelo largo y sedoso de Francesca le rozó la punta cuando encontró el pecho con su boca ardiente, y sus suaves labios siguieron el camino iniciado por los dedos. Él dejó escapar un segundo gruñido cuando ella siguió bajando, tan lentamente que Gabriel creyó que moriría antes de que ella lo tocara.

Sus labios lo recorrieron a todo lo largo, saboreándolo con la lengua, al principio suavemente. Y luego su boca, caliente y apretada, lo transportó a un lugar que él jamás había imaginado, y ella lo acompañó. Francesca sentía cada gota de placer que le daba, sabía exactamente qué deseaba, qué necesitaba. Encontró sus nalgas duras y musculosas a través de la tela de los pantalones y le pidió que entrara más profundo en ella, disfrutando del poder que detentaba en ese momento. Disfrutaba al ver que él no podía hacer otra cosa que mover sus caderas sin poder reprimirse, con las manos cogiéndole el pelo sedoso. No se parecía a nada que jamás hubiera experimentado, caliente y endemoniadamente erótico. Parecía increíble tener tanto poder sobre un ser legendario.

Él murmuraba su nombre con la cabeza echada hacia atrás y la voz enronquecida por el deseo. De repente, la atrajo a su altura y hundió su boca en la de Francesca, dura e implacable, dominante, excitada e intensamente masculina.

Gabriel la besó hasta quedar hundido en ella, y unido tan profundamente que no supo dónde acababa ella y dónde empezaba él. Francesca. Su vida. El aire que respiraba. Apretó los brazos con gesto posesivo. Sus labios pasaron de su boca sedosa y caliente a su cuello y, más abajo, hasta encontrar sus pechos generosos, suaves y llenos e incitantes. Cerró los labios sobre su punta endurecida y tiró con fuerza, un tormento para los dos.

Ella le rodeó la cabeza con los brazos.

—Dime que esto es real, Gabriel. Que somos nosotros, tú y yo, no el deseo de los carpatianos que se desata entre los dos. —Su voz era una plegaria, una necesidad dolorosa para que fuera algo real.

—Sólo tú, Francesca —murmuró él, con los dientes apretados—. Busca en mi mente y verás la verdad, está ahí para ti. Te deseo a ti y sólo a ti. Por lo que eres, no sólo por tu bello cuerpo. Para mí nunca habrá otra. Nadie podría satisfacer este apetito desesperado, un apetito tan antiguo como el tiempo. Bello y mágico. —Las manos de Gabriel exploraron el cuerpo hacia la cintura de sus pantalones vaqueros—. Te miro y recuerdo los siglos interminables, todas las guerras y batallas, los míos que se convertían en criaturas inertes y las incontables veces que tuve que destruirlos. Lo hice todo por ti, todo lo soporté por ti. Sólo por ti. Nada de nobles propósitos. Sólo porque sabía que tú existías en algún lugar de este planeta, quizás una niña que apenas comenzaba su vida, y era necesario guardarte a salvo.

Su mano se desplazó a lo largo de sus caderas y la despojó de sus pantalones, siguió por la piel suave, por la fina línea de sus piernas.

—Pensaba en ti cada vez que mataba, cuando mi vida era oscura y siniestra, sin esperanza. Pensaba en ti en un pueblo, o en una aldea cualquiera, en lo alto de las montañas o en los sombríos valles. Te susurraba y te decía que vendría, que no sufrirías daño alguno mientras yo estuviera vivo. Y así seguía existiendo, siglo tras siglo. —Gabriel cerró los ojos mientras la tocaba y saboreaba la textura y perfección de su piel, guardando cada recuerdo de ello, recuerdos que llevaría siempre consigo. Para toda la eternidad—. Para ti, Francesca, seguía viviendo para ti. —Para llevar con él donde fuera que lo llevara su muerte.

Francesca sentía las lágrimas que le quemaban los ojos, sorprendida de que sus palabras la conmovieran tan profundamente. La sensación de su boca rozándole el pecho, el calor de su aliento mientras él murmuraba esas bellas palabras contra su piel, tenían un efecto tan hipnotizador como cualquier fórmula mágica que pudiera concebir.

—Me haces avergonzarme de haber llegado a perder toda esperanza —murmuró, con lágrimas en la garganta, mientras le cogía la cabeza entre los brazos.

Él la alzó en vilo con una fuerza descomunal.

—No quiero que vuelvas a sentir algo así —la regañó con voz suave—. Eres la fuerza de mi mente, el hierro de mi voluntad, eres bella y valiente, por dentro y por fuera, y yo no me merezco a alguien como tú. Tantos siglos viviendo solo, alejado de los tuyos. Para cualquier otro habría sido un infierno en vida, pero tú conseguiste forjarte una existencia digna.

Francesca le puso los brazos alrededor del cuello y lanzó la cabeza hacia atrás al tiempo que le rodeaba la cintura con las piernas y se acomodaba a toda su larga y dura extensión. El pelo le caía en un velo de seda oscuro, envolviéndolos en un mundo aparte. Era lo que ella deseaba, la unión de sus cuerpos, tan perfectos en el aire de la noche. La noche a la que pertenecían, donde los suyos vivían y medraban. Lo sostuvo así y se montó en él, al principio lentamente, luego saboreando el contacto caliente con él, perfecto, llenándola con toda su plenitud, enviando ondas de placer por todo su bello cuerpo. Francesca se aferró a él y tembló de placer.

Inclinó lentamente la cabeza, seductora, hacia su cuello. Él se había alimentado bien esa noche, y ella temblaba añorando saborearlo entero, consumirlo en las llamas de su oscuro deseo. Él susurró su nombre, sus brazos como dos hierros, sosteniéndola cerca. Gabriel cerró los ojos cuando ella hizo frotar los pechos contra su torso desnudo y su apretada hendidura lo envolvió, aferrándose a él con su fricción de terciopelo. Un placer indescriptible. Ella le hundió los colmillos profundamente en el cuello y un rayo de luz azul lo sacudió a él, luego a los dos, hasta fundirlos en un solo cuerpo.

Él comenzó a moverse, tomó la iniciativa acelerando el ritmo, hundiéndose cada vez más profundo, como intentando encontrar su centro. La cabellera de ella se derramaba sobre la piel de Gabriel y lo excitaba aún más. Francesca era su mundo, su aliento mismo, su sangre, su cuerpo y su placer. La descarga se acumuló como una bola de fuego, una tormenta de fuego sin control. Él la sintió respirar aceleradamente, luego cerrar los agujeros en el cuello con la lengua, una caricia cargada de sensualidad, mientras se le aferraba con todo el cuerpo, chupándolo hasta que tuvo ganas de gritar su nombre a las alturas. Sentirlo. Vivirlo. El amor que brotó en él lo desbordaba, como si el cuerpo explotara hacia el universo, siguiendo a Francesca, estrellas lanzadas en todas las direcciones y los colores girando como en un caleidoscopio.

Él la sostuvo, los corazones latiendo al unísono, los cuerpos unidos. Su destino era estar juntos. Gabriel se quedó quieto en la oscuridad, sosteniéndola junto a él.

—Te amo, Francesca. Te amo de verdad.

Ella se quedó inmóvil, con la cara oculta en su cuello cálido.

—Gabriel.

—Es verdad, Francesca. Mucho más de lo que jamás creí posible amar a nadie. Ignoraba lo intenso que puede ser este sentimiento. No te pido nada, amor, no creas que es eso. Sólo quiero que sepas lo que siento. Quiero decírtelo en voz alta. Y para que lo sepas, también amo tu cuerpo.

Ella rió por lo bajo.

—Si fui yo quien te sedujo a ti. —Quería dejarlo muy claro—. Una y otra vez.

—No fue por falta de ganas, debo decir, y eso lo sabes muy bien. Yo intentaba ser un caballero. —Lentamente, la dejó bajar hasta tocar el suelo—. Y fui el primero en decir que te amaba. Recuerda eso cuando te hagas la presumida.

Francesca se estiró con un movimiento sensual y se giró hacia las estrellas.

—Llévame a casa, Gabriel. Consigue una protección para Skyler y llévame a casa. Quiero pasar el resto de esta noche haciendo el amor contigo —confesó, sonriéndole con expresión traviesa—. Y tú recuerda, cuando te hagas el presumido, que yo fui la primera en sugerirlo.

—Es normal que dediques tiempo a estar con tu compañero. Nuestra casa pronto se llenará de gente. Creo que ha llegado la hora de que te quedes conmigo y reconozcas que cometiste un terrible error con esa pobre excusa de buscar un hombre.

—Brice no estaba tan mal si lo comparas al aspecto que tiene en este momento. —Había una auténtica confusión latente en la voz de Francesca. Sin pensar más en Brice, Francesca se procuró su ropa, muy cerca de Gabriel.

—No me parece grave que hayas demostrado tener tan escaso juicio en este asunto específico antes de que yo llegara —dijo él, con expresión impasible—. Al fin y al cabo, has demostrado tener sentido común en todo lo demás.

Francesca comenzó a reír con tanta fuerza que tuvo que echarle los brazos al cuello a Gabriel para apoyarse.

—No puedo creer que seas tan presumido después de haber vivido dos mil años. Al menos, pensaba que habrías aprendido a hablarle a una mujer.

Él inclinó su cabeza oscura hacia ella.

—Amor, ¿quieres que te hable? —Su voz era más suave que el cielo sobre sus cabezas. Ella encontró su mirada oscura sin vacilar. Gabriel la miraba con deseo. Ninguna otra palabra podía describirlo. Era *deseo*—. Porque tengo muchas ganas de hablar contigo. —Con el cuenco de la mano le cogió un pecho, el pulgar apenas rozándola, insistente, sobre el pezón endurecido—. ¿Escuchas lo que te estoy diciendo?

Francesca se estremeció y le echó los brazos al cuello.

—Vamos a casa, Gabriel. Skyler tiene que quedarse unos cuantos días en el hospital, y yo quiero disfrutar de hasta el último minuto que tenga a solas contigo. Hasta el último minuto. —Y su boca buscó la de Gabriel, que parecía tan hambrienta como sus ojos.

Capítulo *11*

Algo horrible estaba sucediendo en la ciudad. Francesca ni se atrevía a escuchar las noticias. Una cadena de asesinatos, mutilaciones y crímenes horribles se había extendido por toda la ciudad. ¿Era Lucian? ¿Era él el responsable de las atrocidades que asolaban su querida ciudad de París? Si ella y Gabriel decidían partir, ¿Acaso Lucian seguiría sus pasos? Pero era algo más que los brutales asesinatos; era el *pulso* mismo de la ciudad, como si una fuerza maligna latiera subterráneamente en ella. Una fuerza oscura y perversa que acechaba, esperando el momento para salir a la superficie. Era un sentimiento que, de alguna manera, se había apoderado del lugar, y sus habitantes comenzaron a verse afectados. Estallaban riñas por todas partes, en las calles se sucedían los accidentes de tráfico y el conflicto se desataba por doquier.

Para ella, era importante pasar todo el tiempo posible junto a Gabriel. Quería estar junto a él siempre al despertarse, cuando la belleza de la noche se volvía sobrecogedora. Ella esperaba las primeras horas del despertar. Francesca deseaba hacer el amor con él, observar esa mirada suya tan intensa que le hacía sentir olas de calor que se apoderaban de ella. Habían estado juntos todo el tiempo posible, y su única responsabilidad era velar por la evolución de Skyler. Francesca no estaba demasiado preparada para renunciar al tiempo que pasaba con Gabriel, pero él era el cazador, y los periódicos informaban del mal que asolaba a la ciudad. Él no podía sino combatir aquello que amenazaba a su familia.

Gabriel se le acercó por detrás, silencioso como siempre, y con la palma de la mano siguió la curva de su cuello, un contacto cálido.

—No es sólo Lucian, amor mío. Creo que tú y Skyler sois el objetivo de las criaturas inertes. Ahora has salido a la superficie, y yo te he expuesto a un peligro que tú habías mantenido a raya durante siglos. Skyler no es lo bastante mayor, pero tiene una gran habilidad y ha abandonado por voluntad propia el lugar donde se había ocultado, hasta ahora, con éxito. Las criaturas inertes siempre buscan a seres como Skyler. Tenemos que trasladarla de inmediato a esta casa y darle la protección adecuada.

—Brice ha dicho que falta un día —murmuró Francesca, que sabía muy bien dónde habían llegado las manos de Gabriel. Siempre estaba tan consciente de él. De su poderosa fragancia, de la fuerza de sus músculos cuando se movía y, sobre todo, de su manera de *desearla*. Esos deseos suyos de tocarla, de dejar que sus dedos se perdieran en la maraña de su pelo, que la acariciaran. Francesca gozaba de esa conexión entre ambos. Le fascinaba esa manera suya de acercarse por detrás y rodearla con sus brazos y dejar las manos descansando, protectoras, sobre el vientre que nutría a su hijo.

Su hijo. Crecía dentro de ella, como una parte de ella y de él. Un milagro que jamás había esperado. Él pensaba que había cometido un crimen imperdonable y ella había sentido ganas de llorar de alegría. Gabriel le había dado un regalo sin parangón, superior a cualquiera de sus sueños. Francesca se habría reído de buena gana pensando en sí misma. Qué ingenua e infantil había sido al creer que podría vivir bajo la luz del sol.

Ella era una sanadora, una mujer con poderes, que conocía íntimamente su propio cuerpo. Gabriel no la habría engañado si ella no hubiese querido ser engañada. Francesca había aceptado su deseo sin reservas y se lo había devuelto multiplicado por diez. Él creía poseer un poder enorme que la superaba, pero en cierto sentido ella siempre había sabido qué estaba ocurriendo. Lo había sabido; ella no era una advenediza, sino una mujer de los tiempos antiguos. Él no podría haberla seducido sin su consentimiento.

¿Era tan fuerte el llamado del compañero? ¿O era la atracción que sentía por Gabriel, el individuo? La leyenda. El mito. El carpatiano que quería compartir su vida con ella, no, que *necesitaba* compartir su vida. Se acercó a él hasta que encontró el nicho perfecto, como si estuvieran destinados el uno al otro.

Gabriel, que ahora no era más que una sombra en sus pensamientos, se abstuvo de recordarle que, en realidad, estaban destinados el uno al otro. Francesca era, de forma exclusiva, la otra mitad de su alma y de su corazón. Francesca era su mundo, la razón por la que había vivido dos mil años sumido en la oscuridad. Ella era la razón por la que luchaba con ese ahínco contra el mundo de las criaturas inertes. Y ella necesitaba tener la certeza de que él era la razón por la que ella se había aferrado a la vida durante tanto tiempo. Se pertenecían el uno al otro.

Francesca lo miró por encima del hombro con sus expresivos ojos oscuros.

—Puedo leerte el pensamiento, Gabriel —dijo, con voz queda, y una leve sonrisa asomó en la comisura de sus labios.

—Si me estuvieras leyendo el pensamiento, ya te habrías sonrojado —respondió él, con un guiño malévolo.

Ella se sonrojó con el sonido de su voz, con el roce aterciopelado, el susurro de su aliento. No tenía por qué ver las imágenes en su mente de aquellos detalles tan vívidos y eróticos.

—Para. Esta noche nos espera mucho trabajo —dijo, y respiró hondo—. Sobre todo a ti. —Francesca sentía que el corazón se le aceleraba con esas palabras suyas. Lo enviaba a la caza del vampiro, para saber qué estaba sucediendo en la bella ciudad que había adoptado como suya. El mal se cernía sobre París. Lucian. El ángel de las tinieblas, el ángel caído. De pronto la invadió una enorme tristeza. Se dio cuenta de que había captado el dolor de Gabriel, un dolor tan intenso que lo había barrido como la violenta ráfaga de una tormenta.

Gabriel se giró, desconectó sus sentidos y su mente, como si quisiera ahorrarle a ella la intensidad de su dolor, pero Francesca respondió de inmediato girándose y atrapándolo en el círculo de sus menudos brazos. Era un abrazo que lo reconfortaba y lo aliviaba, el abrazo de su compañera. No tardó en buscarlo mentalmente, para transmitirle sentimientos de paz y tranquilidad.

—Estoy contigo, Gabriel, siempre contigo. No te sientas como si estuvieras solo en esta empresa.

—Si estás en contacto conmigo, Francesca, verás a Lucian tal como era, como un guerrero que jamás ha sido superado. Entregó su vida por nosotros, por la humanidad. Siempre creí en él y nunca me decepcionó. Después de todas las batallas, todas las veces que fui testigo de las muertes que infligió, sigue siendo imposible para mi corazón aceptar lo que reconozco como verdad. —Se mesó la larga cabellera oscura, sus ojos negros lanzando destellos—. Luchaba contra el vampiro noche tras noche. Fue herido en muchas ocasiones, heridas horribles, y solía ocupar mi lugar cuando era yo quien caía herido. Se movía con rapidez y durante los combates siempre me escudaba con su propio cuerpo de las criaturas inertes. Jamás oí de su boca ni una sola queja, ni siquiera una vez durante todos esos siglos. Siempre hacía lo que debía, sin importarle el precio que pagaba y, sin embargo, ahora me he propuesto destruirlo.

Francesca escogió sus palabras con sumo cuidado.

—Ya no es al hombre al que intentas cazar, Gabriel, sino un envoltorio que ha quedado con el tiempo. Lo que un día fue portentoso, el alma y el espíritu y el corazón de tu hermano gemelo, hace ya tiempo que no existe en este mundo. No puedes pensar en él como ese ser al que tanto amabas, al que tenías en tan alta estima. Éste es un vampiro, una criatura inerte, y ya no es tu hermano gemelo.

Gabriel le cogió la mano y se la llevó al pecho junto al corazón.

—Sé que dices la verdad, pero él no se parece a las criaturas inertes que yo he cazado y destruido durante toda mi vida. Conserva ciertas cualidades que jamás habría sospechado.

Ella se le acercó aún más, un gesto que él agradeció.

—Quizás esos pequeños detalles han significado tu perdición ante él, Gabriel. Quizás ha sido lo bastante listo para entender que los recuerdos te derrotarían allí donde él no podía.

Él se llevó su mano a la boca y estampó en ella un beso cálido.

—Sólo sé que era un gran hombre y que yo lo amaba. Vivimos juntos dos mil años, Francesca, incluso durante los últimos siglos de aquellos combates interminables. Él siempre estaba ahí, rozando mi pensamiento, compartiendo información conmigo, un desafío en un mundo vacío. Fue Lucian quien me permitió seguir adelante cuando las fuerzas oscuras me amenazaban y oía los susurros del poder llamándome. Siempre estuvo presente, y ahora es mi misión en esta tierra. Permitir que otro lo destruyera sería un sacrilegio, y yo le he dado mi palabra de honor. —Sacudió la cabeza como si soportara un dolor tan grande que los aplastaba a ambos, como una piedra que les pesaba sobre el corazón.

—¿*Gabriel?*

Aquella voz vibró en su mente, y ella lo captó con la misma claridad. Era una voz suave y bella, una voz solitaria. Inquieta. Francesca se estremeció hasta el alma. ¿Cómo era posible que alguien tan malvado poseyera un don como ése, un arma tan penetrante? Si esa voz le exigía obediencia, ¿sería ella capaz de resistirse a su encanto?

—*Si me buscas, Lucian, sólo tienes que revelarme tu paradero y no tardaré en encontrarte.* —La voz de Gabriel sonaba cansada, y su tono alarmó a Francesca. Le apretó el brazo con firmeza, aterrada ante la idea de que aquella voz tan seductora estuviese despojando a Gabriel de su fuerza, hasta hacerle dudar de sus capacidades.

—*Estás cansado, hermano. No quisiera aprovecharme de una ventaja tan injusta cuando hay víctimas mucho más atractivas. Te dejaré descansar.*

El contacto se desvaneció con la misma rapidez con que se había producido. Gabriel hundió la cabeza en el cálido cuello de Francesca.

—¿Te das cuenta de lo que te he dicho? Ha sido mi dolor el que lo ha traído hasta mí. Conserva un fuerte vínculo conmigo que yo no puedo cortar. —Alzó la cabeza buscando su rostro con tal intensidad que ella apenas podía soportar su penetrante mirada.

—Quiero que sepas algo, Francesca. Me has dado más felicidad en los pocos días que hemos compartido de la que he sentido en toda una existencia. Me siento honrado de la suerte de haber tenido una compañera como tú, una mujer valiente y bella, después de haber conocido sólo atrocidades. Jamás he tenido un hogar propio en toda mi vida. Donde sea que mire en esta casa tuya, te encuentro a ti. Entré en la habitación que has arreglado para Skyler y mis ojos se llenaron de lágrimas. Toqué el edredón que has tejido para ella. Era como tú, una fuente de alivio y compasión. De valor. Estaba lleno de vida y amor y risas. Sentí la protección de la que lo has dotado para mantener a raya sus pesadillas. Era una protección fuerte, como tú.

Francesca se sonrojó con sus palabras y desvió la mirada de sus ojos oscuros y profundos. En cierto sentido, esas cosas que decía Gabriel la inquietaban, como si se estuviera despidiendo. Gabriel le cogió el mentón en una mano, lo mantuvo fijo hasta que su mirada se adueñó de la suya.

—No desvíes la mirada. Te mereces mirar en mi corazón y en mi mente y saber qué hay de verdad en mis palabras. No hay otra mujer como tú en el mundo. Tampoco yo quisiera otra mujer. Si algo me sucede, sé que tomarás la decisión de permanecer en este mundo, que tendrás la fuerza suficiente para criar a nuestro hijo con el amor que le habríamos dado los dos. Y sabrás transmitirle quién era yo y por qué luchaba.

—¡Gabriel! ¡No! —Francesca se liberó de su abrazo con gesto brusco—. Estás hablando de ti mismo en el pasado. Destruirás a Lucian. Sé que lo harás.

—Sí, no tengo otra alternativa —reconoció él, asintiendo con un gesto cansino de la cabeza.

Francesca se dio cuenta de que lo tenía agarrado de un brazo, y lo sacudió ligeramente.

—¿Crees que no volverás a verme?

—No, Lucian me llevará con él —confesó él. Le cogió la cara entre las manos—. Tú estás en mi corazón y donde quiera que vaya llevaré conmigo tu recuerdo, hasta el día en que volvamos a reunirnos. Ya es suficiente que tú y Skyler y nuestro hijo estéis a salvo.

—Soy tu compañera, Gabriel. Fuiste tú quien insistió en el ritual, tú el que selló nuestro vínculo, fuiste tú quien me dio un hijo. No puedes ir a la batalla pensando que no volverás. Los compañeros permanecen juntos —protestó. Él creía en lo que le decía y de pronto ella entendió que Gabriel era todo lo que ella había querido en la vida. Gabriel. Su compañero. Su leyenda vuelta a la vida.

Una ligera sonrisa le torció a Gabriel su boca perfecta.

—Eres tan valiente, amor mío —dijo—. Tú sobrevivirías ahí donde otros sucumbirían. Has conocido una vida en este mundo con que pocos habrían sabido lidiar. Y jamás abandonarías a Skyler cuando ella te necesita tanto. A ella debemos cuidarla en todo momento y debemos criarla para que conozca sus propios poderes y su fuerza. Sin ti, Skyler volvería a refugiarse en su reducto mental y estaría perdida para los nuestros. Y tú lo sabes. En el fondo de tu corazón, sabes que el vínculo que tú has forjado con ella es lo único que la mantiene con vida. No puedes abandonarla. Y también está nuestro hijo, que crece en ti, que es parte mía, y tuya. Tú tendrás que criarlo y orientarlo para que herede la fuerza de la que tantos otros carecen. No quisiera que nadie te reemplazara en esa tarea. Él debe conocerte y, a través de ti, a mí. —Gabriel le besó la frente con gesto tierno y le hundió las manos en la espesa cabellera.

—Y tú debes estar para ayudarme con esas tareas, Gabriel —respondió Francesca, intentando mantener la calma. Él estaba tranquilo. Se podía decir que estaba incluso muy tranquilo. Ella sentía el profundo dolor que lo aquejaba, pero en él había una actitud de resignación, de total aceptación de lo que el futuro le deparaba—. Hablo en serio, Gabriel. Llama a los demás. Llama a Gregori. Él es un gran cazador de las criaturas inertes. Tú no conoces su reputación, pero los vampiros le tienen pavor. Hay muchos otros que podrían ayudarte. Aidan vendría desde Estados Unidos. Aidan es temido por sus enemigos vampiros. Su hermano es poderoso, y el príncipe vendría a ayudarte. Todos podrían acudir. Lucian no podría derrotarlos a todos.

Gabriel se llevó a los labios la mano que sostenía, se demoró sobre el pulso que latía con fuerza en la muñeca.

—Todo esto es un juego para Lucian, Francesca. Ahora mismo, se está empapando de lo que este siglo le ofrece, está satisfaciendo la curiosidad de su intelecto, pero no tardará en aburrirse, y entonces el juego comenzará en serio. Si yo rompiera la promesa que he pronunciado ante él, si no cumpliera mi palabra de honor no podría vivir conmigo mismo y, peor aún, él usaría su poder de tal manera que destruiría a quienes lo buscaran. El príncipe tiene una compañera. Creo que los demás también la tienen. Esos seres queridos se convertirían en blancos. No podemos correr ese riesgo. Tú no querrías que yo hiciera algo así.

Ella descansó la cabeza sobre su pecho, haciendo un esfuerzo por no llorar.

—Tengo mucho miedo, Gabriel. Tú me atribuyes unos rasgos muy nobles, pero soy una mujer que había decidido poner fin a su solitaria existencia antes de que tú llegaras. Ahora crees que no sólo podré vivir sin ti sino que lo haré, además, durante otros dos siglos. Sola.

—O más, si es necesario. El hijo será probablemente varón. Te necesitará para que lo alimentes con recuerdos que durarán hasta que encuentre a su compañera.

—Puedes derrotar a Lucian, sé que puedes hacerlo. Tiene que haber una manera, Gabriel. Tenemos que encontrar la manera de hacerlo —dijo, y alzó la cabeza para mirarlo fijo a los ojos—. He examinado los recuerdos que tienes de él. Sé que en una ocasión lo venciste. Lo atacaste por sorpresa, lo neutralizaste y lo sepultaste contigo. Él no se esperaba ese ataque, y funcionó. Sólo tenemos que pensar en algo similar, algo que él nunca se esperaría. Yo te ayudaré. Él no se imaginará que una mujer pueda prestarse a ello. No sonrías así, Gabriel, hablo en serio.

Él inclinó la cabeza para besarla. Francesca era una belleza para él en todos los sentidos. Cuando la miraba, sentía su calor. Cuando hablaba como lo acababa de hacer, el corazón se le derretía.

—Tú no matarías ni a una mosca, Francesca. Querrías ayudarme, es verdad que lo intentarías, pero la sanadora que hay en ti te impediría destruir a otro ser. Aunque fuera una criatura inerte. Y Lucian no es como los vampiros que has visto ni de los que has oído hablar. Él parece bello, pero es más mortífero que todos los demás. Tú vacilarías, y él te mataría. Yo jamás permitiría que eso sucediera.

—Entonces no te enfrentes a él hasta que tengamos un plan que pueda funcionar con éxito —insistió Francesca, decidida—. No dejaré que te entregues a él tan fácilmente. No, Gabriel. Debes enfrentarte a él y vencerlo.

—Hemos conservado este vínculo dos mil años —respondió él, entristecido.

—Ahora estamos atados. Lo que te suceda a ti me sucederá a mí. No permitiré que te lleve consigo —dijo, enfurecida, y su pelo voló en todas direcciones—. No puede vencerte, Gabriel. Está sirviéndose de su voz para derrotarte, está usando tus emociones. Tú eres un guerrero antiguo y la fuerza de tu amor es enorme. Él sabe que tienes esos sentimientos hacia él, a sabiendas de que él ya no puede. Ésa es su ventaja. Tú debes distinguir entre lo que te queda en este mundo y lo que has perdido. Ya no es Lucian, tu hermano gemelo, tu héroe. Es una criatura malvada y repugnante, y él lo ha querido así.

—Ya me gustaría que todo eso fuera verdad, amor mío —dijo él, sacudiendo la cabeza—. Mi tarea sería tanto más fácil. Pero Lucian no tenía alternativa. Esperó mucho tiempo junto a mí, mucho más allá del tiempo necesario para que llegara el alba. Esperó para protegerme, aunque hubiese perdido las emociones muchos siglos antes que yo. Esperó demasiado para protegerme. Al final, fue incapaz de tomar una decisión racional. Estaba demasiado cerca. Se levantó sin mí y entonces sucedió todo. —Gabriel inclinó la cabeza, avergonzado—. Yo luchaba contra el demonio. Él me acompañaba siempre, en todo momento, llamándome, susurrándome para decirme que lo había perdido todo. Creí que despertaría como una criatura inerte si no optaba por esperar el alba. Había tanta muerte a nuestro alrededor, tanta violencia. A menudo me pregunto si mi lucha no fue su perdición.

Francesca le lanzó los brazos al cuello.

—No te hagas eso, Gabriel. Tenemos suficientes fardos en nuestra vida para no tener que cargar con los que pertenecen a otros. Debes honrar el último deseo de Lucian y derrotarlo. Recuerda a tu verdadero hermano, con quien compartiste una vida durante dos mil años. Él luchó para protegerte y para que pudieras encontrarme, y eso es lo que ha sucedido. Tu verdadero hermano querría que vivieras, no que murieras.

Él jugó con las sedosas hebras de pelo color ébano que le ocultaban la cara a Francesca.

—Me has dado muchas cosas en que pensar, Francesca. Entre tanto, esta noche debo salir a cazar a los vampiros menores que asolan la ciudad. Dejan su huella inconfundible en el aire, un hedor imposible de ignorar.

—Mandaré los edredones y las piezas de vidrios de color en que he estado trabajando. La verdad es que tengo una empresa de qué ocuparme —dijo Francesca, intentando divagar sobre cosas banales para no caer presa del terror pensando en lo que Lucian podría hacerle a Gabriel.

—No hay de qué preocuparse —dijo él, seguro, y su voz era tan mágica y pura que Francesca se sintió aliviada de inmediato. Gabriel era como una brisa clara y ligera que flotaba a través de su cuerpo, llevándose a su paso aquel temor insoportable.

Francesca sabía que él usaba su voz, una voz mágica con que la ayudaba, pero no le importaba. Se llevó las manos al vientre y pensó en su bebé para sentirse aún mejor. Al igual que todos los de su raza, Gabriel creía que se trataba de un hijo varón. Sin embargo, ella sabía que en su vientre llevaba una de las preciosas hembras. Tenía una hija. Frágil y vulnerable. Francesca inspiró profundamente y espiró con lentitud. ¿Era posible que su bebé fuera una de las raras hembras porque ella había conseguido durante un tiempo modificar su química corporal para poder vivir a la luz del día? Como sanadora, era importante saber la respuesta. Las hijas eran muy poco habituales en su raza, y pocas lograban sobrevivir a la gestación de nueve meses. Y las únicas que lograban sobrevivir en un siglo aún tenían que enfrentarse al primer año de vida, plagado de dificultades. Francesca no quería tener que lidiar con eso sin Gabriel. No quería perder a su hija y no tenerlo a él a su lado, sólido como una roca, para servirle de apoyo.

La mirada de Gabriel se cruzó con la suya, y en ella Francesca advirtió un brillo de comprensión. Él la atrajo con fuerza, casi le aplastó su fino esqueleto con su abrazo. Y, al mismo tiempo, la sostuvo con tanta ternura que a ella le dieron ganas de llorar.

—Es imposible. Nuestra familia sólo ha tenido una hija en ochocientos años. Antes, habían pasado mil años, y no sobrevivió. No podemos tener la suerte de haber concebido una hija.

Francesca se apoyó contra él y saboreó el calor de su piel, su contextura masculina, tan diferente de la suya.

—La he examinado antes, cuando saliste a alimentarte. Es una hija, y se aferra empecinadamente a la vida. No quiero pasar esta prueba en solitario, Gabriel. Tienes que encontrar una manera de vivir para nosotros. Tienes razón acerca de Skyler. Sin mi ayuda, sin su fe en mí, volvería a deslizarse a la oscuridad de su mente. Seguro que perderíamos otra de nuestras hembras a manos de las criaturas inertes. Más que eso, perderíamos un tesoro brillante y raro. No puedo hacerlo sin ti, Gabriel. Tienes que vivir por nosotros.

Él hundió la cara en el velo sedoso de su pelo.

—No puedo hacer otra cosa que lo que me ordenas, amor. Es mi deber velar por tu felicidad. Encontraré una manera.

Lo decía en serio; ella percibía la decisión oculta en sus palabras. Había desaparecido el cansancio, como había desaparecido la resignación ante su propia destrucción. Francesca no renunciaría a él con tanta facilidad para entregárselo a su perverso gemelo. Lucharía con cada molécula de su cuerpo, y utilizaría todas las armas que poseía para conservarlo junto a ella. Lucian no triunfaría. No importaba que fuera el hermano gemelo ni que antaño hubiese sido un gran hombre. Ahora se había convertido en el mayor peligro posible para su familia. Ella encontraría una manera de combatirlo. Tenía que haber una manera. Y ella la encontraría.

Permanecieron abrazados el uno al otro durante un momento largo, los dos conscientes de los pensamientos del otro, los dos decididos a encontrar una manera de vencer al señor de los vampiros.

—Debes irte —murmuró Francesca, finalmente y muy a su pesar—. Tengo muchas cosas que hacer esta noche, y debo ir a ver a Skyler. He dejado de atender a muchas responsabilidades.

Él sonrió, lento, erótico, una sonrisa que a Francesca le quitó el aliento.

—Me complace haberte proporcionado ésta distracción —dijo.

Sin entender por qué, Francesca se sonrojó. Inclinó el rostro, oculto, protegido tras el velo de su cabellera. Él rió por lo bajo.

—Mi bella mujer. No puedo creer que te sonrojes después de todo lo que hemos hecho juntos.

—Al menos no has mencionado mi edad —dijo ella.

—No soy tan torpe, aunque debo reconocer que no tengo demasiada práctica con las mujeres —dijo, e hizo una venia, ese gesto caballeresco y curioso que a ella le quitaba el aliento. Le lanzó una mirada furiosa.

—Vete, Gabriel, tienes esa mirada en los ojos, y yo tengo muchas cosas de que ocuparme.

Las manos de Gabriel se deslizaron posesivamente a lo largo de su negra cabellera.

—Nada es más importante que satisfacer los deseos de tu compañera —dijo, con expresión inocente, y muy seria.

Francesca parpadeó una vez y luego lo rechazó con un dulce empellón.

—Ve y cuéntaselo al siglo pasado, reliquia de la antigüedad. Yo soy una mujer moderna con numerosos compromisos.

—Eres una mujer muy demandada por los machos humanos, y a mí comienza a parecerme tedioso.

—¿Tedioso? —preguntó ella, con los ojos muy abiertos—. ¿Acaso he escuchado una amenaza velada en esas palabras?

—No tiene nada de velada —aclaró él, inclinándose para besarla. Tenía una sonrisa de niño, pero a la vez seductora—. La verdad es que, como tu compañero, no debería reconocer que me molestan aquellos hombres que pretenden atraer tu atención. Como antiguo guerrero que soy, debería estar por encima de estas trivialidades.

Francesca no pudo aguantar la risa.

—Tú estás por encima de algo, desde luego, pero no estoy segura de qué es.

—Será mejor que te cuides esta noche, Francesca —advirtió Gabriel al cruzar el umbral en dirección a la salida—. No debes olvidar que ahora eres un blanco, y que Skyler también lo es.

—Escribiré a los parientes de Aidan y les pediré que no tarden. Así, cuando llegue Skyler, estará protegida mientras nosotros descansamos. —De pronto, sus ojos oscuros fueron velados por una pátina de inquietud—. Gabriel, no dejes que Lucian mine tu seguridad en ti mismo. Yo te necesito de verdad, y tu hija también. Nuestras hijas.

Él se detuvo en la puerta para volver a mirarla, su universo, la única alegría que había tenido en toda su vida.

—Amo esta casa tuya —dijo, con voz queda.

—Nuestra casa —corrigió ella, mientras lo veía alejarse, sabiendo que él la oía a pesar de la puerta que se había cerrado. Gabriel tenía un oído prodigiosamente fino, y solía compartir sus pensamientos con ella.

Era su hogar, su vida. Gabriel tendría que separarse de su hermano gemelo si quería sobrevivir al combate que lo esperaba.

Francesca se había puesto a doblar los edredones y a meterlos en grandes cajas. De pronto pensó que quizá Lucian llevaría a Gabriel lejos de la ciudad, lejos de ella. Se llevó la mano al cuello en un gesto instintivo.

—*Deja de preocuparte por lo que aún no ha ocurrido.* —Había un fondo de sentimiento amoroso en las palabras de Gabriel, y ella lo sintió como una caricia. Luego se miró al espejo.

Deja de perder el tiempo y ponte manos a la obra. Tienes muchos asuntos pendientes y dispones de poco tiempo. Francesca solía ser muy estricta consigo misma, pero ahora, mientras la tierna risa de Gabriel reverberaba suavemente en su recuerdo, no pudo dejar de sentir la calidez que se difuminaba por todo su cuerpo.

Acabó con todos los asuntos pendientes que pudo. Registró los pedidos de sus piezas de vidrios de colores y edredones. Envió los que había acabado y pagó puntualmente sus facturas. Todavía quedaban las visitas a los albergues y hospitales. Había instituciones de beneficencia que había descuidado y amistades con las que deseaba mantener contacto. Se habían despertado tarde y habían pasado mucho rato hablando, por lo que ya era bien entrada la noche, una hora poco propicia para llamar a muchos de ellos. Fueron conversaciones breves, pero muy gratas. Era necesario guardar la apariencia de los humanos en todo momento. Francesca tenía profundas raíces en la sociedad, y no sería convincente desaparecer sin más. Sus contactos le serían útiles a Skyler.

Cuando acabó sus llamadas telefónicas, se dirigió en coche al hospital, siempre vigilante del terreno por donde se movía. Le preocupaba Skyler, y le inquietaba pensar que algo pudiera torcer los planes que tenía para ella. Era una inquietud que le rondaba vagamente después del encuentro con el reportero. Algo en ese hombre le causaba un malestar inevitable, y pensaba en él como el tipo de persona que podría causarle graves problemas.

Entró en el hospital, saludó a las enfermeras con un leve gesto de la mano mientras se dirigía por el pasillo a la habitación de Skyler. Le flaqueó el ánimo cuando vio al reportero que acechaba a sólo unos metros de su puerta. Francesca se detuvo un momento y, con un gesto de la mano, creo una imagen clónica mientras ella misma se cubría de un velo invisible. Hizo que la precediera su melódica voz, de modo que se desplazó rápidamente por el pasillo mientras llamaba a una enfermera inexistente en el otro.

El reportero se giró en seguida y tuvo un atisbo de su bella figura y su cabellera. Se apresuró para darle alcance. Francesca rió por lo bajo, y esperó a que el hombre desapareciera antes de entrar en la habitación de Skyler.

La niña se volvió y la miró con sus bellos ojos grises completamente abiertos. Había un sentimiento de acogida que antes no existía.

—Te estaba esperando —dijo. Tenía una voz más segura, una voz melodiosa en la que Francesca no había reparado—. Pensé que nunca llegarías.

—He tenido bastante trabajo —dijo Francesca, y se sentó y le tomó la mano—. Sabrás que me dedico a hacer ventanas con vidrios de colores y bordo edredones para gente que está necesitada.

Skyler sonrió con un gesto lento que le curvó la comisura de los labios.

—He tenido a mi amigo, aquí, para hacerme compañía —dijo, y abrazó al lobo de peluche—. Me gusta como lo dices. «Gente que está necesitada.» Personas como yo. Me he dado cuenta de que, de alguna manera, me haces pensar que todo saldrá bien. A veces, cuando tengo la cabeza hecha un caos, pienso en ti y te siento mentalmente —confesó. Cerró sus largas pestañas, ocultando la expresión de su mirada. Pero Francesca le sostenía la mano y leía en sus sentimientos encontrados. Aquella chica seguía luchando para saber si valía la pena volver al mundo de los vivos.

—Yo te acompañaré a cada paso, Skyler —le aseguró, con voz serena—. No estarás sola, y se supone que no tendrás que asimilar más de lo que puedes. Entiendo que estés preocupada por la escuela. Pero no es necesario pensar en eso en este momento.

Skyler se giró hacia la pared.

—El doctor Brice dijo que tendría que volver a la escuela de inmediato para que no pierda cursos. No se lo quería decir, pero apenas he ido a la escuela. Soy diferente, y nunca he encajado.

—Es verdad que eres diferente —afirmó Francesca—, pero eso no tiene nada de malo. Lo de la escuela no importa. Eres una chica dotada, de hecho, eres bastante brillante. Te podemos buscar profesores y yo puedo ayudarte cuando sea necesario. Desde luego, no es algo de lo que preocuparse. El doctor Brice es un hombre bueno y quiere lo mejor para ti, pero no tiene ni idea de tus talentos y tus dones. No entiende lo que significa ser mujer ni entiende los abusos a los que fuiste sometida. Ignora qué significa ser niño y no tener a nadie como referencia, a nadie que lo ame incondicionalmente. No tiene nada que decir acerca de tu futuro, Skyler.

La niña se retorcía los dedos, una leve manifestación de su nerviosismo.

—No me gusta estar aquí. Nunca me he sentido segura aquí, a menos que estés tú, o… —Balbució, como si hubiera cometido un error—. A veces el otro contacta mentalmente conmigo y me siento más segura.

—¿Es Gabriel? —inquirió Francesca, con un sobresalto.

—Gabriel a veces esta aquí, pero es diferente. El otro, en realidad, nunca habla, sólo se queda ahí, tocándome, pero yo siento que ya no estoy sola. Y sólo viene cuando tengo miedo. Como cuando tengo una pesadilla y me despierto. Ayer por la tarde vino un individuo. A mí no me gustaba, y estaba muy asustada. Fue entonces que el otro tomó contacto mental conmigo. Fue un gran alivio.

Francesca se mordió el labio. El otro tenía que ser Lucian. ¿Acaso era tan fuerte que podía derrotar a la luz del día y venir a estar con Skyler cuando ésta tenía miedo? ¿Estaba tan conectado con ella que podía captar su temor aún cuando le flaquearan las fuerzas? Respiró hondo y conservó la calma.

—¿Quién era ese desconocido que entró en tu habitación, Skyler?

—Un hombre. Me hizo muchas preguntas acerca de ti, pero yo no le contesté ni lo miré. Me refugié en mí misma, como suelo hacer. En mi propia mente. —Skyler seguía mirando la pared, como si estuviera algo avergonzada. Había cogido al animal de peluche y ahora lo apretó hasta que los nudillos se le pusieron blancos—. No sé si soy capaz de no hacerlo cuando tengo mucho miedo.

Francesca le apartó suavemente el pelo de la frente. Ansiaba volver con Skyler a su propia casa, donde estaría rodeada de afecto y de objetos más propios de mujeres. Ansiaba arreglar ese pelo de la niña que nadie había cuidado en tanto tiempo.

—Es sólo un reportero, cariño. Alguien le contó una historia acerca de mí y quiere escribir sobre ella. No tiene nada que ver contigo, pero me aseguraré de que haya un vigilante junto a tu puerta en todo momento. Nadie volverá a entrar —le aseguró, pensando que hacía días que le debería haber asignado uno.

De la boca de Skyler escapó un leve ruido, algo entre la risa y el llanto.

—¿Un vigilante? No creo que hay para tanto. Creo que ya es un poco tarde para pensar en vigilantes.

Francesca se inclinó sobre ella y le rozó la frente con los labios, una leve caricia.

—Eres muy divertida, jovencita, pensar que es demasiado tarde para un vigilante. Tú eres un tesoro único, raro y bello. Tengo la intención de cuidarte y mantenerte segura en todo momento. No hay por qué dejar que se te cuele en la habitación un estúpido reportero y se ponga a hacerte preguntas.

—Me preguntó cosas raras. Quería saber si alguna vez te había visto durante el día. ¿No te parece que es una pregunta muy rara?

Francesca se quedó como paralizada por dentro. Muchas personas que conocía en París, declararían haberla visto durante el día. Y había fotos para demostrarlo. Los periódicos habían publicado a menudo fotos de ella asistiendo a alguna gala de beneficencia. El reportero no tardaría en perder el interés si no era más que un simple oportunista. Ella no daría el perfil de lo que ese tipo buscaba. Pero si era algo más que un reportero, si pertenecía a la secta que se había propuesto dar caza a los carpatianos o buscar pruebas de su existencia, tenía que saberlo.

—¿Francesca? —Skyler sonaba triste y cansada—. Quiero irme a casa contigo. ¿Cuándo podré salir de aquí? Todo me da miedo, incluso el doctor Brice. Aunque sepa que tiene buenas intenciones.

Pero la verdad es que ya no soporto tenerlo a mi lado. Ya no lo siento de la misma manera.

Skyler era muy sensible a las emociones de otras personas. A su alrededor, las tramas se complicaban. Francesca tenía que conseguir que Brice diera su consentimiento para que pudiera irse a casa con ella. Tendría que enfrentarse a él y, si era necesario, recurrir a su persuasiva voz. Podrían protegerla más fácilmente si se la llevaban a casa.

—Creo que tienes razón, cariño. Buscaré al doctor Brice y conseguiré la autorización para que puedas salir. Te gustará la casa. Es grande y espaciosa, y está llena de todo tipo de libros y tesoros.

—He visto vidrios de colores en las iglesias. ¿Eso es lo que haces tú?

—Normalmente elaboro piezas para casas particulares. A veces me piden algún vitral para una iglesia o una catedral. Lo que más me gusta a mí son los encargos de particulares. Me gusta saberlo todo acerca de las personas, y así tengo una intuición de quiénes son y qué necesitan. Intento incorporar sentimientos de seguridad y bienestar en los dibujos. —Francesca se encogió levemente de hombros—. A veces tengo éxito.

—¿Puedes enseñarme a mí? —En su voz había interés, un auténtico interés—. En una ocasión, hice dibujos de lobos. Son tan bellos. Solía leer todo lo que encontraba sobre ellos. Por eso me encanta este lobo de ojos azules. Siempre he querido estudiarlos, pero sé que eso nunca ocurrirá. En todo caso, aquí no. Pero quizá podría hacer un dibujo con vidrios de colores.

—Puedes hacer cualquier cosa, Skyler, lo que quieras. Si quieres estudiar el comportamiento animal, yo te apoyaré en todo. Y sé que puedes trabajar con vidrios de colores. Me fascinaría trabajar contigo. Y ahora descansa, mientras yo voy a buscar a Brice —le dijo, y dio unos golpecitos sobre el lobo y se inclinó para besar a la niña en la cabeza antes de salir.

Capítulo *12*

Francesca se mordió el labio mientras cerraba suavemente la puerta de la habitación de Skyler. El reportero la esperaba, tal como había sospechado. Había oído sus pisadas mientras el hombre se paseaba de un lado a otro. Había captado su determinación a enfrentarse con ella mientras conversaba con Skyler. Pero no había ningún problema, que era también lo que ella quería. Necesitaba información y él ahora la esperaba junto a la puerta. Así no tendría que perder tiempo buscándolo. El hombre se giró con un brillo de determinación en la mirada.

—Tengo que hablar con usted.

—¿En qué puedo ayudarle? —preguntó Francesca, con una sonrisa misteriosa e incitante.

Él la devoraba con la mirada, que se paseaba por todo su cuerpo. Había algo en esa mujer que lo perturbaba. Su aspecto, el balanceo de sus caderas, la sonrisa sensual. Jamás había conocido a una mujer que lo alterara tanto. Le gustaban las mujeres, cuando estaban en su lugar, pero él siempre había pagado por sus favores y lo había mantenido estrictamente en el dominio de los negocios. Nada de emociones, nada de enredos sentimentales. Pero ésta era muy diferente del común de las mujeres. Había algo misterioso y erótico en ella. Podía quedarse para siempre así, mirándola a los ojos y escuchando el sonido de su voz. De pronto, todas sus sospechas le parecieron absolutamente ridículas. Aquella mujer no era un vampiro que amenazaba a la raza humana. Era una mujer de extraordinario talento, y él quería protegerla de quienes la pretendían convertir en objeto de estudio.

Francesca sintió el poder de Gabriel que fluía en ella cuando miró al reportero a los ojos. No era como su propio poder, era mucho más agresivo. Gabriel se aseguraría de que aquel individuo jamás le hiciera daño, de hecho, se aseguraría de que estuviera dispuesto a dar su vida por Francesca. Lo consiguió con facilidad, como lo conseguía todo, y las órdenes fluyeron desde su mente a la del reportero. Francesca ignoraba del todo cómo Gabriel era capaz de hacer esas cosas. La ayudaba a ella al tiempo que cazaba a las criaturas inertes y se mantenía vigilante ante posibles trampas en el camino, funcionando en dos niveles simultáneamente. Aunque lo que estuviera en peligro fuera su propia vida.

—*Nada es más importante para mí que tu vida.* —Francesca oyó su voz que se desvanecía, como si Gabriel se alejara en el espacio.

Francesca no intentó mantener esa conexión entre los dos. Quería concentrarse en el reportero. Tenía que saber todo lo que ese tipo sabía sobre la secta a la que pertenecía, una secta que había dado caza a carpatianos y humanos por igual, tratándolos de vampiros. Le sonrió.

—Su nombre es Woods, ¿no? ¿Barry Woods? Dijo que era reportero. Siento lo de la otra noche. Tenía mucha prisa y llegaba tarde a muchos compromisos. No recuerdo muy bien de qué hablamos. Ahora le prometo dedicarle toda mi atención. ¿Le gustaría ir a un lugar más tranquilo y tomar una taza de té o algo?

—*Cálmate, Francesca. Este tipo ya es muy sensible a ti y eso en sí mismo puede ser peligroso.* —Esta vez se coló un auténtico gruñido en la voz de Gabriel.

Ella alzó el mentón, aunque supiera que él no podía verla.

—*Vete, ya. Puedo lidiar con este problema sola. Tú tienes peces más gordos de que ocuparte.* —Francesca habló con un tono ligeramente altanero, seco, advirtiéndole que no se metiera.

Barry Woods la miraba boquiabierto, asombrado de ver que ella se interesaba por él. Ella se inclinó aún más cerca y lo envolvió en su misteriosa esencia.

—*Nunca volverás a intentar ver a Skyler Rose.* —Era una de las órdenes más estrictas que jamás había formulado.

Entendió que él aceptaba su autoridad. Aún así, Francesca condujo al reportero a una habitación vacía. Tenía toda la intención de asegurarse su obediencia chupándole la sangre.

—*¡No lo hagas!* —Esta vez la orden fue brusca y autoritaria. Gabriel ya no jugaba, y la amenaza era muy real—. *Yo me encargaré de que este bufón no le haga daño a nuestra Skyler, pero tú no harás eso.*

Exasperada, Francesca decidió no discutir con Gabriel y sus métodos tiránicos. De inmediato, sintió que él se relajaba, sonriendo para sus adentros. Ella sacudió la cabeza pensando en la curiosa actitud de los hombres.

—¿Tenía que hacerme alguna pregunta? —inquirió, con voz melosa, mirando a Barry Woods directamente a los ojos—. ¿O acaso tenía información que le parecía muy importante transmitirme?

Él sentía que caía, cada vez más profundo, hasta quedarse quieto y tan hipnotizado que tuvo ganas de quedarse así toda una eternidad. Carraspeó, incapaz y a la vez sin ganas de dejar de mirar esos bellos ojos.

—Tengo amigos que han oído hablar de usted. Son hombres peligrosos. Nosotros cazamos vampiros. Vampiros de verdad, no esos bichos que se inventan en las películas. Nadie excepto nosotros se cree que esas criaturas existan. Nos hemos dedicado a reunir pruebas a lo largo de años. Sólo tenemos que conseguir uno, un cuerpo, algo concreto que enseñarle al mundo para que nos tomen en serio. Ahora creen que somos unos fanáticos, que estamos locos y que nos merecemos ser el hazmerreír, pero somos científicos y tenemos la intención de salvar al mundo.

Francesca lo envolvió en una nube cálida, lo confundió asintiendo a todo lo que decía, dándole a creer que ella creía en él y en su misión. Él comenzó a sudar copiosamente, pero mantuvo la mirada fija en ella. Estaba dispuesto a hacer lo que ella le pidiera, a pagar el precio que fuera para complacerla. Quería que ella creyera en él. Ella inclinó la cabeza a un lado, y su pelo cayó como un seductor velo de seda sobre el hombro y se derramó hasta por debajo de su cintura.

—¿Por qué alguien habría de pensar eso de mí? He vivido en esta comunidad mucho tiempo y he participado en muchas cosas. Diría que mi vida es más bien como un libro abierto. No resulta difícil encontrar a las personas que me conocen.

Woods se inclinaba hacia delante, deseoso de oír esa voz tan pura, o quizá quería tocarle el cabello. No sabía con seguridad cuál de las dos era más importante en ese momento.

—Creo que puedo reunir pruebas fidedignas de que usted no es un vampiro —dijo, y en su voz había un dejo de sorna. La idea de que esa mujer perteneciera a las filas de las criaturas inertes era del todo ridícula. Él podría convencer a sus colegas de que se habían equivocado con ella y entonces la borrarían de su lista.

—¿El grupo al que pertenece es numeroso? —inquirió Francesca, con voz clara—. ¿Hay otros en esa lista considerados amenazas potenciales? Quizá pueda ayudarle en alguna cosa.

—Ahora tenemos que protegernos. Hemos perdido a los mejores de nuestras filas. Lo que hay entre ellos y nosotros es una guerra, una verdadera guerra. Sólo conocemos a unos cuantos de los nuestros, y celebramos nuestras reuniones sólo unos pocos. Utilizamos números de teléfono y una página en Internet para dejarnos mensajes. Así, si en nuestra sociedad se infiltrara alguien, sólo perderíamos a un puñado de hombres.

Francesca intuía que aquel tipo sentía una gran resistencia ante la idea de dar los nombres de los que figuraban en la lista de vampiros, aunque también era verdad que estaba atrapado por aquella voz hipnótica. Entonces penetró más hondo en su mente y descubrió un fenómeno extraño. Buscó de inmediato a Gabriel y compartió esa información con él, intrigada por lo que había desvelado en la mente de Woods.

—*Ha sufrido una especie de fuerte hipnosis* —observó Gabriel—. *Quizá puedas superarla, pero es posible que tenga algún recuerdo. Puedo borrar de su memoria toda huella de ti. No me costará nada extraer la información de su mente. Y él nunca lo sabrá.*

—*Entonces, adelante, Gabriel. No quiero seguir perdiendo tiempo con él.* —Francesca quería poner fin a todo aquello y volver junto a Gabriel. No le gustaba la idea de que su compañero cazara en solitario allá en la ciudad, buscando a las criaturas inertes. Quería que volviera a la seguridad de su casa. También quería que Skyler estuviera a salvo en casa. Y deseaba que el reportero desapareciera.

—*¿Intentas distraerme de mi tarea con tus lujuriosos pensamientos?* —Había una caricia latente en la voz de Gabriel, algo que le rozaba las paredes de la mente, inundándola de calor y excitación.

—*¿Pensamientos lujuriosos? Necesitas que alguien te examine, amigo mío. Tu mundo de fantasías se vuelve cada día más rico. Quería verte en casa para que te ocuparas de sacar la basura.* —Ahora miraba directamente a Barry Woods, de modo que Gabriel podía «ver» a través de ella al reportero y extraer de su mente la información que necesitaban. Las provocaciones de Gabriel le habían subido el ánimo, como el efecto de una brisa ligera y refrescante limpiándole la mente, librándola de sus preocupaciones.

Francesca sonrió al reportero. Gabriel ya tenía lo que necesitaban, y había llegado el momento de reforzar la orden más importante. Se inclinó aún más cerca, y fijó la mirada en los ojos de Woods.

—Jamás, bajo ninguna circunstancia, volverás a acercarte a Skyler. —Sintió de inmediato el poder de Gabriel que penetraba en su mente, rápido y mortal, implacable. Él formuló su propia orden, más penetrante de lo que ella podría conseguir jamás. El reportero la protegería, se aseguraría de que otras personas no la molestaran.

Francesca sacudió la cabeza ante la vehemencia de esa última orden, pero se sintió muy protegida por él. Muy *querida.*

—*Eres muy querida. Ahora puedes hacer algo que se supone que hacen las mujeres, algo de lo que no tenga que preocuparme.*

—*¡Mira quién habla!* —Francesca intentó que su voz pareciera indignada pero él la hacía reír con sus tonterías.

—*No se trata de tonterías. Se trata de órdenes de tu compañero, órdenes que deberías escuchar y obedecer.* —Sonaba muy arrogante, como sólo él sabía.

—*Vuelves a demostrar lo viejo que eres. Te has despertado en el siglo veintiuno. Las mujeres ya no escuchan y obedecen, mala suerte para ti. Yo tengo trabajo y tú estás en un lugar muy húmedo que huele a tierra mojada. ¿Qué haces?*

—*Llevando a cabo rituales masculinos secretos.*

Francesca no pudo evitar la carcajada. Woods la devolvió a la realidad porque ahora le sonreía y le tendía la mano para despedirse. Ella casi se había olvidado de su existencia.

—Le agradezco el tiempo que me ha dedicado y he disfrutado mucho el té —dijo, con voz muy ejecutiva. Gabriel se había asegurado de su obediencia y el reportero estaba haciendo exactamente lo que le se le había ordenado. Dejaba a Francesca para ir a entregar su informe a los amigos. Ellos le creerían. Francesca era una mujer humana con talentos extraordinarios, pero se paseaba a la luz del día y tomaba té. Woods estaba convencido de haber compartido con ella una taza de esa bebida.

Francesca sonrió con una mirada amable.

—Me alegro de haberlo conocido, señor Woods. Le deseo suerte con su trabajo.

Se giró y se alejó por el pasillo, moviéndose en silencio. Ahora buscaba a Brice. El médico solía dormir en una de las habitaciones vacías cuando trabajaba todo el día y hasta tarde por la noche. Cuando no estaba ocupado asistiendo a eventos sociales, se pasaba la mayor parte del tiempo en el hospital. De pronto captó la esencia de su olor y se dirigió sin vacilar hacia una pequeña habitación al fondo del pasillo. Era uno de sus lugares favoritos de descanso.

Gabriel se movía en silencio por el cementerio, por las inmediaciones del lugar donde él mismo había permanecido años enterrado. La tierra se había resquebrajado ahí donde se abrían las tumbas y se retiraban los ataúdes para abrir paso al progreso. Sacudió la cabeza al pensar en los caminos que tomaba la vida. Hacía cien años, a nadie se le habría ocurrido perturbar la paz de un cementerio de esa manera. Habría sido un sacrilegio. El mal se cernía sobre París, y descansaba en ese antiguo cementerio que contenía los cuerpos de tantos muertos.

Mientras se movía por el camposanto como un fantasma silencioso, recordó la batalla de aquel lejano día, hacía casi dos siglos. Había encontrado a Lucian inclinado sobre su última víctima, un hombre de casi cuarenta años. Le había succionado toda la sangre a su víctima, y lo había convertido en un muñeco de trapo que luego había dejado caer a tierra sin prestarle más atención. En ese momento, se giró para enfrentarse con Gabriel. Éste quedó sorprendido por la elegancia de su hermano gemelo. Jamás había ni una huella de sangre en su ropa, dientes o uñas. Lucian era siempre una figura impecable. Nada en él parecía diferente y, sin embargo, era un monstruo terrible, no el cazador legendario que contaban los rumores de su pueblo.

El solo recuerdo de su hermano, de su porte alto, elegante y noble, despertó en él un sentimiento de amor. No había sentido algo así en mucho tiempo; sólo recordaba la emoción, pero ahora era más intensa que nunca. Gabriel inclinó la cabeza. *Lucian. Su hermano.* El dolor lo desbordaba y tuvo que sacudir la cabeza con un gesto decidido para borrarlo de su mente. Aquél era el camino de su destrucción. Tenía que mantener la cabeza despejada y concentrada en su presa. Necesitaba todas las ventajas posibles para dar con las perversas criaturas inertes. En aquel lugar su presencia era palpable.

Una tumba le llamó la atención y se volvió para inspeccionarla. Estaba recién cavada, una de las últimas del cementerio. Las máquinas no habían llegado hasta ese rincón tan cerca de la pared de piedra. Tocó la tierra y sintió de inmediato las vibraciones de las fuerzas destructivas. Retiró la mano al instante. Hasta la tierra parecía gemir ante el contacto con aquella fuerza abominable. Gabriel permaneció agachado, alerta con todos los sentidos, mientras barría con la mirada el espacio a su alrededor.

Dejó escapar un suspiro. Oyó el roce apagado de las botas en el lodo, la respiración pesada del fantasma que un vampiro había creado. Los fantasmas eran criaturas peligrosas, creadas para servir a sus amos, y se hartaban con la sangre o la carne de los humanos. Eran seres viciosos y despiadados. Gabriel esperó, mientras su fuerza portentosa crecía, expandiéndose en él hasta que fluyó a través suyo y se derramó en el aire que lo envolvía.

El fantasma se acercó por detrás, arrastrando los pies, un ser repugnante, torpe pero listo y sumamente fuerte. Un ser humano se encontraría en grave peligro en caso de topar con los secuaces del vampiro. Pero Gabriel era un guerrero antiguo, poderoso y demasiado experimentado para prestarle excesiva atención al fantasma.

Cuando la grotesca criatura acortó la distancia entre ambos, Gabriel se giró como un rayo, la cogió por su cabeza deforme y, con un giro violento le rompió el cuello. Fue un ruido audible en el silencio de la noche. El monstruo lanzó un aullido y agitó las extremidades, pero Gabriel había desaparecido a una velocidad que el macabro muñeco no podía igualar.

El fantasma aullaba, presa de un dolor brutal y una rabia animal. Se desplazaba a pasos convulsivos, balanceando el cuerpo de un lado a otro, buscando a Gabriel, buscando como le habían enseñado a buscar. Tenía la cabeza torcida en un ángulo imposible y no dejaba de babear. De pronto, Gabriel se materializó frente a él, le hundió la mano en medio del pecho y extrajo el corazón ya muerto. Súbitamente se descargó un rayo del cielo que incineró a la criatura y la convirtió en un montón de fina ceniza. Entonces lanzó el órgano hacia la fuente del destello y se volvió para irse, sacudiendo la cabeza ante el horror de aquella criatura muerta hacía tiempo.

Él sintió su presencia mucho antes de que ellos sintieran la suya. Tres vampiros avanzaban en su dirección, deslizándose por el aire de manera que sus pies no tocaban la tierra. Gabriel respiró el hedor de sus cuerpos inmundos, venenosos y putrefactos. Se giró lentamente para enfrentarse a ellos. Eran más viejos de lo que él hubiera querido, y poderosos.

—Venid a mí, entonces —les dijo, con voz suave—. Os daré la muerte oscura que os librará del camino que habéis escogido.

Brice se incorporó al oír que Francesca lo llamaba con voz queda. Se pasó la mano por el pelo y se la quedó mirando con ojos soñadores.

—Francesca, no esperaba verte esta noche —dijo. Se incorporó del todo y se arregló la ropa arrugada.

Francesca se dio cuenta de que tenía la ropa manchada. Brice siempre había sido un hombre de aspecto impecable, meticuloso en cuestiones de indumentaria, y aquel abandono la impresionó. Incluso tenía la ligera sombra de una barba, algo que él siempre había aborrecido. Al contrario, Brice era casi compulsivo en lo referente a su aspecto, y a menudo decía que era porque debía asistir a tantas reuniones y conferencias de prensa. Tenía que estar seguro de que su aspecto era impecable en todo momento.

Ella sintió una oleada de culpa. ¿Era ella la causante? ¿Sería ella el instrumento de su destrucción?

—Tenía ganas de verte, Brice. Hemos sido amigos mucho tiempo —dijo, con un leve suspiro. Por respeto a su amistad, Francesca nunca le había leído el pensamiento a Brice, excepto si se trataba de un paciente o de una crisis en que él le pedía ayuda. Para ella, había sido importante mostrarse lo más humana posible con él. Ahora sentía la tentación de escudriñar en su mente. ¿Podría superarlo? ¿Era verdad que ella le había roto el corazón? Quizá debería plantar en su mente una sutil orden para que saliera ileso del asunto.

—No estaba seguro si seguíamos siendo amigos —respondió él—. Venga, salgamos de aquí y vayamos a un lugar tranquilo donde podamos hablar.

Francesca miró alrededor de la habitación.

—Esto es bastante tranquilo, Brice. —Por alguna razón que se le antojaba curiosa, Francesca sentía reparos a salir del hospital con él. Gabriel estaba en la ciudad combatiendo contra las criaturas inertes. Ella tenía que buscar un vigilante para la habitación de Skyler y prefería quedarse en las inmediaciones hasta asegurarse de que la niña estaría a salvo.

—Si nos quedamos en el hospital, nos interrumpirán. Yo, de verdad, quiero que sigamos siendo amigos. Vamos, Francesca. No es pedir demasiado.

Ella asintió a pesar suyo. Brice aprovechó para abrir de inmediato la puerta y salir con ella al pasillo. La seguía de cerca unos pasos más atrás, y en algún momento se acercó y le puso la mano en la parte baja de la espalda. Francesca sintió a través de la ropa que la palma de su mano estaba caliente y sudorosa. Se las ingenió para que él la soltara y caminó rápidamente por el pasillo hasta la salida. Unas nubes amenazantes se desplazaban sobre sus cabezas.

—El tiempo parece poco apacible, Brice. ¿Adónde vamos?

—En los viejos tiempos, antes de que tuvieras que estar perfecta para tu héroe, nunca tenías miedo de un poco de lluvia.

Francesca se detuvo en seco justo al final del aparcamiento.

—Si tienes la intención de soltar sarcasmos, Brice, no tiene sentido salir. No quiero seguir riñendo contigo, lo digo en serio. Siempre he valorado tu amistad, y prefiero no perderla, pero si no puedes comportarte hablando de Gabriel, o al menos evitar el tema, nuestra conversación será una completa pérdida de tiempo. —De pronto no quiso caminar con él. Un miedo oscuro se cernía sobre ella y quiso volver junto a Skyler. O, mejor aún, quiso estar en brazos de Gabriel en el santuario de su casa.

Brice la cogió por el brazo con gesto inequívoco.

—Lo siento, los celos son horribles, Francesca. Me comportaré. Ven conmigo, por favor.

Ella le debía al menos eso, y lo sabía. Brice siempre había sido su amigo. No era culpa suya que ella no fuera humana; él ignoraba del todo cuál era su verdadera naturaleza. Además, era imposible que Brice alcanzara a comprender la profundidad del vínculo entre dos compañeros carpatianos. Francesca lo miró mientras caminaban. Le pareció ver algo en la profundidad de sus ojos, un destello que duró un instante, algo sucio y bajo, pero él parpadeó y el destello desapareció. Aún así, Francesca seguía inquieta.

Brice carraspeó mientras seguían por la orilla del río hacia una parte más recluida del parque.

—En los últimos tiempos no he tenido un gran concepto de mí mismo —reconoció—. Y es que tampoco me ha gustado demasiado enterarme de ciertas cosas acerca de mí mismo.

—Brice —dijo ella, con voz suave y entristecida—. Yo no quería herirte, por nada del mundo. Soy yo quien debería excusarse. Jamás te conté nada de mi pasado con Gabriel, porque pensaba realmente que lo había perdido. De otra manera, jamás te habría hecho creer que podíamos hacer algo juntos. Ya sabías que yo no te amaba. Te lo había dicho.

—Mi amor valía por los dos.

Aquella frase fue como una puñalada.

—Brice, una sola persona no puede hacer que una relación funcione. Se necesitan dos. Desearía ser la mujer indicada para ti, pero sé que no es así. Hay alguien allá afuera en el mundo, alguien muy especial que te amará como te mereces. —Francesca hablaba con una voz persuasiva, insistiendo apenas, aunque no le gustaba usar esos recursos con los amigos. Le molestaba su dolor, le molestaba saber que ella era la causa.

Brice guardó silencio un momento, y de pronto le soltó el brazo y se cogió la cabeza. Francesca lo tocó y sintió de inmediato su dolor, un agudo dolor de cabeza que aumentaba a una velocidad alarmante. Le tocó el brazo.

—Déjame ayudarte, Brice. Tú sabes que puedo ayudarte.

Él se separó de ella, respirando con dificultad.

—No, Francesca, sólo déjame un momento. He empezado a tener estos dolores de cabeza en los últimos días, y me están matando. Incluso pedí que me hicieran un TAC para saber si tenía un tumor. —Sacó un frasco del bolsillo, lo abrió y dejó caer varias pastillas que se llevó a la boca.

Francesca vio que la mano le temblaba.

—No necesitas tomar nada. Yo te puedo quitar el dolor —le dijo ella, con voz pausada, sintiéndose algo herida por su rechazo.

Él volvió a negar con la cabeza, esta vez con gesto decidido.

—No pierdas tu talento ni tu tiempo conmigo. Las pastillas dan excelentes resultados. Dame unos minutos y estaré recuperado.

Ella frunció ligeramente el ceño.

—Brice, sé que estás enfadado conmigo, pero estos dolores de cabeza parecen graves. Sabes que puedo ayudarte. ¿Con qué frecuencia las tomas? ¿Qué son?

Él se encogió de hombros y se internó por un camino oscuro del parque, sosteniendo las ramas para impedir que le dieran a Francesca en la cara.

—No importa —dijo—. ¿Por qué me buscabas?

—¿Dónde diablos vamos, Brice? Este camino conduce fuera del parque y va hasta el cementerio. Volvamos.

Él se giró para mirarla y ella volvió a atisbar ese brillo maligno en sus ojos. Y entonces parpadeó y volvió a ser el Brice de la mirada triste. Pero Francesca comenzaba a estar muy inquieta. Nada le parecía en su lugar, ni Brice, ni el camino que seguían, ni siquiera la noche. Se mordió el labio inferior mientras reflexionaba sobre los planes de Brice. No era un tipo violento, ella lo sabía. Era un hombre amable y atento, aunque fuera ambicioso.

—No vamos a volver, Francesca. No mientras no hablemos. Aunque no fuera más que porque quiero que seamos amigos. Me siento herido, no lo puedo negar, y me he portado como un niño consentido, pero siempre pensé que acabarías casándote conmigo. Ésa es la verdad. Según yo lo entendía, ya estábamos comprometidos —dijo, sacudiendo la cabeza mientras miraba la superficie irregular del camino—. Nunca mirabas a otros hombres. Nunca. Yo pensaba que eso significaba que realmente sentías algo por mí. Que te habían hecho daño y que tenías miedo de volver a amar.

Francesca alcanzaba a ver las primeras lápidas de una larga hilera, erguidas como mudos centinelas de los muertos. Era un lugar bello y antiguo, un lugar donde se creía que había que mantener separados a los consagrados de los condenados. Una parte del camposanto era sagrada; había sido bendecida con agua bendita, mientras que la otra era para quienes habían vivido en el pecado y la desmesura, criminales y asesinos. Ahora lo estaban arrancando todo y los muertos estaban siendo trasladados lejos del cementerio que ocupaba el centro de la ciudad. Las máquinas aún no habían llegado al sector que ahora pisaban. La destrucción inminente la entristeció. Tenía a muchos amigos humanos enterrados ahí.

—Nunca me interesó nadie más, Brice. Prefería tu compañía, pero era amistad lo que sentía, el amor de una hermana. A menudo quise sentir algo más, y cuando pensaba en el futuro deseaba amarte como tú querías, pero nunca amé a otro hombre que Gabriel. Todos estos años he pensado que había muerto para mí, pero todavía no había renunciado a él.

—¿Por qué nunca lo mencionaste? —preguntó Brice con una voz que volvía a sonar petulante—. No lo mencionaste ni siquiera una vez. Si éramos tan buenos amigos, ¿por qué nunca compartiste conmigo una tragedia tan importante como la pérdida de tu marido? —le preguntó, como si escupiera las últimas palabras con asco—. Jamás me contaste que habías estado casada. —Ahora Brice se movía más rápido y, tomando la delantera, había pasado por encima de la pequeña pared de piedra y luego apurado el paso por un camino poco usado que conducía al mausoleo.

—Nunca le hable de él a nadie, Brice. Me resultaba demasiado difícil. —Era la verdad. Ni siquiera su madre había sabido de ese pequeño incidente en la aldea, muchos siglos atrás. Cuando su familia había sido exterminada durante las guerras, ella había huido de los montes carpatianos y había llegado a París, donde había aprendido a ocultarse de los suyos. En sus ojos negros asomaron lágrimas al recordar ese tiempo aún vivo. Parpadeó, las lágrimas desaparecieron y ella siguió a Brice.

—Yo no era cualquiera, Francesca. Era tu mejor amigo. Pero tú siempre me ocultaste una parte de ti misma. Por mucho que lo intentara, nunca me dejabas acercarme a ti.

Ella detestaba ese dejo de protesta en su voz, y se sentía aún más culpable. Brice tenía toda la razón al sentirse mal por lo que había sucedido entre ellos. Es verdad que había pensado compartir con él sus últimos años. Se encogió y el largo pelo le cayó en cascada alrededor de la cara.

—No tenía intención de engañarte, Brice. Espero que lo creas. Intenté ser sincera contigo, y hubo momentos en los que pensé seriamente en establecer una relación contigo. Eso era lo que pensaba y, por eso, quizá lancé sin proponérmelo mensajes de que algún día podríamos estar juntos. Eso fue un gran error de mi parte, pero no lo hice a propósito.

Él giró la cabeza un momento, y la furia era visible en su mirada.

—Eso no mitiga lo que yo siento, Francesca, ni te absuelve de toda culpa.

Ella lanzó un suspiro. Parecía que Brice iba de la recriminación a intentos genuinos por conservar la amistad con ella.

—Quizás es demasiado pronto para una conversación como ésta. Quizá deberíamos esperar unas cuantas semanas hasta que puedas ver que yo no habría sido la mujer indicada para ti. Nunca me habría sentido como tú querías que me sintiera.

—Eso nunca lo sabremos, ¿no te parece? —dijo él. Se movía ágilmente en medio de las lápidas, alejándose del sector más nuevo y adentrándose en el antiguo, donde éstas eran tan viejas que se desmoronaban, grises y deslavadas por la lluvia.

Francesca aminoró la marcha.

—Brice, ¿tienes alguna idea de adónde vas, o sólo caminas así de rápido porque estás enfadado conmigo? —Francesca oía los latidos furiosos de su corazón, el rugido de la adrenalina que se apoderaba de él al moverse.

La cogió por la muñeca y tiró de ella. Un gruñido le desfiguró sus atractivas facciones.

—Venga, Francesca. ¡Date prisa!

Ella lo siguió unos pasos, leyendo deliberadamente en su pensamiento mientras lo hacía. Tuvo miedo en seguida. Brice no tenía otra cosa en mente que conducirla a un determinado lugar en el otro extremo del cementerio. Estaba dispuesto a usar cualquier método, desde mostrarse complaciente y divertido con ella hasta utilizar la fuerza bruta. Su necesidad de llegar a ese lugar era tan fuerte que bloqueaba todo lo demás.

—Brice —dijo ella, con voz muy suave—, me estás haciendo daño. Por favor, suéltame. Puedo caminar sin tu ayuda. —Brice necesitaba desesperadamente que alguien le ayudara. Cualquiera que fuera el motivo de su desvarío, haber caído en manos de un vampiro, haberse convertido en un drogadicto o estar al borde de una crisis nerviosa, Francesca quería ayudarlo. Ahora temía más por él que por ella misma. Había algo que le hacía mucho daño, y ella tenía toda la intención de ayudarlo.

—Entonces, date prisa —gruñó él, sin soltarle el brazo. Aflojó la presión porque ella caminó al mismo ritmo—. La verdad, Francesca, es que tú siempre quieres que las cosas se hagan a tu manera. No querías hablar conmigo de nuestra amistad. Lo más probable es que quisieras hablar de tu pequeña paciente.

—Es verdad que quiero saber cuándo puedo llevarme a Skyler a casa. En el hospital está inquieta y aburrida. Además, se ha metido un reportero en su habitación. A ella le ha dado mucho miedo. —Francesca hablaba con voz tranquila mientras caminaba a su lado, estudiándolo atentamente. Si utilizaba su poder, las vibraciones viajarían por la oscuridad y llamarían la atención de seres no deseados. Tendría que ser muy persuasiva para conseguir llevarlo a su casa, donde podría controlarlo y ayudarle sin la amenaza de una interferencia.

—¿Si tenía tanto miedo, por qué no me lo contó? —preguntó él, que volvía a estar irritado—. Yo soy su médico, no tú ni Gabriel. Si tiene alguna queja, me lo puede decir a mí. Sabemos que puede hablar, aunque tú eres la única con la que se comunica.

—Brice —protestó Francesca, volviendo a disminuir el ritmo de la marcha. Era como si él la arrastrara a toda velocidad, como si estuviera tan fuera de sí que no se diera cuenta de lo que hacía—. Camina más despacio, o me caeré. ¿Tienes una cita en algún sitio? Volvamos a mi casa. Prepararé un poco de té, tu té preferido, y hablaremos.

Él aminoró de inmediato la marcha.

—Lo siento, lo siento —repitió—. No sé qué me ha ocurrido. No es conveniente que esa chica dependa tanto de ti. No habla con los psicólogos que le hemos asignado, ni con las enfermeras, ni conmigo. Sólo habla contigo.

—Esa niña ha tenido experiencias muy traumáticas, Brice. Tú lo sabes. No hay un remedio rápido para su dolor. Pienso que hay que ir paso a paso con ella. Cuando la haya instalado en casa, conseguiré alguien que hable con ella. Seguiré tu consejo. Sabes que te respeto como médico. Lamento que hayamos tenido un deacuerdo, pero los sentimientos que tenemos el uno hacia el otro son genuinos. Todavía quiero que sigamos siendo amigos. Puede que no seas capaz de aceptar mi amistad ahora, pero quizá con el tiempo sí la aceptes. Entretanto, podemos mantener nuestra relación profesional, mantener esa conexión. —Francesca intentaba mantener vivas las esperanzas. Le puso una mano suavemente en la muñeca para detenerlo, para convencerlo de que viniera con ella. Ahora tenía mucho miedo por él, segura de que Brice estaba perdiendo el control de sus propios actos.

Él sacudió la cabeza, giró por un estrecho sendero a través de densos arbustos. Francesca se sentía como en un laberinto, a la vez que aumentaba su sensación de peligro inminente. Por encima de sus cabezas, las nubes eran oscuras y compactas. El viento se había levantado y su pelo se había convertido en una maraña, hasta que se lo recogió con una pinza por detrás. Con el viento llegó el olor a peligro, y Francesca se detuvo en seco. ¿Por qué no había hecho un barrido del área como de costumbre? Sabía que las criaturas inertes rondaban la ciudad.

—¡*Gabriel!* —Fue un llamado instintivo. Había caído en una trampa sin darse cuenta y el pobre Brice estaba con ella. Ya le había arruinado la vida y ahora, por no haber estado lo bastante alerta, él corría el peligro de perder la vida.

El hedor de lo inerte llenaba el espacio a su alrededor. Brice volvió a tirarla del brazo, y la arrastró fuera de los arbustos hasta un claro. En la distancia, ella vio de inmediato a Gabriel. Estaba parado con los brazos a los lados. Alto, fuerte, poderoso, con su pelo largo y negro que le caía por los hombros. Parecía relajado.

El enemigo lo rodeaba por tres lados, moviéndose en círculo, arrastrando los pies rítmicamente con la intención de encerrarlo en una red de hechizos. Al comienzo, le pareció ver tres hombres altos, más bien demacrados, pero Francesca no tardó en ver más allá de la ilusión. Brice se detuvo bruscamente al ver a Gabriel, de pronto confundido. ¿Qué hacía en ese lugar oscuro y abominable? Gabriel tenía un aspecto imponente en medio de las otras tres criaturas.

Antes de que Brice pronunciara palabra, Francesca tiró de él para volver al laberinto de arbustos. Sin pensarlo conscientemente, se apoderó de él, empujándolo por el sendero, transformándose para situarse por encima de los combatientes. Eran tres vampiros, todos saciados con asesinatos que acababan de cometer, ahora embriagados de adrenalina. Quizá Gabriel necesitaría su fuerza o, si le herían, de su sangre después del combate.

Tomó contacto mental con él, incapaz de impedírselo. Era Gabriel. Siempre el mismo. Tranquilo y valeroso. Su fuerza le permitió respirar con más tranquilidad. Francesca empujó a Brice hasta que se encontraron por encima de la parte inferior del cementerio. Se desplazó para ver qué sucedía con más claridad. La escena a sus pies era aterradora. Desde ese mirador, alcanzó a ver una figura oscura tendida en el suelo cerca de una tumba. Al parecer, era una mujer joven, y la habían degollado. Estaba tirada como una muñeca rota, con una mano apuntando hacia la cruz por encima de la tumba. Gabriel habría percibido la muerte y la violencia en el cementerio, pero no habría visto el cadáver debido a que las máquinas le obstruían la perspectiva de esa parte del cementerio. Le envió una visión sin vacilar, advirtiéndole de lo que había ocurrido.

Francesca cerró los ojos un momento y pronunció una breve oración por la víctima y su familia. ¿Cómo podía pedirle a Gabriel que fuera diferente a sí mismo, un cazador que servía a su pueblo, dedicado a exterminar aquellas criaturas viciosas que cometían crímenes tan atroces y crueles? A su lado, Brice pareció desperezarse, como saliendo del aturdimiento en que se había sumido.

—¿Qué diablos pasa aquí? —preguntó, con voz seca, mirando con irritación la escena más abajo. Vio claramente a la mujer caída y, hacia la derecha, lejos de ellos, donde estaba aparcada la maquinaria pesada, alcanzó a distinguir lo que parecía otro cuerpo caído cerca de una pala mecánica. Era un hombre, por el tamaño—. Ya te había dicho que Gabriel era un delincuente. Está involucrado en estos asesinatos.

Francesca lo hizo callar con un gesto de la mano, concentrada en lo que sucedía más abajo. De pronto, el vampiro de la izquierda de Gabriel se lanzó hacia el aire y de la espalda le nacieron alas, se le torcieron las manos hasta convertirse en garras y la cara se le deformó en un pico afilado como una navaja. Mientras atacaba, el segundo vampiro se recubrió de un espeso pelaje y la cara se le alargó hasta convertirse en un enorme hocico que acomodaba una doble hilera de dientes. Así, mientras el pájaro le atacaba por lo alto, el lobo lo acechaba por abajo. El tercer vampiro se difuminó hasta volverse transparente y, una vez disuelto en gotas de bruma, se abalanzó sobre Gabriel.

Francesca observó horrorizada que una enredadera reptaba por el suelo y extendía una larga rama mortífera hacia el tobillo de Gabriel. Se llevó una mano a la boca para no gritar. No era el momento de distraerlo. Tenía que confiar en su experiencia; saber que él vería cada una de las amenazas que lo acechaban, aunque los ataques fueran lanzados simultáneamente.

—¡*Vete a casa, ahora mismo!* —Era la voz de Gabriel que Francesca acababa de captar mentalmente. Era una orden pronunciada con firmeza, una orden que la obligaba a obedecer. Ella sabía que Gabriel no tenía que malgastar su fuerza en obligarla a responder a su voluntad.

Sintió la intensidad de su orden en lo más profundo de su cuerpo. Su primera preocupación era protegerla, no proteger su propia vida. Y si ella permanecía ahí, en campo abierto, vulnerable, se convertiría en un arma que usarían en su contra. Fue una reflexión que se impuso a su pensamiento salida de la nada. Francesca ni siquiera estaba segura de que provenía de Gabriel, pero se giró de inmediato para obedecer.

Cogió a Brice de la mano.

—Vamos, tenemos que salir de aquí —le advirtió.

Comenzaron a correr por el terraplén hacia abajo en dirección al río, lejos del cementerio y de la batalla que se había desatado. Cuando Francesca se giró hacia las luces de la ciudad, una figura solitaria emergió de la oscuridad y les bloqueó a ambos el camino que les prometía libertad.

Era una bestia enorme y de figura demacrada, con unas mechas blancas que le cubrían el cráneo. Tenía una boca de dientes irregulares, ennegrecidos y manchados con la sangre de innumerables inocentes. De pronto le sonrió a Francesca, una siniestra parodia de sonrisa.

Capítulo *13*

Francesca gritó, pero de su boca no escapó ni un gemido. Gabriel se había enzarzado en un feroz combate contra tres enemigos temibles, y ahora se jugaba la vida. Ella se desconectó de inmediato de él porque no quería distraerlo en ese momento crucial. No podría ayudarla.

—¡Qué diablos está pasando! —balbució Brice con voz ahogada. Estaba aterrado, seguro de que le habían hecho ingerir un alucinógeno. Aquello no podía ser real, los monstruos que luchaban, los demonios que se transformaban en lobos y las gárgolas aladas que cobraban vida.

Instintivamente, Francesca quiso tranquilizarlo, y lo cogió suavemente por el brazo para poder manipular su pensamiento. Su voz era grave y la orden que emanaba de ella quedó profundamente engastada en el cerebro de Brice. Quizás ella no conseguiría salvarle la vida, pensó, pero haría que su muerte fuera más dulce. Brice no sentiría los colmillos destrozándolo y rasgándole el cuello mientras el monstruo se tragaba su sangre fresca.

Alzó la cabeza con determinación y se enfrentó a la criatura. En sus ojos brillaba un fulgor desafiante y la boca se le había torcido en un gesto de asco.

—¿Cómo te atreves a encararme de esta manera? —inquirió con voz suave—. Sabes perfectamente que es contrario a las leyes de nuestro pueblo.

En el rostro del vampiro se dibujó una falsa sonrisa.

—¡Quítate de mi camino, sanadora, y deja que esta noche pueda saciarme!

Francesca todavía tenía a Brice por el brazo y se había situado justo por delante de él. El enemigo llamó al médico y su orden flotó en el aire, pero ella había conseguido aislar a Brice del resto del mundo. Éste mantenía la cabeza inclinada como un niño, inocente ante lo que sucedía a su alrededor.

—No pienso apartarme. ¡Vete de aquí! No perteneces a este mundo.

El vampiro emitió un agudo silbido y sus escupitajos volaron en el espacio que los separaba.

—Ten cuidado, mujer. El cazador está ocupado, y esta noche no podrá salvarte. No quisiera hacerte daño, pero si no obedeces a mis deseos, tendré que obligarte por la fuerza.

—Cuida tus palabras, criatura diabólica. Te equivocas si crees que puedes obligarme. No tengo intención de acompañarte a ningún sitio. —Francesca hablaba con voz pausada. Se llevó una mano instintivamente al vientre para protegerse. Él la obligaría a probar la sangre contaminada, y esa sangre correría por sus venas y envenenaría a su hija. Volvió a gritar en silencio, haciendo todo lo posible por no llamar a Gabriel. Era su única oportunidad, que Gabriel derrotara a sus enemigos y acudiera a rescatarla. Pero sería demasiado tarde para su bebé. Los vampiros creían erradamente que si encontraban a una dueña de la luz, sus almas se salvarían. Buscaban a mujeres carpatianas y humanas videntes con la esperanza de recuperar lo que habían decidido perder.

Tendría que tomar la decisión de sacrificar a Brice a esa cosa, sabía que no tendría otra alternativa. O Brice o su hija. Sin darse cuenta, le apretó el brazo como queriendo atarlo a ella. Se obligó a no pensar en Skyler y se propuso no llamar desesperadamente a Gabriel. Él vendría a salvarla en cuanto pudiera. Ahora, era ella quien debía enfrentarse al vampiro.

—No alimentes mi ira, mujer. Soy mucho más poderoso que aquel que te reclama. Un advenedizo, un desconocido que se cree cazador. Conozco a todos los cazadores, y jamás he oído hablar de éste. Soy uno de los antiguos. No creas que puede salvarte.

No sabía quién era Gabriel. Francesca no dejaba de pensar en eso. Aquello era un arma oculta, podía tener un valor de impacto cuando más lo necesitara. La criatura comenzaba a mover la cabeza de lado a lado, un movimiento lento y viperino que tenía algo de hipnótico. Francesca sabía demasiado bien que debía mantener la mirada apartada de aquel movimiento. Había algo en él que la fascinaba y, al mismo tiempo, le causaba repulsión. Era advertencia suficiente. La criatura parpadeó una sola vez, dejando entrever sus ojos inyectados en sangre.

Ella volvió borrosa su imagen y la de Brice y tiró de él con una velocidad sobrehumana justo cuando el vampiro atacó para intentar clavarle una de sus garras. Ella sintió el viento del golpe a escasos centímetros. La criatura lanzó un grito de rabia y se convirtió en una nube de ramas y tierra, un poderoso remolino de diabólico viento que se elevó y oscureció el aire a su alrededor.

Francesca sintió que se le desbocaba el corazón, alarmada. Había conseguido despertar su ira. Ahora era imposible saber qué consecuencias traería su provocación. En el cielo las nubes se arremolinaban, un aviso agorero de lo que vendría. Unos relámpagos surcaron el aire entre las nubes y el cielo se ennegreció hasta ocultar la última estrella, hasta que la luna no fue más que un recuerdo.

El vampiro volvió a emitir un maligno silbido mientras el viento le azotaba la ropa hecha jirones y le alborotaba el pelo lacio que le caía sobre el cráneo.

—Serás castigada por lo que has hecho. Me apoderaré de ese ser humano, y su muerte será larga y dolorosa. Destruiré a todos tus seres queridos.

A Francesca el corazón le latía aceleradamente y tuvo que respirar hondo para calmarse. En su interior, sintió que su bebé se sobresaltaba. Se cubrió de inmediato el vientre con las dos manos cuando se giró para encarar a la bestia. Ésta volvía a mover la cabeza con movimientos ondulantes, un movimiento rítmico e hipnótico. De pronto, atacó con un movimiento rápido y Francesca esperó hasta el último instante para escapar arrastrando a Brice. Antes de que el vampiro la tocara, algo se interpuso en su camino y lo obligó a detenerse. Con un rugido rabioso, dio un salto atrás.

Entre ella y el vampiro se materializó una figura. Por un breve momento, Francesca creyó que era Gabriel. Era una figura alta, de hombros anchos y el mismo pelo negro y largo, de rasgos tan perfectos como su compañero. Sus ojos eran negros, de cuencas vacías, aunque Francesca percibía unas incipientes llamas rojas que latían en el fondo de ese vacío. Irradiaba un poder enorme, como si fuera la encarnación misma de la fuerza. Se movía con una gracia soberbia, aunque al detenerse, se quedó quieto como una montaña, enraizado en la tierra misma. Era como Gabriel, pero no era él. Antes de volverse hacia el vampiro, hizo una venia frente a ella, un gesto principesco.

Francesca se quedó sin aliento. Aquél era Lucian. No podía ser sino el hermano gemelo de Gabriel, el vampiro sin igual. El corazón le latió desbocadamente hasta hacerle daño. Si antes había temido al primer vampiro, ahora estaba aterrada. Era algo en Lucian, algo que no podía nombrar, pero que le daba un aire de invencible, tan poderoso que una legión de cazadores no podría acabar con él. Era el enemigo mortal de Gabriel, el ser que él más amaba. Se mordió el labio para no llamar a su compañero.

Y entonces, Lucian habló. Sus palabras eran como música, pero no eran de este mundo. Aún así, era una música tan bella y pura que resultaba imposible abstraerse de ella. Era la voz más bella que Francesca había escuchado en toda su vida.

—Has venido a este lugar y me has importunado, criatura inerte. He elegido esta ciudad como mi propio patio de recreo y tú crees que puedes ignorar mi vindicación. Envías a tus criados a desafiar a mi hermano mientras atacas a ésta, que él reclama como suya. Ella está bajo su protección, y yo no puedo dejar que intervengan otros en nuestro juego. ¿Lo entiendes? —Era una voz tan perfecta, tan razonable, que cualquiera podría entenderle—. Perdiste tu alma hace muchos siglos, criatura inerte, y ahora ansías la libertad de la muerte final. Ahora, vete. Tu respiración ya apenas te permite sostenerte de pie, tu corazón dejará de latir. —Con estas palabras, Lucian alzó una mano y comenzó a cerrar lentamente el puño.

Francesca observó con mezcla de horror y fascinación que aquella criatura obedecía la orden que le transmitía esa voz dulcemente mortífera. El vampiro boqueó en busca de aire y, cuando el puño siguió cerrándose, el rostro se le ennegreció mientras se ahogaba y estrangulaba ante sus ojos. El vampiro se llevó la mano al pecho cuando el corazón le flaqueó, pero no manifestó la voluntad de oponerse a la orden lanzada por esa voz poderosa. Francesca no podía apartar la vista del gemelo de su compañero, porque ella también había caído bajo el hechizo de su poder, hipnotizada por la profunda belleza de su voz. Sólo se despertó cuando Lucian hundió el puño en el pecho de la criatura para extraerle el corazón y un poderoso rayo blanco cayó sobre ésta y la redujo a cenizas. Sólo entonces se percató cabalmente de lo precario de su propia situación.

Francesca esperó en silencio, cubriéndose el vientre con una mano y sosteniendo a Brice con la otra. Éste seguía bajo el control mental de ella, y era incapaz de comprender lo que sucedía a su alrededor.

Lucian era mil veces más poderoso y mortífero que el vampiro que acababa de derrotar. Se lo quedó mirando con sus ojos oscuros, mientras se mordía el labio inferior, delatando así su desesperación. Entonces él se movió, una insinuación de gracia y belleza intemporal, una espada de doble filo más destructiva que cualquier cosa por ella vista. Gabriel tenía razón al buscar la destrucción de aquel monstruo. Nada podría detenerlo, ningún arma humana podría medirse con él si decidía renunciar al juego de asesinatos al que obligaba a su hermano y convertirse en un ente aún más maligno.

Francesca tragó el nudo de pavor que le bloqueaba la garganta y alzó el mentón con gesto de desafío.

—Debo agradecerte por acudir en mi ayuda, oscuro ser.

—En ayuda de mi hermano —corrigió él, con voz suave, moviéndose a su alrededor con movimientos fluidos. Daba la impresión de que no tocaba el suelo sino que se desplazaba por el aire. Era un movimiento tan leve que no había ruido alguno, ninguna perturbación del aire. Lucian paseó su oscura mirada por el rostro de Francesca, y fue como si mirara en su alma abierta—. Mi hermano es el único que puede darme la diversión que quiero. La vida es tediosa cuando uno es mucho más inteligente que los demás.

—¿Por qué has acudido en su ayuda? —preguntó Francesca con voz pausada, intrigada porque éste no parecía tan sucio como los otros vampiros que había conocido a lo largo de siglos. Quizá transmitía ilusiones tan vivas que ni siquiera un antiguo podía ver en él a un ser horrendo y maligno. El poder que emanaba de aquella criatura la inquietaba profundamente.

—No permito que otros intervengan en nuestro juego —explicó él, encogiéndose perezosamente de hombros—. Tú eres un ancla con la que él se ha atado al mundo. Un peón que puedo utilizar contra él cuando lo desee. Lo que hay entre mi hermano y yo permanecerá así hasta el final de los tiempos. Cualquiera que se atreva a inmiscuirse, cazador o vampiro o mujer, morirá en cuanto yo lo decida.

Ella volvió a alzar el mentón.

—¿Qué piensas hacer conmigo?

La pregunta provocó en él una sonrisa leve y sin humor.

—Llámalo para que acuda a ayudarte. No querrás que te transforme en mi esclava. Llámalo. —Hablaba con una voz suave y sutil, un murmullo puro pero insidioso. Lucian parecía no moverse, pero estaba tan cerca de ella que Francesca olía su esencia, que era limpia, no contaminada. Además, sentía su poder inconmensurable.

Francesca tragó saliva y dio un paso atrás. Sacudió la cabeza para asegurarse de que no estaba hipnotizada.

—Jamás. No hay nada que puedas hacer para obligarme a traicionarlo por mi propia voluntad. Gabriel es grande, y es mi compañero. Ofrezco voluntariamente mi vida por la suya —dijo, esperando el golpe final. Siguió un silencio, largo y vacío. No lo oía respirar, no oía el latido de su corazón, si es que tenía corazón.

Francesca entrecerró sus pobladas pestañas y observó al vampiro maestro, inmóvil como la estatua de un dios antiguo. Tardó un momento en darse cuenta de que no había trampa en su voz sino sólo magia pura. Cada vez que hablaba, daban ganas de cumplir su deseo, cualquiera fuera.

—¿Por qué no me obligas a hacer lo que quieres? —le preguntó Francesca, presa de la curiosidad, pasándose una mano nerviosamente por el pelo oscuro y azulado.

—No necesito la ayuda de mujeres en mis combates —dijo él, y ella adivinó un dejo de desprecio en sus palabras—. Creo que es más bien sorprendente que mi hermano se haya vuelto tan débil que haya permitido que siga vivo este mortal que tú proteges. ¿Qué ves en este hombre que te haría preferir su compañía a la de los tuyos? Sólo piensa en sí mismo, y tiene la cabeza llena de planes para vengarse. Pareciera que su principal objetivo en la vida es acabar con mi hermano. —Lucian tenía los ojos fijos en ella—. Y tú lo sabes, Francesca.

Ella tembló y se frotó los brazos. De pronto, tenía frío. Volvía a ser su voz. Era exactamente el mismo tono. Suave, Puro. Bello. Sin embargo, por algún motivo ahora se sentía amenazada. Y, peor que la amenaza, sentía el enorme peso de su reproche. No tendría por qué significar nada para ella. Estaba tratando con una criatura inerte. Y, sin embargo, se sentía como una jovencita a la que su Príncipe censuraba. Aquello le dolió y lo sintió como una humillación. Francesca no podía sostener la mirada de esos ojos negros y vacíos. Se dio cuenta de que se miraba la punta de los zapatos. Quería hacerle entender y, sin embargo, ni siquiera entendía sus propios sentimientos. ¿Cómo podía explicárselos a alguien que ni siquiera tenía emociones?

—Me quedaría y jugaría un rato más largo, pero ese necio ha olvidado todo lo que le enseñé. —Lucian habló con voz suave y, de pronto, tras una vibración luminosa, se volvió transparente y ella pudo ver la arboleda a sus espaldas. Se produjo un peculiar efecto de prisma que ella nunca había visto, y luego se disolvió en una bruma que flotó por el terreno invadido por la niebla y se alejó de ella.

Francesca recuperó lentamente el aliento y relajó sus músculos, que se habían agarrotado y tensado sin que ella se percatara. De inmediato, buscó mentalmente a Gabriel para advertirle del peligro. Éste se había enzarzado en una batalla desesperada y ahora giraba entre los tres vampiros menores, todos secuaces del que Lucian había destruido. Se lanzaban contra él intentando desgastar sus fuerzas con sus garras largas y afiladas, lanzando zarpazos e infligiéndole cortes pequeños y profundos que lo debilitaban.

—*Lucian está aquí.*

Una risa lejana reverberó en sus oídos como un eco. Al principio, pensó que Lucian había conseguido penetrar en su cabeza, pero entonces se dio cuenta de que era la mente de Gabriel. Puesto que ella compartía los pensamientos y recuerdos de él, podía «oír» su extraño diálogo.

—*Has olvidado todo lo que te enseñé, hermano. ¿Cómo es posible que hayas dejado que estos vampiros te acorralen de esa manera?* —Con estas palabras, Lucian se materializó y adoptó una forma sólida entre Gabriel y el más grande de las tres criaturas inertes.

Gabriel se abalanzó sobre el más pequeño, que se encontraba justo por debajo de él. Se movió tan velozmente que le hundió el puño en el pecho y le extrajo el corazón aún latiendo mientras el vampiro seguía mirando con asombro a Lucian. Gabriel ya se enfrentaba al segundo vampiro antes de dejar caer el corazón del primero. La criatura respondió con un alarido de desafío y lanzó un zarpazo. Pero era demasiado tarde. Gabriel le había arrancado el corazón y se giró justo cuando los rayos se descargaron sobre la tierra e incineraron los dos cuerpos con sus corazones envenenados.

Todo sucedió tan rápidamente que Francesca no alcanzó a comprender cómo Gabriel lo había logrado. No había ni pensamientos ni planes que pudiera descifrar en su mente, ni siquiera una comunicación entre los hermanos gemelos. Y así como Gabriel se había servido de Lucian como arma de distracción, Lucian había utilizado a Gabriel. Se había lanzado contra el más grande de los vampiros mientras éste observaba horrorizado a Gabriel. El tercer cuerpo quedó tendido, desgarrado e inerte en el suelo, mientras Lucian lanzaba el corazón hacia la bola de fuego con la que Gabriel destruía los otros dos.

Fue entonces que Gabriel se dio cuenta de que su hermano, el enemigo mortal de su pueblo, había vuelto a prestarle ayuda en el combate. Francesca percibió la culpa, el disgusto consigo mismo por no haber aprovechado esa oportunidad para destruir a Lucian. Estaba tan acostumbrado a luchar junto a su hermano gemelo que no había hecho más que actuar por instinto. y antes de que pudiera lanzarse contra él, Lucian había desaparecido sin dejar huella. No había ni una gota de bruma, ni diminutas partículas, ni el más mínimo indicio de poder o espacios vacíos, huellas que Gabriel pudiera seguir para dar con la criatura inerte en su guarida.

Mientras acababa de incinerar a los tres vampiros y cualquier rastro del combate, recordó cada uno de los detalles del aspecto de

Lucian, de su tono de voz, de las palabras que había pronunciado. Lucian le había dado más información acerca de la ciudad, de escondites que los seres del subsuelo solían usar, aquellos que a menudo eran utilizados como criados de las criaturas inertes.

Gabriel lanzó una sorda imprecación, elocuente, en su antiguo lenguaje.

—*Soy un inútil.*

—*No digas eso, Gabriel.*

—*Ya ves por qué no lo he destruido. Siempre lo he seguido ahí donde él vaya. Él lo sabe y se burla de mis fracasos. Si no hubiera hecho lo mismo esta noche, habría tenido una gran ventaja sobre él.*

—*Habrías luchado contra tus vampiros, Gabriel. Él te habría derrotado. Estarías muerto y yo me habría visto obligada a huir a los carpatianos para dar a luz a mi hija. No puedes asumir esos riesgos.* —La sola idea de su muerte la atemorizaba. Gabriel ya formaba parte de ella, sumido en lo profundo de su alma. Tendría que vivir media vida sin él. Y ni siquiera tendría la elección de seguirlo a la otra vida. Ella portaba a esa hija suya, y tendría que traerla al mundo a salvo del peligro. Tendría que acudir al Príncipe de su pueblo en busca de techo y protección.

—Gabriel. —Había pronunciado su nombre presa de un repentino terror. Él no podía dejarla sola, no después de haberla arrastrado a un mundo al que ella había renunciado.

—*Él no habría permitido que los otros me destruyeran.* —Gabriel hablaba con voz pausada, como de costumbre, una voz suave que la tranquilizaba—. *Para él es un juego, y nadie más puede participar. Sólo yo tengo el potencial para vencerlo. Le habría gustado que yo lo atacara, y es probable que se sienta decepcionado porque no lo hice.*

Aquella voz pura y bella llegó hasta sus pensamientos.

—*Te has convertido en un blandengue, Gabriel. Yo estaba preparado para una iniciativa como ésa, pero tú desperdiciaste una oportunidad perfecta.*

—*Parecías cansado, Lucian. No quería aprovecharme de una ventaja injusta* —respondió tranquilamente Gabriel—. *Tienes que descansar, sigues vagando en busca de un lugar de descanso, de una manera de dejar este mundo. Dime dónde estás y yo vendré a ti y te ayudaré a emprender ese viaje que esperas desde hace tanto tiempo.*

A Francesca el corazón le dio un vuelco con esa idea, y el miedo se le coló en el cuerpo hasta que se sintió físicamente enferma. Esperó la respuesta, aterrada ante la idea de que Lucian llamara a Gabriel a su lado. Lucharían hasta la muerte, lo sabía con la misma certeza con que sabía su nombre. Gabriel jamás saldría indemne de un enfrentamiento con un ser tan poderoso.

La risa que siguió a las palabras de Gabriel tendría que haber sido sucia y horrible a sus oídos, pero la voz de Lucian sonaba como un bello instrumento que los llenaba de un sentimiento apacible y reconfortante. Su tranquilidad se vio turbada cuando Lucian habló.

—*Crees que puedes engañarme con tu voz, hermano. No creo que eso sea posible entre nosotros.*

—*En una ocasión lo logré.*

—*Atraparme contigo en el subsuelo fue una estratagema interesante, y no me lo esperaba* —dijo. Había un fondo de admiración en su bella voz.

—*Estabas debilitado por la pérdida de sangre.*

—*Ahora pretendes irritarme, esperas que siga hablando para que descubras dónde estoy. Soy incapaz de manifestar emociones, hermano, ni siquiera la ira. Aquel don precioso no me fue dado como miembro de las criaturas inertes. Pero será un placer decirte dónde me encuentro. Estoy inclinado sobre la hija que dices ser tuya. Es excepcional, una rareza en este mundo de copias al por mayor.* —En su voz latía una sutil amenaza, un desafío velado.

Francesca lanzó un grito y, sin pensárselo, le soltó el brazo a Brice, del que casi se había olvidado. Ahora sólo podía pensar en Skyler yaciendo en la cama, impotente, con el vampiro acercándose cada vez más a su cuello. Empujó a Brice hasta que éste quedó sentado y le ordenó despertar de su sueño mientras ella se disolvía en minúsculas gotas de agua y se dirigía al hospital.

—*Te lo prohíbo, Francesca* —le advirtió Gabriel con voz pausada pero enérgica—. *Es una trampa.*

—*No dejaré que se apodere de ella* —dijo, con un gemido en la voz, pero también gimiendo interiormente. Sabía que Gabriel ya se había lanzado volando hacia el mismo destino que ella.

—*Lo siento, amor mío. No puedo permitir que te expongas a ese peligro.* —Las palabras de Gabriel eran como un susurro entre las paredes de su cerebro, el aleteo de una mariposa.

Sin previo aviso, Francesca torció su rumbo. Alarmada, llamó a Gabriel. Había perdido todo control sobre sus movimientos, era otro el que controlaba su vuelo. Instintivamente, intentó tirarse al suelo, cambiar de forma, pero le fue imposible.

—*¡Gabriel!*

—*No temas, Francesca, sólo hago lo que debo. Me esperarás bajo la protección de nuestra casa.*

Volvió a oír la voz suave y burlona moviéndose por sus cuerpos y mentes, como un rayo de luz. El poder de la voz de Lucian era increíble.

—*¿Qué protecciones usarás para mantenerme a raya? ¿Has aprendido muchas cosas que ya no compartes con tu propio hermano gemelo?*

—*No te creas invencible, Lucian. En una ocasión te superé, puede que vuelva a ocurrir* —contestó Gabriel, con voz serena.

Su calma le daba fuerzas a Francesca, le permitía mantener al margen su propio terror. Le asombraba el poder de Gabriel, que pudiera torcer el vuelo de una antigua como ella, conseguir que conservara su rumbo, protegerla y, mientras tanto, seguir camino al hospital mientras conversaba tranquilamente con su mortal enemigo. Su calma no era una fachada. Gabriel tenía absoluta confianza en sí mismo, un antiguo guerrero que siempre había luchado a lo largo de los siglos. El combate que le esperaba sería la culminación de esos siglos de experiencia. Se abstuvo inmediatamente de contrariarlo para no dificultarle aún más la tarea que le esperaba.

Francesca tuvo que obligarse para no rogarle al vampiro que le ahorrara a Skyler aquel dolor. Los vampiros disfrutaban del dolor ajeno; era uno de los perversos regalos de las criaturas inertes. A través de sus víctimas, tenían una sensación pasajera y fugaz de lo que habían perdido. Esas emociones eran oscuras y siniestras, pero no dejaban de ser emociones.

Acalló sus pensamientos y se concentró.

—¿*Skyler? ¿Me oyes?* —La adolescente dormía—. *No abras los ojos. Estás en peligro.*

Se produjo un ligero movimiento y la chica despertó, alerta. Francesca estaba tan familiarizada con su mente que consiguió sentir a Skyler inspeccionando su entorno de manera muy similar a los carpatianos. Su pulso seguía estable y el corazón no se le alteró en lo más mínimo.

—*No puede ser. Está aquí conmigo y estoy perfectamente a salvo.*

—¿*Ha tomado tu sangre?*

Siguió un largo silencio mientras Skyler pensaba, intrigada, en aquella pregunta.

—*No es un técnico de laboratorio. Sé que no lo es. ¿Por qué habrías de temer que quiera mi sangre?*

Francesca pensó un momento. Skyler le había obedecido. Se había quedado quieta, respirando normalmente y fingiendo que dormía. Sin embargo, por alguna razón, se sentía segura a pesar de la amenaza del mal. Skyler estaba dotada con un agudo sentido del peligro. Tal vez Lucian no quería infligirle verdadero daño. Aquella era la única respuesta. Estaba preparando una trampa para engañar a Gabriel.

Ella sabía que Gabriel podía leer sus pensamientos y que ahora compartía su mente. Debería haberse dado cuenta de que Lucian también compartía la mente de Gabriel. Su risa volvió a oírse, aquella risa que era como una música suave y bella.

—*Ahora ves lo fútil de oponerse a alguien como yo. Esta niña humana, aunque rara en este mundo, no puede engañar a alguien como yo fingiendo que duerme. No puedes protegerla de mí, no con tus protecciones, y tampoco intentando ocultármela. Todo lo que Gabriel sabe también lo sé yo. Cuando desee convertirla en mi esclava, lo haré. En este momento, me resulta tedioso pensar en asumir esa carga.*

—*Lucian.* —Gabriel pronunció el nombre con voz serena—. *Te estás cansando de tu existencia. No hay nada que te ate a este mundo. Has escogido perder tu alma y seguir el camino de la oscuridad. Sin embargo, no has adquirido ninguna emoción ni poder que ya no tuvieras antes. Déjame ayudarte a renunciar a esta locura. Quieres que te ayude. Siempre lo has deseado.*

—Ésa era tu promesa conmigo, hermano, y no puedes hacer otra cosa que honrarla. Sin embargo, encuentro que el mundo es diferente, que ha cambiado mucho desde la última vez que lo recorrí. Es verdad que es tedioso seguir cuando no tengo a nadie con quien contrastar mi ingenio y, sin embargo, tú permaneces. ¿Acaso tú también buscas el alba? —inquirió, y rió por lo bajo para sí mismo—. Creo que deberíamos continuar nuestro juego durante un tiempo en este extraño mundo. —Lucian comenzaba a desvanecerse, Francesca lo percibía a través de su comunicación con Gabriel. Había atraído a Gabriel al hospital con la intención de combatir con él pero parecía haber perdido rápidamente el interés, y había abandonado la habitación de Skyler, esfumándose sin dejar ni una sola huella.

Gabriel suspiró con un dejo de frustración. Lucian sabía de la existencia de ambas mujeres. ¿Cómo no podía saberlo? El poder, inconfundiblemente femenino, estaba ahí para que cualquiera lo descubriera. Las criaturas inertes ya estaban siendo atraídas a la ciudad, en busca de lo único que podría salvarlas. Era imposible que Lucian no hubiera comprendido las señales, y ahora ya tenía conocimiento de la existencia de Skyler y de Francesca. Y de que él había reclamado a Francesca, que era una mujer carpatiana. Era probable que supiera que estaba embarazada. Lo que sabía él también lo sabía su hermano. Skyler ya no estaba a salvo en el hospital, lejos de su protección.

Gabriel cambió de forma al posarse sobre el suelo y cruzó a paso rápido el aparcamiento en dirección a la entrada. Hizo que su imagen se volviera borrosa porque no deseaba tratar con humanos mientras verificaba por sí mismo que Lucian no había tocado a Skyler. Tenían que trasladarla lo más pronto posible. Lucian podía utilizar a criados humanos para hacerle daño durante el día, cuando él no podía protegerla. Tenían que llevar a Skyler a casa, donde él mismo podría protegerla. Podría contratar a guardias de confianza para que cuidaran de ella mientras él se encontraba en lo profundo del subsuelo. En todos los siglos que habían combatido, Lucian nunca se había servido de un criado para destruirlo durante el día, pero ahora que tenía que proteger a Skyler, no podía correr riesgos. Y había otros en la ciudad, vampiros con poderes menores pero igual de malignos y siniestros.

Cualquiera de ellos podría atreverse a atacar a Skyler. Y no podía permitir que eso sucediera. La pobre niña no soportaría ni una sola agresión más.

Skyler estaba tendida en silencio mirando el techo cuando él entró en la habitación. Su sombra se proyectó sobre el lecho. Alguien con menos poderes de observación jamás habría percibido el ligero estremecimiento que recorrió su pequeño cuerpo.

—¿Tienes miedo de mí? —le preguntó Gabriel con voz queda, granjeándole la cortesía de no penetrar en su mente. Sabía que tendría que «leerla» para asegurarse de que Lucian no había bebido de su sangre, pero estaba decidido a respetar su privacidad siempre que fuera posible.

Skyler apretó la sábana con gesto nervioso.

—En realidad, no. —Desde debajo de la delgada manta, asomaba el lobo de peluche junto a ella.

Su voz era sincera, pero apenas audible.

—¿Sabes por qué he venido?

Ella lo miró con sus grandes ojos grises y tranquilos, y sus largas pestañas proyectando una sombra sobre sus mejillas. A Gabriel le pareció bella. Skyler tragó con dificultad y se cubrió con una mano la cicatriz de la cara. Con un gesto delicado, él le cogió la mano e impidió que ella tapara la cicatriz delgada y blancuzca. Con ternura, le giró la mano, deslizó el pulgar sobre las numerosas cicatrices que le surcaban el brazo, la muñeca y la mano.

—Somos una familia, hija, una verdadera familia. No hay por qué avergonzarse. Estoy orgulloso de ti, orgulloso de cómo te defiendes y te mantienes entera y fiel a tu propia alma. No ocultes las insignias del valor, Skyler. No nos las ocultes a mí y a Francesca.

Ella lo escrutó con un dejo de malhumor.

—Siempre he estado sola, desde que recuerdo. Desde que mi madre murió, siempre he estado sola. No estoy segura de que sepa estar con otras personas.

Gabriel le respondió descaradamente con su sonrisa encantadora.

—Entonces, bienvenida a la familia, Skyler. Yo he estado demasiado tiempo solo y lo mismo le ha sucedido a Francesca. Juntos aprenderemos —dijo, y le acarició el pelo con gesto de ternura—.

Puede que al comienzo actuemos como aficionados, pero todo saldrá bien.

En el rostro de la niña apareció la sombra de una sonrisa.

—¿De verdad lo crees?

—Lo sé positivamente. Nunca fallo en lo que me propongo, ni siquiera en aquellas cosas que aborrezco. Ésta es la primera vez que emprendo algo para mí mismo. Créeme, hija, no fallaré.

Skyler se lo quedó mirando. Su expresión era la de una adulta, más que la de una niña.

—¿Y cuáles son las tareas que aborreces?

Los dientes blancos de Gabriel brillaron, un pequeño tributo a su perspicacia, a sus dones especiales.

—Hay momentos en que no tengo otra alternativa que ordenar a las mujeres de mi familia que hagan lo que yo digo —contestó él, con mirada traviesa.

Los ojos grises y deslavados de Skyler se iluminaron brevemente, lo cual era una pequeña victoria para Gabriel.

—¿Y eso es lo que aborreces? Lo dudo, Gabriel —dijo ella, que se sentía lo bastante animada para provocarlo a él.

Él se sentó para no obligarla a mirarlo hacia arriba. Era importante para él no intimidarla. La influencia de Francesca había contribuido a que Skyler lo aceptara, lo viera como una persona buena, no como a un enemigo, pero su posición ante ella era precaria. Gabriel se aseguró de que sus movimientos fueran armónicos y amables para no asustarla.

—Si te tomo la mano como lo hace Francesca, puedo leer tus pensamientos —le explicó él con voz tranquila—, muy parecido a cómo tú recibes información acerca de la gente que te rodea. No quiero asustarte con mi contacto, pero será necesario que «lea» tus recuerdos de aquel otro que te visita tan a menudo.

Skyler parpadeó, y sus largas pestañas le ocultaron los ojos.

—¿Podré yo leer los tuyos? —le preguntó con voz vacilante, como si temiera que se enfadara.

—¿Te gustaría?

—Normalmente, soy capaz de hacerlo —dijo Skyler. Cuando él siguió mirándola, ella retorció la sábana entre sus dedos—. Siempre he podido leer el pensamiento de las personas si las toco —dijo, y le lanzó una mirada rápida y subrepticia—. Eso sí, creo que no se parece a la manera que tenéis Francesca o tú de leer la mente. Yo sencillamente sé cosas. Puedo oírla y sentirla cuando me habla. Sé que está conmigo —explicó, mientras seguía retorciendo el borde de la sábana—. Sucede lo mismo con el otro, que viene a verme cuando tengo miedo.

—Skyler —dijo Gabriel con voz pausada—, si no quieres leer mis emociones o pensamientos, entonces podrás escudarte de ellos. Si te da seguridad hacerlo, entonces comencemos ahora mismo.

Los grandes ojos grises de Skyler estaban muy expresivos cuando le escrutó el rostro a Gabriel. Él esperó en silencio a que ella se decidiera. Al cabo de un rato, ella asintió con la cabeza. Gabriel le cogió la mano con gesto muy tranquilo, se inclinó y sus ojos negros atraparon la mirada de Skyler en la profundidad de la suya. Ella ni siquiera pestañeó. Cuando aquella joven se proponía hacer algo, ponía toda su alma y su corazón en ello. Él tendría que recordar eso cuando intentara poner en práctica las bondades de un padre, que ahora eran inexistentes.

Ella lo sorprendió con su risa, no a viva voz pero sí en su pensamiento.

—*Yo también te estoy leyendo el pensamiento* —le recordó.

—*Estupendo, serás tan entrometida como Francesca* —se quejó él, una ligera provocación, mientras no hacía más que pensar en cuánto amaba a Francesca, con su calidez y sus sentimientos protectores hacia Skyler. Sentía su presencia en su mente, pero ella no se había percatado de que él ya compartía con ella todos los recuerdos de su infancia. Aquello la habría humillado. Él lo sabía instintivamente y no tenía intención alguna de incomodarla. Ella leía en él lo que él le dejaba leer. Su deseo de acogerla en la familia, su esperanza de ser un buen padre, alguien que la protegería y la orientaría y que siempre le daría seguridad. Él compartía sus sentimientos de ineptitud como marido, sus temores de que quizá decepcionaría a Francesca. Gabriel amaba a Francesca más que la vida misma y le permitió a Skyler saber que con el tiempo la amaría a ella de la misma manera.

Durante todo ese rato, él se adentró en los meandros de su mente con el fin de encontrar alguna huella del poder, de algún indicio que demostrara que su hermano gemelo había intentado usarla a ella contra Francesca. Vio el trabajo que había realizado Francesca, un trabajo perfecto. Vio la combinación de protecciones que habían forjado juntos pero no encontró ni rastro de Lucian, ni un asomo de aquel poder venenoso, ninguna intención oculta. Gabriel maniobró con cuidado mientras buscaba en todas partes, atento a la más mínima anomalía, de las que encontró no pocas y las examinó todas meticulosamente. Skyler parecía estar libre de toda ingerencia exterior.

Suspiró ligeramente y la abandonó antes de que alcanzara a transmitirle su repentino acceso de ira. Skyler había sido víctima de horribles abusos y aquellas heridas aún vivas en su mente permanecerían para siempre como cicatrices. Era una chica extraordinaria, con una rara perspicacia y otros dones notables. Sin embargo, el hombre que la debería haber amado y protegido había sido precisamente quien había comenzado con los abusos y después los había convertido en un asunto de cada día.

Gabriel respiró hondo. Quería parecer absolutamente calmado y seguro. Sabía que a Skyler le aterraría cualquier manifestación masculina de intemperancia. Lucian ya había acabado con los hombres que habían abusado de Skyler, uno tras otro. Había segado la vida de los enemigos de la chica como parte de su juego de ajedrez con Gabriel, con lo cual demostraba que él sabía lo mismo que su hermano.

—¿Has notado algo en mi mente que te haga cambiar de opinión y no llevarme a vivir contigo y Francesca? —En su voz serena había una especie de desafío, pero desvió la mirada en cuanto él le soltó la mano.

Gabriel le cogió el mentón y lo levantó para que ella lo mirara.

—Tienes una mente asombrosa. He quedado atónito contigo y con lo que has logrado, con lo que eres capaz de hacer. Me siento honrado de que quieras que yo actúe como protector tuyo junto con Francesca. ¿Acaso no te has visto a ti misma a través de mi mirada? —le preguntó con voz muy suave.

Ella se sonrojó levemente.

—Yo no soy así. No como tú te piensas, valiente y atrevida y bella. Nadie más lo piensa. —Cuando él siguió mirándola, ella se sonrojó aún más intensamente—. Bueno, en realidad sólo Francesca, pero en ella no hay ni una pizca de maldad. Hasta podría decir cosas agradables de un monstruo.

Una leve sonrisa asomó en la boca de Gabriel.

—Es muy posible que tengas razón, Skyler, al juzgar a Francesca. Sabría pensar bien de un monstruo, pero también es una mujer muy perspicaz. En ti ve lo mismo que veo yo. Y tú tienes que empezar a verte a ti misma de esa manera. Somos tus protectores, y tienes que acostumbrarte a confiar en nosotros y a contar con nosotros. Si alguna vez lo deseas, puedes examinar mi mente y yo compartiré abiertamente mis pensamientos contigo.

—Quiero salir de este lugar horrible y marcharme a casa contigo y Francesca.

—Cuando nos interrumpieron, su intención era conseguir la autorización del médico.

Skyler se mordió los labios, quiso decir algo y luego se tapó la cara con el animal de peluche.

—Cuéntame, pequeña —la alentó Gabriel—. En nuestra casa, espero que digamos la verdad y que haya respeto por ambos lados. Si quieres decir algo, yo escucharé y valoraré lo que tengas que contar.

—No me creerás, pero sé que tengo razón —dijo ella, y hundió nerviosamente los dedos en el suave pelaje del lobo.

—Si tú sabes que tienes razón, Skyler, yo te creeré —dijo Gabriel, que le había tomado tranquilamente la mano y le comunicaba calidez y seguridad.

A ella le fascinaba el sonido de su voz, ese acento de origen desconocido, la manera tan divertida de girar sus frases. Sobre todo, le fascinaba la convicción que había en él, su manera de hacerle creer en él.

—No creo que el médico sea de verdad un buen médico. Hay algo en él que no funciona.

Gabriel asintió con un gesto de la cabeza.

—Estaba muy enamorado de Francesca, y no se alegró mucho

cuando yo regresé. Verás, Francesca pensaba que yo había muerto. Creo que el médico tiene problemas para superar sus celos.

Skyler se lo quedó mirando un rato largo y al final sacudió la cabeza.

—Es algo más que eso. Lo siento cuando me toca.

Por un instante, en la mirada de Gabriel aparecieron dos ascuas como llamas, y él sintió que sus garras se desplegaban interiormente. Se dio un momento de respiro antes de preguntar.

—¿Qué quieres decir, pequeña? —Su voz era más suave y bella que nunca.

Skyler sintió que el aire en la habitación se quedaba inmóvil, como si la tierra misma esperara su respuesta. Sus largas pestañas se cerraron, ocultando sus ojos expresivos.

—Cuando viene a examinarme, intenta ocultarlo, pero yo sé que algo le sucede. Es como si estuviera torcido. Es algo más que los celos, Gabriel.

—Me aseguraré de que te den de alta mañana por la noche. Francesca y yo tendremos que arreglar las cosas en casa para que mientras te recuperas te podamos cuidar como es debido. Entretanto, Francesca ha contratado a un guardaespaldas para ti. Es *tu* guardaespaldas, no un empleado del hospital, y él se encargará de tu seguridad en nuestra ausencia. Si te sientes amenazada, le dirás que te saque de aquí y te lleve a nuestra casa. —Del bolsillo, sacó la llave de la casa de Francesca. Se quitó una cadena de oro que llevaba al cuello y la pasó por la llave—. Ésta es la llave de la casa, pequeña —le dijo, y le puso la cadena al cuello—. Ahora, si tienes que venir a casa, ya tienes la llave.

Gabriel sintió el alivio de Skyler. Cogió la llave, la miró y la sostuvo como si le hubiera dado la llave de un tesoro. Gabriel se incorporó cuan grande era por encima de ella.

—Tu habitación está preparada y Francesca ha hecho maravillas —dijo, y escribió la dirección en un trozo de papel que también depositó en su mano.

Una leve sonrisa asomó en el rostro de Skyler.

—Sabía que se pondría como loca —dijo, y de inmediato la sonrisa se le borró del rostro, que se volvió serio y pálido—. ¿Te has creído lo que te he contado acerca del médico? —le preguntó, y en su voz había un dejo de ansiedad que no pudo ocultar.

Gabriel la miró con expresión seria.

—Sí, Skyler. Yo he sentido la misma inquietud al mirarlo. No temas por Francesca. Haré todo lo posible con los poderes que tengo para velar por su seguridad.

Skyler le escrutó el rostro un largo rato antes de entrecerrar los ojos y acomodarse tranquilamente en la cama, a todas luces satisfecha con la seguridad que él le daba.

Gabriel siempre estaba atento durante la vigilia a lo que sucedía a su alrededor, y en ese momento intuyó que Brice llegaba al hospital. Se desplazó de la cama a la puerta. Una respiración entrecortada de alarma lo hizo girarse.

—¿Qué sucede? —preguntó la niña, con voz serena.

Skyler lo miraba como si fuera un fantasma. Se obligó a responder riendo.

—En este momento, justo ahora, me has recordado a … —dijo, y no acabó la frase.

Él sonrió deliberadamente, una sonrisa infantil y traviesa.

—¿A una estrella de rock? —preguntó, expectante. La astucia de Skyler era mucho más poderosa de lo que él había pensado.

Ella rió con un dejo nervioso.

—No, Gabriel. A un lobo. Un lobo grande y malo —dijo, y levantó su lobo de peluche—. Igual que éste.

Él rió con ella, pero se cuidó mucho de asumir un aspecto más humano cuando abandonó la habitación y de despedirse con un saludo que a ella le transmitiera seguridad.

Capítulo 14

—La pareja llegará hoy, Gabriel —anunció Francesca. Estaba sentada a su mesa, más bien ausente mientras tejía y componía dibujos abstractos. Gabriel sólo veía un montón de materiales, pero observaba que sus dedos manejaban cada trozo con amor, aunque daba la impresión de que no tenía la cabeza puesta en la tarea.

Gabriel cruzó la habitación y se detuvo detrás de ella, añorando la cercanía de su bello cuerpo.

—Sé muy bien lo de su llegada, Francesca. ¿Qué es lo que intentas no decirme? —le preguntó, con un dejo de humor en el tono grave de su voz. Gabriel era su compañero, le bastaba compartir sus pensamientos para enterarse de que estaba inquieto.

Francesca respiró hondo. Sus dedos buscaron un trozo de tela y comenzó inconscientemente a palparlo con el pulgar.

—Aidan me ha pedido que no bebamos de su sangre.

Siguió un silencio breve y elocuente. El aire se había vuelto denso con el peso de su desaprobación. Francesca lo entendía a la perfección. Sólo había un puñado de seres humanos que sabían de la existencia de los carpatianos. Gabriel era uno de los antiguos, un cazador que nadie, excepto su hermano gemelo, había superado. Había vivido ocultando el lugar donde dormía y mezclándose con los humanos. Los carpatianos podían controlar fácilmente la conducta de los humanos de quienes bebían la sangre, pero Aidan había pedido que no lo hicieran en esta ocasión. Si los humanos sabían de su origen y vivían en su casa, él tenía el poder en sus manos. Para Gabriel, significaba poner en peligro las vidas de los miembros de su familia al confiar en dos personas que no conocía.

—¿Qué responderás a esta extraña demanda?

A Francesca le dio un vuelco el corazón.

—Gabriel. —Pronunció su nombre en un silencioso suspiro, lo guardó consigo. Ella había sido dueña de sí misma tanto tiempo, tomaba sus propias decisiones, tal como había hecho Gabriel, aunque le había recordado que para él era importante considerar su opinión, como si ella fuera su socia.

A Gabriel una sonrisa le torció los labios. Francesca era su socia, su otra mitad. Su opinión contaba ahí donde las otras no tenían importancia. Él estaba sumamente orgulloso de sus logros. Al parecer, ella no se daba cuenta de cuánto significaba para él. Eso lo desconcertaba. Tenía que verse a través de sus ojos. En opinión de Gabriel, nadie en el mundo podía compararse con ella.

—Desde luego que valoro tu opinión. Puede que no te hayas relacionado con nuestro pueblo en estos últimos siglos, pero te mantienes al día con las noticias. Lograste ocultar tu identidad a aquellos que tienen el poder y a los seres diabólicos que buscan sin cesar a las hembras de nuestra raza. Creo que estás en mejores condiciones que yo de juzgar esta extraña demanda, porque yo he pasado los últimos dos siglos enterrado.

—He oído decir que Aidan no controla a esta familia, que nunca los ha utilizado para alimentarse, y que tiene un gran respeto por ellos. Han ayudado a otros miembros de nuestro pueblo en momentos de necesidad. No todos están enterados de nuestros secretos, pero los que lo saben jamás nos han traicionado. Si Aidan ha recomendado para ayudarnos a dos de los que pertenecen a su familia, pienso que confía en ellos. Me ha dicho que se trata del hijo de su mayordomo. Este hombre ha sabido de la existencia de nuestro pueblo desde hace mucho tiempo. Creo que a su mujer se lo han contado hace poco, pero ha demostrado su lealtad. Su marido le ha asegurado a Aidan que se puede confiar en ella.

—No me gusta la idea de que la mujer no esté bajo nuestro control —reconoció Gabriel—. Es evidente que el marido, que hace años que lo sabe todo, ha demostrado su lealtad, pero esta mujer es un gran peligro si nos vemos amenazados. Se podría convertir en una carga.

—Lo que dices es verdad —dijo Francesca, asintiendo con la cabeza—, sobre todo ahora que Lucian está aquí y pretende darnos caza, aunque pienso que podemos vigilar sus pensamientos lo justo para controlar la situación. Si creemos que existe un peligro, tendremos tiempo de contactar con Aidan.

Gabriel frunció el ceño y Francesca se giró para ocultar su sonrisa. A Gabriel no le agradaba la idea de consultarle nada a Aidan, y menos aún algo relacionado con su propia casa. No podía hacer más para mantener la compostura.

Gabriel extendió el brazo y la cogió por el hombro.

—¿Te estás riendo de mí? —le preguntó en voz baja. Era una voz grave y amenazante.

—¿Crees que me reiría de ti? —le contestó ella. Sus ojos eran tan oscuros que parecían negros, y brillaron con una sonrisa.

Él la rodeó por la cintura y la atrajo hacia el refugio de sus brazos.

—Sí, lo harías —murmuró, inclinando su cabeza oscura a la invitación de su cuello. Rozó con la boca su piel suave como el satén—. ¿Estás tan ocupada con esta gente que no tienes tiempo para hablar de mis males? Necesito que me curen.

Ella alargó el brazo hacia atrás y le rodeó el cuello, apoyándose contra él hasta que el último músculo de Gabriel casó con su esbelta figura. Con la boca, buscó la de él. Era como si la tierra bajo sus pies se hubiera quedado quieta. Por un instante ínfimo, la respiración dejó de importar. Los corazones latían al unísono, sus mentes se habían fundido en una sola, al igual que sus almas. Francesca se derritió contra él, y su cuerpo se volvió suave y dúctil. Eso es lo que él lograba con sus besos, convertir su flujo sanguíneo en lava ardiente y hacerle subir la temperatura varios grados en cuestión de segundos.

—Tenemos una hija —murmuró, rozándole el cuello con la boca—. Y en este momento, se está moviendo hacia nosotros.

Gabriel dejó escapar un tímido gruñido. Había oído los suaves pasos de Skyler mientras exploraba la casa. Al levantarse, Gabriel había salido a cazar y se había alimentado abundantemente para él y Francesca. Tenían muchas cosas que hacer, ocuparse de que Skyler se instalara en su nuevo hogar. Gabriel dio su aprobación para el guardia que Francesca había contratado. Jarrod Silva era un hombre de casi treinta años que parecía bastante competente. No tenía la actitud de un intruso y Gabriel leyó brevemente en su pensamiento que su intención era hacer bien su trabajo. Gabriel reforzó esa decisión de Jarrod con una orden sutil, y se sintió tranquilo al ver que el hombre protegería a Skyler si surgiera la necesidad.

Francesca se giró del todo en sus brazos y apoyó todo el peso de su cuerpo contra el suyo. Él se rió por lo bajo y la estrechó contra su pecho.

—Te miro, Francesca —susurró mientras le cogía la cara con las dos manos—, y no puedo creer mi buena suerte. Eres mi vida, eres mi aliento. Espero que siempre lo sepas y que guardes esa verdad en tu corazón. Ahora que estoy a tu lado, todos los tormentos que soporté durante siglos tienen sentido.

Francesca notó que las lágrimas asomaban a sus ojos. Percibía su absoluta sinceridad, la intensidad de sus emociones. Desde luego, él deseaba su cuerpo, sentía el deseo y el calor que aumentaban como una marea inevitable, pero aún era más fuerte e intenso el amor que sentía por ella. Se dijo a sí misma que debía respirar, respirar una vez e inhalar su aroma.

Un ruido leve los obligó a ambos a girar la cabeza.

—Me encanta eso de vosotros dos —anunció Skyler. Se movía lentamente y con cuidado; su pequeño cuerpo todavía resentido físicamente—. Esa manera que tenéis de miraros. Nunca he visto a nadie más mirarse así, con tanto amor. Es algo que brilla entre vosotros.

Francesca le tendió de inmediato la mano.

—¿Y te preguntas si hay sitio para ti?

Skyler se veía muy frágil. Tenía una piel pálida, casi traslúcida, y sus ojos parecían enormes en su fino rostro. Parecía tener menos de catorce años, hasta que uno la miraba a sus ojos demasiado viejos.

Escondió la cabeza y sus largas pestañas ocultaron la expresión de su rostro, pero avanzó unos pasos y estrechó la mano que le ofrecían. Francesca la atrajo con un gesto de ternura y Gabriel les cubrió a ambas las manos con la suya.

—Tenemos suficiente amor para repartir, Skyler —dijo, con voz tranquila—. Más que suficiente. Somos una familia, los tres, y siempre lo seremos, sin importar lo que el futuro nos depare. Comienza aquí, con nosotros. Francesca ha vivido su vida sola, como yo. Y tú también. Ahora estamos juntos, ayudándonos mutuamente. —Gabriel tenía una voz bella y mágica. Podía ser el amo de los cielos y hacer que la tierra se levantara bajo sus pies. Había convertido a Skyler en una creyente sin tener que recurrir a órdenes ocultas.

Francesca le alisó los pelos hirsutos a Skyler.

—Nuestro mayordomo y su mujer llegarán hoy. Vivirán con nosotros por un tiempo, espero. Gabriel y yo tenemos muchas responsabilidades que atender y durante ciertos momentos del día no estaremos en casa y será difícil tener contacto con nosotros. Quiero que alguien de confianza esté siempre contigo, de modo que te sientas a salvo. Pero recuerda que ésta es *tu* casa. Si alguien hace o dice algo que no te agrada, espero que me lo cuentes para que podamos lidiar con ello. Si tienes miedo, o quieres cambiar algo en la casa, por favor, dímelo. Tu felicidad y tu bienestar nos importan mucho. No es ninguna molestia. Queremos hacer lo necesario para que te sientas a gusto.

—Mi habitación es bella, Francesca —dijo Skyler, y su voz era todavía tan suave y frágil que a ella le dieron ganas de abrazarla—. Gracias por haberte tomado todas esas molestias por mí.

—Ha sido divertido. Y salir de compras juntas también será divertido —le dijo Francesca, con una leve risa—. Te has puesto pálida con la sola idea de salir de compras. La mayoría de las chicas estarían fascinadas. Y yo, que por fin tengo una hija, o una hermana menor, o como prefieras, y no quiere salir a comprar ropa.

Skyler se llevó una mano temblorosa a la fina cicatriz en su rostro y se la frotó.

—He estado desconectada del mundo mucho tiempo —confesó.

—Cuando decidas que estás preparada —dijo Gabriel, cogiéndole la mano con ternura—, saldremos los tres e iremos juntos a mirar a esa gente extraña allá afuera. Así será mucho más divertido.

Skyler se lo quedó mirando un rato largo, y su mirada recorrió sus rasgos duros y sensuales, escrutando cada centímetro de su rostro. Su sonrisa tardó en llegar, pero cuando asomó, la mirada de Skyler se iluminó.

—Creo que le tenéis tanto miedo a esa gente como yo —dijo—, aunque no de la misma manera.

Francesca rió al ver la expresión de ironía de Gabriel, y el eco alegre de su risa llenó aquella casa de amor. Ella era capaz de hacer eso, pensó Gabriel. Francesca podía llenar de amor hasta el último rincón de esa enorme mansión. Cada momento que pasaba en compañía suya no hacía sino profundizar ese sentimiento hacia ella. Francesca irradiaba tanta luz que él se sentía fascinado. Gabriel había vivido en un mundo de oscuridad y violencia tanto tiempo que se quedaba admirado ante Francesca. Sus ojos negros encontraron la mirada teñida de gris de Skyler y ambos compartieron una leve sonrisa de complicidad. Ella se sentía igual. Los dos querían bañarse en la luz mágica de Francesca para toda la eternidad.

Francesca le deslizó a Skyler el brazo por la cintura, un gesto tan natural en ella que ésta no pensó en separarse.

—No tendremos que preocuparnos de pasearnos en público hasta que tú estés preparada, cariño. Yo sólo quiero que te sientas cómoda y segura aquí en casa. Creo que te gustará el personal del servicio.

Skyler puso una cara divertida e intercambió otra rápida mirada con Gabriel, que había puesto la misma cara. Francesca rió al verlos.

—Ya me imagino cómo será. Vosotros dos sois un par de ermitaños. Os prohíbo que forméis una alianza contra mí. Skyler, ¿te agrada tu guardaespaldas?

—Intento no mirarlo —confesó Skyler, encogiéndose de hombros.

—Pues deberías mirarlo; es bastante atractivo —advirtió Francesca.

—Ya basta —interrumpió Gabriel—. No hay por qué buscar otros hombres atractivos.

—Yo no recuerdo haber dicho que tú fueras atractivo —dijo Francesca, risueña.

Skyler rió con ese comentario. Por una vez, olvidó lo demás. Olvidó las cicatrices en su cuerpo, y olvidó las cicatrices de su mente y su alma. En ese momento, era una chica que disfrutaba de un instante de felicidad junto a dos personas a las que comenzaba a apreciar. Era casi imposible entender que hubiera llegado a confiar en ellos tan rápidamente, pero ésa era la verdad.

—¿Piensas dejarla salirse con la suya? —le preguntó a Gabriel, con los ojos lanzando destellos—. Eres atractivo y ella lo sabe. Yo sé que lo ha notado.

Él cogió a Francesca por la muñeca y la estrechó con fuerza.

—La voy a hipnotizar y pienso plantar todo tipo de ideas en su cabeza —dijo. Y tú puedes ayudarme, Skyler. Creo que debería venerarme.

—Mientras haces tus sugerencias, le puedes decir que no hace falta que nadie más cuide de mí, sólo la quiero a ella —le dijo Skyler, con voz queda, ya bastante más seria.

—Nadie más tiene autoridad sobre ti, Skyler. Estas personas vienen sólo a *ayudarte* mientras yo estoy ausente —dijo Francesca—. Nos hacen un gran favor para que tú no estés sola. —Lo dijo con una voz musical que penetró profundo en la mente de Skyler como una energía curativa.

Gabriel emitió un ruido raro y atrajo la atención de Skyler.

—He notado que ha utilizado las palabras «nadie más». ¿Has oído eso, Skyler? ¿Crees que me está excluyendo? Creía que la autoridad en esta casa era yo.

—Tú ni siquiera eres atractivo —señaló Skyler, y rió a pesar de la seriedad del asunto.

—Ah, con que ahora también habrá que hipnotizarte a ti —amenazó él—. Debería haber sabido que vosotras dos haríais una alianza. Pero recuerda lo que te he dicho cuando te encuentres ladrando como un perro en tu habitación sin saber cómo has llegado allí.

—Me preguntaría por qué estoy ladrando —corrigió Francesca—. Ladrar sería demasiado.

—No lo sé —dijo Skyler, pensativa—. Si entrara el mayordomo y nos encontrara a todos ladrando como perros, saldría corriendo de aquí y yo sería muy feliz.

—Supongo que les darás una oportunidad, ¿no, cariño? —le preguntó Francesca con voz amable.

—Supongo que no tengo alternativa —contestó Skyler, encogiéndose de hombros—. Sin embargo, sé que sabría quedarme sola. No soy un bebé y he pasado la mayor parte de mi vida sola.

—Tiene sentido —reconoció Gabriel. —Espero que no nos malinterpretes, Skyler. Francesca y yo queremos que tengas un mayordomo porque queremos asegurarnos de que estés cómoda y segura, no porque no confiemos en ti. Somos personas adineradas, cariño, y eso puede convertirte en un blanco. Francesca se pasaría la mitad del tiempo preocupada si no te diéramos la protección adecuada.

Skyler había fijado la mirada en sus ojos mientras intentaba decidir si le decía la verdad o no. Al cabo de un rato, asintió con un gesto de la cabeza.

—No había pensado en eso. No quisiera que ninguno de los dos os preocuparais por mí.

Fue un alivio sentir el contacto de Francesca.

—Inténtalo por un tiempo, cariño. Si al final las cosas no funcionan, encontraremos a alguien que te guste.

Francesca intentó suavizar la inquietud que se reflejaba en el expresivo rostro de Skyler.

—¿No os da un poco de miedo que me convierta en una niña consentida?

Francesca sonrió por toda respuesta, y sus ojos oscuros brillaron con la risa.

—Ojalá que así sea. Sería muy divertido.

—No tenéis ni la menor idea de lo que es ser padres, ¿no es verdad? —les recriminó Skyler—. Creo que tendré que ser yo quien lleve el mando en esta casa.

El timbre interrumpió el curso de la conversación y borró la sonrisa de Skyler. La reacción de Francesca fue cogerla por sus frágiles hombros con un gesto tranquilizador.

—¿Han llegado, no? —murmuró Skyler, como si temiera hablar en voz alta. Francesca sentía que le temblaba todo el cuerpo.

Le lanzó una mirada a Gabriel sin ocultar su inquietud.

—*Tal vez la estemos presionando demasiado al esperar que ella acepte a tantas personas nuevas en su vida demasiado rápido.*

—*Tenemos que protegerla, amor. Nuestra única alternativa es obligarla a aceptar y los dos hemos acordado que no haríamos algo así innecesariamente.* —Gabriel le cogió una mano a Skyler—. A mí tampoco me gusta tener extraños en la casa, pequeña. Quizá tú serás mi apoyo mientras Francesca lleva a cabo su magia. Si ninguno de los dos siente nada malo con estas personas, intentaremos integrarlas en nuestro hogar. ¿Es un trato?

—¿Qué pasará si no me gusta el hombre? —preguntó Skyler, expresando su mayor temor.

—Tienes que entender una cosa, Skyler —dijo él, con voz suave—. Si alguna vez tienes dudas acerca de cualquier hombre, incluyéndome a mí, tengas o no un motivo concreto, habla con Francesca. No pienses en ello ni te preocupes ni vaciles en ningún sentido. Cuéntaselo inmediatamente. Prométeme que lo harás. —Gabriel tenía una voz tan mágica, suave y perfecta que era imposible decir que no.

Skyler se quedó quieta un momento antes de asentir solemnemente con un gesto de la cabeza. Había cogido a Francesca y a Gabriel por la mano mientras se dirigían a la puerta. De alguna manera, el contacto físico con ellos la apaciguaba. Había algo muy tranquilizador en aquella pareja, porque cuando estaba con ellos la paz que le comunicaban se adueñaba de ella y le permitía mantener sus temores a raya. Le costaba recordar un periodo de su vida en que no hubiera tenido miedo. Hasta que Francesca se había alojado en un rincón de su mente y la había inundado de calidez y seguridad. Incluso el hecho de que Gabriel fuera un hombre de presencia tan fuerte no le molestaba. Skyler sabía que Gabriel era poderoso, lo sentía cuando estaba junto a él y, aun así, encontraba que era un poder que la reconfortaba. Él le había dado su palabra, y ella le creía. Creía en los dos. Francesca y Gabriel estaban decididos a ayudarle a reconstruir su vida, a hacerle entender qué era el amor, la generosidad y la verdadera seguridad.

Por encima de la cabeza inclinada de Skyler, Francesca encontró la mirada de Gabriel y se transmitieron una muda complicidad. Los dos podían leer fácilmente la mente de la adolescente. Gabriel sonrió para darle confianza, deseando estrechar a Francesca en sus brazos, guardarla en el refugio de su corazón y de su mente, en el refugio de su cuerpo. Ella siempre pensaba en los demás, en los que necesitaban ayuda, y su compasión comenzaba poco a poco a contagiar a Gabriel.

—*Te quiero con todo mi corazón, Francesca.* —Era una emoción intensa que fluyó desde su mente a la de ella.

Francesca sintió el color que se apoderaba de sus mejillas. Gabriel la hacía sentirse como una adolescente, y su corazón aleteaba con el mero contacto de sus manos. A veces, él se permitía ser muy vulnerable, lo cual no era un rasgo habitual en un macho carpatiano.

Su risa generosa aún reverberaba en su mente cuando abrió la puerta.

—*Tú no tienes ni idea de lo que es un macho carpatiano.*

Francesca le lanzó una mirada distante cuando lo que realmente deseaba era lanzarse a sus brazos. En su lugar, sonrió a la pareja que esperaba en el porche.

—Entren, por favor. Aidan nos había avisado de su llegada. Es muy generoso de su parte ayudarnos ahora que tanto lo necesitamos.

El hombre se adelantó sonriendo y le tendió la mano a Gabriel.

—Soy Santino, y ésta es mi mujer, Drusilla. —El hombre se sentía perfectamente a gusto a pesar de que sospechaba cuál era la verdadera naturaleza de sus amos.

Santino era un buen hombre con sentido del deber y la determinación de hacer lo que fuera necesario para proteger a su familia. Había vivido los asedios de los vampiros y sus secuaces, conocía los peligros y sabía lo que hacían los cazadores para proteger a los humanos y a los carpatianos. Se había integrado voluntariamente en las filas de los combatientes al aceptar la responsabilidad que significaba saber que los vampiros realmente existían. Tenía el aspecto de alguien seguro de sí mismo, de alguien capaz, y eso a Gabriel le agradó de inmediato.

Casi vio el silencioso suspiro de alivio de Francesca. Skyler permaneció muy callada durante esa presentación, con el rostro muy pálido, pero tanto Santino como su mujer se mostraron sumamente amables con ella. Drusilla era una mujer pequeña, con una contextura muy similar a la de Skyler, sólo que más redonda y de aspecto tranquilo. Estaba más nerviosa que su marido, pero ninguno de los dos carpatianos detectó otra cosa que una sincera compasión por Skyler y la determinación de ayudar a una chica que sufría. A Francesca ese rasgo también le agradó de inmediato. Era evidente, por su lado, que Skyler sólo veía cosas buenas en la pareja, porque comenzó a relajarse, a soltarles las manos que apretaba con fuerza e incluso sonrió ligeramente en un par de ocasiones durante la conversación.

Francesca les enseñó la casa a los recién llegados, excluyendo deliberadamente la habitación de Skyler. Era importante que la chica sintiera que tenía su intimidad, un santuario donde nadie podía entrar sin permiso ni invitación. Drusilla estaba particularmente entusiasmada con la cocina y el jardín. A Santino no le pareció bien la facilidad del acceso a la casa desde la calle. Para él, proteger esa casa era una pesadilla logística. Los dos hablaban fluidamente francés con un claro acento estadounidense.

Era imposible no sentirse a gusto o no estar en paz en casa de Francesca. Había algo de apacible y relajante en ella. Drusilla le sonrió a su marido, de pronto contenta con la decisión que habían tomado. No había sido fácil. Sus dos hijos iban a la universidad y ellos estaban preparados para un cambio, pero venir a vivir a Francia no estaba para nada en sus planes.

Había sido la historia de la pobre chica víctima de esos horribles abusos y necesitada de alguien que la amara y la cuidara lo que había volcado la decisión a favor de la mudanza. Aún así, había sido bastante inquietante para Drusilla. Ella apreciaba a Aidan y su mujer Alexandria, y los conocía desde hacía tiempo. Su marido le había contado unas cosas tan extravagantes que ella no sabía si creerle o no. Era verdad que nunca había visto a Aidan o su mujer durante el día, aunque sus recuerdos eran vagos. Antes de que Santino le contara la verdad acerca de Aidan y Alexandria, ella habría jurado que a menudo los había visto a todas horas del día. Ahora sabía que no era así.

Miró detenidamente a Francesca, una mirada como a hurtadillas con la que intentaba adivinar su personalidad. ¿Sería fácil trabajar para ella? Drusilla quería que aquella casa fuera como su propio hogar. Quería amar a la pequeña Skyler como a una hija. Y quería amar a Francesca y a Gabriel como amaba a Aidan y Alexandria. Los padres de Santino habían trabajado para Aidan durante toda su vida de casados. Santino había crecido en casa de Aidan y lo quería mucho. Ella sabía lo sólida que era la fidelidad de Santino, un vínculo casi tan sólido como su matrimonio, quizá más. Suspiró y miró a su marido, a quien tanto amaba. Y de quien estaba muy orgullosa.

Drusilla vio a Francesca sonriéndole y le respondió con un amago de sonrisa.

—Me gusta mucho la casa —dijo, intentando romper el hielo.

—Gracias —contestó Francesca, sonriendo—. He vivido aquí muchos años y es como un hogar para mí. Espero que sea lo mismo para ustedes. Si no les gustan las habitaciones de arriba o si necesita cualquier cosa para la cocina, por favor dígamelo. Al fin y al cabo, es totalmente para usted.

—Yo sé cocinar —dijo Skyler de pronto, lo cual sorprendió a todos. Se había quedado muy callada, limitándose a observar a los demás mientras visitaban la casa. Permaneció muy cerca de Francesca y a veces le tocaba el brazo, como para asegurarse de que no estaba sola.

—Eso es una maravilla —dijo Drusilla—. Tendrás que enseñarme todas tus recetas favoritas. Sé lo que le gusta a Santino. Cualquier cosa que se pueda comer.

En el semblante de Skyler se dibujó un amago de sonrisa que no llegó a sus ojos. Esta vez entrelazó los dedos con los de Francesca. Y mientras lo hacía, la expresión de la cara le cambió. Se inclinó hacia Francesca.

—Me dijiste que te avisara cuándo el otro estuviera aquí. Ahora mismo lo siento.

Francesca se quedó muy quieta, y sostuvo la delgada muñeca de Skyler entre sus dedos.

—No mires a nadie de la casa, cariño, concéntrate en otra cosa para mantener tu mente ocupada.

—*Gabriel, Lucian está con Skyler ahora. Temo que la utilizará para hacerle daño a alguien. Skyler no lo soportaría.*

—*No entres en su mente mientras él esté ahí. Lo haré yo para ver qué es lo que busca. Lo más probable es que se trate de información, o que quiera hacer alguna travesura. Le gusta jugar.* —Gabriel le sonrió a Skyler para darle seguridad mientras enviaba una señal silenciosa a Francesca para que siguiera conversando con Santino y Drusila.

—Ten cuidado, Gabriel —le advirtió Francesca, preocupada. Le tenía mucho miedo a Lucian. Conocía su poder, y sabía que su fuerza no tenía parangón—. *Crees que utilizará a Skyler contra mí, pero yo temo que la usará contra ti.*

La única respuesta de Gabriel fue una ola de calidez.

—Ven conmigo, cariño —dijo Gabriel, y cogió a Skyler tranquilamente de la mano para llevarla al estudio. Al pasar junto a una estantería, le entregó un libro que había escogido al azar—. Estoy seguro de que éste te gustará mucho.

Skyler aceptó el libro sin preguntar nada y lo abrió. Leyó, concentrada, una sonrisa ligera le torció la comisura de los labios.

—Todas estas historias de capa y espada son muy interesantes, ¿no, Gabe?

Gabriel frunció exageradamente el ceño. En todos los siglos de su existencia, a nadie se le había ocurrido llamarle Gabe.

—Más respeto, jovencita, y nada de llamarme Gabe —advirtió, y se fundió rápidamente en su pensamiento, sin darle tiempo de pensar en lo que le había dicho ni de avisar a Lucian de su intervención. Él vio de inmediato la agitación que señalaba la presencia de su hermano gemelo en la mente de la chica.

Lucian lo sintió de inmediato.

—*Hay muy poco lugar y somos tantos.*

—*¿Desde cuándo utilizas a niños para conseguir lo que quieres? Pensé que serías lo bastante fuerte para enfrentarte cara a cara conmigo, pero veo que tus poderes han ido menguando con el paso de los años.* —Gabriel hablaba con voz pura y tranquila, con un tono hipnótico.

—*Insistes en burlarte de mí. Nunca ha dado resultado, Gabriel. Dudo que me deje arrastrar a aceptar tu desafío. Mientras tú te vuelves blando en esa casa rodeado de mujeres, yo estoy construyendo un reino.*

Gabriel dejó escapar un leve suspiro.

—*Hablas como un niño, Gabriel. Te aburrirías gobernando ese reino. Encuentra un monasterio y lee algún libro.*

—*Eso ya lo he hecho.* —Antes de que Gabriel tuviera una oportunidad de «ver» a través de los ojos de Lucian con el fin de tener una idea de dónde se encontraba su hermano, sintió que éste se retiraba. Lucian había desaparecido de la mente de Skyler tan rápido como había llegado.

—Sabía que me habías dado el libro —le dijo Skyler lanzándole una mirada—. Lo citó y me dijo que leyera la página ochenta y dos. Miré la página y vi que la había citado textualmente, palabra por palabra.

—Lucian es un genio. Tiene una memoria portentosa.

Ella lo miró con sus ojos muy abiertos, unos ojos envejecidos.

—Tú también la tienes, ¿no?

—Sí —asintió Gabriel—, así es, cariño. Gabriel es mi hermano gemelo. Le gusta jugar, y no siempre son juegos agradables. No quiero que te asustes, pero Lucian tiene poderes, y a veces los usa con malas artes.

Skyler negó con un gesto de la cabeza y le entregó el libro.

—No le tengo miedo, ningún miedo. ¿Por qué me ha dicho Francesca que no mire a nadie? —inquirió. Quería saber si Gabriel le diría la verdad.

De los blancos dientes de Gabriel nació un destello y, por primera vez, Skyler sintió que un escalofrío le recorría la espalda. Por un instante, vio con toda claridad al predador que había en él.

—Lucian puede hacer algo más que comunicarse mentalmente contigo —dijo Gabriel—. Tiene poderes telepáticos, pero también tiene otros poderes. Te puede utilizar si se ha fundido contigo.

Ella no se esperaba esa respuesta. Entonces se detuvo y se lo quedó mirando.

—¿De verdad que contestarás a mis preguntas por muy horrible que sea la respuesta? ¿Me dirás la verdad?

—¿Qué esperabas, Skyler?

—La mayoría de las personas les mienten a los niños si la verdad es difícil —le explicó ella, encogiéndose de hombros. Luego, inclinó la cabeza y el pelo se le derramó alrededor de la cara—. No debería haberte puesto a prueba de esa manera. Sospechaba que ésa sería tu respuesta.

—¿Es demasiado raro para que te lo creas? —le preguntó Gabriel, presa de la curiosidad.

—¿Y no es raro que tú y Francesca podáis hablar conmigo mentalmente? ¿No es raro que pueda hablar con los animales?

El frunció el entrecejo.

—¿Puedes?

Ella asintió sin mirarlo a la cara, como temiendo que él no le creyera.

—Sabía que eres muy sensible, como un barómetro, para captar los problemas, pero no me había dado cuenta de todas tus habilidades. Tendremos que trabajar en ese talento especial. ¿Te gustan los animales?

—Me gustan más que las personas —reconoció ella, sonriendo apenas—. Mucho más que las personas. Me relaciono con los animales. Ellos tienen un código de vida que respetan. Un código honorable.

—Algunas personas también tienen códigos, cariño. Algunas personas son honradas e íntegras de verdad. Deberías saberlo, puesto qué tú eres una de ellas.

—¿De verdad puedes ayudarme a comunicarme mejor con los animales?

—Te puedo ayudar a cultivar los talentos que tienes —respondió él—. Y es muy probable que Francesca y yo podamos enseñarte a protegerte de emociones no deseadas cuando estás con otras personas.

—Eso me gustaría —confesó ella, mordiéndose el labio inferior con sus pequeños dientes—. Tú tienes un acento diferente. Me agrada. Me gusta como hablas, las palabras que usas.

—¿Cómo has aprendido a hablar inglés y francés?

Ella volvió a encogerse de hombros.

—Las lenguas son muy fáciles para mí. En realidad, no lo sé, pero creo que mi madre era igual.

—Tiene que haber sido una mujer notable. Me habría gustado conocerla, Skyler.

—Gracias —murmuró la niña, ahora con una voz tranquila y dulce que recordaba a la de Francesca. Dio un pequeño salto hacia las escaleras.

Gabriel recorrió la casa, escuchando en silencio los ruidos de los humanos. Compartir una morada con ellos no era ni de lejos tan incómodo como él se lo había imaginado. Había visitado la mente de Santino y había visto en él a un hombre fiel y valiente. No había vivido demasiado tiempo entre los humanos, no podía considerarlos sus amigos. Pero era un hombre de firme carácter y buen corazón. No había segundas intenciones en él. Y su mujer era simpática y tenía buena disposición. No estaba segura si creer o no las cosas que Santino le contaba acerca de Aidan y su compañera, pero estaba decidida a vivir donde él quisiera, así como estaba decidida a construir un hogar feliz para él.

Gabriel se dio cuenta de que sonreía mientras paseaba por las salas de la casa. Los ruidos comenzaban a volverse familiares, como algo que lo reconfortaba. Y los olores que llenaban las habitaciones le daban un aire aún más hogareño.

—Te gustan —afirmó Francesca deliberadamente, acercándosele por detrás y rodeándole la cintura con los brazos. Dejó descansar la cabeza en su poderosa espalda.

—Sí, me gustan —convino él—. Pero no sé si esa mujer saldrá corriendo de casa y dando gritos si a un vampiro se le ocurre atacarnos aquí.

—No sé si yo también saldré corriendo de la casa soltando gritos —rió Francesca—. Skyler se ha ido a dormir, está muy cansada. Me he quedado con ella un momento para asegurarme de que estaba sanando. Sabes, amor, tengo mucha hambre —dijo, con un dejo sugerente.

Él le envolvió las manos con las suyas.

—¿Otra vez? ¿Con qué frecuencia tendré que alimentarte?, eso es lo que quisiera saber.

Ella le acarició el pecho, siguió la curva musculosa de sus brazos, explorando los lugares más misteriosos.

—No es sólo para mí —le recordó—. En cualquier caso, sabes perfectamente que no estoy hablando de ese tipo de hambre.

Él se giró para tomarla en sus brazos, la levantó como si no pesara más que una niña. Sus ojos oscuros y en ascuas la miraron con tal intensidad que le quitó el aliento.

—¿Qué tipo de hambre es ése, Francesca? Me fascina cuando me pides lo que quieres.

—Gabriel —dijo Francesca, suspirando su nombre como maravillada, y le acarició la mandíbula. Su Gabriel. Su leyenda, tan erótico—. No lo estoy pidiendo, compañero mío, lo exijo. Mi cuerpo tiene hambre de ti. Estoy quemando por dentro y sólo tú sabes satisfacerme.

Se dirigían a paso rápido por los pasillos que conducían a su cámara.

—No puedo hacer otra cosa que complacerte.

—Humm. Creo que yo quiero complacerte a ti. Te quiero en mi boca. Quiero verte la cara cuando me haces el amor. Te quiero sentir duro y caliente, como una parte de mí, tan adentro que nunca, nunca seré capaz de dejarte salir.

Él buscó su boca y la sostuvo en brazos mientras la ropa quedaba tirada en un reguero. Los dedos de Gabriel ya estaban dentro de su hendidura húmeda y acogedora, empujando, frotando el calor, mientras la besaba hasta que ella no supo dónde comenzaba él y dónde acababa ella. Una vez dentro de la cámara, ella lo rechazó empujándolo por el pecho, insistiendo en su derecho a saborearlo a él, de provocarlo, fundiendo su mente con la de él para compartir la experiencia, para permitirle marearse con el placer de saber que ella quería hacerle perder todo control. Gabriel, que siempre estaba tan tranquilo, ahora la embestía con movimientos profundos, sin parar, y un grito ronco escapó de su boca cuando ella probó su esencia. La levantó hasta tenerla en sus brazos y la depositó a horcajadas sobre sus piernas hasta llenarla por completo, cogiéndole la cintura para guiarla mientras observaba sus movimientos perezosos y lentos, con el pelo cubriéndole el torso y dejando que sus pechos lo miraran provocadoramente.

—Eres la mujer más bella y deseable del mundo —murmuró Gabriel. No tenía absolutamente ninguna intención de dormir, ni de dejar que Francesca se durmiera en mucho rato.

Capítulo 15

Sonó el timbre con su lento y melodioso repique anunciando una visita. Santino miró a su mujer y deseó no sentir tanta aprehensión. Todo lo que había en casa de Francesca y Gabriel tenía algo de armonioso, hasta el propio timbre y, sin embargo, él intuía la oscura premonición de un desastre. Skyler palideció a ojos vista y se encogió hecha un ovillo en el sillón. Sus ojos parecían enormes en su pequeño rostro mientras apretaba el lobo de peluche. Santino habría querido abrazarla y reconfortarla, pero ella se cuidaba mucho de tener cualquier contacto físico con él.

Drusilla miró a su marido, se acercó a Skyler y se situó junto al sillón, con lo cual bloqueó en parte la visión que el recién llegado tendría de la adolescente. Los dos habían reparado en que Skyler parecía intuir cuándo se presentaría el peligro, y en ese momento se mostraba muy aprehensiva.

Brice volvió a tocar el timbre con gesto enérgico, decidido a ver a Francesca. El médico había caído presa de una obsesión. Ya no podía dormir por la noche, convencido de que Francesca corría peligro. Pensaba en ella cada minuto de su vigilia, y se dedicaba a urdir planes para sustraerla del oscuro hechizo de Gabriel. Ahora sabía exactamente lo que debía decir para que ella lo escuchara, pero se sorprendió al ver que le abría la puerta un desconocido. Fue entonces cuando sintió un zumbido en la cabeza. Aquello le sucedía cada día con más frecuencia, y era como un preludio de esas horribles cefaleas que le atormentaban.

—¿Quién diablos es usted? —preguntó con rudeza. ¿Cuántos hombres había en la vida de Francesca? ¿Acaso tendría que recurrir a la violencia? Era probable que Gabriel tuviera una pandilla a su servicio. Quizá fuera verdad que era un delincuente del crimen organizado.

Santino frunció el ceño.

—Perdón —dijo, con voz tranquila y su rostro convertido en una máscara inexpresiva.

Brice hizo rechinar los dientes y apretó con fuerza los puños.

—Esta casa pertenece a Francesca Del Ponce, una amiga muy cercana. ¿Dónde está?

—En este momento ha salido. ¿Puedo preguntar quién pide por ella? —preguntó Santino con entonación profesional. Aprovechó para escrutar al recién llegado, preguntándose quién podía ser. Nadie le había dicho que el problema se presentaría vestido con un traje tan caro.

Brice se tragó su irritación y se llevó las manos a las sienes.

—Soy el médico de Skyler. He venido para hacerle una revisión.

Drusilla sintió que la joven se quedaba inmóvil y se giró para mirarla. Skyler estaba tan pálida que parecía un fantasma, y ahora había hundido la cara en el pelaje del lobo. Sólo asomaban los ojos, alarmados. Drusilla le puso suavemente una mano en el hombro y se dio cuenta de que la pobre chica estaba temblando.

—No sabía que Skyler tuviera que ser visitada por un médico. Francesca suele informarme puntualmente de la programación del día —improvisó Santino con naturalidad.

—Francesca me prometió que llevaría a Skyler al hospital para una revisión.

Skyler emitió un ligero gemido de malestar, tan por lo bajo que sólo Drusilla la oyó. Santino se giró para mirarlas y su mujer sacudió rápidamente la cabeza.

—Lo siento, doctor, pero hasta que Francesca no vuelva, me temo que no puedo hacer gran cosa. Le diré que ha venido —le aseguró con voz amable.

—Entonces, yo mismo me llevaré a Skyler al hospital —sugirió Brice de inmediato.

Skyler se hundió entre los cojines, decidida a no moverse ni un centímetro. Le lanzó una mirada de impotencia a Santino.

Éste le respondió con una sonrisa para transmitirle seguridad.

—Lo siento, señor, como no he recibido órdenes de Francesca, no puedo permitir que Skyler abandone la casa. Estoy seguro de que Francesca decidirá llevar a Skyler al hospital lo más pronto posible. —Santino estaba parado en medio del umbral, de modo que Brice no tenía posibilidad alguna de forzar su entrada.

El médico enrojeció, un color que le subió desde el cuello hasta el rostro, hasta que las mejillas le brillaron. Las sienes le palpitaban con tanta fuerza que se hundió el pulgar en el punto donde pulsaba el dolor para intentar aliviarlo.

—Skyler es mi paciente, le guste o no a Gabriel. No permitiré que ese individuo me diga si puedo o no examinar a mis pacientes.

Santino no dejaba de sonreír, amable.

—Lo siento mucho, señor. Quizá mi francés no es muy claro. Gabriel no me ha dado ninguna orden en relación a usted. Yo hablaba de Francesca. Es ella quien ha insistido que Skyler se quede en casa, y sin que nadie la moleste. Estoy seguro de que no hablaba de usted, señor, puesto que es el médico de Skyler, pero no puedo desobedecer sus órdenes directas. Estoy seguro de que aclarará este malentendido en cuanto vuelva.

Brice lanzó un par de rabiosas imprecaciones mientras fulminaba a Santino con la mirada.

—Yo ni siquiera lo conozco a usted. ¿Por qué habría Francesca de dejarlo a cargo de mi paciente? Insisto en entrar y hablar con Skyler. Quiero asegurarme de que está perfectamente bien.

Santino no dejó de sonreír, pero su mirada era plana y fría.

—¿Esta insinuando que yo podría tener a la joven Skyler secuestrada en su propia casa?

—No sé qué hace usted aquí. Le he dicho que Francesca es una amiga muy cercana —repitió, con un tono que sugería todo tipo de cosas—. Si hubiera adoptado alguna medida para el cuidado de Skyler, me lo habría dicho.

—Quizá no es un amigo tan cercano como se imaginaba, señor —dijo Santino con tono muy amable.

Brice dio un paso adelante para apartar a Santino, preso de una furia repentina, como si hubiera perdido toda compostura.

—¿Cómo se atreve?

Santino no se movió. No movió un músculo. Se limitó a quedarse ahí, en medio de la puerta, con su musculosa contextura como disuasivo para cualquiera que quisiera moverlo. Detrás de Brice, un hombre salió de la sombra. Era el guardaespaldas de Skyler, apostado bajo las escaleras con los brazos cruzados. Brice se tragó la rabia y dio un paso atrás.

—Skyler, ven aquí. Tú vienes conmigo, lo digo en serio. Si no vienes ahora mismo, iré directo al juez e insistiré para que te pongan bajo mi custodia inmediatamente.

Skyler sepultó la cara en sus manos dejando apenas escapar un gemido de miedo.

En el subsuelo, en la cámara secreta, dos cuerpos descansaban, quietos como la muerte. Comenzó a latir un corazón en aquel espacio donde reinaba el silencio. Gabriel había sentido la intensidad del miedo de la chica y aquello lo había despertado. Sintió de inmediato la presencia de su hermano gemelo. En ese momento, los dos eran un solo ser con un solo pensamiento. Alguien había amenazado a una chica que gozaba de la protección de ambos, y eso era algo que no se podía tolerar.

Gabriel no podía explicarle un fenómeno como ése a Francesca. Era eso lo que hacía de Lucian un ser único. También era lo que hacía tan difícil condenarlo y perseguirlo. Lucian se fundió con él y en seguida estuvieron unidos, poderosos, letales, una sola mente tras una presa. Cualquiera que fuera su motivación, Lucian estaba tan decidido como Gabriel a que Skyler dejara de ser intimidada. Gabriel no podía cerrarse al contacto con su hermano así como no podía renunciar a la protección de las mujeres. En ese momento, eran verdaderamente un solo ser.

Gabriel se desconectó de su cuerpo y su espíritu ascendió separándose de él, se desplazó velozmente, atravesando capas de tierra en dirección a la casa. Abandonar el propio cuerpo era como un extraño desgarro, lo desorientaba y hasta lo mareaba. Gabriel se encontraba en su punto más bajo de energía por la tarde, pero podía desplazarse sin su cuerpo. Y eso fue lo que hizo: se movió rápidamente por la casa hasta llegar al espacio donde se había producido el altercado.

La luz inundaba el vestíbulo, aunque Santino tapara parte de la puerta. Gabriel parpadeó a causa de la luz del sol, pero, desprovisto de su cuerpo, ésta no podía cegarlo. Se dirigió hasta donde estaba Skyler, temblando y hecha un ovillo en el sillón, abandonada y perdida sin Francesca ni él para protegerla del mundo. Una vez junto a ella, la inundó de sentimientos de calidez y seguridad, mientras Lucian prestaba su propia fuerza con el fin de calmarla.

Skyler levantó la cabeza y miró a su alrededor, intrigada por esa sensación que le hacía sospechar de la presencia de Gabriel aunque él no estuviera ahí con ella. Le lanzó una mirada a Drusilla para saber si ella sentía algo. No pensaba ir con Brice, y no le importaba lo que dijeran los demás.

—*Claro que no irás, cariño.* —Era una voz claramente masculina, una voz que la aliviaba del malestar y le daba seguridad en sí misma—. *Ni Santino ni yo dejaremos que nadie te saque de esta casa contra tu voluntad. Brice no está bien.*

Skyler sintió la presencia de Gabriel en sus pensamientos, fuerte e imponente. Reconoció el contacto del otro, ese otro que inquietaba a todos, tan poderoso e imponente como Gabriel, transmitiéndole su fuerza junto con Gabriel. Skyler sabía que la protegerían. Nunca se había sentido parte de una familia. Para ella, era un sentimiento extraño, algo no natural y, sin embargo, ella lo deseaba desesperadamente. Quería creer que Santino, Drusilla y el guardaespaldas, Jarrod Silva, la protegerían y le serían fieles, tan fieles como Francesca y Gabriel. Tenía sus reparos con el otro, sólo porque sabía que Francesca y Gabriel se mostraban muy cautos ante él. No alcanzaba a entender por qué, a pesar de que había reflexionado mucho sobre ello y hasta había intentado «leer» el pensamiento de la pareja cuando la tocaban.

Skyler intentó comunicarse con Gabriel, se sintió frustrada por un instante y luego rió para sí misma. Le bastaría sólo pensar una respuesta.

—Yo le dije a Francesca que el médico no estaba bien. Ya no lo percibo como antes. Tengo más miedo por Francesca que por mí. Creo que el doctor Brice se ha vuelto loco.

—Tienes que confiar en mí. Yo no permitiría que Brice le hiciera daño a Francesca. —Gabriel sabía cómo era el miedo de Skyler, sabía que temía que Brice le hiciera daño a Francesca, que de alguna manera los separara—. *Eso no sucederá, nadie te apartará nunca de nosotros* —le dijo, y su voz serena y relajante le devolvió a Skyler la seguridad en sí misma. Asomó la cabeza detrás de Drusilla y le lanzó al médico una sonrisa teñida de impertinencia.

—Creo que está atemorizando a Skyler, señor —dijo Santino, con voz aún más amable, si bien esta vez había en ella un ligero dejo de amenaza.

A su lado, Gabriel se agitó, se transformó en una ligera brisa que le dio a Brice en la cara, inundándolo de un miedo como jamás en su vida había experimentado. Era un miedo que casi lo estaba ahogando, como si unos insectos diminutos le reptaran por todo el cuerpo, miles de insectos que lo atacaban, hasta que comenzó a rascarse intentando liberarse de ellos.

Santino intercambió una mirada de inquietud con Jarrod por encima de la cabeza del médico. La conducta de aquel hombre hacía pensar que sufría de *delirium tremens*. Ahora aún se sentían más decididos de proteger a Skyler de ese médico. Lo que ese tipo necesitaba era una celda con paredes acolchadas en un psiquiátrico. Quizás un buen centro de desintoxicación. De pronto, Brice se lanzó contra Santino con la intención de llegar hasta Skyler.

Más tarde no podría explicarse por qué había hecho eso. La cabeza le martillaba provocándole un dolor insoportable y haciéndole escocer toda la piel. Pensó que enloquecería. La única idea coherente que tenía era Francesca. Su nombre reverberaba en sus oídos con cada latido de su pulso.

Literalmente rebotó contra el pecho de Santino y aterrizó de espaldas.

Jarrod de inmediato estuvo mirando por encima de él, y en su rostro no había emoción alguna.

—Creo que será mejor que se vaya, señor —dijo, con firmeza—.

No quiero hacerle pasar un mal rato llamando a la policía para que lo acompañen fuera de la propiedad. Sé que es un buen amigo de Francesca y que ella estaría muy molesta por este percance. Si no le importa que lo diga, señor, creo que tendría que pedir ayuda a un buen médico en una clínica. —Se inclinó y ayudó a levantarse a Brice sin problemas.

Éste estaba destrozado, física y mentalmente. Apenas podía pensar con ese terrible zumbido en la cabeza. Sufría repentinas sacudidas y se estremecía como si sufriera un acceso. Necesitaba más píldoras, y entonces se calmaría su cuerpo y su mente. Intentó ser razonable. La poca dignidad y orgullo que le quedaban lo impulsaban a alejarse, pero no conseguía que su cuerpo le obedeciera. El guardaespaldas tuvo que sacarlo a rastras de la propiedad.

Skyler se había tapado los ojos con la mano, evitando así mirar al médico, que casi echaba espuma por la boca. Veía cómo escupía baba al hablar.

—¿Qué le pasa? —le preguntó a Gabriel en un susurro audible. Bajo la mano tranquilizadora de Drusilla, la chica no paraba de temblar, refugiada en sí misma. Francesca y Gabriel no vacilaron en acudir junto a ella, le transmitieron su calidez y su amor para darle seguridad. Skyler también sentía al otro; su presencia era poderosa e intensa.

Santino cerró la puerta con ademán de firmeza sobre aquella escena penosa.

—Lo siento, Skyler. Temo que ese pobre médico se ha dedicado a probar su propia medicina. Creo que ha perdido la chaveta con las drogas.

—¿Por qué querría verme? —preguntó Skyler en voz baja. Comenzaba a ver que era verdad que estaría segura en esa casa.

—Gabriel pensó que decir la verdad sería lo mejor.

—*Creo que tenía la intención de utilizarte de alguna manera para llegar hasta Francesca.*

—No lo sé —replicó Santino, que había conservado la calma—. Quizás en su mente torcida piense que te encuentras en algún tipo de peligro y que él te salvará. A mí no me conoce, soy un extranjero en este país. No sé qué motivaciones tendrá, pero no podrá sacarte de esta casa. Estás totalmente a salvo, Skyler. Le he dado mi palabra a Francesca y eso es algo que no hago con ligereza.

Skyler estaba muy confundida. ¿Por qué de repente toda esa gente la protegía? Todos eran prácticamente unos extraños para ella y, sin embargo, estaban dispuestos a llegar a las manos para protegerla. Volvió a apretar su lobo de peluche, el primer regalo que había recibido en su vida.

—*Ahora eres parte de nuestra familia.* —Era una frase pronunciada con serenidad y mucha autoridad. No había cómo oponerse a esa voz tan bella de Gabriel, que hablaba como embebido de pureza. Skyler sólo podía creerle a él. Se relajó instintivamente, y dejó que su respiración recobrara su ritmo normal.

A Gabriel se le enternecía el corazón observándola. Era de constitución pequeña, mucho más de lo que le correspondía por su edad. La excepción eran sus ojos. Había algo en esos enormes ojos grises que le decía que poseía demasiados conocimientos, y ninguno de ellos era bueno. Gabriel deseaba ser capaz de borrar esa mirada para siempre, pero eso sería imposible.

—*Te has vuelto demasiado blando, Gabriel. Esta pequeña por la que dices profesar tanto afecto se merecía una venganza.*

Francesca, que escuchaba sus palabras a través de Gabriel, se quedó muy quieta, y buscó mentalmente a Skyler para saber si ella también podía oír a Lucian. Ella lo oía a través de su vínculo con su compañero. Pero Skyler era ajena por completo a ese intercambio, y ahora dirigía su atención a Santino.

—*Me están cansando tus constantes burlas, Lucian. Puede que sea la única manera que te queda de atormentarme, pero se está convirtiendo en algo tedioso, y ya ha dejado de irritarme. La venganza nunca ha sido un recurso para nosotros. Hacemos lo que debemos para conservar el secreto de nuestra raza. Destruimos a las criaturas inertes, pero es por una cuestión de deber, no de venganza. En cualquier caso, el hombre que decía ser su padre tenía que ser borrado de la faz de la Tierra y tú has destruido a los demás, a los que pervivían en sus recuerdos, y así me has ahorrado la tarea. Tú has olvidado la diferencia entre justicia y venganza. Encuéntrate conmigo, Lucian para que podamos tomar una decisión.*

—*Sé qué tienes en mente, hermano. Quieres darme caza. Sigues creyendo que puedes destruirme. Si lo deseara, podría matar a la chica, a tu ridícula mujer y a los humanos que has acogido en su casa. No puedes impedirlo con tus protecciones. Fui yo quién te las enseñó.*

Gabriel respondió con un gesto mental que era como encogerse de hombros. Volvió flotando a la cámara subterránea, lejos de la luz y hacia la oscuridad de la tierra que aún lo esperaba con su cuerpo. Vio a Francesca que estaba tendida, aunque sabía que su esencia no estaba dormida. Una súbita sensación de amor y calor se apoderó de su alma. Sin pensarlo, la proyectó mentalmente a su hermano, un sentimiento de un amor intenso. Antes de que se hubiera percatado de lo que había hecho, antes de que pudiera juzgar la reacción de Lucian, éste había desaparecido.

El grito de angustia de Gabriel ante el rechazo de su hermano reverberó como un eco en la mente de Francesca. Él se reintegró a su cuerpo junto a Francesca, totalmente despierto pero incapaz de moverse. El corazón le latía con fuerza, ahí tendido, en la cámara del subsuelo, con el pecho oprimido y quemando de dolor por su hermano perdido.

Junto a él, a Francesca comenzó a latirle el corazón con ritmo lento y poderoso. Giró la cabeza con gesto tranquilo y lo miró. El movimiento debió haberle costado un enorme esfuerzo y, sin embargo, era tal la expresión de amor en su rostro que él se quedó sin aliento. Francesca movió la mano, un proceso trabajoso de acercar los dedos poco a poco hasta encontrar los suyos.

—*Nunca estás solo, amor* —le dijo, y sus palabras sonaron claras y fuertes—. *No importa que él no pueda sentir lo que tú compartes. Es una criatura inerte, ya no es tu querido hermano. Llorarás a aquél que dejó hace tiempo este mundo. Queda su caparazón vacío, pero ése que tú tanto amas y honras se encuentra ahora más allá del dolor y la añoranza. Yo estoy aquí junto a ti, nuestra hija crece en mí y nuestra casa está llena de calidez y esperanza.*

—*¿Por qué habría de fundirse conmigo y sumarse a mi poder para ayudar a Santino y Jarrod a velar por la seguridad de Skyler? ¿Qué otro plan puede tener sino utilizar a la chica como arma?*

—*Sus planes no importan, Gabriel. Juntos, somos lo bastante fuertes para enfrentarnos a él. Somos un espejo en el que no se puede mirar.* —La voz de Francesca le infundía sentimientos de amor y calidez. Era una sensación de paz tan poderosa que le daban ganas de permanecer junto a ella toda una eternidad.

—*Quisiera que lo vieras como un día yo lo vi.* —Gabriel quería que Francesca entendiera el dolor que lo embargaba más allá de su amor. Quería que Francesca supiera que, gracias a Lucian, él la valoraba más, no menos. Gabriel le abrió sus pensamientos y entonces compartieron las imágenes de su pasado, sus terribles combates, la soledad interminable que sólo había podido soportar gracias a ese vínculo con su hermano gemelo. Gabriel le mostró la fuerza y el poder inagotables de Lucian, su enorme genio, su búsqueda de los conocimientos que le permitirían entender los misterios de su raza. Una y otra vez, Lucian había arriesgado su cuerpo y su alma por él, por la seguridad de su pueblo y de la raza humana.

Francesca fue testigo de las escenas que desfilaban por los recuerdos de Gabriel. Ahora vio a Lucian como había sido en el pasado. Sin la mancha del vampiro. Un hombre inteligente que siempre se arriesgaba para proteger a su hermano, siempre tomando la iniciativa en las situaciones peligrosas. En incontables ocasiones, aún estando mortalmente herido, le convidó de su sangre, así como habían sido incontables las veces que se había arrastrado hasta su hermano herido y lo había sanado cuando estaba al borde de la muerte. Gabriel veía en Lucian al carpatiano más generoso que jamás hubiera existido, y compartió ese recuerdo con Francesca. Ella entendió, y su corazón padeció aún más al pensar en su compañero.

Él había intercambiado juramentos con Lucian, le había prometido destruirlo si llegaba a perder su alma y convertirse en uno más de aquellos seres que ellos perseguían. Gabriel sabía que Lucian no habría descansado hasta cumplir con ese deber, y él no podía hacer menos. Francesca entendía el enorme alcance de ese juramento, sabía que era parte de Gabriel, tanto como los pulmones con que respiraba. Aquella devoción que Francesca veía en él alimentaba su sentimiento amoroso y la afirmaba en su decisión de ayudarlo.

Para ella, Lucian ahora había cobrado vida. Ella había compartido las vidas de ambos hermanos y los siglos de soledad que los dos habían padecido. Gabriel ahora la tenía a ella, pero habían perdido a Lucian, como lo había perdido su pueblo, a él y a su portentoso genio, su voluntad de hierro y sus enormes poderes. Su pérdida era una tragedia horrible y sin sentido.

Haciendo un esfuerzo, Francesca se acercó aún más a Gabriel hasta que se tocaron. Las extremidades, aletargadas, les pesaban como si fueran de plomo. Normalmente, volvían inactivos su corazón y sus pulmones durante las horas del día, ahorrándose la horrible certeza de su impotencia y vulnerabilidad ante los enemigos. Francesca estuvo un largo rato tendida junto a Gabriel antes de hablar.

—*Cuando captaste la perturbación, Gabriel, y sentiste el miedo de Skyler, ¿buscaste a Lucian?*

Gabriel se lo pensó antes de responder.

—*Sinceramente, no puedo decirlo. Lo sentí junto a mí, como siempre lo siento cuando necesito fuerza y poder. Es una costumbre que hemos adquirido y que ninguno de los dos, al parecer, puede romper.* —Guardó silencio un momento—. *Si crees que puedes encontrar una manera de aprovechar este curioso fenómeno entre los dos para derrotarlo, te diré que ya lo he intentado. Es algo tan natural como respirar, y yo ni siquiera me doy cuenta cuando lo hago, y a él le pasa lo mismo.*

—*Sí, pero él es un vampiro. Una criatura inerte. No debería poder desplazarse cuando el sol ha llegado a su cenit. Tú eres el más poderoso de nuestros hombres y has hecho un enorme esfuerzo para que tu espíritu abandone tu cuerpo. ¿Cómo puede él hacer algo así siendo un vampiro?*

Gabriel le respondió con una suerte de encogimiento mental de hombros.

—*Su mente estaba en contacto con la mía y puso su poder a mi servicio. También podría haber intentado detenerme o impedirme que recuperara mi cuerpo. Lo que ha quedado claro es que el juego que pretende jugar incluye a Skyler. Tiene un gran poder, Francesca. Yo me habría contentado con poner una barrera ante el médico, pero Lucian no. Torció mi poder de tal manera que Brice tuvo la alucinación de que miles de insectos lo atacaban.*

—*No me lo recuerdes.* —Francesca no estaba nada contenta con eso. Se sentía culpable por Brice. Estaba sucediendo algo que ella no entendía—. *He intentado mitigar los recuerdos que tiene de nosotros juntos para que pensara en mí sólo como amiga, pero no ha funcionado. Nunca me había sucedido antes.*

Los dedos de Gabriel se cerraron con fuerza sobre los de ella. Sabía por qué Francesca no podía controlar la mente del médico, y ella también debía saberlo. Sencillamente no estaba preparada para enfrentarse a la verdad. Gabriel quería estrecharla con fuerza en sus brazos, protegerla. En su pensamiento, le dio calor y apoyo.

—*Un vampiro le habrá tendido una trampa. No hay otra explicación.*

Francesca quería mover la cabeza para negarlo.

—*Hay otras explicaciones. Lo he visto tomando unas pastillas.*

—*¿Y por qué te condujo al cementerio donde te esperaban los vampiros? Actúa como su cómplice, pero no lo sabe. Ellos lo utilizan a él para llegar a ti. Por eso no puedes controlarlo, porque lo controlan las criaturas inertes. Cuando intentas conectar con su pensamiento, lo único que encuentras son las órdenes que ellos le han dado.*

—*¿Es Lucian? ¿Acaso Lucian hace esto para castigarme por mis sentimientos hacia Brice?*

—*No te puedes imaginar cómo es no sentir emociones. Lucian no tiene necesidad alguna de castigar, porque no siente absolutamente nada. Utiliza a otros como títeres con la esperanza de sentir la diversión, pero no puede. No he detectado en Brice los rasgos típicos de su poder, pero no puedo asegurártelo. Lucian prefiere trabajar sólo en todo momento. Por lo que sé, jamás ha incluido a otros en lo que él suele llamar «el juego».*

—*¿Tú puedes deshacer lo que le han hecho a Brice? ¿Hay alguna manera de devolverle su normalidad? Es todo culpa mía, Gabriel, todo culpa mía por haber entablado amistad con un ser humano. Ahora quieren usarlo contra nosotros. Está totalmente indefenso.*

A Gabriel le costaba lidiar con la tristeza de Francesca. Haría cualquier cosa por alejar el dolor de su pensamiento. Apretó los dedos que entrelazaba con los de ella mientras la inundaba mentalmente con su amor, su calor y su consuelo.

—*Tienes mucha razón, amor. No estamos solos en nuestra lucha y nuestras tareas. Nos tenemos el uno al otro si las fuerzas nos flaquean. Siempre que creamos el uno en el otro, todo saldrá bien. Haré lo que pueda por Brice. Si quieres que intente salvarlo, sabes que tendré que tomar su sangre. Sin ese vínculo de sangre, dudo que pueda deshacer lo que otros han urdido.*

Francesca le dio vueltas a esa idea en la cabeza. El vínculo de sangre era un arma poderosa. ¿Pondría a Gabriel en peligro? Quizás el vampiro, quizá Lucian, esperaría ese movimiento y entonces utilizaría a Brice como un arma contra Gabriel.

Gabriel, que estaba en contacto con ella, estaba sumamente feliz de que su primer pensamiento fuera para él, para su seguridad. Francesca lo amaba a la manera de una auténtica compañera. Por quien era y por lo que era. Incondicionalmente. Veía lo bueno en él ahí donde él nunca tenía la certeza de que lo bueno existía, pero, aún así, estaba dispuesto a mostrarse a la altura de sus expectativas.

—*Entonces, hazlo, Gabriel. Toma su sangre y yo me encargaré de que se recupere. Le debo al menos eso. Es un gran médico y para el mundo sería una gran pérdida si destruyeran su capacidad de sanar* —dijo, y lo miró para sonreírle a la vez que entrecerraba los párpados.

Gabriel sintió su sonrisa en el corazón. Así sucedía siempre con ella. Francesca lo hacía sentirse desnudo con sólo una mirada. Con sólo cerrar los ojos. Gabriel permaneció un largo rato bajo tierra, sintiendo sus vibraciones, dejando que le hablara en un murmullo, lo aliviara y lo reconfortara, que lo rejuveneciera con sus alimentos.

Abandonó la cámara en cuanto el sol se ocultó y se cuidó de alimentarse bien antes de volver a despertar a su amada. La cogió en brazos, flotó hasta la habitación oculta en las rocas del subsuelo, aunque con comodidades propias de los humanos: una cama con columnas, cortinas largas y gruesas y cientos de velas.

Las velas cobraron vida a un sencillo gesto de Gabriel, y envolvieron de inmediato a la cámara en una esencia suave y fresca. Respiró hondo y luego la miró cuan larga era. Francesca era tan bella y femenina. Gabriel se inclinó sobre ella y murmuró:

—Despiértate. Amor. Te deseo tanto que creo que no puedo esperar hasta que respires normalmente. —Acercó los labios a su cuello, a su pequeño oído de caracol. Le encontró el pulso y esperó mientras éste se despertaba, mientras su cuerpo recobraba calor al contacto con sus manos. Con los dientes, le rascó levemente la piel exquisita. Suave, perfecta.

Gabriel se deleitó mirando cómo las llamas danzaban sobre su piel. Sus pechos firmes eran dos frutas llenas que se le ofrecían, con su menudo torso y su cintura delgada. Inclinó la cabeza para seguir la clara línea de su perfil, siguió con la boca las huellas que bailaban mientras él creaba sus propias llamas que ahora le lamían a ella la piel. Sus labios llegaron hasta su bajo vientre, hasta su misteriosa cadera.

Francesca sonrió con los ojos todavía cerrados mientras el corazón le galopaba y su sangre se recalentaba y el mundo se contraía para abarcar sólo esa sensación sensual y erótica. La espesa cabellera de Gabriel le rozó la piel mientras él la mordisqueaba y la recorría con la lengua hasta que la sangre que circulaba por sus venas se convirtió en lava ardiente. Francesca sintió que él la adoraba con el contacto amoroso de sus manos que la exploraban y quedaban como impresas en cada punto sensible de su cuerpo. Se quedó quieta, gozando de las sensaciones que él creaba con cada caricia de su lengua, con cada roce de su pelo sedoso sobre su cuerpo desnudo.

¿Cómo era posible que se hubiese despertado antes sin él? ¿Cómo había tenido alguna vez ganas de abrir los ojos sin la esperanza de ver su rostro amado? Francesca conocía cada línea de su rostro, la fuerza de su mandíbula, el arqueo de las cejas, la forma perfecta de su boca. Dejó escapar un suspiro de felicidad y se movió para que él tuviera más fácil el contacto con sus pechos. Le rodeó la cabeza con los brazos y lo acunó mientras él disfrutaba de ella a placer.

La esencia de Gabriel la envolvió y su temperatura se volvió fogosa. Con el aumento de ese calor, aumentó el deseo. Francesca se movió bajo sus poderosas manos, con todo el cuerpo despierto por el deseo, por mil secretos. Ella era una tentación, una invitación, una provocación. Ocultó el rostro en el cuello de él, sintió cómo su cuerpo también se volvía más caliente en contacto con el suyo. La sonrisa de Francesca era verdaderamente erótica, y ella sabía perfectamente el alcance de su poder. Le rascó el cuello con los dientes y lo rozó con la lengua, breves y rápidas caricias. Abrió su pensamiento a los de él para que Gabriel observara su deseo, para que compartiera sus sentimientos y experimentara el mismo placer que él le comunicaba.

Él respondió de inmediato a esas imágenes eróticas que bailaban en la cabeza de Francesca, y su mano se movió hacia abajo, hasta encontrar su hendidura que latía, caliente. Ella estaba cremosa de deseo y excitación, deseosa de compartir con él su cuerpo y su corazón. Gabriel no pudo impedir un estremecimiento de placer que lo sacudió cuando ella siguió el perfil de su cuerpo con las manos y sus dedos se cerraron sobre él como una vaina, mientras no dejaba de besarle el cuello. Murmuró unas dulces palabras a sus oídos, una oración, un deseo y un hambre que no podía ignorar.

Gabriel la cogió por la estrecha cintura para deslizarla por debajo de él y levantarla hasta encontrarla. Quedó sin aliento mientras la sostuvo en vilo por un instante y la miró fijo a sus hermosos ojos. Entonces vio su apetito desnudo, sexual y erótico, todo para él. Quiso capturar ese momento, guardarlo, prolongarlo, pero entonces ella inclinó la cabeza hacia su pecho y con la lengua le acarició deliberadamente el pulso, una caricia lenta y erótica, más poderosa que cualquier imagen que él pudiese evocar.

Vio la belleza de su boca mientras se deslizaba por su pecho, sintió el calor de su llamada, salvaje e indómita, y entonces una luz blanca y caliente chisporroteó y bailó sobre su cuerpo, en su mente y su corazón, y él respondió embistiendo con un movimiento duro y profundo; la poseyó en el momento en que ella le hundía los dientes en el cuello. Gabriel oyó su propio grito enronquecido salido de alguna profundidad del alma, y sintió las lágrimas que le quemaban en la garganta y en los ojos, cautivado por tanta belleza.

Francesca se había convertido en fuego y terciopelo, relámpago y trueno, en una lava ardiente que lo llevaba a él a un lugar cuya existencia ignoraba. Le clavó los dedos en las caderas apretándola contra él mientras daba comienzo al baile más erótico al que se había entregado en toda su vida. Ella conocía cada uno de los movimientos que a él le procuraban placer, y su cuerpo se ajustaba a su ritmo antes de que él se diera cuenta. Francesca tenía la mente llena de imágenes de él, de su cuerpo, del placer que le daría, del goce puro que le transmitía. Le pasó la lengua por las huellas diminutas en el pecho en cuanto acabó de alimentarse.

Entonces le cogió la gruesa cabellera y le hizo inclinar la cabeza hacia ella, buscó su boca y lo besó, compartiendo su exótico sabor, sin dejar de mover las caderas, cada vez más rápido, levantándose para responder con su propia embestida a las de él. Tenía los músculos apretados a su alrededor, una fricción ardiente mientras lo sostenía, frotándolo, provocándolo y atrayéndolo hasta que él también se convirtió en un salvaje.

Gabriel estiró los brazos y le cogió la cabeza mientras la poseía una y otra vez, mientras la tierra temblaba y a Francesca el cuerpo y la mente se le inflamaban. Pero él no le dio tregua y le lamió las gotas de sudor, saboreando el placer en los poros de su piel, deseándola entera en caso de que aquel recuerdo viajara con él al otro mundo. Aquella unión con ella era el verdadero acoplamiento. Quería darle todo el placer que un hombre puede darle a la mujer que ama. Quería el recuerdo de sí mismo grabado en la piel de ella, en su cuerpo, en lo profundo de su alma.

En cuanto Francesca yació entre sus brazos, cansada, él encontró sus pechos, llenos y seductores, llenándole la boca con su suavidad cremosa hasta que los pezones se le endurecieron y ella quiso más. Él le cogió las nalgas con ambas manos y la estrechó con fuerza, sin dejar de acariciarla por todas partes, excitándola, memorizando, sencillamente adorándola. Jamás tendría suficiente de ella, sin importar el tiempo que viviera, y si sólo le quedaba un soplo de vida, quería darle todo el placer que pudiera, darle todas y cada una de las cosas buenas que se merecía.

Ella estaba recostada en silencio, consciente de lo que él hacía, sabiendo que él necesitaba estar así esa noche antes de salir al mundo a enfrentarse con su peor enemigo. Quería que Gabriel le hiciera el amor, que no parara nunca. Quería aferrarse a él con todo el cuerpo, lo quería a salvo, en aquella cámara, en su propio mundo de placeres, de belleza y amor, no allá afuera en la noche, donde lo esperaba y acechaba una criatura maligna.

De repente se encontraron en el suelo riendo, y ninguno de los dos tenía idea de cómo habían acabado ahí. Pero cuando ella se encaramó a la cama, él la atrapó contra el colchón, estirado sobre ella, su cuerpo posesivo, sus manos fuertes en cuanto volvió a poseerla, a montarla hasta que los dos ardieron. Era el paraíso y, a la vez, era una especie de infierno. Entre los dos estaba presente el hecho de que él se iría, saldría a perseguir a las criaturas inertes para acabar con ellas. Mucho después, cuando las velas ya apenas ardían y la luz quedó convertida en breves destellos en las paredes, se abrazaron y permanecieron así, estrechándose mutuamente.

Francesca deseaba que estuvieran en la misma piel, deseaba estar cerca de él. Deseaba que por algún medio pudiera impedir que el futuro llegara. No le pediría que no se fuera; tenía que hacerlo. Ella lo sabía en el fondo de su corazón, lo sabía su mente. Gabriel era así. Por primera vez entendió de verdad por qué había deseado combatir y cazar. Era el único capaz de derrotar a Lucian. El mundo entero, tanto los humanos como los carpatianos, dependían de él.

Él tenía las manos hundidas en su espesa cabellera y la boca contra su pecho.

—Escúchame, amor mío. Si no tengo éxito esta noche, no pasará nada. Tomarás a Skyler y a nuestra hija y volverás a casa, a los montes carpatianos. Mikhail te cuidará. Tú, y solo tú, criarás a nuestra hija. Quiero que te conozca y que me conozca a mí a través de tus ojos. Sé que será difícil para ti, pero tú eres fuerte, y yo viviré para siempre en tu corazón. Donde sea que esté, te esperaré pacientemente, sabiendo que estás llevando a cabo esa tarea que es tan importante para mí. Para los dos.

Francesca cerró los ojos contra las lágrimas que le quemaban y amenazaban con derramarse. Sentía su aliento cálido en la piel, sus brazos que la estrechaban, que la anclaban a él. Tenían las piernas entrelazadas, pero aquello no era suficiente. Nunca sería suficiente. No podía ir con él y, si lo derrotaban, no podría seguirlo hasta que su hija ya no la necesitara.

Gabriel se alzó por encima de ella, contemplando su bello rostro.

—Francesca, tú puedes hacerlo por los dos. Quiero que me des tu palabra.

—¿Tienes alguna idea de lo que me pides? —Las palabras brotaron como un murmullo ahogado y, con su respiración, la última vela parpadeó y luego se extinguió. La cámara volvía a estar completamente a oscuras.

Gabriel podía verle la cara con facilidad, y ahora veía las lágrimas que ella intentaba no derramar. Él se inclinó para lamerle una de ellas.

—Me has dado más felicidad de la que jamás me atreví a soñar. Quiero que nuestra hija te conozca, Francesca, que conozca tu valor, tu compasión, tu esencia. Tú, que eres la mejor parte de mí. Te quiero más que a la vida en este mundo, más que mi propia vida o que la de mi hermano. Doy gracias a Dios todos los días por ti. —Con los labios siguió el perfil de su cara, sus pestañas largas y húmedas, sus pronunciados pómulos y sus labios, hasta llegar al cuello—. Por favor, no sientas pena. Todo lo que he hecho lo he hecho lo mejor que he podido. No puedo arrepentirme de mis decisiones, ni cambiaría nada, excepto la brevedad de las horas que he pasado contigo. La eternidad parece muy atractiva ante la certeza de que, finalmente, la compartiré contigo.

Francesca lo estrechó con fuerza. El amor era una emoción abrumadora y totalizadora. Él era su vida, de alguna manera se había convertido en su vida.

—Vuelve a casa conmigo, Gabriel. No me obligues a enfrentarme a una vida de soledad sin ti una vez más. La primera vez tuve fuerzas porque logré convencerme de que trabajábamos juntos, tu cazando y yo curando. Estábamos separados, pero estuviste junto a mí muchos siglos.

Él le pasó la lengua por el pecho, saboreando su cremosa suavidad, y luego siguió la línea de sus costillas.

—Y seguiré estando contigo. No importará dónde se encuentre mi cuerpo, estaré en tu corazón y en tu alma —aseveró, y su boca siguió hasta su corazón, una cálida danza de pequeñas flamas.

—Tienes que creer que puedes derrotarlo, Gabriel. Tienes que saberlo. Estoy dispuesta a ayudarte. Podemos trabajar juntos en esto. Al menos puedo compartir contigo mi fuerza y mis poderes.

Gabriel sonrió, apoyado contra su piel de satén; volvió a buscar uno de sus pechos, incapaz de ignorar una tentación tan erótica.

—No me ayudarás de ninguna manera. No puedes conectar conmigo cuando estoy cazando. Es peligroso mi amor. Lucian lo sabrá desde el momento en que estés conmigo y tratará de utilizarme a mí para herirte a ti. Es muy probable que eso sucediera antes de que tú pudieras darme fuerzas. Tienes que confiar en mí para saber qué hacer.

Su cuerpo era como un milagro para Gabriel. Dondequiera que él la tocara, cada vez que lo hacía, era una experiencia única. Se giró para volver a cubrirla con todo el cuerpo, abriéndole las piernas con un muslo para apoyarse, hasta que la tuvo atrapada con toda naturalidad.

Francesca lo sentía, grueso y pesado, tan ardiente de deseo que en seguida su cuerpo respondió inflamándose a su vez. Lo miró y le sonrió, y levantó las caderas cuando él la penetró y la dejó sin aliento, bella y hambrienta nuevamente de él.

—Vuelve a mí, Gabriel —le suspiró suavemente al cuello—. Te amo mucho y ya no soy tan fuerte si tú no estás a mi lado.

Gabriel era tierno y deseable; su cuerpo se movía en el suyo con embestidas largas y seguras, un movimiento que daba alas al placer de Francesca.

—Siempre estaré contigo, Francesca. En esta vida o en la siguiente, sólo estás tú. Ésa es una promesa que sé que puedo cumplir.

Capítulo 16

Era ya pasada la medianoche y las luces de la ciudad apenas brillaban, enmudecidas por las capas de niebla que se descolgaban del cielo nocturno. Gabriel estaba en el balcón, mirando no hacia la ciudad sino a la joven dormida en la habitación contigua. Parecía demasiado pequeña para esa cama tan ancha; una pequeña figura abrazada a un animal de peluche y tapada con el elaborado edredón que Francesca había tejido. Su corazón quiso aproximarse a la adolescente, que parecía tan vulnerable e infantil en su sueño. Todavía no estaba completamente a salvo. Aquella muchacha era un don raro para su pueblo, y sería muy solicitada. Ahora su tarea era guardar ese precioso tesoro, una responsabilidad de enorme peso. En el interior de su cuerpo delgado y de su mente superdotada, era la portadora de la vida o la muerte de un macho carpatiano.

Con un gesto de la mano, cerró la puerta y deslizó los cierres de seguridad. Movía las manos con una elegancia natural, activando al pasar por cada puerta un tejido de intrincadas protecciones. Skyler estaría a salvo de cualquiera excepto de Lucian. Gabriel no se engañaba pensando que su hermano gemelo no podría superar los obstáculos que él plantaba. Otros vampiros menores sufrirían heridas, quedarían atrapados y probablemente retenidos hasta que la luz del alba les hiciera justicia. Pero no sucedería lo mismo con Lucian. En dos mil años ninguna trampa había podido con él y no había protección que no supiera neutralizar.

Gabriel dejó descansar las manos sobre el antepecho de hierro del balcón y miró hacia el jardín que se extendía a sus pies. Era un jardín bello, y los colores brillaban incluso en la oscuridad, y se dio cuenta de que sonreía. Francesca. Tenía una manera de conseguir que todo lo que tocaba brotara a la vida con renovada belleza. Era ella quien había escogido las plantas que florecían por la noche. Quería que los objetos de su casa y las flores de su jardín fueran así, placenteros y balsámicos, sin importar la hora del día o de la noche. Le importaba que los demás se sintieran cómodos, que estuvieran rodeados de belleza.

Por su pensamiento desfilaron imágenes de ella y sintió que el corazón se le desbordaba. Francesca siempre pensaba en los demás antes que en sí misma, antes que en sus propias necesidades. Había intentado ser muy dura con él, pero desde el momento en que había entrado en su vida, era ella quien no había dejado de dar. Era capaz de sanar a los que la rodeaban sólo con su ánimo. No tenía más que ser ella misma y, aún así, hacía mucho más. Ahora, por ejemplo, lo dejaba partir, sabiendo que quizá no volvería, entregándolo desinteresadamente al mundo aún cuando deseara con tanto fervor tenerlo a su lado. Estaba embarazada. Su hija. Si él moría esa noche, ella le había prometido seguir sin él, sabiendo que esa separación sería para ella una agonía.

La añoraba con todo su cuerpo, dolorosamente, aunque acabara de pasar con ella las horas de esa noche, horas preciosas y mágicas que le habían dado más de lo que jamás imaginara. Era una añoranza que le dolía en el corazón y en el alma. Aquella casa era su hogar y sus habitantes eran su familia. Pero allá afuera, en la noche, criaturas malignas acechaban a los inocentes y él no tenía otra alternativa que enfrentarse a ellas.

Observó la niebla espesa que se desplazaba por la ciudad. No era una niebla natural sino un artificio que permitía a las criaturas inertes moverse sin ser detectadas por sus víctimas. Gabriel alzó la cara hacia la sombra de la luna y se deleitó en toda su belleza. Era él, el cazador de la noche, un predador natural. De un salto se plantó sobre el antepecho y extendió sus largos brazos como si abrazara el aire cuando se lanzó a los cielos.

Su cuerpo de pronto refulgió y se volvió transparente, hasta que se pudo ver la densa niebla a través de él. Fue como si se disolviera en millones de pequeñas gotas que viajaban por los aires, entrando y saliendo de las nubes oscuras y de la niebla que todo lo cubría. Voló por encima de la ciudad, buscando, atento a los espacios «muertos» que indicaban los lugares donde se ocultaba el enemigo. El pequeño grupo de vampiros que se había convertido en una siniestra bandada iba a la caza de víctimas, de presas vivas que serían consumidas y eliminadas.

Gabriel estaba decidido a librar a la ciudad de las criaturas inertes esa noche, y quería encontrar a Brice. Sabía que la suerte de éste pesaba sobre la conciencia de Francesca, y estaba decidido a acabar con esa situación. No le costaba reconocer que no le preocupaba lo que le pasara a él, pero Francesca sentía afecto por ese médico, y su conducta últimamente había estado sometida a la influencia de un vampiro. Puede que se tratara incluso de Lucian, aunque Gabriel lo dudaba. Jamás habría enviado a Brice a la casa para llevarse a Skyler y luego ayudarlo a deshacerse de él. Una actitud como ésa no tenía sentido.

Había unos cuantos lugares donde bullía la vida, el tipo de terreno más indicado para los vampiros. Encontraban a presas que eran de su agrado, hombres y mujeres jóvenes que podían manipular para que adoptaran toda suerte de conductas perversas, impulsados por el siniestro placer que les causaba verlos retorcerse antes de darles muerte.

Gabriel se desplazaba por la ciudad en vuelo silencioso, buscando a las criaturas inertes mientras se mantenía vigilante a cualquier indicio que le avisara del paradero de Brice. Sobrevoló el hospital en dos ocasiones, porque sabía que el médico a menudo pasaba horas allí. Sin embargo, lo encontró en el cementerio, donde sin duda lo había llevado su vínculo con el repugnante *Nosferatu*. Gabriel se desplazó por la niebla, escrutando de cerca el terreno en busca de señales que delataran a los vampiros. Brice caminaba arrastrando los pies por el terreno accidentado, tropezando como si estuviera ebrio, hablando consigo mismo y dándose golpes como si todavía sintiera los insectos que se le metían por todas partes.

Aunque él había neutralizado esa ilusión en cuanto Brice había abandonado la propiedad, quizás un vampiro había recogido ese recuerdo de su mente y lo había utilizado para castigarlo por su incapacidad de llevarse a Skyler. Gabriel percibió la presencia maligna de una de esas criaturas. No era uno de los antiguos, era más bien uno que había mutado hacía poco y que ahora se había unido a una jauría para aprender lo más rápido posible. Los más jóvenes creían que la jauría los protegería de los cazadores, pero lo más habitual era que los vampiros antiguos utilizaran a los más jóvenes como peones que serían sacrificados.

¿Lucian se habría unido a ese grupo? Era una pregunta que le volvía con insistencia a Gabriel, hasta que se la quitó de la cabeza. Era mucho más probable que controlara a los que tenía a su alrededor desde cierta distancia, y que ellos nunca supieran lo que les estaba sucediendo. Gabriel lo había visto en no pocas ocasiones. Sólo su voz era una de las armas más poderosas que conocía. Lucian jamás había permitido que otros intervinieran en sus combates, y había eliminado a otros vampiros en los territorios donde Gabriel lo perseguía. Jamás dejaba pruebas que pudieran reconocer otros cazadores: no había ni un ápice de torpeza en sus puestas a muerte.

Gabriel flotó hasta tocar tierra firme, y las diminutas gotas que lo conformaban volvieron a constituir su forma, lejos de donde pudiera verlo Brice. Por un instante, su enorme figura refulgió y lanzó destellos como un cristal antes de adoptar forma sólida. Se lanzó en seguida al encuentro de Brice, a cortarle el paso antes de que llegara a las cuevas donde le esperaban los vampiros.

Sintió la fuerza con que la criatura inerte llamaba a su víctima. Brice no dejaba de hablar solo, tenía la ropa sucia y desgarrada, y profundos arañazos en la piel, ahí donde había creído quitarse de encima los bichos imaginarios. Gabriel intentó sentir lástima por él, pensando que Francesca estaría horrorizada. Sin embargo, Brice se había abandonado a las órdenes del vampiro llevado por sus propios celos, y él no podía perdonarlo por ayudar a las criaturas inertes en su intento de atrapar a Francesca y Skyler.

Brice caminaba con actitud decidida y la cabeza inclinada hacia el suelo. No se dio cuenta de que Gabriel se interponía con firmeza en su camino. Con un gesto de la mano, éste intentó crear un muro invisible que anulara el trance del médico. Era evidente que el vampiro ya había contaminado su sangre, ya que seguía moviendo los pies, aunque era incapaz de ir más allá del obstáculo que Gabriel había trazado.

El médico tenía los ojos dilatados en una mirada perdida en el vacío, completamente sumido en lo profundo del embrujo. Gabriel penetró en su mente para contrarrestar ese influjo y darle un respiro. De pronto, a éste se le relajaron los músculos de la cara y ya no intentó seguir caminando hacia su destino. Lo ayudó a sentarse y Brice le obedeció como un niño extraviado.

Desde algún lugar cercano, le llegó a Gabriel el eco de un chillido rabioso. A los vampiros no les agradaba que algo interfiriera con los pasos de la víctima escogida. El amo de las marionetas no renunciaría tan fácilmente a Brice. Gabriel sonrió y alzó la cabeza para mirar el cielo. Las nubes se habían oscurecido hasta alcanzar un tono negro y rabioso por encima de su cabeza. La sacudió ligeramente y cuando comenzó a acumularse una carga eléctrica donde estaban situados, alzó la mano y la hizo girar dibujando un pequeño semicírculo.

Cualquiera que lo hubiese visto no se habría percatado del gesto, pero los relámpagos entre las nubes reaccionaron de inmediato e impactaron con estruendo en un lugar invisible más allá de la pequeña colina. El golpe del trueno fue ensordecedor, como lo fue el rayo que quemó la tierra y destrozó las lápidas mortuorias. Junto con el ulular del viento, se alzó un chillido de odio y venganza. Los árboles comenzaron a temblar bajo aquella arremetida, al principio sólo las ramas pequeñas, después las gruesas que se quebraban y volaban por los aires en dirección a Gabriel.

Él sopló suavemente en las palmas de sus manos y se quedó quieto, alto y erguido, ignorando los objetos que volaban a su alrededor. Brice permanecía sentado, ausente e inconsciente del peligro. Sin que nada lo presagiara, de pronto la dirección del viento se invirtió. Del cielo llovieron hojas y ramas y tierra sobre la pequeña colina. Gabriel dio un salto en el aire con la rama más gruesa, camuflado por su envergadura.

Se situó sobre el vampiro antes de que éste se hubiera dado cuenta del peligro mortal que se cernía sobre él. Gabriel salió disparado como un misil en dirección a aquella figura desgarbada en medio de la tierra quemada. A su alrededor yacían las piedras de las tumbas, hechas añicos por la descarga de los rayos, las ramas y el viento endiablado. El vampiro se quedó paralizado, como si quisiera decidir qué haría mientras intentaba protegerse de las ramas y otros objetos que volaban en dirección a él.

Gabriel venía oculto por el tronco y le dio al vampiro con tanta fuerza que lo hizo volar hacia atrás, a la vez que le hundía el puño en el pecho. Cogió su corazón oscuro y palpitante y se lo arrancó de cuajo. Con la misma velocidad, dio un salto atrás para tener el mínimo contacto posible con la sangre contaminada.

El chillido de desesperación del vampiro flotó por el cementerio como un eco y los murciélagos alzaron el vuelo en gigantescas bandadas. El vampiro se dobló en dos y se derrumbó convertido en un montón ensangrentado en el suelo, aleteando, arrastrándose hacia Gabriel, hacia esa cosa oscura y repugnante que éste había lanzado contra las rocas lejos de su garra . Casi sin pensarlo, Gabriel creó una carga eléctrica y la disparó contra el horrible órgano que pretendía volver a su dueño. El delgado destello de luz blanca incineró el corazón, rebotó hacia la criatura inerte y la redujo a cenizas. Entonces se calentó las manos con el calor y se lavó hasta la más mínima huella de sangre contaminada antes de verificar que el terreno no estaba infectado.

Aquel vampiro no había mutado hacía muchos años, lo delataba su torpeza y su lentitud. No era él quien había sometido a Brice con esa orden profundamente oculta. La oscuridad se había adueñado del médico, le manchaba la sangre y le consumía la voluntad, corrompiéndolo desde dentro hacia fuera. No era todavía un alma diabólica que se daba festines con la carne de los muertos y que vivía para la sangre del vampiro, pero el ser que lo controlaba era poderoso.

Gabriel no veía la mano de Lucian en la corrupción de Brice. Lucian pensaría que un acto así lo rebajaba. Podría haberle hecho daño o matarlo, sin más, pero no lo habría utilizado para atrapar a Skyler y, después, a Francesca. No sería él quien se rebajara a algo así. Lucian era un verdadero genio. Tenía un cerebro poderoso que no paraba de manifestar su sed de conocimientos. Y necesitaba encontrar obstáculos con los que su mente pudiera jugar. Lo único que impedía que se entregara del todo a la locura eran los desafíos intelectuales.

Gabriel sacudió la cabeza, exasperado consigo mismo. Lucian se había vuelto loco, ésa era la verdad. Había tomado la decisión de perder su alma hacía muchos siglos. Y si él quería proteger a su familia, no podía seguir pensando en Lucian como parte de sí mismo.

Francesca era su corazón y su alma ahora. No podía arriesgarse a que Lucian le hiciera daño. Gabriel volvió a donde estaba Brice. Tenía que llevarlo de vuelta a casa y darle una protección que le impidiera al vampiro mantenerlo sometido. Era tal el extravío mental del médico, que Gabriel no estaba tan seguro de que pudieran ayudarlo. Era evidente que el vampiro había penetrado sutilmente en él hacía un tiempo.

Él seguía hecho un ovillo en el suelo, ausente de lo que lo rodeaba, sumido en lo profundo del embrujo de Gabriel, que sabía que nadie, excepto Lucian, podía superar su protección y dejar intacta la mente del médico. Era una apuesta arriesgada llevar a Brice a la casa de Francesca. Tendrían que bajarlo a la cámara subterránea para no espantar a Skyler. Y si no podían sanarlo, sería él quien tendría que mostrar misericordia. Pensó que Francesca no le agradecería ese gesto.

Gabriel levantó al hombre en vilo como si no pesara más que un niño. Bajo ese trance hipnótico que ahora lo dominaba, Brice se confiaba por entero a él. Permaneció impasible cuando Gabriel alzó el vuelo con él en brazos. Las nubes eran lo bastante densas y un ojo vigilante no vería más que una leve mancha desplazándose por el cielo.

Francesca lo esperaba en el balcón y, en su rostro habitualmente sereno, asomaba una mirada ansiosa. Él no había intentado ocultarle el alcance del daño, y ella supo que si querían conservar la cordura de Brice tendrían que trabajar rápido.

—Gracias por intentarlo, Gabriel —murmuró, y su voz fue como una caricia aterciopelada. Lo observó detenidamente en busca de las heridas que pudieran haberle infligido.

Él tuvo de inmediato esa sensación con la que empezaba a familiarizarse, la sensación de que se derretía. Francesca estaba inquieta por él, y se aseguró de que no estuviera herido aunque le hubiese traído a su amigo humano, víctima de un vampiro que le había robado la cordura. Primero pensaba en él; sólo a él dedicaba toda su preocupación.

—Les he dicho a Santino y Drusilla que salgan de la cocina para que podamos llevarlo a la galería subterránea. Skyler duerme en su habitación. Ocúpate de que siga ahí. —Su voz era algo brusca, enronquecida por una emoción que no podía controlar. Francesca era tan bella, bañada por la luz nocturna, alta y delgada, la larga cabellera recogida en un grueso moño y el amor brillando en su mirada. Gabriel estiró la mano para seguirle el perfil del rostro con la punta del dedo.

—Creo que hay una posibilidad de sanarlo, Francesca, pero será difícil. El veneno que tiene en el organismo ha avanzado mucho.

—¿Puede el vampiro llegar hasta él aquí, en nuestra casa? —A Francesca le preocupaba Skyler. Aquella niña ya había sufrido suficiente a manos de un monstruo humano, y no tenía por qué ser testigo ahora de lo que era capaz de hacer una criatura inerte.

—A menos que quien se sirva de él sea Lucian, no hay manera de que pueda superar las protecciones que he forjado. Y no creo que esto sea obra de Lucian. Pero tiene que ser un antiguo, para habernos engañado a los dos de esta manera. Tiene que haber bebido de la sangre de Brice hace ya un tiempo. Él se toma esas pastillas para aliviar los dolores de cabeza, pero no entiende lo que le está pasando. Sólo piensa lo que el vampiro quiere que piense. Ahora no es más que una marioneta, no queda ni huella de su propia conciencia. Te lo advierto, Francesca, el daño podría ser enorme, y quizá nunca vuelva a ser el mismo.

—Lo intentaré —prometió Francesca mientras lo seguía escalera abajo, a través de la cocina y la galería subterránea hasta la primera cámara.

Gabriel dejó a Brice en la cama y se volvió para ayudar a su compañera a llenar la habitación de hierbas curativas que despedían penetrantes aromas. El médico no tardó en reaccionar con un ceño, que reemplazó la expresión vacía de su rostro, y se movió, inquieto. Gabriel le cogió la mano a Francesca y la besó cálidamente en los nudillos.

—Sabes que tengo que volver y enfrentarme al Maligno. Si él no muere, la suerte de Brice está sellada, y poco importarán nuestros esfuerzos. El vampiro sabe que le tenemos, y estará más rabioso que nunca. No podemos mantenerlo encerrado aquí para siempre.

Francesca desvió la mirada de Gabriel para ocultar su expresión. Ahora volvería a cazar. Los dos sabían que eso era lo que tenía que hacer, pero la idea no le gustaba. Gabriel la abrazó por los delgados hombros y la atrajo hacia el abrigo de su cuerpo.

—No permitiré que ningún vampiro me venza, amor mío, cuando hay tantas cosas en juego. Tendré que deshacerme de la amenaza que se cierne sobre la salud de Brice. Después, veremos qué podemos hacer para curarlo.

Muy a su pesar, Gabriel la soltó, aunque sus manos se demoraron sobre su espesa cabellera, hasta coger el grueso moño y apretarlo. Sabía que Francesca tenía miedo por lo que pudiera pasarle, pero se alegraba de que no expresara sus temores y que, más bien, le devolviera una sonrisa cómplice al despedirse de él.

—No intentes curarlo hasta que yo vuelva. Tiene la sangre contaminada por el vampiro. No puedes internarte sola y sin ayuda en su pensamiento. Si yo no volviera, tendrás que pedir la ayuda de otra sanadora antes de intentarlo. Prométemelo, Francesca. Sería demasiado peligroso que te adentraras en él sin una fuerza que te apoyara. Recuérdalo siempre: llevas nuestra vida en tu vientre.

Ella lo miró, una breve expresión de reproche que se adivinaba en el movimiento lento de sus párpados.

—No es necesario que me recuerdes ninguna de las dos cosas. No tengo intención de entregarme a la idea de que quizá no vuelvas. Y no he olvidado, ni por un momento, que llevo a nuestra hija en mi vientre. Para mí, ella es un milagro. Jamás pondría en peligro su vida, ni siquiera por Brice. En cuanto a ti, volverás a mí esta noche. Esperaré a que regreses pronto, y sin ni el más mínimo rasguño. Ahora, ve y cumple con aquello que te está destinado desde que naciste. —Dichas estas palabras, Francesca se apoyó en él, un breve encuentro de los cuerpos, demasiado breve, pero suficiente para conservar su esencia. Fuerte. Masculino. Poderoso.

Ella no había imaginado que lo amaría tan intensamente. Y jamás había imaginado que se sentiría tan amada. Gabriel no tenía reparos en demostrar sus emociones. El deseo que tenía de ella superaba la intensidad de cualquier sueño. No sólo su cuerpo, sino también su compañía, su corazón y su alma. Le agradaba estar en su mente, compartiendo su risa, su manera de mirar la vida. Así era de fuerte el orgullo que Gabriel sentía por ella, y la fe que en ella había depositado.

—Gabriel —dijo Francesca, apenas suspirando su nombre, sintiendo que el cuerpo se le volvía blando y se pegaba a él—, no tardes en volver a mí. —No había intención alguna de seducirlo (hacer el amor era lo último que se le habría pasado por la cabeza) y, aún así, sentía un gran deseo de tenerlo cerca.

Gabriel se adueñó de sus pensamientos con su amor y su calor mientras la estrechaba. Y, de pronto, ya se alejaba a grandes pasos por el túnel hacia las plantas superiores. Cuando llegó a la cocina, ya se había vuelto invisible, y se movía rápido como una ráfaga de aire.

Esta vez, cruzó la puerta, salió al jardín y se lanzó sin vacilar hacia las alturas. Sólo había acabado con uno de los secuaces del vampiro; sólo le había arrebatado a una de sus marionetas. La ira de aquel vampiro sería incontenible, y fácil de localizar. Gabriel ya comenzaba a sentir la perturbación de las vibraciones que surcaban el aire. Se desplazaban por el cielo, y lo condujeron como una saeta hacia el vampiro.

—*Te diriges a la madriguera de este ser como si fueras un aficionado. Ten cuidado, cazador, porque te ha preparado una trampa.*

Gabriel siguió su camino. Oía a Lucian demasiado cerca, y eso lo inquietaba. Si se pronunciaba por uno de los bandos en pugna, no había manera de saber de qué lado se situaría.

—*¿Acaso sugieres otra táctica?* —le respondió.

—*Retrocede. Sabes demasiado bien que no has de lanzarte a la batalla cuando el enemigo te está esperando.* —Era una voz suave y amable, como de costumbre, sin la más mínima insinuación de un reproche. Gabriel se dio cuenta de que sonreía. La presencia de Lucian le era tan familiar, era una parte tan irreductible de sí mismo.

—*Te agradezco el consejo, anciano guerrero.* —Era la vieja provocación de siempre, que le recordaba a Lucian que, por unos minutos, él era mayor. Gabriel no desvió su trayectoria, pero se volvió más alerta. No le temía a la batalla contra el vampiro que se avecinaba, pero lidiar con su hermano gemelo era otra cosa.

—*No estás haciendo caso de mis consejos.*

—*Éste no es tan peligroso como otros que hemos derrotado en el pasado.*

—*Éste es uno de los antiguos.*

Gabriel se sustrajo a esa fusión de pensamientos y caviló sobre las posibilidades. ¿Qué tramaba Lucian? Modificó su rumbo y giró dibujando un círculo para acercarse desde otra dirección, barriendo visualmente el terreno mientras se desplazaba. Se encontraba sobre el río, surcado en ese punto por un puente ancho. Había dos tuberías a lo largo del terraplén que acababan vaciando su contenido en las aguas. Eran tuberías gruesas recubiertas de una espesa masa de juncos, y Gabriel percibió la cercanía del vampiro. El aire estaba contaminado por una carga de malevolencia, pesada y opresiva.

Sabía reconocer el hedor de las criaturas inertes, pesaba sobre el aire como una losa. Los vampiros eran maestros de la ilusión, y se presentaban ante sus víctimas humanas como seres bellos y atractivos. Pero en realidad, eran seres demacrados, con encías muertas y colmillos largos y venenosos. Gabriel sentía su presencia como un golpe en el bajo vientre. Aborrecía a aquellas criaturas que utilizaban perversamente dones y talentos superiores que debían explotarse para hacer el bien.

Allí abajo, el terreno tenía un aspecto normal, pero el viento le decía otra cosa. El vampiro esperaba, acechando entre las sombras, invisible, embriagado por su propio poder y presa de la rabia. Gabriel sintió el olor de la sangre antes de aquel grito apagado que delataba una muerte. El viento trajo el mensaje, el miedo y la adrenalina en la sangre de la víctima que excitaría al vampiro, que lo haría aún más poderoso.

Éste sabía que él vendría; había montado la trampa y ahora esperaba como una araña sobre su tela. Retenía a sus presas humanas, vivas y aterrorizadas, para que la adrenalina invadiera su flujo sanguíneo. Aquella carga de adrenalina volvía adictas a las criaturas inertes, porque creían que les prestaba una fuerza superior y los hacía más difíciles de exterminar. Gabriel no podía localizar la posición exacta del vampiro. En el aire había más de un punto «muerto» sospechoso.

Sobrevoló el área antes de bajar a tierra. El terreno cambió bruscamente de composición y sus pies se hundieron en un fango oscuro. Lo tiraba desde los pies con una fuerza de succión asombrosamente poderosa, como si aquella ciénaga quisiera tragárselo. Sintió que algo se le aproximaba por debajo de la superficie, rápido, serpentino y de grandes proporciones, levantando el fango recubierto de juncos. Entonces se disolvió rápidamente en gotas de rocío y se fundió en la espesa niebla circundante. Comenzó a soplar de inmediato un viento feroz, golpeando las moléculas ocultas en la niebla con la intención de desperdigarlas e impedir que asumiera su forma. Una cosa repugnante avanzaba por el banco de niebla directamente hacia las gotas de rocío.

La forma se estrelló contra una barrera antes de que llegara hasta la esencia informe de Gabriel. Cayó del cielo hacia el fango justo cuando él se alzaba con rapidez para evitar aquella masa negra. El monstruo oculto en el fango lanzó su ataque y se prendió de la forma siniestra que se debatía, mientras Gabriel mutaba de forma por encima de ellos. No había creído necesario protegerse con una barrera, así que supuso que su hermano gemelo había vuelto a participar en el combate, y que se había situado entre él y el vampiro. Sin embargo, Gabriel no detectaba su presencia. En eso consistía la destreza de Lucian. Podía desplazarse sin ser detectado ahí donde otros fracasaban. El viento no murmuraría su presencia ni lo delataría a los adversarios que lo buscaban.

El vampiro lanzó un aullido de ira y dolor y arrojó lejos de sí a aquel gusano repugnante que había creado. Surgió en medio del lodo y se lanzó de un lado a otro intentando localizar a Gabriel. Éste cayó del cielo y, con una garra afilada y mortífera, le rasgó el cuello al vampiro. La criatura chilló cegada por la ira y, como respuesta, un relámpago cruzó entre las nubes y el aire hirvió contaminado por una sustancia maligna.

Le golpearon por todos los flancos a la vez, gárgolas de alas oscuras que lo mordían, le clavaban las garras y le asestaban feroces picotazos sobre la cabeza y los hombros, colgándose de él para arrastrarlo y hacerlo caer al lodo oscuro. Gabriel se disolvió bajo sus garras y surcó el aire maloliente en dirección al vampiro. Volvió a asumir su forma justo al lanzarse, suspendido unos centímetros sobre el suelo, contra el pecho de la criatura.

Su puño penetró en la cavidad del pecho, pero el vampiro ya retrocedía, la voz convertida en un estridente hilo de horribles sonidos guturales que a él le hicieron doler los oídos. Su respuesta fue hacerlo enmudecer y lanzarlo contra la propia bestia. La mano le quemaba con la sangre venenosa que lo empapaba, mientras seguía esquivando el asalto de las gárgolas. No había manera de mantenerse quieto con aquellas criaturas que lo sobrevolaban y caían sobre él. Le picoteaban la piel y los ojos, lo desgarraban y mordían para ayudar a su amo.

Gabriel era paciente. Le había infligido al vampiro dos heridas graves y sus fuerzas menguaban. En el lodo, con la sangre filtrándose a las profundidades, al vampiro le costaba cada vez más controlar al gigantesco gusano. Aquella criatura se retorcía, frenética, y lanzaba temibles dentelladas a su creador, buscando la carne y la sangre. Gabriel se había vuelto inmune al dolor y el cansancio, y ahora todo su ser estaba concentrado en el combate.

Cuando se preparaba a lanzar un segundo ataque contra el vampiro, un relámpago brilló en el cielo por encima de sus cabezas. Gabriel no había detectado la súbita presencia de ese poder, y se vio tan sorprendido como el vampiro cuando aquel latigazo de energía incandescente brilló en el cielo, un desgarro de luz blanca que limpió de inmediato el aire del hedor de las gárgolas. Éstas cayeron al fango, calcinadas y chamuscadas, pulverizadas por la carga eléctrica, y el gusano se precipitó de inmediato sobre ellas para engullirlas. Del cielo brotó una segunda descarga, que el vampiro evitó por escasos centímetros pero que redujo a cenizas al gusano.

El hedor era insoportable. Gabriel lanzó su ataque aprovechando el aturdimiento del vampiro después del latigazo de luz. Le nubló la visión y, a una velocidad sobrenatural, se lanzó contra la criatura, le volvió a clavar el puño en el pecho, esta vez hasta encontrar el órgano oscuro y marchito que buscaba.

Cuando iba a arrancarle el corazón, intuyó la amenaza y alcanzó a girarse. Algo le dio de lleno en el costado y le abrió las carnes y le rompió las costillas. Sintió un agudo dolor que lo dejó sin respiración. De pronto, el cielo entero se iluminó, como si la tierra se hubiera incendiado. En el aire flotaba una pesada y agorera pesadilla. Gabriel jamás había visto nada igual. El cielo oscuro se volvió rojo y naranja y enormes llamas surcaron el espacio entre las nubes de color carbón. Por encima de las cambiantes masas nubosas se agitó y vibró una red de destellos blanquiazules. La tierra pareció explotar cuando a su alrededor cayó una lluvia de rayos.

Entonces le arrancó el corazón y con gesto tranquilo lo lanzó hacia las violentas llamas, mientras se giraba para enfrentarse a la amenaza que se cernía sobre él. La vieja criatura inerte se había revelado tal cual era, creyendo que Gabriel estaba absorto en la lucha contra su secuaz. Era un vampiro delgado y gris, con la piel encogida y pegada a los huesos. Tenía el pelo gris y blanquecino, una maraña de mechas largas y escarchadas. En sus ojos brillaba un fulgor rojizo que delataba su astucia animal. Retrocedió ante la figura de Gabriel, yendo de un lado a otro, buscando una salida. No entendía la intensidad de la tormenta desatada por encima de sus cabezas. No reconoció al cazador con que se enfrentaba. Había permanecido vivo aprendiendo a rehuir el enfrentamiento con los cazadores, estudiando a sus enemigos y escogiendo el momento del combate.

Una voz le susurraba al oído. Al principio, no conseguía oír las palabras por encima de las explosiones atronadoras a su alrededor. Vio al cazador que retrocedía lentamente. La voz era extraordinariamente pura, se internaba por su mente con suavidad. Era doloroso escuchar esa voz, ese timbre. Había pasado mucho tiempo desde que el vampiro escuchara una voz tan clara y todo su ser se encogió para sustraerse a ella.

Era una voz como el roce del terciopelo negro, un suave murmullo que anunciaba la muerte. Ahora el vampiro no le quitaba los ojos de encima al cazador, creyendo que éste lanzaría su golpe mortal en cualquier momento. Él estaba preparado. Conocía trucos, podía crear ilusiones, su poder era enorme. Además, estaba fresco, no había sufrido heridas graves, mientras que el cazador se había debilitado luchando contra sus huestes. La criatura inerte sabía que le había asestado un golpe terrible al cazador y que sus criaturas lo habían hecho perder una sangre preciosa, pero, pese a todo, éste permanecía bien erguido, y en sus ojos ardía el brillo oscuro de la muerte.

¿Era su voz la que oía en su cabeza? ¿De dónde venía? Jamás había intercambiado sangre con un macho carpatiano. No tenía conexiones con ellos y, aun así, oía el amable susurro que lo llamaba desde la muerte. Ahora las palabras resonaban con más claridad, y le hablaban dulcemente de la muerte. De la desesperanza. Porque no había esperanza. Aquel cazador le arrancaría la vida. Moriría esta noche después de sobrevivir a lo que otros no habían conseguido sobrevivir.

—¿Quién eres? —chilló el vampiro.

—Soy la muerte —susurró la hermosa voz.

—Yo soy Gabriel —respondió éste. Recelaba de la tormenta de fuego que se había apoderado del cielo, y todos sus sentidos estaban puestos en descubrir el origen de las descargas. Su creador sin duda gozaba de enormes poderes, y sólo podía ser Lucian. No había indicios que pudieran señalarle de dónde brotaba aquella energía, que ahora le había rodeado a él y al vampiro, una energía de enorme poder destructivo.

El vampiro dejó escapar un gruñido entre sus colmillos agudos, manchados durante siglos de sangre contaminada.

—Piensas vencerme con trucos. Ningún cazador me ha derrotado en todos estos siglos y tú, un desconocido, pretendes desafiarme.

Gabriel sintió que lo invadía el cansancio. Había interpretado la misma escena tantas veces en tantos campos de batalla, en tantos países y a lo largo de tantos siglos, y siempre era lo mismo. El vampiro intentaba valerse de la voz para conseguir que flaqueara su seguridad.

Gabriel alzó la cabeza, y sus oscuras facciones se endurecieron en una máscara inexpresiva.

—Tú me conoces, antigua criatura. No quieres conocerme, puesto que nuestro pueblo me ha convertido en leyenda. No puedes derrotarme. Ya he ganado la batalla y finalmente se hará justicia contigo.

Un extraño susurro reverberó en el pensamiento de Gabriel. Casi una suave nota de censura, aunque no era eso. Él no estaba utilizando su propia voz para derrotar a aquel asesino veterano como debería haberlo hecho. Estaba debilitado por la pérdida de sangre, y el hedor de la muerte le asfixiaba la mente y el corazón. Estaba cansado de combatir contra los suyos una y otra vez. Haría lo que fuera necesario, pero no tenía por qué disfrutar de ello.

De pronto, el vampiro se cubrió las orejas y comenzó a aullar en un tono muy agudo, intentando ahogar el susurro insidioso de aquella voz aterciopelada. Aquella voz tenía una cualidad que invitaba a ser escuchada. Le minaba las fuerzas y le arrebataba su poder y sus habilidades. Sin dejar de aullar de odio y terror, el vampiro jugó su última carta, desplegando totalmente los brazos y llamando a sus secuaces a la matanza.

El lodo explotó de pronto y cientos de enormes sanguijuelas brotaron y se abalanzaron sobre Gabriel. Y mientras atacaban, el cielo se oscureció con bandadas de búhos, una nube negra de pájaros que volaban con las garras extendidas en dirección al cazador. El vampiro se volvió para escapar y se estrelló contra el carpatiano. Como si hubiera brotado del aire, el cazador estaba ahí, y su rostro era una máscara de granito.

Entonces bajó la mirada y vio su pecho abierto en dos, vio la mano del cazador que sostenía un corazón marchito y aún palpitante. Aquel rostro del cazador no cambiaba de expresión, pero su figura parecía desvanecerse por momentos, casi como una ilusión. Sólo el puño en que sostenía el oscuro órgano era real. El vampiro lanzó un chillido de odio y desafío y se abalanzó hacia delante queriendo recuperar el corazón que le habían extirpado. Cayó de bruces sobre la ciénaga que él mismo había creado y las sanguijuelas dieron cuenta de sus despojos. Lo cubrieron por todas partes y se alojaron en la cavidad abierta en su pecho.

Gabriel se había visto obligado a disolverse cuando el vampiro envió sus hordas a atacarlo. Se había elevado hasta alcanzar la altura de las nubes. Ahora dirigió el aire cargado de electricidad en un latigazo que rozó el suelo y chamuscó a las sanguijuelas y calcinó a las aves en el cielo. Los búhos cayeron sobre la tierra como una lluvia y sus cuerpos oscuros fueron tragados por el fango. Ahora vio al vampiro caído en el lodo rodeado de sus secuaces y siervos y se preguntó por un instante qué tramaba aquella criatura. ¿De qué servía fingir que estaba muerto?

Con su mirada aguda, Gabriel vio el corazón del vampiro a varios metros de su cuerpo, tirado sobre una roca. *Lucian.* Era indudable que su hermano se había unido a la lucha y que había despejado el campo de batalla de todos sus protagonistas. Gabriel vio que el vampiro avanzaba arrastrándose, acercándose poco a poco al corazón reseco. Lanzó sin vacilar un latigazo de fuego que dejó reducido el corazón a un montón de cenizas, asegurándose de que la criatura inerte no volvería a levantarse. El vampiro dejó escapar un silbido horrendo, una última protesta antes de que el rayo lo fulminara sin dejar ni rastro de su existencia. Lo único que quedaba por hacer era despejar todo aquello. Gabriel se cuidó de eliminar toda huella del vampiro y de sus destrozos en el perímetro. El pantano sería una trampa para seres humanos y animales y utilizó su preciosa energía para disolverlo en la nada. Tardó un rato largo en borrar de aquel lugar las huellas malignas y reemplazarlas por la bondad.

Cualquiera que fuera el juego al que se había entregado Lucian, tendría que esperar. Las heridas le palpitaban dolorosamente, y aunque mantenía el dolor a raya, no quedaba nada de su energía. No intentaría salir a la caza de Lucian esa noche. No podía dejar de sentirse agradecido de que su hermano se hubiera unido a él en la batalla.

Mientras Gabriel volvía malherido a casa, el cansancio se apoderó de él. Estaba agotado, y ya no podía ignorar sus graves heridas. Necesitaba sangre y la presencia sanadora de Francesca. Se sentía eternamente agradecido de tener un hogar y una compañera a la que volver.

Capítulo 17

En cuanto entró en la casa, Gabriel supo que algo raro sucedía. En el aire flotaba una sensación opresiva de peligro, y algo, una amenaza, había perturbado la tranquilidad habitual. Con un gesto instintivo, buscó mentalmente a Francesca y la encontró, presa de un miedo terrible. Pero ella no temía por sí misma sino por él y por su hija. Gabriel flotó hacia la planta superior, sus pies apenas rozando el suelo. De las profundas desgarraduras en el brazo manaba la sangre y la herida en el costado palpitaba con cada movimiento. El dolor de las costillas rotas le impedía respirar. Estaba cansado, y su enorme fortaleza se había agotado.

Era natural que Lucian escogiera ese momento para el combate que les esperaba. Sabía que su hermano estaba dentro de la casa, no había otra explicación. Sólo Lucian era lo bastante poderoso para ocultarle su presencia al aire. A medida que recorría la casa, dejó de pensar en sus emociones, o en su temor por la suerte de Francesca y Skyler, o en sus dudas sobre su capacidad para derrotar a su hermano, o en el dolor de sus heridas y su cansancio. Se convirtió en el robot sin emociones que tenía que encarnar para derrotar al vampiro más grande y poderoso que jamás había existido.

El gran salón estaba vacío, pero Gabriel alcanzó a ver a Santino y Drusilla tendidos en el suelo de su habitación. No se detuvo a averiguar si estaban vivos o muertos, a esas alturas ya no importaba.

Tuvo que reconocer que nada podía hacer por ellos hasta que se hubiera ocupado de su principal tarea. Tenía que derrotar a Lucian. Barrió el interior de la casa buscando a Skyler y la encontró en su habitación, al parecer, totalmente dormida. Intuyó la mano de Francesca en ello; había una intensa huella femenina en las barreras que la protegían. Era característico de Francesca pensar en la niña, aún cuando ella misma viviera su propio momento de terror. Si podía ayudar a Skyler a dormir ausente de esa pesadilla, lo haría.

Gabriel siguió barriendo visualmente las habitaciones hasta llegar a la cámara subterránea donde Brice dormía un sueño lleno de sobresaltos. La sangre contaminada del vampiro seguía fluyendo en su interior, envenenándolo, volviéndolo inquieto a pesar de las hierbas medicinales y del sueño al que le habían inducido. Pero Lucian no representaba un peligro para él. Las protecciones estaban intactas.

Gabriel siguió su recorrido de la casa, sin intentar ocultar su presencia. Lucian lo esperaba. Entró con pasos cautelosos en el estudio. Francesca estaba sentada en un sillón de respaldo alto frente a su hermano gemelo, que permanecía en la sombra, el rostro oculto para él, pero presente, alto, anchas espaldas, vestido como siempre, impecable.

—Tenemos una visita, Gabriel —anunció Francesca, y su tono era de lo más natural—. Skyler pensó que eras tú cuando se presentó en la puerta.

Gabriel asintió con un gesto de la cabeza. Se fundió mentalmente con Francesca para «ver» sus recuerdos, porque no quería hacer preguntas con Lucian presente. Skyler no sabía que había dejado entrar al enemigo en casa. Lucian, con su poder de antiguo guerrero, había cambiado sus ondas mentales y su aura para que se asemejaran a las de su hermano. No le había revelado su verdadera identidad, ni tampoco lo había hecho Francesca. Francesca la había hecho dormir con una orden con el fin de ahorrarle lo que le esperaba.

—*¿Te ha tocado o te ha hecho daño de alguna manera?*

—*Me ha hecho preguntas* —dijo ella, y había un tono en su voz que Gabriel no lograba definir—. *Preguntas personales. No se ha acercado a mí, se ha quedado en la penumbra, donde no puedo verlo ni tocarlo. No ha intentado tomar de mi sangre ni de la de ningún otro habitante de la casa.*

—Espero que tus saludos sean satisfactorios y que hayas acabado —dijo Lucian con su hermosa voz, una voz de la que parecía emanar una ola de pureza y bondad. \

—Eres bienvenido en nuestra casa, hermano —dijo Francesca de pronto, con voz sosegada—. Por favor, entra y siéntate con nosotros durante tu visita. Ha pasado mucho tiempo desde que tú y tu hermano os sentásteis por ñultima vez en un lugar tranquilo. —Con un gesto pausado y elegante, señaló una silla.

Francesca poseía una cualidad: su voz, su manera de moverse y su presencia tranquilizaban y comunicaban una sensación de paz a quienes la rodeaban. Ahora desplegaba su magia, su don más preciado, para llegar a Lucian. Sabía que era inútil. Una vez que un macho carpatiano había decidido renunciar a su alma, estaba perdido para toda la eternidad. No había cómo volver atrás. Ni siquiera ella, con sus grandes poderes curativos, podía lograr lo imposible. Gabriel ansiaba estrecharla en sus brazos, protegerla, tanto como consuelo para sí mismo como para ella.

—Quieres que seamos civilizados antes del combate —dijo Lucian, mirando a su alrededor—. La verdad es que esto parece más bien un lugar apacible, no un lugar para luchar —dijo, bajando la voz, para hacerla más convincente—. En ese caso, ven aquí a mi lado, hermana, y comparte tu fuerza conmigo.

Gabriel se interpuso entre su hermano gemelo y su compañera. Adoptó una postura de cautela, preparado para luchar. A sus espaldas, Francesca observó con mirada compasiva cómo aquel ser alto y elegante se les acercó. Salió de la penumbra como lo que era, un predador oscuro y peligroso, con los ojos brillándole, amenazadores. Eran unos ojos de ultratumba, vaciados de toda emoción. Los ojos de la muerte. Lucian se movía con una gracia animal, como una onda cargada de poder.

—Quédate donde estás, Lucian —le advirtió Gabriel con voz serena—. No pondrás en peligro la vida de mi compañera.

—Has sido tú quien la ha expuesto al peligro, Gabriel —replicó su hermano, con voz tranquila—. Deberías haber cumplido con lo que juraste hace siglos. Ahora has introducido nuevas piezas en nuestro tablero. Yo no he tenido nada que ver con eso. —Era una voz amable y razonable—. Veo que estás herido. Confío en que no te impedirá cumplir con tu deber de aniquilarme.

—Has sido tú el que ha destruido a la antigua criatura inerte.

—¿*Qué quieres decir? ¿Qué Lucian mató al vampiro?* —Francesca le había trasmitido mentalmente su pregunta.

En lugar de responderle de la misma manera, Gabriel decidió coger a Lucian desprevenido con su respuesta.

—Lucian ha impedido que el vampiro me infligiera más heridas y ha utilizado su voz para debilitarlo. Yo no oía el murmullo, pero sé que estuvo ahí. Desató una horrible tormenta y, al final, fue él quien destruyó a las criaturas inertes mientras yo miraba todo desde el aire.

Lucian encogió sus anchos hombros y miró a su hermano gemelo con ojos negros y vacíos.

—Me hiciste una promesa, Gabriel, y ahora vas a tener que cumplirla. —La voz volvía ser como un murmullo sedoso, una orden amable.

Gabriel reconoció la orden oculta antes de dar un salto para asestar el primer golpe, y zanjó con tanta rapidez la distancia que lo separaba de Lucian que ni Francesca alcanzó a verlo. Una eternidad después, con el grito de su compañera que lo instaba a detenerse resonándole interiormente, lanzó un zarpazo con su garra afilada contra el cuello de su hermano, sólo para darse cuenta que, en el último momento, su hermano abría los brazos para aceptar el golpe mortal. *Lucian le había allanado el camino a ese golpe en el pecho y la yugular.* Ningún vampiro haría jamás algo así. Las criaturas inertes luchaban hasta el último aliento para acabar con cualquiera o cualquier cosa a su alrededor. *¡Sacrificar la propia vida no era el gesto propio de un vampiro!*

Y aquella certeza le llegó demasiado tarde. Unas gotas de color carmesí salpicaron las paredes de la sala y se deslizaron por las espesas cortinas. La sangre fluía a borbotones de la herida abierta. Gabriel intentó retroceder, quiso acercarse a su hermano, pero el poder de Lucian era infranqueable. No podía moverse, inmovilizado por la sola voluntad de Lucian. Abrió los ojos desmesuradamente ante ese poder enorme de su hermano. Gabriel era uno de los antiguos, más poderoso que la mayoría de seres de este mundo. Hasta ese momento, había creído ser igual a Lucian.

Gabriel le lanzó una mirada de impotencia a Francesca, que ahora tenía los ojos bañados en lágrimas.

—*Ayúdale. Sálvalo por mí. No deja que yo lo ayude.*

—*Desea acabar con su vida. Percibo su determinación* —dijo Francesca, moviéndose con una sutil mezcla de gracia y tranquilidad—. Debes dejar que te ayudemos —dijo, con voz suave, una voz cristalina y reconfortante. Francesca tenía ese don maravilloso de sanar, y si alguien podía salvar a Lucian de una muerte segura, era ella—. Sé lo que has hecho. Ahora pretendes acabar con tu vida.

La blanca dentadura de Lucian brilló en la oscuridad.

—Gabriel te tiene a ti para que lo protejas. Ésa ha sido mi misión y mi privilegio durante siglos, pero ahora ha llegado a su fin. Quiero descansar.

La sangre le empapaba la ropa y le corría por el brazo. Él no hizo nada para remediarlo. Se limitó a quedarse ahí, de pie, erguido cuan alto era. No había ni asomo de acusación en sus ojos, ni en su voz ni en la expresión de su rostro.

Gabriel permanecía totalmente quieto, los ojos encendidos por el dolor que sentía al ver a su hermano gemelo.

—Esto lo has hecho por mí. Durante cuatrocientos años me has engañado. Impedías que fuera yo quien matara, no me diste la oportunidad de mutar. ¿Por qué? ¿Por qué poner en peligro tu alma de esta manera?

Unas ligeras arrugas de tensión aparecieron en torno a la boca de Lucian.

—Yo sabía que tenías una compañera. Alguien que lo sabía me lo dijo hace muchos años. Se lo pregunté, y sabía que no me mentiría. Tú no perdiste tus sentimientos y emociones precozmente, como yo. Tardaste siglos. Yo no era más que un niño cuando dejé de sentir. Pero tú te fundías mentalmente conmigo y yo sentía tus alegrías y podía ver la vida a través de tu mirada. Me ayudaste a recordar lo que jamás habría podido hacer solo —balbució, y vaciló. Su enorme poder empezaba a diluirse, como la vida que le quedaba.

Gabriel esperaba el momento en que Lucian se debilitaría y él dejaría de estar inmovilizado. Se aprovechó y consiguió superar la barrera y llegar junto a su hermano de un salto. Se inclinó y lamió velozmente la herida para cerrarla. Francesca se encontraba junto a Lucian, del otro lado, y le puso su pequeña mano sobre el brazo, suave y reconfortante. Le cogió la mano a Lucian para conectarlos.

—Crees que tu vida ya no tiene razón de ser.

Lucian cerró los ojos con gesto de cansancio.

—He cazado y matado durante dos mil años, hermana. A mi alma le faltan tantos trozos que parece un colador. Si no me voy ahora, puede que no me vaya más tarde, y mi hermano bienamado se verá obligado a dar caza y destruir a un verdadero vampiro. No sería una tarea fácil. Debe velar por su seguridad. Ya no podía mostrarme tranquilamente al alba, y dependería de su ayuda. He cumplido mi deber en este mundo. Déjame descansar.

—Hay otro ser —murmuró Francesca, con voz apenas audible—. No es como nosotros. Es mortal. En este momento, es muy joven y sufre de horribles dolores. Sólo puedo decirte que si tú no te quedas, ella vivirá una existencia tan agónica y tan llena de desesperanza que no podemos ni imaginarlo. Debes vivir por ella. Debes aguantar por ella.

—¿Acaso me estás diciendo que tengo una compañera?

—Y que te necesita mucho.

—Skyler no es mi compañera. He contactado mentalmente con ella en varias ocasiones para ahorrarle sufrimientos cuando estaba sola y las horribles pesadillas la invadían. Pero no es mi compañera.

A pesar de su negación, Lucian no se resistió cuando la compañera de Gabriel comenzó a sanar la horrible herida.

—Aún así, no estoy diciendo una mentira con el solo fin de que permanezcas en este mundo. No te puedo decir dónde está ni cómo lo sé, pero es alguien que existe en esta época. A veces la siento, y ahora sé que pertenece a tu lado. Déjame que te sane, hermano —insistió Francesca, con suavidad—, si no por tu propio bien o por el nuestro, hazlo por tu compañera, que te necesita mucho.

Gabriel llenó la habitación de hierbas medicinales y dio comienzo al antiguo cántico de las curaciones. Se hizo un corte en la muñeca y apoyó la herida en la boca de su hermano.

—Ofrezco mi vida libremente por la tuya. Toma lo que necesites para sanar. Te depositaremos en lo profundo de la tierra y te cuidaremos hasta que hayas recuperado todas tus fuerzas.

Lucian se resistía a beber de la sangre de Gabriel, ya bastante debilitado por sus propias heridas. Gabriel apretó con fuerza el brazo contra la boca de su hermano y se aseguró de que bebiera, decidido como estaba a salvarle la vida. Le costaba creer todo lo que su hermano gemelo había sufrido por él. Debería haberlo sabido, debería haberse percatado de que todo lo que Lucian hacía lo hacía para protegerlo. Lucian siempre se había enfrentado a los enemigos más antiguos y experimentados, siempre se había interpuesto entre él y la muerte.

—*No te sientas culpable.* —La voz de Francesca en su pensamiento le daba paz—. *Siempre fue una decisión suya. Tomó cada decisión sabiendo perfectamente cuáles serían las consecuencias. Tú jamás habrías estado de acuerdo. No tengas en menos su sacrificio para apaciguar tu sentimiento de culpa.*

Francesca le sonrió a Lucian mientras le aplicaba la tierra milagrosa de su pueblo, que guardaba para situaciones de emergencia. La conservaba junto a otras hierbas que cultivaba para situaciones de esa gravedad.

—Has ayudado a Skyler en más de una ocasión, y te lo agradezco. Y has llevado ante la justicia a los hombres que le hicieron daño para que no tuviera que hacerlo Gabriel. Al principio, no entendía por qué mi compañero tenía tantas dificultades para destruir a una criatura que veía como un vampiro, pero ahora sí lo entiendo. Una parte de él sabía que no te habías convertido. No era su mente consciente sino su alma.

Gabriel ayudó a acomodar a Lucian sobre el sofá. Mientras ayudaba a su hermano, sentía que le fallaban sus propias fuerzas. Necesitaban sangre desesperadamente. Contempló la mirada de serenidad de Francesca y se sintió de inmediato aliviado. Ella siempre sabía lo que necesitaba, y él podía confiar plenamente en ella si se trataba de su vida y de la de su hermano.

—Tengo que sanarte la herida, Lucian —le dijo Francesca con voz serena al hermano de Gabriel.

Lucian cerró la herida en la muñeca de su hermano y miró a Francesca a los ojos.

—No soy un hombre bueno. He matado tantas veces que no conozco otra existencia. Si una mujer se ata a mí, carpatiana o mortal, es como sentenciarla a vivir con un monstruo.

—Quizá necesita un monstruo como tú que la proteja de los monstruos que la destruirían a ella. Tu primera obligación es hacia tu compañera, Lucian. No puedes hacer otra cosa que encontrarla y liberarla del peligro.

—La oscuridad ya está en mí. Las sombras son permanentes.

—Ten fe en tu compañera —le aconsejó Gabriel—, como yo he tenido fe en la mía. Fuiste lo bastante fuerte para sacrificar tu vida por la mía. Serás lo bastante fuerte para vivir mientras buscas a esa mujer tuya.

Francesca le hizo una señal a Gabriel y cerró los ojos, se abstrajo de la conversación y de todo lo que los rodeaba. Se separó de su cuerpo y buscó en el exterior de sí misma y se internó en el organismo del que yacía mortalmente herido. Reparó los tejidos con la habilidad de un hábil cirujano. Durante todo ese rato, Gabriel cantaba las plegarias curativas y el aroma de las hierbas impregnaba la habitación.

Francesca abandonó el cuerpo de Lucian y penetró inmediatamente en el de Gabriel. No tenía intención de dejar que su amante sufriera innecesariamente. Se aplicó a sanar meticulosamente cada herida, cada laceración, expulsando las células ponzoñosas que el vampiro había inoculado a través de sus emisarios y reparando el daño de los tejidos de adentro hacia afuera. Tardó un rato largo en restablecerle las costillas, los pulmones, las cicatrices del combate que habían quedado en lo profundo de su organismo. Cuando finalmente salió a la superficie comenzaba a desfallecer.

—Descansa, amor —le dijo Gabriel, abrazándola—. Esta noche saldré a cazar para reponer la sangre perdida.

Francesca le lanzó una rápida mirada de censura con sus enormes ojos negros.

—No lo creo, Gabriel. Tú te quedarás en esta sala. Soy yo la que te cuida y has de atender a mis órdenes. Tú y Lucian os quedareis aquí, debilitados como estáis, y yo volveré pronto con la sangre que necesitáis tan urgentemente.

Francesca se incorporó con un leve balanceo de sus caderas, un gesto muy femenino de impaciencia con el macho de la especie. Su actitud tenía algo de altivo. Gabriel no se atrevió a mirar a Lucian para ver su expresión. Sólo cuando estuvo seguro de que Francesca había salido de la casa giró la cabeza para enfrentarse a la oscura mirada de su hermano gemelo.

—No lo digas —advirtió Gabriel, como una ligera amenaza.

—Yo no he dicho nada —respondió Lucian.

—Has fruncido el ceño de esa manera odiosa que tienes —observó Gabriel—. Ya estás metido en un lío lo bastante grande, y no te hace falta que yo hable con desprecio de tus pecados.

—Ella no es como las mujeres que recuerdo de nuestra juventud.

—No has conocido a ninguna mujer durante tu juventud —le corrigió Gabriel—. Francesca es una excepción. Se ha mantenido oculta a nuestro Príncipe durante todos estos siglos.

—Se ocultaba de mí —reconoció Lucian, y se acomodó entre los cojines del sofá, su organismo debilitado por la pérdida del vital fluido—. La sentí cerca en más de una ocasión y te traje aquí con la esperanza de que la descubrieras, pero siempre era inalcanzable.

Gabriel se sentía inusualmente orgulloso de Francesca por eso. Cuando Lucian salía a la caza de las criaturas inertes, nadie conseguía ocultarse a sus ojos. Y, sin embargo, Francesca lo había conseguido a lo largo de varios siglos. Lucian sacudió la cabeza con gesto de cansancio.

—Si no hubiera tenido tanto éxito, la habríamos encontrado hacía tiempo, y tú habrías estado a salvo.

—Y entonces tú habrías puesto fin a tu vida y tu compañera estaría sin aquel que necesita tan desesperadamente —señaló Gabriel, con tono más bien presumido.

Los ojos negros y vacíos de Lucian brillaron un instante y contemplaron a su hermano como si se tratara de una advertencia. Gabriel le sonrió con la expresión de un niño travieso.

—Me detestas cuando tengo razón.

—Está esperando un hijo —observó Lucian, de pronto, y cerró

los ojos. Sus largas pestañas suavizaron las arrugas en su rostro demacrado—. No puede entrar en el cuerpo del médico sin ponerse ella y a la niña en peligro, aunque sea con tu ayuda. Sabes que es así.

—Sí, lo sé —reconoció Gabriel—. No había razón para decírselo cuando no sabía si volvería o no a ella. Me dio su palabra de que buscaría a Gregori para que le ayudara si yo no regresaba. Gregori jamás habría permitido que se expusiera al peligro, ni que lo hiciera con nuestra hija.

Se produjo un breve silencio. Lucian ralentizó el ritmo de su corazón y sus pulmones porque su cuerpo necesitaba urgentemente sangre. Gabriel dejó escapar un suspiro.

—No deberías haberlo hecho, Lucian. Tienes razón, estaba a punto de convertirme. Creo que sentí la decisión de Francesca de abandonar este mundo. Ella consiguió encontrar una manera de vivir en parte como un ser humano. Tenía la intención de envejecer y morir en este periodo. Había realizado experimentos, buscando una manera de seguir siendo humana durante siglos.

—Es una mujer extraordinaria. Me ha asombrado su fuerza y su inteligencia —murmuró Lucian, apenas un hilo de voz—. Tú eres la única razón por la que he seguido viviendo. Si no fuera por ti, hace mucho tiempo que habría decidido poner fin a mis días en este mundo y pasar a mejor vida. Jamás pensé que había esperanzas para mí. Perdí mi capacidad de ver los colores, de experimentar emociones casi de inmediato. No llegué a cumplir los doscientos años , edad en que los machos de nuestro pueblo viven como cachorros. Durante años me serví de tus emociones, pero con el tiempo tú también las perdiste, y sólo había una manera para que los dos sobreviviéramos. Tuve que convencerte de que era un peligro para el mundo o los dos hubiéramos estado perdidos. Si no hubieras pensado que yo era demasiado peligroso para permitir que otros me dieran caza, podrías haber mutado. Y si eso hubiera ocurrido, yo sabía que no hubiera sido capaz de destruirte.

—Podrías haberme destruido —dijo Gabriel, sonriendo—. Eres mucho más poderoso de lo que había imaginado.

—No te habría destruido, Gabriel. Fuiste tú quien pretendía que fuéramos fieles a nuestro juramento. Jamás habría permitido que nadie te matara.

—Sí, lo habrías permitido, Lucian —dijo Gabriel con voz desfalleciente, y en su corazón sabía que era verdad—. Jamás te has desviado del camino que escogimos y nunca has traicionado tu palabra de honor. Habrías sido fiel a nuestro juramento.

—Tienes más fe en mí que yo mismo —dijo Lucian, y alzó la cabeza con gesto de cansancio—. Ahora vuelve a ti, hermano. Intentará darme sangre a mí porque cree que soy el que más la necesita. Toma la sangre y dámela a mí. He descubierto que tienes unos cuantos defectos, y los celos es uno de los peores.

Francesca encontró a los dos hermanos estirados en los sofás de su estudio, y Gabriel le sonrió ligeramente, mientras que Lucian permanecía con una expresión vacía. Francesca se dirigió hacia Lucian, pero su compañero la detuvo.

—*Ven a mí, amor. Me alimentaré y luego cuidaré de mi hermano. Tendremos que utilizar la tierra bajo la cámara donde descansa el médico.*

Francesca se acercó inmediatamente a él, se inclinó y le palpó todo el cuerpo como para asegurarse de que todavía estaba entero. Se cuidó de no tocarle las heridas, pero pasó la palma de la mano por encima de los múltiples y profundos rasguños y huellas de mordeduras, lo cual fue para Gabriel un alivio balsámico. Él no sabía si se estaba imaginando todo aquello o si era real, pero no le importaba. Ella lo hacía sentirse vivo y entero. Ella volvía a poner el mundo en su lugar para él.

La atrajo hacia sí e inhaló la fragancia que despedía. Gabriel oía la sangre que fluía por sus venas, llamándolo. Su aroma se mezcló con la tentación y la bestia no domada que había en él se despertó rápidamente, puesto que su necesidad y la de su hermano eran acuciantes. Gabriel inclinó su cabeza morena hacia su fino cuello, saboreó su piel de satén y el calor de su pulso. Su boca siguió por aquella cálida columna hasta el hueco de su hombro, y con los dientes le rozó suavemente la piel.

Francesca sintió el escalofrío que le recorría la columna. Gabriel tenía una manera de hacerle siempre lo mismo, sin que importaran las circunstancias. La estrechó en sus brazos cuando ella se acercó a él. A pesar de la intensidad de su deseo, él sabía que no estaban solos en la sala, y no se alimentaría de su compañera en presencia de su hermano. Era un ritual demasiado íntimo. Gabriel la hizo retroceder hasta la privacidad de las gruesas cortinas. Su boca siguió explorando, más abajo, desde su hombro hasta la protuberancia cremosa de su pecho, apartando el delgado tejido que la cubría mientras avanzaba.

Francesca volvió inmediatamente a sentirse viva. Había mantenido la respiración mientras él estaba ausente, el corazón latiendo presa del temor, pero ahora sólo latía de excitación. Se habían equivocado con Lucian al verlo como un vampiro. Lucian había intervenido con demasiada frecuencia para proteger a Gabriel y a los que él amaba. Se había acercado a Skyler para aliviarla de su dolor en lugar de perseguirla y atemorizarla. Francesca sentía vergüenza de sí misma por no haber sabido armar el rompecabezas.

Echó la cabeza hacia atrás mientras acunaba la cabeza de Gabriel contra su pecho. De pronto sintió el latigazo de luz incandescente que corría por sus venas. Gabriel había hundido los dientes en ella y ahora se alimentaba. Sintió que una alegría perezosa reemplazaba la sensación del pulso desbocado, una alegría teñida de excitación sexual. Le resultaba imposible sentir que Gabriel la acariciaba así sin quererlo, sin desear ardientemente que se hundiera en ella.

Él la atrajo aún más cerca sin dejar de acariciarla, apartándole la blusa de los hombros para sentir el calor de su piel. Francesca era suave y cálida, un paraíso en su mundo oscuro de peligrosos combates. Cerró los diminutos agujeros con la lengua y se permitió saborear su piel por un instante. Encontró su pecho, luego el profundo valle, y siguió subiendo por el cuello hasta su garganta suave y vulnerable.

Al contacto con su mano, el corazón de Francesca latía al unísono con el suyo. La consumía el deseo que él despertaba en ella, y sentía el calor líquido en todo el cuerpo.

—He vuelto a casa —susurró él junto a la comisura de sus labios—. He vuelto de verdad a casa.

Francesca sonrió mientras él le besaba la cara, los hoyuelos, el mentón.

—Claro que has vuelto, mi amor. Ahora, bésame y dale a tu hermano lo que necesita para que después me puedas dar lo que necesito yo.

La voz de Francesca no era más que un cálido aliento en su oreja, y a Gabriel se le tensó todo el cuerpo al oír esas palabras. Buscó la boca de Francesca con la suya, meciendo la tierra bajo sus pies, proyectándolos a ambos hacia otro mundo, a un tiempo y lugar donde estaban a solas con el calor de sus cuerpos y el placer adueñándose de sus mentes.

Lucian carraspeó discretamente.

—*Intento no compartir tus pensamientos, Gabriel, pero estáis los dos muy cerca y vuestras emociones llenan todo el espacio de esta pequeña sala. Yo he vivido mucho tiempo sin sentimientos, y la tentación es grande.*

Gabriel se separó inmediatamente de Francesca, y en sus ojos oscuros brilló un destello. Pero Francesca reía, sonrojándose como una adolescente.

—*Es verdad que no nos hemos detenido a pensarlo* —señaló, mientras se arreglaba la ropa y se separaba de él.

Gabriel adoraba su manera de moverse. Silenciosa y femenina, una sinfonía de movimientos que le quitaban el aliento. En su mente, percibió un suave suspiro, el recordatorio de su hermano para que pusiera manos a la obra. Francesca se inclinó sobre Lucian, le palpó la herida en el cuello, rozándola suavemente con la punta de los dedos. Gabriel entendió que Francesca comenzaba a aplicarse a otra sesión de curación. Francesca no podía tocar a alguien que estuviera herido o necesitara ayuda sin procurarle algún tipo de alivio.

Lucian intentó sonreír, una mueca leve, aunque no abrió los ojos.

—Tú eres el milagro que mi hermano guarda en sus pensamientos.

—¿Ha dicho que soy un milagro? —A Gabriel le parecía que incluso su voz lo tranquilizaba y lo reconfortaba. Tenía ganas de tocarla, de bañarse para siempre en su belleza y serenidad. En ese mundo de violencia, caótico y lúgubre, Francesca era un milagro.

—Sí, y por una vez tenía razón. —En la melodiosa voz de Lucian había un dejo de cansancio, y Gabriel se alarmó. Jamás había oído a su gemelo invencible hablar con voz tan desvaída.

—Siempre tengo razón —corrigió, y se acercó de inmediato a su hermano—. Es un fenómeno curioso con el que a Lucian le cuesta vivir, pero aún así...

Lucian abrió los ojos para mirar a su hermano, una mirada gélida a todas luces destinada a intimidarlo.

—Francesca, mi querida hermana, te has atado a alguien que tiene una opinión bastante exagerada de sí mismo. No recuerdo ni un momento en que tuviera razón.

Gabriel se acercó al sofá y se sentó junto a su hermano.

—No le prestes atención, amor, Lucian suele practicar cada día esa mirada amenazante. Piensa que me puede callar con una sola mirada. —Con sumo cuidado, practicó un corte limpio y profundo en su muñeca y le hizo beber a su hermano gemelo del precioso fluido—. Bebe, hermano, para que puedas vivir. Te lo ofrezco libremente a ti y a tu futura compañera, donde sea que se encuentre. —Gabriel le recordó deliberadamente a su hermano que había una mujer que lo esperaba en algún lugar del ancho mundo.

Gabriel sentía el agotamiento que latía en Lucian. Estaba cansado de aquella existencia vacía y triste que había vivido durante más de dos mil años. Su organismo clamaba por esa sangre, y sus ojos sólo veían el contorno de las sombras, grises y oscuras. No había emoción alguna, excepto las que tomaba prestadas cuando se fundía mentalmente con Gabriel. Había vivido sin esperanzas, se había sacrificado sin cesar para que Gabriel no tuviera que matar, dándole un respiro de los interminables combates.

Lucian bebió de la antigua sangre con moderación. Había dedicado toda una existencia a cuidar de su hermano, y quería verlo fuerte y repuesto. Sentía que sus células marchitas agradecían aquel remedio, que se restablecían y recobraban su vigor.

Volvió a cerrar los ojos, deseoso de no llevar a cabo esa renovación vital. Durante siglos se había obstinado en su futuro, pero ahora tenía que cambiar. ¿Qué pasaría si Francesca se equivocaba? ¿Cómo era posible que tuviera esa certeza? Ella no tenía ningún vínculo sanguíneo con aquella mujer mítica. ¿Acaso decía todo aquello sólo para mantenerlo con vida?

—No podría —le aseguró Gabriel, y en su voz también se adivinaba el cansancio—. Francesca jamás contaría una mentira. Si ella dice que hay una compañera que te necesita, es verdad.

—¿Y cómo lo sabes? —le preguntó Lucian a Francesca.

Una leve sonrisa le torció la boca a ella.

—Me gustaría decírtelo, pero la verdad es que no puedo. Durante algún tiempo, he intuido una conexión con otro ser. Es muy joven, quizá unos años mayor que Skyler, y vive una lamentable experiencia, pero es una mujer fuerte. Está lejos, quizás en otro continente, pero cuando te toqué para sanarte, ella se hizo presente en mi mente. Es parte de ti, Lucian. Es lo único que puedo decirte. Quisiera poder contar algo más.

Lucian cerró la herida en la muñeca de su hermano, siempre cuidando de la salud de Gabriel.

—No creas que me has fallado, hermana.

Francesca parecía sorprendida y lanzó una rápida mirada a Gabriel. Él rió por lo bajo.

—Le gustaría hacerte creer que es tan poderoso que puede leer los pensamientos de todos los carpatianos. La verdad es que lee mis pensamientos y yo estoy comunicado contigo. Puede sentir tus emociones a través de mí.

—No estés tan seguro, hermano —dijo Lucian, frunciendo el ceño—. Tú no sabes si soy capaz o no de leer los pensamientos.

Francesca comenzó a reír.

—Ya puedo ver que seréis un par insoportable. Gabriel tiene razón, Lucian. Yo no te mentiría acerca de algo tan importante como una compañera. Estoy segura de que no me equivoco. Esta criatura llora por la noche. Siento su dolor y su pesar con más intensidad de lo que sentía a Skyler. Está conectada con nosotros como nunca lo ha estado nadie. Tenemos que llevarte al interior de la tierra para que puedas sanar. Debes estar fuerte antes de dar comienzo a tu viaje de descubrimiento.

—Antes me ocuparé de tu amigo médico, tú no puedes hacerlo. —Lucian lo dijo como una orden. Sus ojos oscuros brillaron un instante, una mirada gélida como una amenaza.

Francesca le devolvió una mirada de irritación, y sus ojos negros lanzaron destellos.

—Haré lo que sea necesario. Y tú no tienes nada que decir.

Lucian se giró hacia su hermano con la mirada vacía y arqueando una ceja.

—*¿Permitirás una locura como ésa?*

—*Estas cosas son complicadas.* —Gabriel encogió sus anchos hombros, como si quisiera decir que Lucian no sabía nada acerca de las mujeres.

Francesca se acomodó la gruesa trenza sobre el hombro izquierdo.

—Sé que naciste hace muchos siglos, Lucian. No debería haberme mostrado tan impaciente. Las mujeres han dejado de hacer lo que dictan los hombres —dijo, y en su voz había un tono ligeramente altivo.

—*¡Francesca!* —La expresión de sus ojos negros era una mezcla de risa y censura. No recordaba a nadie que se hubiera atrevido a hablarle de esa manera a Lucian.

Ella le dio la espalda a su compañero, intentando desesperadamente no reír. Aquellos dos hombres tenían costumbres muy anticuadas. Caballerescos. Elegantes. *Eróticos.* Aquel pensamiento se coló inesperadamente y fue rápidamente censurado. Francesca compartía los pensamientos con Gabriel, y sabía que se había propuesto impedir que ella curara a Brice si antes él no había podido eliminar todo rastro de sangre contaminada. Pero en ese momento, Gabriel necesitaba tenderse en la tierra y sanar, al igual que Lucian. Los dos antiguos guerreros estaban heridos y débiles.

—He observado que desde hace algunos siglos son las mujeres las que se ocupan de todos los pequeños detalles. Me aseguraré de que Brice duerma hasta la noche. Hay que preparar la tierra para tu hermano. Está muy débil, aunque él se crea omnipotente. No te preocupes, tengo un cerebro y durante siglos me las he arreglado sin ningún tipo de consejos. Podré encargarme de todos los detalles yo sola mientras vosotros, pobres, descansáis.

—*Pero no te acercarás a Brice* —le dijo Gabriel, intentando que aquello sonara más como un hecho que como una orden.

Francesca pasó junto a su compañero y se deslizó por el pasillo hasta la cocina y siguió hacia las cámaras subterráneas. Era evidente que no pondría en peligro a la hija que llevaba dentro, que no intentaría sanar a Brice sin ayuda. ¿Acaso creían que era una necia? Los dos podían dormir juntos en la cámara del subsuelo.

—*No dormiré con mi hermano, mujer, créeme. Dormiré junto a ti, que es donde tengo que estar.* —Esta vez se oyó claramente la risa, el timbre de la suficiencia masculina en la voz de Gabriel. Era una voz siempre teñida por ese tono perezoso y sensual que ella no podía ignorar.

—*No cuentes con tus encantos para salir de ésta* —dijo Francesca. Abrió la tierra, un espacio lo bastante amplio para acomodar el fornido cuerpo de Lucian.

—*Me siento muy agradecido de saber que me encuentras encantador.*

—*¿Era eso lo que pensaba? No lo creo. Creo que en realidad estaba pensando en lo irritante que son los machos de nuestra especie, y estoy segura de que tenía buenas razones para ocultarles mi existencia durante todos estos siglos.* —Francesca hablaba deliberadamente con un tono más altivo que nunca. Para provocarlo. Amarlo. Para estar a solas con él, con Gabriel.

—*Estabas pensando en hacer el amor conmigo, no en condenarme a un lecho solitario.*

—*Piensas demasiado bien de ti mismo, señor.*

—*Sólo porque leo en tus pensamientos. He descubierto que me agrada mucho más tu manera de mirarme que cómo me miro yo.*

Francesca esparció unas hierbas medicinales por el suelo y agregó la preciosa tierra de su país natal, que extrajo de un pequeño cofre que había atesorado a lo largo de siglos. Era esa tierra lo que Lucian más necesitaba.

—*Todo está preparado* —anunció.

Gabriel se volvió hacia su hermano y lo ayudó a incorporarse. Era agradable volver a estar junto a Lucian. Los dos se movían de la misma manera, sus expresiones eran idénticas. De pronto, Gabriel pensó que Francesca no podría distinguirlos.

—*No seas ridículo. Tú eres parte de mí, eres la otra mitad de mi corazón. Las cosas que piensas son de lo más absurdas, Gabriel.* —El susurro de su voz era una invitación, y Gabriel sentía que le calentaba la sangre más que cualquier otra cosa.

Gabriel llevó a Lucian y dejaron atrás la cámara adonde habían llevado a Brice. Los gemelos tocaron al unísono la mente del humano que dormía, y compartieron sus conocimientos sin pensárselo, como una acción bien ensayada.

Francesca se apartó para dejar que Lucian se introdujera en la estrecha abertura que conducía a su rincón para dormir.

—Que duermas bien, hermano.

Lucian la observó con sus ojos negros y vacíos.

—Te agradezco tu generosidad, hermana, y te agradezco sobre todo cómo cuidas de mi hermano —dijo con voz sincera.

Su voz era como la magia más pura, y Francesca le sonrió al hermano de su compañero. Pensó que Lucian era demasiado poderoso para su propio bien, pero sabía que amaba a su hermano, y aquello le daba una seguridad que nada podía igualar.

Gabriel la atrapó por la cintura en cuanto su hermano se deslizó hacia la tierra y ésta volvió a cerrarse sobre él.

—Al fin, solos. Pensé que nunca llegaría el momento.

Ella le lanzó una mirada cargada de reproche.

—Al parecer, olvidas a Santino y Drusilla. Se merecen una explicación por lo que ha pasado esta noche. Los he protegido lo mejor que he podido, y sospecho que Lucian ha hecho lo mismo, pero a Santino no podemos controlarlo. Le hemos dado nuestra palabra a Aidan. Además, tú has salido y has conseguido volver herido, algo del todo innecesario.

Él se inclinó para besarle el cuello y respirar su fragancia.

—Me fascina como hueles. En cuanto entré en esta casa, me di cuenta de que estaba llena de tu presencia, y supe de inmediato que había vuelto al hogar.

Francesca le acarició el rostro.

—Te quiero mucho, Gabriel. Pero no tengo ganas de que me salgan canas justo en esta etapa de mi vida, cuando estoy a punto de ser madre.

—Tendrías un aspecto muy sensual con ellas —le respondió Gabriel. Le cogió la mano, se la giró y le estampó un beso en medio de la palma—. Y me gustaría subir y echar una mirada a Skyler antes de que venga el alba. Puedes ocuparte de Santino sin mi ayuda.

Ella le mordisqueó la mano, una ligera muestra de reproche.

—No irás a ninguna parte sin mí, ni dejarás de lado los pequeños detalles de nuestra vida para que yo me ocupe de ellos.

—¿Eso era lo que hacía? —le preguntó él, con una mirada inocente.

Francesca rió. Sentía el corazón ligero y feliz ahora que él estaba junto a ella y que los dos estaban seguros entre las paredes de su hogar.

Capítulo *18*

Francesca se despertó en brazos de Gabriel, que había permanecido bajo tierra durante dos días. Sus heridas habían sanado completamente y ella se sentía segura cuando lo llamó. Había esperado con paciencia, pero ahora todo en ella clamaba por verlo. La noche empezaba a nacer y los familiares ruidos de la casa se integraban poco a poco en el ritmo nocturno.

Skyler estaba en la cocina con Drusilla y se le oía reír. Francesca estuvo un rato disfrutando de aquella maravilla. La niña no solía reír, y cuando lo hacía era una risa breve pero admirablemente bella. Francesca ya comenzaba a apreciar la presencia de Drusilla, una mujer de talante muy maternal que administraba la casa con eficiencia. Tenía una personalidad acogedora y amable, y en su corazón había un lugar destinado a la joven Skyler.

Santino era un milagro. Había comenzado a trabajar de inmediato con el guardaespaldas para asegurarse de que la casa estaba protegida tanto en el interior como en el exterior. Sería necesario que modificara sus hábitos ahora que habían instalado una valla alrededor de la propiedad para proteger a sus habitantes humanos. Santino no tardó en encontrar un diseño que se integrara en el antiguo estilo arquitectónico del edificio. Además, le había incorporado las protecciones que Francesca había escogido.

La construcción ya estaba muy avanzada, puesto que Santino no era de los que pierden el tiempo. Francesca estaba segura de que, con el tiempo, Santino y Gabriel serían buenos amigos.

—Sin duda aciertas en las cosas que piensas —murmuró éste, cuyo ritmo cardiaco ya empezaba a acompasarse con el de Francesca. Ella era su mundo, y él adoraba despertarse con la certeza de que estaba a su lado, esperándolo, serena y bella como siempre.

Francesca sonrió cuando se giró para que él la tomara en sus brazos, dejando que su cuerpo se amoldara al suyo, suave y acogedor, y mientras a Gabriel se le calentaba y espesaba la sangre, a ella se le entibiaba la piel. Para Francesca, era una sensación sublime sentir todo su cuerpo. Qué diferente era él, con sus poderosos músculos bien definidos. Sus manos buscaron sus caderas, las columnas de sus muslos, le acariciaron el pecho y se demoraron ahí donde había sufrido las peores heridas.

—Tienes hambre —dijo, a modo de afirmación. Francesca sabía que él se despertaría con un hambre canina y estaba más que dispuesta a satisfacer a su compañero. Sentía que el hambre rugía en él como una criatura viva que no paraba de crecer.

Gabriel hundió la cabeza en el hueco de su hombro y con la boca le recorrió la piel fragante. Con las manos siguió las curvas de su cuerpo estilizado, recorrió cada una de las formas perfectas, sus pechos exuberantes, sus caderas bien torneadas y su cintura pequeña y firme. Bajo su mano palpitaba la vida de su hija y Gabriel se emocionó al pensar que seguía creciendo, un vínculo más que sellaba la relación entre los dos. De pronto, una ola de calor se apoderó de él con la velocidad de una bola de fuego, y explotó en su bajo vientre cuando ella lo acarició.

—Francesca. —Pronunció su nombre en un suspiro, sus labios junto a la suave protuberancia de sus pechos, mientras la excitaba mordisqueándole el pezón hasta endurecerlo y erotizarlo. Sus labios besaron la línea vulnerable de su cuello, encontró su boca y se apoderó de ella, dominante y masculino. Francesca lo era todo para él.

—Todo —murmuró en su boca, mientras hacía bailar la lengua sobre la de ella como un encendido tango.

Cerró los ojos para sentirla con todo el cuerpo, explorándola con sus manos mientras se deslizaba desde su cuello hasta la generosa hondonada entre sus pechos. Su miembro comenzaba a endurecerse y a volverse incómodo de puro deseo, un deseo que aumentaba por segundos. Ella murmuró algo, con la boca pegada a su piel, una palabra cariñosa y seductora, mientras deslizaba las manos por sus caderas y se detenía, con sus dedos inquietos, sobre la dureza misma de su deseo. Gabriel sintió que la respiración se le aceleraba hasta casi explotar cuando ella se montó sobre él y ofreció sus pechos a las excursiones de sus labios.

Los colmillos se volvieron agudos y le rozaron la piel, justo por encima del pulso acelerado con que ella parecía llamarlo. Francesca lo había inflamado con sus manos, buscándolo y siguiendo su forma, arqueando el cuerpo para acercarse aún más a él. Una fogosa excitación se había apoderado de ella y luego de él cuando le hundió los dientes y bebió. Un latigazo de luz restalló entre los dos cuerpos mientras él se alimentaba con voracidad y ella dejaba que su sangre, caliente y dulce, fluyera hacia las células desfallecientes de su organismo.

El cuerpo de Gabriel se había convertido en un cuerpo inflamado. De llamas que nunca podrían ser apagadas. Estaba tan caliente que su deseo lo quemaba. Mientras se alimentaba, la cogió por las caderas y la clavó por debajo de él para penetrarla con un movimiento poderoso que lo hizo hundirse profundamente en su apretada hendidura. Francesca ardía de un deseo descontrolado. Los colores bailaban y giraban hasta que el fuego los arrasó a los dos, ya totalmente fuera de control. Gabriel dejó que todo siguiera su curso, se dejó consumir por ese fuego. Lo único que importaba en ese momento era el cuerpo de ella. Quería penetrarla hasta el último lugar secreto, cada vez más profundo, hasta encontrar el santuario que lo salvaría de los demonios que lo acechaban sin cesar.

Ahora se movió más rápido y con más fuerza, con embestidas largas y profundas destinadas a excitarla, a crear en ella la misma fiebre que lo consumía a él. Murmuró su nombre mientras con la lengua le lamía los diminutos agujeros y le cerraba la herida en el pecho. La atrajo con fuerza hacia él, disfrutando de los misterios de ese cuerpo maravilloso. Gabriel se había perdido para siempre. Francesca era su mundo y todo lo que había de bueno en él.

Ella alzó la cabeza para mirarlo, su rostro marcado por una belleza sensual. Los ojos oscuros de Gabriel brillaban con la intensidad de su salvaje impulso amoroso, bañado por unas lágrimas inesperadas. Lo miró sorprendida y le tocó una lágrima que colgaba de sus largas pestañas. La boca perfecta de Gabriel se volvió suave.

—Eres tan bella, Francesca. Todavía me cuesta creer que esté aquí contigo, compartiendo tu vida, compartiendo tu cuerpo. No tienes ni idea de lo que significas para mí.

Ella se incorporó para encontrar su boca y capturarla con la suya, fundiéndose del todo, ofreciendo una total aceptación de su indómita naturaleza, respondiendo con sus propias fogosas demandas a las de él. Al cabo de un rato yacían juntos, escuchando el latido acompasado de sus corazones, saboreando el lujo de simplemente entregarse al abrazo del otro, las diferencias de sus cuerpos y su capacidad para entrelazarse tan intensamente.

—Te amo, Francesca —dijo Gabriel, con voz solemne—. No puedo expresar con palabras lo que significas para mí.

—Creo que cuando se trata de expresarlo, lo haces bastante bien —dijo ella, y le sonrió.

—¿Sólo bastante bien? —inquirió él, frunciendo el ceño.

—Creo que tu ego ya es demasiado grande. No pienso decir que eres el mejor amante del mundo.

El le cogió un pecho en el cuenco de la mano y con el pulgar le acarició el pezón endurecido.

—Pero ¿lo harías si no tuvieras miedo de mi ego?

Cada vez que la acariciaba con el pulgar, la respuesta de Francesca era un calor líquido, hasta que cambió de posición, se montó a horcajadas sobre él y dejó caer su abundante cabellera por encima de sus hombros, hasta que él la penetró. Él quedó sin aliento y cerró los ojos, embargado por el éxtasis y, al abrirlos, la observó mientras ella comenzaba a moverse lentamente.

—He dispuesto lo necesario para que Brice ingrese en una clínica en Milán. Tengo amigos que confirmarán mi versión de la historia. Les he dicho que debía tratarse de una adicción y que lo estábamos ayudando aquí. Me deben un par de favores —agregó, cuando vio que Gabriel fruncía el ceño. Él no estaba acostumbrado a confiar en que los humanos le ayudaran, pero Francesca se movía con facilidad entre ambos mundos. Ella conocía el valor del dinero y de la posición social. Sabía que las clínicas dependían en gran medida de benefactores adinerados. Ella era muy generosa en ese aspecto y rara vez pedía algo a cambio. Si quería que uno de sus amigos, en este caso un famoso médico, fuera ingresado por una gripe virulenta, la clínica estaba más que dispuesta a ayudarle—. Y, sí, ya sé que tú y Lucian colaborareis para acabar con el dominio del vampiro. Puedo leer fácilmente en tus pensamientos, amor mío. Nada dañará a nuestra hija, a ninguna de las dos. Esperaré hasta que Brice se haya librado de toda sombra antes de que colabore en su restablecimiento.

—Sí, eso harás —convino él con voz suave, y la cogió por la cintura.

Ella aceleró sus movimientos para complacer la repentina y erótica imagen que había adivinado en su mente. Luego sonrió, una sonrisa lenta y seductora cuando sintió la fogosidad que se había desatado en él.

—¿Crees que es sensato involucrar a otra clínica? —Gabriel tenía que hacer un esfuerzo para hablar con naturalidad mientras ella volvía a convertirlo en un atado de nudos, con su cintura estrecha y sus pechos moviéndose tan tentadoramente—. No creo que pueda ir y dejar su trabajo cuando se le antoje.

—Desde luego que no, pero no resultó demasiado difícil llamar desde la clínica para invitar a Brice a un seminario ficticio. Él suele acudir a ese tipo de eventos. He hablado con su secretaria para que consiga que otros médicos se ocupen de sus pacientes. Y luego he hecho otra llamada para decir que había enfermado pero que en la clínica se ocuparían de él. Cuando lo hayamos sanado, seguirá conservando su prestigio en la comunidad médica. —Francesca intentaba no sonreír al ver cómo su cuerpo reaccionaba a sus provocaciones, cómo sus ojos se habían recubierto de una pátina color humo mientras la miraba a ella tan fijamente. Gabriel intentaba desesperadamente seguir la conversación, mantener vivo el interés mientras su cuerpo se sumía en el éxtasis.

—¿Siempre arreglas las cosas con tanta facilidad? —le preguntó, alzando la cabeza para ceder a la tentación de apoderarse de su pezón. No podía evitarlo, tenía que tocarla, saborearla. La piel de Francesca le recordaba el sabor de la miel tibia. La cogió por la cintura, siguiendo las ondulaciones de su cuerpo, un cuerpo tan bello que lo privaba de la capacidad de pensar. Amaba su rostro, sus ojos, su boca exuberante.

Francesca echó la cabeza hacia atrás cuando empezó a moverse más rápidamente, sintiendo el cuerpo caliente y hambriento, con sus pechos desnudos ante su vista, con el pelo que se derramaba sobre ellos como una oscura nube de seda. Observó que la respiración se le aceleraba y sonrió, aumentó su ritmo y todo el cuerpo se tensó para poseerlo, respondiendo a su visible placer.

—En realidad, sí, siempre —respondió pausadamente—. Sobre todo contigo. Por ejemplo, sé que te gustan ciertas cosas.

Gabriel apenas podía respirar mientras la observaba a ella a horcajadas sobre él y con su endiablada sonrisa.

—¿Qué cosas? —se atrevió a preguntar.

Ella se echó hacia atrás, hundiéndose todavía más, provocadora, observándolo mientras él la miraba. Era muy excitante sentir que Gabriel le otorgaba a ella tanto poder sobre su persona. A Francesca le fascinaba ser su compañera, su otra mitad. Adoraba estar presente en su cabeza mientras hacían el amor, le fascinaban las cosas que él pensaba de ella, su manera de disfrutar de su cuerpo.

—Me das placer —la contradijo él, y de pronto él también comenzó a mover las caderas con un ritmo duro. La observaba, montada sobre él, y esa visión aumentaba todavía más su intenso placer, hasta que no pudo hacer otra cosa que penetrarla con más fuerza, cada vez más profundamente. La cabellera de Francesca le rozó la piel sensible, quemándolo, consumiéndolo. Nada importaba excepto ese cuerpo sobre el suyo, deslizándose, salvaje, meciéndose y estimulándolo hasta que Gabriel comenzó a gritar su nombre hacia los cielos y ella se aferró a él, al borde de las lágrimas, o al borde de la risa.

Ninguno de los dos pudo respirar normalmente por un largo rato. Permanecieron abrazados estrechamente, disfrutando de esos momentos que compartían a solas. Por encima de sus cabezas, los ruidos de la casa reconfortaron a Gabriel. Se ocuparían de Brice en cuanto pudieran. En cuanto a Skyler, ya había comenzado a crear sus propios vínculos. Lucian, su querido hermano gemelo, ahora dormía a salvo en las entrañas de la tierra, sanando, recuperando sus fuerzas y con su voluntad de hierro renovada. Francesca estaba en sus brazos, sentía que el cuerpo y el alma de su compañero la envolvían, y que todo estaba bien en el mundo de Gabriel.

www.titania.org

Visite nuestro sitio web y descubra cómo ganar
premios leyendo fabulosas historias.

Además, sin salir de su casa, podrá conocer
las últimas novedades de
Susan King, Jo Beverley o Mary Jo Putney,
entre otras excelentes escritoras.

Escoja, sin compromiso y con tranquilidad,
la historia que más le seduzca
leyendo el primer capítulo de cualquier libro
de Titania.

Vote por su libro preferido y envíe su opinión
para informar a otros lectores.

Y mucho más...

P18108
8/MM-10-28-11
S 7